诗词楹联知识导引

主　审　郑明言

主　编　王桂珍　陈利明　胡经宇

副主编　范旭梅　杨　永　钱　霞

编　委　曹咏梅　章德良　王超男　王　鹰

郭家灵　初广永　张术斌　王　波

王树忠　李晓迪　许崇善　张栋栋

徐金贵　鞠晓静　杨　俊　郭　辉

湖南大学出版社

·长沙·

图书在版编目(CIP)数据

诗词楹联知识导引 / 王桂珍, 陈利明, 胡经宇主编. 长沙 : 湖南大学出版社, 2024. 8.--ISBN 978-7-5667-2357-4

I207.2;I207.6

中国国家版本馆 CIP 数据核字第 2024XK3928 号

诗词楹联知识导引

SHICI YINGLIAN ZHISHI DAOYIN

主　　编:王桂珍　陈利明　胡经宇
责任编辑:崔　桐
印　　装:天津市蓟县宏图印务有限公司
开　　本:787mm ×1092mm　1/16　**印　　张**:14.75　**字　数**:318 千字
版　　次:2024 年 8 月第 1 版　**印　　次**:2024 年 8 月第 1 次印刷
书　　号:ISBN 978-7-5667-2357-4
定　　价:49.80 元

出 版 人:李文邦
出版发行:湖南大学出版社
社　　址:湖南 · 长沙 · 岳麓山　**邮　　编**:410082
电　　话:0731-88822559(营销部),88821343(编辑室),88821006(出版部)
传　　真:0731-88822264(总编室)
网　　址:http://press.hnu.edu.cn
电子邮箱:501267812@qq.com

诸城，公认为古东夷文化的重要发祥地之一，素有“中国龙城、舜帝故里、尽美家乡”美誉。在市区东南部的卢山风景区，坐落着这里的最高学府——潍坊工商职业学院。这座2005年成立，占地1300余亩，拥有“马克思主义学院、经贸学院、医养健康学院、幼教艺术学院、机电与汽车工程学院、智能信息学院、乡村振兴学院等7个二级学院和1个公共教学部”，13个科研院所、具有职业教育特点的院校，经过十几年的不懈努力，已经成为同类院校的佼佼者。这所院校除了学历教育的提升，成人继续教育的拓展外，还有一个突出亮点，就是“大思政”教育体系下优秀传统文化的普及与探索。

近几年来，学院在人才培养的过程中，始终坚持“立德树人、德技兼修”的育人理念，以特色党建为引领，以红色文化为支撑，以诗联文化为主题，逐步构建起了“一楼一特色、一院一品牌”的“大思政”工作格局，尤其是诗词楹联文化的推广与普及，已经成为学院的金字招牌。来到学院，徜徉在各条林荫道上，你能欣赏到灯柱上专门创作的诗联作品；走进教学楼，走廊上悬挂的是诗联名句佳作；进入图书大楼，设有专门的诗联长廊；来到六楼文化展室，还可欣赏到专家、师生的诗书画作品；课余时间，“卢山诗社”会员创作热情高涨；每年一届校园诗词大会，已连续举办三年。这一系列举措，加上定期的培训、专家辅导，营造了浓厚的诗联文化学习氛围。他们的做法也得到了各级部门的充分肯定，在继前几年学院先后荣获“全国职业教育先进集体”“山东省职业教育先进单位”“山东省教书育人先进单位”等多项荣誉后，去年3月，又被中国楹联学会授予“中国楹联教育基地”光荣称号。

诗词联曲是中华文化中绚丽的瑰宝，是汉语言中最灿烂的明珠，也是最温暖最有营养的文化力量。它本身韵律带来的感染力、对仗带来的创造力以及声律带来的穿透力，沁人心脾、感人肺腑、令人回味无穷。学院几年来在传统文化领域的深耕细作，其影响力已经深深地植根在师生的学习兴趣中。为进一步擦亮这一品牌，自去年以来，学院又在推动传统文化传播上做文章，组织专门力量编写了《诗词楹联知识导引》。该书立足高校实际，融诗联基础知识、写作知识、作品鉴赏、格律规范于一体，为经常化普及、规范化创作提供了范本，具有独创性价值、开创性意义。为此，从组织者到编写老师都付出了辛勤劳动，在这里，也向他们表示由衷的钦佩和敬意！

诸城自古以来是文学圣地，这里有深厚的文化积淀，有丰厚的诗联沃土，更有影响文坛的历代先贤名儒。潍坊工商职业学院厚植在这片诗的沃土上，具有天时、地利、人和之优势，通过大力弘扬中华优秀传统文化，必然能够吸收其精华、滋养其根脉，从而结出更加丰硕的教育成果，这也是历史赋予的重任。相信通过该书的编写、应用，会更加激发师生学习诗词、热爱国粹的兴趣，会进一步发挥诗联文化培根铸魂、凝心聚力的作用，从而为实现中华民族的伟大复兴培养更多人才，谱写新的华章。

是为序。

诸城市诗词楹联学会会长　李永明

2024 年 3 月

前言

“文化是民族的血脉，是人民的精神家园。”党的十八大以来，以习近平同志为核心的党中央关于中华优秀传统文化的一系列重要论述，对于新形势下高校落实立德树人根本任务，引导大学生增强“四个自信”，特别是文化自信，培育和践行社会主义核心价值观，实现中华民族伟大复兴的中国梦，具有长远的战略意义和重要的时代价值。习近平总书记指出，没有文明的继承和发展，没有文化的弘扬和繁荣，就没有中国梦的实现。中华诗词、中国楹联博大精深，是优秀的民族文化遗产。新的时代，要让诗词楹联等优秀传统文化“活起来”，服务于立德树人、铸魂育人，增强文化自信。

为进一步弘扬中华优秀传统文化，繁荣校园文化，在全校师生中普及诗词楹联文化知识，实现以文化人、以文育人，我们组织编写了本书。在编写过程中，我们集思广益，穷搜博采，精心选择，适当取舍，点面结合，力求在有限的篇幅内，把诗词楹联文化的基础知识呈现给大家，让优秀传统文化传之久远发扬光大。

概而言之，本书主要有以下特点：

1.**编排精当**。本书在资料准备、内容裁剪、体系编排的过程中，本着普及、传承并弘扬诗词楹联文化的理念，广泛搜寻，适当取舍，按照基础知识—写作知识—作品鉴赏的体系进行编排，设计合理，逻辑严密，既有广度，又有深度；既做到内容上的准确无误，又力求结构上的探索创新。

2.**形式新颖**。本书融以现代融媒体技术，在文字论述的基础上，鉴赏部分以二维码形式链接了作品诵读音频，更加立体化、形象化，既可以提高学生学习的积极性、主动性，又便于教学过程中组织丰富多彩的活动，有利于达到“润物无声”的效果。

本书编写过程中，得到了中国楹联学会、潍坊市硬笔书法家协会、诸城市诗词楹联学会、卢山诗社等单位的大力支持，对此深表谢忱。向参与书写的各位书法家，诗词朗诵者梁玉国先生、王超男女士表示感谢。编写过程中，参考了大量诗词楹联文化的相关资料，对此表示感谢。因水平有限，书中纰漏之处，敬请读者批评指正。

编　者
2024 年 3 月

目录

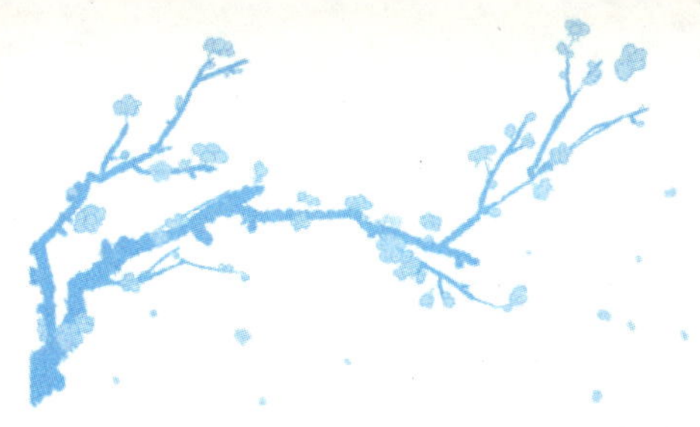

第一章 诗词楹联基础知识

学习目标

知识目标

1.了解中国古代诗歌的含义及演变过程。

2.了解中国古代词的起源和发展史。

3.了解楹联的发展起源。

技能目标

1.掌握楹联的特征和分类。

2.选取两个不同历史时期的楹联,对比它们在形式、内容和表达上的差异。

素养目标

1.弘扬中华优秀传统文化,树立文化自信。

2 不断提升自身的修养。

文化讲堂

诗词楹联是中华传统文化的瑰宝，有着悠久的历史。

从先秦时期的《诗经》《楚辞》开始，诗词逐渐发展，经历了汉魏六朝的乐府诗、唐诗的鼎盛、宋词的繁荣以及元明清各代的传承与创新。早在先秦时期，《诗经》和《楚辞》就奠定了诗词的基础，以质朴的语言和丰富的情感展现了当时的社会生活。到了汉魏六朝，乐府诗蓬勃发展，五言诗逐渐成熟，诗歌形式更加多样。建安文学风骨遒劲，陶渊明的田园诗清新脱俗。唐代是诗歌发展的鼎盛时期，诗人们以豪迈奔放或沉郁顿挫的风格，创作出无数经典之作，如李白的浪漫、杜甫的沉郁、王维的空灵等。宋代的词则达到了另一个高峰，豪放派与婉约派并立，苏轼、辛弃疾、李清照等词人各领风骚。元明清时期，诗词虽不如唐宋繁荣，但也有发展和创新，散曲、杂剧等形式中也融入了诗词的元素。诗词在历史长河中不断演变，反映了不同时代的文化特征和人们的思想情感，成为我国传统文化的重要组成部分。

诗词楹联的发展历程可以追溯到先秦时期，经过隋唐的成熟、两宋的普及、元朝的衰落、明朝的鼎盛以及清朝的繁荣，至今已有数千年的历史。在发展过程中，诗词楹联不断吸收其他文学形式的营养，逐渐形成了独特的艺术风格和表现形式。同时，它也与中国传统文化的其他方面相互影响，成为中华民族文化宝库中的重要组成部分。在当代社会，诗词楹联依然具有重要的文化价值和艺术魅力，吸引了众多爱好者和创作者。

诗词楹联以其独特的艺术魅力，表达了人们的情感、思想和对生活的感悟，反映了不同时代的社会风貌和文化特色。它们不仅是文学形式，更是民族精神的体现，在历史长河中熠熠生辉。

第一节 诗歌知识

一、诗歌的含义及演变

“诗”，最早见于战国文字“[illegible]”，其意义是指祭祀中伴随着某种动作、音乐、诗歌和舞蹈的一种特定行为。《说文解字》：“诗，志也。”《毛诗序》曰：“诗者，志之所之也，在心为志，发言为诗，情动于中而形于言，言之不足，故嗟叹之，嗟叹之不足，故永歌之，永歌之不足，不知手之舞之，足之蹈之也。”“诗”最早的含义应当是和乐而歌，表达心志的一种形式。后来,专指言说心志、抒发情感的押韵文字,如《国语·鲁语》:“诗所以合意,歌所以咏诗也。”“诗”在当时也专指《诗经》,如《论语·季氏》:“子曰:‘不学诗,无以言。’”;《论语·阳货》:“子曰:‘小子何莫学夫诗?诗,可以兴,可以观,可以群,可以怨。”现在,“诗”的含义更多是一种文学体裁,它以高度凝练的语言,形象地表达作者丰富的思想感情,集中地反映社会生活,并具有一定的节奏和韵律。在中国文学发展史上,广义的诗歌应当包括“诗”“词”“曲”“新诗”等在内的多种诗歌样式。挟义的诗歌仅指广义诗歌中的“诗”。

二、诗歌的分类

诗歌以“五四”运动为界,分为旧体诗和新诗。“五四”运动以前,以文言为其语言表达形式,称旧体诗;“五四”运动以后,以白话为其语言表达形式,称为新诗。本书所讲是旧体诗相关知识。

(一)按数字分类

从字数上看,诗可以分成四言诗、五言诗、七言诗、六言诗等。一首诗中一句四个字为四言诗,五个字为五言诗,七个字为七言诗。六言诗很少,《诗经》以四言为主,唐以后四言诗也很少见,所以一般诗集只分成五言和七言两类,杂言诗也归到七言里面去了。

(二)按格律分类

从格律上看,诗分为古体诗和近体诗,这是唐代形成的概念。

1.古体诗

古体诗又称古风,《诗经》《楚辞》及“歌”“歌行”“引”“曲”“吟”等体裁的诗歌都属古体诗。古体诗的特点是不讲平仄,不要求对仗,押韵较自由。可以押平声韵,可以押仄声韵,可以平仄韵混押。如《春江花月夜》,全诗共换了九个韵,而且基本上是平仄韵交替。

2.近体诗

近体诗又称今体诗,是唐代形成的一种格律体诗,分为绝句和律诗。近体诗格律很严格,“篇有定句,句有定字,字有定声”。近体诗只能押一个韵,一般是平声韵,不能平仄韵混押。有押仄声韵的,属古体诗。

绝句通常是指律绝,分为五言绝句(简称五绝)和七言绝句(简称七绝)。律诗包括五言律诗(简称五律)和七言律诗(简称七律),也有超过八句的律诗,称为排律(或长律)。

绝句和律诗的主要区别是:(1)句数不同。律诗每首八句,每两句为一联,共分四联:首联(一联)、颈联(二联)、颔联(三联)、尾联(四联)。绝句每首四句,是律诗的一半,所以有人称绝句为“截句”“断句”。(2)绝句不讲究对仗,律诗中间两联必须对仗。(3)绝句可不避重字,律诗不能重字。

(三)按内容分类

从内容来看,可分为怀古诗(咏史诗)、咏物诗、山水田园诗、边塞诗、行旅诗和闺怨诗、送别诗等。

1.怀古诗(咏史诗)

一般是怀念古代的人物和事迹。咏史怀古诗往往将史实与现实扭结到一起,或感慨个人遭遇,或抨击社会现实。如刘禹锡的《乌衣巷》,今昔对比,表达了诗人的沧桑之感。

2.咏物诗

咏物诗是以某一物为描写对象,抓住其某些特征着意描摹。往往托物言志,由物到人,由实到虚,写出精神品格。常用比喻、象征、拟人、对比等表现手法。

3.山水田园诗

南朝谢灵运开山水诗先河,东晋陶渊明开田园诗先河,发展到唐代,有山水田园诗派,代表人物有王维、孟浩然等。山水田园诗以描写自然风光、农村景物以及安逸恬淡的隐居生活见长,诗境隽永优美,风格恬静淡雅,语言清丽洗练。

4.边塞诗

从先秦就有了以边塞、战争为题材的诗,发展到唐代,由于战争的仍频,统治者重武轻文,士人邀功边庭以博取功名比由科举进身容易得多,加之盛唐时期积极用世、昂扬奋进的时代气氛,于是奇情壮丽的边塞诗便发展起来,形成了一个新的诗歌流派,代表人物有高适、岑参、王昌龄。

5.行旅诗和闺怨诗

古人或久宦在外,或长期流离漂泊,或久戍边关,总会引起浓浓的思乡怀人之情,所以这类诗文特别多,它们或写羁旅之思,或写思念亲友,或写征人思乡,或写闺中怀人。写作上或触景伤情,或感时生情,或托物传情,或因梦寄情,或妙喻传情。

6.送别诗

古代由于交通不便,通讯极不发达,亲人朋友之间往往一别数载难以相见,故古人特别看重离别。离别之际,人们往往设酒饯别,折柳相送,有时还要吟诗话别,因此离情

别绪就成为古代诗文一个永恒的主题。因各人的情况不同,故送别诗所写的具体内容及思想倾向往往有别。有的直接抒写离别之情,有的借以一吐胸中积愤或表明心志,有的重在写离愁别恨,有的重在劝勉、鼓励、安慰,有的兼而有之。

(四)按表达方式分类

从表达方式来看,可分为叙事诗和抒情诗。

1.叙事诗

叙事诗主要是用诗的形式刻画人物,通过写人叙事来抒发情感。初期叙事诗主要集中在民歌中,以叙述历史或当代的事件为内容,有比较完整的故事情节和人物形象,如《诗经》中就有大量叙事的篇章,乐府诗中的《孔雀东南飞》《木兰诗》等都属于叙事诗。到了唐代,元稹和白居易等文人也开始大量创作叙事诗,著名的有《长恨歌》《琵琶行》《连昌宫词》等。

2.抒情诗

抒情诗主要是通过直接抒发诗人的思想感情来反映社会生活,不要求描述完整的故事情节和人物形象,对客观事物的再现要服从于主观内心世界的表现。抒情诗一直是我国诗歌的主流,从《诗经》《楚辞》到李白、杜甫、李商隐等人的绝大多数诗歌都是抒情诗。当然,叙事和抒情也不是决然分割的。叙事诗也有一定的抒情性,不过它的抒情要求要与叙事紧密结合。抒情诗也常有对某些生活片断的叙述,但不会铺展,应服从抒情的需要。

三、诗歌的审美特征

(一)语言美

诗歌语言是最凝练的语言,它要求“意在言外”,“言有尽而意无穷”。以有限的字句,表达不尽的情意,正是诗的本分。

(二)绘画美

“画为不语诗,诗是能言画”“诗是无形画,画是有形诗”都强调了诗歌的形象性。诗歌要呈现给读者视觉看得见的具体形象,这就是要创设意象,意象能够引发读者的联想和想象。

(三)情感美

情感美是诗的重要特征。没有情感的诗不能称之为诗或好诗。无论喜怒哀乐,只要是真挚纯粹的情感,就能引起读者感情上的共鸣,得到美的享受。

（四）音乐美

韵律和节奏是诗歌美的一个重要因素，包括声律（平仄、轻重、长短句）和韵律（押韵和韵式等）。

（五）滋味美

滋味美，也叫作“诗味”，这是诗的艺术境界，是诗给我们的一种独特感受。诗歌的风格、气脉、文采、文质美均是构成诗味的要素。诗歌的意味，常常在字里行间之外，需要敏锐的感受力方能感知。

四、诗歌的发展史

（一）诗歌的起源

诗歌是最古老的文学形式之一。自人类有了语言，诗歌便产生了。原始的诗歌与人类的劳动生活紧密相连。《吕氏春秋·淫辞》曰：“今举大木者，前呼‘舆謣’，后亦应之。”《淮南子·道应训》也有同样的记载，但改“舆謣”为“邪许”，并明言“此举重劝力之歌也”。这是在集体劳动中为协调动作、减轻疲劳、提高效率而发出的有节奏的呼应倡和之声。它们的创作者，鲁迅曾称之为“杭育杭育派”（鲁迅：《门外文谈》）。这也说明，诗歌起源于人类的集体生产劳动。

原始歌谣为原始人集体口头创作，代代口耳相传，反映了初民现实生活中的思想、感情、意志和愿望，在文学史上具有重要的价值。但因年久湮灭，今人已难明其原貌。在一些古籍中，载有所谓神农、黄帝、尧、舜时代的歌谣，如《击壤歌》《康衢谣》《尧戒》《卿云歌》《南风歌》《赓歌》等，实际上多系后人伪托，或经改窜之作，大都不足凭信。

不过，倘细加分辨，仍可发现载籍中少数质朴的歌谣，比较接近原始的形态。如《吕氏春秋·音初》载《候人歌》：“候人兮猗！”除去表感叹而无实义的“兮猗”，实仅“候人”二字，可说是极简单的诗歌创作。再如《吴越春秋》卷九所载《弹歌》：

断竹，续竹，飞土，逐宍（古“肉”字）。

以二字短句和简单的节奏，表现出砍伐竹子、制造弹弓、射出弹丸、射中鸟兽的整个劳动过程。弓箭的发明，是人类进入高级蒙昧社会的主要标志。看来它可能是原始人由蒙昧过渡到野蛮时代的创作。

另一首比较古老的歌谣是《礼记·郊特牲》所载，相传为伊耆氏（一说为神农，一说为帝尧）时代的《蜡辞》：

土，反其宅！水，归北壑！昆虫，勿作！草木，归其泽！

蜡，通“腊”，古代祭祀名，周朝年末大祭万物。《蜡辞》即“蜡祭”祝祷辞，仿佛是对

自然界发出的“咒语”，意即命令土、水、草木各还其所，昆虫不要为害。它表达了克服水患、虫灾、草木荒，以夺取农业丰收的强烈感望，是一首节奏鲜明、用词简单的短歌，明显带有原始宗教意识色彩。这样的作品，虽也不免后人的加工润饰，但从内容到形式，可能多少保留了原始歌谣的基本风貌。

(二)《诗经》

《诗经》是我国最早的一部诗歌总集。它收录了自西周初期到春秋中叶的诗歌305篇，存目311篇，其中6篇有目无辞。原名《诗》，或称“诗三百”。战国时，被列为儒家“六经”之一，西汉时被尊为儒家经典，始有《诗经》之名。《诗经》内容分风、雅、颂三部分。

“风”是民歌的意思，也叫国风，包括15个地方(周南、召南、邶、鄘、卫、王、郑、齐、魏、唐、秦、陈、桧、曹、豳)，共160篇，是《诗经》的精华。“雅”是正声雅乐，是宫廷的乐歌，即贵族享宴或诸侯朝会时的乐歌，分大雅(31篇)、小雅(74篇)，有诗105篇。大雅多为宴饮所作，小雅多为个人抒怀所作。“颂”是宗庙用于祭祀的乐歌和舞歌，包括周颂(31篇)、鲁颂(4篇)、商颂(5篇)，有诗40篇。

《诗经》诗篇所产生的地域，大都在山东、河南、山西、陕西，及湖北、安徽北部等地。其时代大多难考，大略言之，“商颂”是商代的诗，“周颂”是西周初期诗，“大雅”大部分产生在西周中期，“小雅”大多产生于西周晚期，“国风”中的大部分产生在东周。《诗经》各篇的作者大多不可考，总体看来，“风”和“小雅”中的一部分出自民间，少部分是贵族制作；“大雅”与“颂”都是贵族的作品。

《诗经》的成书有“采诗说”“献诗说”“删诗说”。采诗说：周代设采诗之官到各诸侯国采诗，献于朝廷以了解民情。献诗说：周代公卿大夫献诗、陈诗于周天子，以美颂或讽谏。删诗说：孔子整理、删定。子曰：“吾自卫返鲁，然后乐正，雅颂各得其所。”(《论语·子罕》)司马迁：“古者诗三千余篇，及至孔子去其重，取可施于礼义……三百五篇，孔子皆弦歌之。”(《史记·孔子世家》)班固：“……孔子纯取周诗，上采殷，下取鲁，凡三百五篇。”(《汉书·艺文志》)后代学者认为，《诗经》的编者应该是周王朝掌管音乐的太师，他们把诗收集起来，加工整理，并给它们配上音乐，再颁布到各诸侯国。

《诗经》在春秋时期已广为流传，西汉时，鲁国毛亨和赵国毛苌所辑和注的古文《诗》被称为毛诗。汉人传诗的加之毛诗本有四家，称为四家诗。后三家即鲁诗(申培公所传)、齐诗(辕固生所传)、韩诗(韩婴所传)。此三家又被称为三家诗，皆采用今文，在西汉被立于学馆，研究此一学的被称为今文经学。但是毛诗后起，逐渐取代三家地位。因《毛诗》采用古文，研究此学的被称为古文经学。东汉经学家郑玄曾为《毛传》作

"笺",至唐代孔颖达作《毛诗正义》。从此《毛传》和《郑笺》成为官方承认的《诗经》注释依据,受到后世推崇。自郑玄为毛诗作笺后,毛诗始广为流传,三家诗渐亡。今天我们所见到的本子就是"毛诗"。

《诗经》思想内容广阔,涉及周民族的史诗、赞颂、怨刺、婚恋、农事和征役等等,丰富多彩,真实、生动而较全面地反映了当时的社会生活,具有很高的历史和审美价值,是我国现实主义诗歌的源头。

《诗经》常用的表现手法是"赋、比、兴",与"风、雅、颂"合称"六义"。"诗六义"这个说法是《诗大序》(《毛诗序》)最先提出,这个说法又是以《周礼》"大师……教六诗:曰风,曰赋,曰比,曰兴,曰雅,曰颂"的旧说为根据,对《诗经》中作品的分类和表现手法所做的高度概括。孔颖达在《毛诗正义》中解释:"风、雅、颂者,《诗》篇之异体;赋、比、兴者,《诗》文之异辞耳。……赋、比、兴是《诗》之所用;风、雅、颂是《诗》之成形。用彼三事,成此三事,是故同称为'义'。"赋、比、兴的运用,既是《诗经》艺术特征的重要标志,也开启了中国古代诗歌创作的基本手法。关于赋、比、兴的意义,历来说法众多。简言之,赋就是铺陈直叙,即诗人把思想感情及其有关的事物平铺直叙地表达出来。比就是比方,以彼物比此物,诗人有本事或情感,借一个事物来作比喻。兴则是触物兴词,客观事物触发了诗人的情感,引起诗人歌唱,所以大多在诗歌的发端,朱熹在《诗经集传·关雎》中言:"兴者,先言他物以引起所咏之辞也。"赋、比、兴三种手法,在诗歌创作中往往交相使用,共同创造了诗歌的艺术形象,抒发了诗人的情感。

《诗经》的句式,以四言为主,四字句节奏鲜明而略显短促。多采用重章迭唱形式,整篇中同一诗章重叠,只变换少数几个词,反复吟咏,造成形式上的回环往复,增强抒情性,使诗意层层推进,步步深化。

《诗经》虽有少数叙事的史诗,但主要是抒情言志之作。从此以后,我国诗歌沿着《诗经》开辟的抒情言志的道路前进,抒情诗成为我国诗歌的主要形式。

《诗经》表现出的关注现实的热情、强烈的政治和道德意识、真诚积极的人生态度,被后人概括为"风雅"精神,直接影响了后世诗人的创作。如屈原的《离骚》及《九章》中忧愤深广的作品,兼具了国风、"二雅"的传统。汉乐府诗缘事而发的特点,建安诗人的慷慨之音,都是这种精神的直接继承。后世诗人往往倡导"风雅"精神,来进行文学革新。

《诗经》所创立的比兴手法,经过后世发展,成了我国古代诗歌独有的民族文化传统。汉乐府民歌、古诗十九首以及魏晋时期许多文人的创作中,都不乏其例,形成了我国古代诗歌含蓄蕴藉、韵味无穷的艺术特点。

《诗经》对我国后世诗歌体裁结构、语言艺术等方面,也有深广的影响。曹操、嵇康、

陶渊明等人的四言诗创作直接继承《诗经》的四言句式。后世箴、铭、诵、赞等文体的四言句和辞赋、骈文以四大句为基本句式,也可以追溯到《诗经》。

(三)楚辞

长江流域同黄河流域一样,很早就孕育着古老的文化。楚民族兴起以后,成为这一地域文化的代表。楚民族在其发展过程中,不断与中原文化进行交流。从春秋中叶开始,楚国与北方的文化交流已经日益频繁,到了楚国末期,南北方文化的交融终于孕育出以屈原为代表的诗人群体和以《离骚》为代表的楚辞。屈原《九章》中的《橘颂》全用四言句,又在隔句的句尾用“兮”字,可以视为《诗经》对《楚辞》的渗透和影响。

“楚辞”之名,首见于《史记·张汤传》。其本义当是泛指楚地的歌辞,以后才成为专称,指以战国时楚国屈原的创作为代表的新诗体。这种诗体具有浓厚的地域文化色彩,如宋人黄伯思所说,“皆书楚语,作楚声,纪楚地,名楚物”(《东观余论》)。西汉末,刘向辑录屈原、宋玉的作品,及汉代人模仿这种诗体的作品,书名即题作《楚辞》。这是《诗经》以后,我国古代又一部具有深远影响的诗歌总集。另外,由于屈原的《离骚》是楚辞的代表作,所以楚辞又被称为“骚”或“骚体”。

《楚辞》与《诗经》之间存在着地域文化的重大差异,诗歌的内容和形式显著不同。《楚辞》中诗歌的篇幅通常都比《诗经》里的长;《楚辞》的文辞华美多彩,不同于《诗经》文辞的简朴自然;《楚辞》的句式除了四言句外,更多地使用五、六、七言句,语言节奏富于变化;《楚辞》多奇思异想和神话色彩,不同于《诗经》大体局限于现实生活人和事的范围。楚国没有形成北方那样严密的宗法政治制度,在这样的生活环境中,个体意识比较强烈。丰饶的物产、多变的地貌和繁茂的生物容易培养楚国人民浪漫的情思,人神共处的巫文化更容易导致楚国诗人产生奇幻的想象。

屈原(约公元前340—约公元前278)名平,字原,是楚国的同姓贵族。屈原年轻时受到楚怀王的高度信任,官为左徒,是楚国内政外交的核心人物。后因上官大夫在怀王面前进谗,于是怀王“怒而疏屈平”。屈原被免去左徒之职后,转任三闾大夫,掌管王族昭、屈、景三姓事务,负责宗庙祭祀和贵族子弟的教育。由于在内政外交上与怀王、顷襄王发生矛盾,再加上奸臣诬陷,导致屈原多次被放逐。顷襄王21年,秦将白起攻破楚都郢。次年,秦军又进一步入侵。屈原于悲愤交加之中,自沉于汨罗江。

屈原的作品,在《史记》本传中提到的有《离骚》《天问》《招魂》《哀郢》《怀沙》《九歌》《九章》等。《离骚》是屈原最重要的代表作,是我国第一首浪漫主义抒情长诗。全诗三百七十二句,二千四百九十字,是中国古代最为宏伟的抒情诗篇。《离骚》叙述了诗人的身世和志向,表现了诗人一生坚持不懈的斗争和决心以身殉志的悲剧,反映了楚国统治阶层中正直与邪恶两种势力的尖锐斗争，表达了他为国为民坚强不屈、至死不渝的精神。

《离骚》闪耀着理想主义的光辉，诗人炽烈的情感、坚定的意志、高尚的人格和追求真理的精神借助诗歌的形式产生了巨大的艺术感染力。在作品中，诗人运用拟人和象征等艺术手法，使各种奇花异草都成为诗人崇高品格的象征，为中国文学开创了“香草美人”的传统。

屈原的诗篇发展了《诗经》的比兴手法，喜欢大量铺陈华美艳丽的辞藻。他赋予草木、鱼虫、鸟兽、云霓等事物以人的意志和生命，寄托自身的思想感情，增加了诗歌的美感。大体上可以说，中国古代文学中讲究文采、风格华美的文学流派，最终都可以溯源于屈原。在诗歌形式上，屈原打破了《诗经》以整齐的四言句为主、简短朴素的体制，创造出句式可长可短、篇幅宏大、内涵丰富复杂的“骚体诗”，这对于中国诗歌发展具有极其重要的意义。

屈原在负责贵族子弟的教育期间，培养了许多人才。宋玉是文学成就最高的一位。

宋玉的生平情况，一些书籍也有记载，但未必可靠。确定为宋玉作品的唯有《九辩》一篇。《九辩》借悲秋抒发“贫士失职而志不平”的感慨，塑造出一个坎坷不遇、憔悴自怜的才士形象。篇中虽然也揭露批判了楚国腐朽政治，但缺少屈原那样深广的忧愤和追求理想的巨大热情，虽然也抒发了个人失意的不满和痛苦，但缺乏屈原那样高傲的自信和不屈的对抗精神，反而以清高为掩饰，屈服于社会势力的压迫。因此，《九辩》的哀愁，只是不得志文人的一种个人的、压抑的哀愁，只是“惆怅兮而私自怜”。这种文士怀才不遇的遭遇和牢骚，乃至见秋景而生哀愁的抒情模式，对后世在专制势力压迫下无力反抗而标榜“穷则独善其身”、以清高自惜自怜的文人产生了巨大影响，因而文学史上就出现了更多伤春悲秋的文赋诗词。

总之，以屈原为代表的楚辞，奠定了中国诗歌的浪漫主义传统。《诗经》与《楚辞》始终作为历史上的两种不同风格的文学典范而“风骚”并称，对后世文学产生了绵延无尽的影响。

（四）汉乐府

乐府初设于秦，是当时“少府”下辖的一个专门管理乐舞演唱教习的机构。汉初乐府并没有保留下来。到了汉武帝刘彻时，在定郊祭礼乐时重建乐府，“乐府”的具体任务是搜集歌辞，制定乐谱，训练乐工，以备朝廷祭祀或宴会时演奏之用。“乐府”除由文人制定“雅乐”外，还大规模地采集民间歌辞，以供统治者了解民间动向和满足歌舞宴乐的需要。这些“雅乐”和民间歌辞，魏晋南北朝时被统称为“乐府”，“乐府”便由原来的官署名称一变而成为我国古代诗歌中的一种诗体(后世就叫“乐府诗”,或简称“乐府”)。汉代“乐府”中的“雅乐”是僵死的庙堂文学,无大价值。代表汉代诗歌最高成就的是“乐府”中的民歌部分。汉代“乐府”中的民歌部分出自下层人民之口,是“感于哀乐,缘事而发”的,直接道出了当时生活在水深火热之中的劳动人民的痛苦、悲愤和反抗,广泛而深刻地反映了两汉社会,特别是东汉社会的尖锐而复杂的矛盾,感情真挚,语言质朴,形象鲜明,富有劳动人民的粗犷气息和强烈的现实主义精神。乐府诗既是两汉优秀文学的一部分,也是我国民间文学的宝库,是继《诗经》《楚辞》后的又一颗明珠,对当时及以后文人的创作都有很大的影响。

“乐府”原为音乐机构的名称,负责收集创作乐曲,训练乐工等;后指乐府收集、保留下来的谱过曲的、能够配乐演唱的诗词,为作品名称;再后来指仿照乐府格式、采用乐府旧题而作的诗词,不仅用于演唱,也用于吟诵;唐代新乐府运动中指按照乐府诗的某些特点写作的诗,又称“新乐府”或“系乐府”。宋元后又用作词、曲的别称。

《汉书·艺文志》载当时收集的西汉乐府民歌有 138 首,但留存不多,现存大多为东汉乐府搜集的作品。《乐府诗集》(南宋·郭茂倩)将历代(自汉至唐)乐府诗分为十二类:郊庙歌辞、燕射歌辞、鼓吹曲辞、横吹曲辞、相和歌辞、清商曲辞、舞曲歌辞、琴曲歌辞、杂曲歌辞、近代曲辞、杂歌谣辞和新乐府辞。其中包含汉乐府诗的有四类:“郊庙歌辞”,为文人制作的朝廷典礼乐章;“相和歌辞”,多为江南楚地的民间歌辞;“鼓吹曲辞”,是北方民族的乐曲,用于军乐;“杂曲歌辞”,指声调已经失传,无所归属的乐曲的歌辞。

乐府民歌的思想内容主要包括以下几类。

一是揭露战争和徭役带给人民的灾难和痛苦,如《战城南》。二是反映劳动人民的穷困生活及对阶级压迫的反抗,如《东门行》。三是反映男女爱情和被压迫妇女的命运,这一类作品在汉乐府中不仅数量众多,而且极具艺术价值,如《上邪》。叙事长诗《孔雀东南飞》标志着汉乐府叙事诗发展的高峰,也是我国现实主义诗歌发展的重要标志,与《木兰诗》《秦妇吟》并称为“乐府三绝”。长诗总体为写实,但铺排描写及结尾却颇富浪漫色彩,对后世文学影响很大,被称为“长诗之圣”(王世贞《艺苑后言》)、“古今第一首长诗”(沈德潜《古诗源》)。

汉乐府继承了《诗经》以来的现实主义传统,“感于哀乐,缘事而发”是汉乐府艺术特色。首先,叙事性是其基本艺术特色。汉乐府第一次具体而深入地反映了社会下层民众日常生活的艰难与痛苦,在后代逐渐形成中国诗歌的一种显著特色,奠定了中国古代叙事诗的基础。其次,表现激烈而直露的感情。汉乐府接受了楚文化传统的熏陶,又在更广泛的方面和更强烈的程度上表现出来,即“感于哀乐”的特色。另外,出现了第三人称叙述。在句型上突破了《诗经》的四言格式，采用杂言和五言，长短随意，整散不拘，是一种具有口语化特色的新体诗。特别是五言诗，为汉代民间首创，后来经过文人加工，成为中国诗歌的主要形式。汉乐府对中国古典诗歌的发展具有深远的影响。

（五）《古诗十九首》

《古诗十九首》诞生于东汉末年，非一人一时一地所作，作者皆不可考。《古诗十九首》组诗名，最早见于《文选》，为南朝梁萧统从传世无名氏《古诗》中选录十九首编入，冠以此名，列在“杂诗”类之首，后世将其当作组诗看待，遂成为专名。《古诗十九首》在中国诗歌史上是继《诗经》《楚辞》之后的又有极有影响力的作品。从《古诗十九首》开始，中国的诗歌就脱离了《诗经》的四言体式，脱离了《楚辞》的骚体和楚歌体，开启沿袭两千年之久的五七言体式。在我国的旧诗里，人们写得最多的就是五言诗和七言诗。直到今天，写旧诗的人仍以五言和七言为主。而《古诗十九首》就是五言古诗中最早期、最成熟的代表作品。它在谋篇、遣词、表情、达意等各方面，都对我国旧诗产生了极深远的影响。刘勰的《文心雕龙》称它为“五言之冠冕”，钟嵘的《诗品》赞颂它“天衣无缝，一字千金”，王世贞赞其为“千古五言之祖”。《古诗十九首》是乐府古诗文人化的标志。这一组诗代表了汉代文人五言诗的最高成就，是古典诗歌抒情诗的典范。

（六）建安诗歌

“建安”（公元196—220年）为汉献帝年号，文学史上的建安时期，是指建安至魏初的一段时间。这一时代的作家，逐步摆脱了儒家思想的束缚，注重作品本身的抒情性，加上当时处于战乱动荡的年代，思想感情常常表现得更为慷慨激昂。他们创作了一大批文学巨著，形成了文学作品内容充实、感情丰富的特点。建安时期的作品真实地反映了现实的动乱和人民的苦难，抒发诗人建功立业的理想和积极进取的精神，同时也流露出人生短暂、壮志难酬的悲凉幽怨，意境宏大，笔调朗畅，具有鲜明的时代特征和个性特征，因其雄健深沉、慷慨悲凉的艺术风格，文学史上称之为“建安风骨”或“汉魏风骨”。代表人物有“三曹”（曹操、曹丕、曹植）、“七子”（孔融、陈琳、王粲、徐干、阮瑀、应玚、刘桢）和女诗人蔡琰。

“曹氏父子”是建安文坛的领军人物。曹操的诗文深沉慷慨、气势雄浑，代表作有《蒿里行》《短歌行》《观沧海》《龟虽寿》等。曹丕的《燕歌行》是现存最早的七言诗。曹植的文学成就最高，他的《洛神赋》是千古名篇，以精练的语言及淳厚的感情，描绘出洛神绝世之美及纯洁无瑕的形象。曹操、曹丕、曹植并称“建安三曹”。“七子”中成就最高的是王粲，其代表作《七哀诗》是汉末战乱动荡的真实写照。

曹操（155—220年）字孟德，一名吉利，小字阿瞒，沛国谯县人，汉族。东汉末年杰出的政治家、军事家、文学家、书法家。三国中曹魏政权的缔造者，以汉天子的名义征讨四方，对内消灭二袁、吕布、刘表、韩遂等割据势力，对外降服南匈奴、乌桓、鲜卑等，统一了中国北方，并实行一系列政策恢复经济生产和社会秩序，奠定了曹魏立国的基础。曹操在世时，担任东汉丞相，后为魏王，去世后谥号为武王。其子曹丕称帝后，追尊为武皇帝，庙号太祖。

曹丕（187—226年）字子桓，沛国谯县人。曹魏开国皇帝，魏武帝曹操之子。建安二十二年，成为魏国世子。建安二十五年，继任丞相、魏王。同年即位，结束了汉朝四百多年的统治，建立了魏国。在位期间，采纳吏部尚书陈群的意见，制定实施九品中正制，成为魏晋南北朝时期主要的选官制度，平定了青州、徐州一带的割据势力，最终完成了北方地区的统一。黄初七年（226年），曹丕病逝于洛阳，时年四十岁，谥号文皇帝，庙号世祖，安葬于首阳陵。理论著作有《典论》，当中的《论文》是中国文学史上第一部有系统的文学批评专论作品。

曹植（192—232年）字子建，沛国谯县人，是曹操与武宣卞皇后所生第三子，生前曾为陈王，去世后谥号“思”，因此又称陈思王。作为建安文学的代表人物之一与集大成者，他在两晋南北朝时期，被推尊到文章典范的地位。南朝宋文学家谢灵运有“天下才有一石，曹子建独占八斗”的评价。文学批评家钟嵘亦赞曹植“骨气奇高，词彩华茂，情兼雅怨，体被文质，粲溢今古，卓尔不群”，并在《诗品》中把他列为品第最高的诗人。王士祯尝论，汉魏以来两千年间诗家堪称“仙才”者，曹植、李白、苏轼三人耳。曹植的创作以建安二十五年（220）为界，分前后两期。前期诗歌主要歌唱他的理想和抱负，洋溢着乐观、浪漫的情调，对前途充满信心。后期的诗歌则主要表达由理想和现实的矛盾所激起的悲愤。他的诗歌，既体现了《诗经》“哀而不伤”的庄雅，又蕴含着《楚辞》窈窕深邃的奇谲；既继承了汉乐府反映现实的笔力，又保留了《古诗十九首》温丽悲远的情调。曹植的诗又有自己鲜明独特的风格，完成了乐府民歌向文人诗的转变。其代表作有《七哀诗》《白马篇》《赠白马王彪》《门有万里客》等。

总之，建安文学是建安时代的忠实记录，建安诗歌继承并发扬了汉乐府民歌感于哀乐，缘事而发的现实主义精神，又有所创新；艺术上，把乐府旧题的四言、杂言叙事诗，改变为旧调新内容或另创新题的五言抒情诗；语言由质朴刚健趋向华美；作品大多呈现出一种慷慨悲凉、清新刚健的风格特征。

（七）田园诗

东晋诗坛，玄风炽盛，内容上，“诗必柱下之旨归，赋乃漆园之义疏”（刘勰《文心雕龙·时序篇》）；艺术上，“理过其辞，淡乎寡味”（钟嵘《诗品序》）。直到晋末宋初的陶渊明，才给枯燥沉闷的诗坛吹来了一股清新的空气，把中国古典诗歌艺术提高到一个更为淳真质朴的境界。他清高耿介的人格，恬淡玄远的志趣，连同其饮酒诗、田园诗，为后世文人士大夫筑起一个了纯洁、自由的精神家园。

陶渊明出生于一个没落的仕宦家庭。曾祖陶侃（尚存争议）是东晋开国元勋，祖父作过太守，父亲早死，母亲是东晋名士孟嘉的女儿。正是因为这样的家世背景，陶渊明少年时代既深好六经，有大济苍生的宏愿，又厌恶世俗，不慕荣利，热爱自然。迫于生计，他二十九岁入仕，曾任江州祭酒、建威参军、镇军参军、彭泽县令等一类小官。后因仕途坎坷，又不耐烦屈心抑志，东晋安帝义熙元年（405），41 岁的陶渊明在江西彭泽做县令，不过八十多天，便声称不愿“为五斗米折腰向乡里小儿”，挂印回柴桑。从此结束了时隐时仕、身不由己的生活，终老田园。归隐后 22 年间，虽生活窘迫，他仍以耕读自娱，诗酒为伴，未再入仕。陶渊明是中国第一位田园诗人，被称为“古今隐逸诗人之宗”。陶渊明传世作品共有诗 125 首，文 12 篇，被后人编为《陶渊明集》。

陶诗题材可分为田园诗、咏怀诗、咏史诗、行役诗、赠答诗。田园诗或表现农村的恬静幽美和诗人的悠然自得之趣，或反映劳动生活的内容以及在劳动中与农民建立的友谊，或描写自己的穷困和农村的凋敝，或表现诗人的社会理想。其代表作有《归园田居》《饮酒》等。

陶渊明的田园诗，每首诗里都渗着心况，透着悲凉。表面是写风景，实际是写心境。田园被陶渊明用诗的构造手段高度纯化、美化，变成了痛苦世界中的一座精神避难所。陶渊明的田园诗为我国文人寻求到了另一种寄托情思的方式，其人格魅力和人生范式为后世文人仿效。“相逢尽道休官好，林下何曾见一人。”陶渊明是中国士大夫精神上的一个归宿。他的清高耿介、洒脱质朴、淳厚善良，他对人生所作的哲学思考，连同他的作品一起，为后世的士大夫营造了一个精神家园。

（八）山水诗

谢灵运（385—433 年），原名公义，字灵运，以字行于世，小名客儿，世称谢客。出身陈郡谢氏，祖籍陈郡阳夏（今河南太康县），生于会稽始宁（今浙江绍兴上虞）。南北朝时期诗人、佛学家、旅行家。晋安帝元兴二年（403 年），谢灵运继承了祖父的爵位，被封为康乐公。义熙元年（405 年），出任大司马司马德文的行参军。此后任抚军将军记室参军、太尉参军等职。刘宋代晋后，降封康乐侯，历任永嘉太守、秘书监、临川内史，元嘉十年（433 年）被宋文帝刘义隆以“叛逆”罪名杀害，年仅四十九岁。谢灵运少即好学，博览群书，工诗善文。其诗与颜延之齐名，并称“颜谢”、他还兼通史学，擅书法，曾翻译外来佛经，并奉诏撰《晋书》。谢灵运是第一位全力创作山水诗的诗人，开创了中国山水文学的新境界。其现存诗近百首,其中38首可称得上是较为完整的山水诗。明人辑有《谢康乐集》。山水诗在晋宋勃然而兴,其功首推谢灵运。

谢灵运及他的山水诗创作在刘宋时期已产生巨大影响,沈约、谢朓等人对其的继承与发展促进了山水诗的逐步完善。谢诗语言富丽精工而近自然,追求细致入微的描摹景物,这对后世诗人诗歌语言及写景技巧都有示范作用。谢诗追求骈偶对仗,这一特点一方面直接影响了稍后的齐梁文学,促进永明体的出现,另一方面又间接推动了近体诗的出现,为初盛唐山水诗走向律化起了应有的作用。他的山水诗创作在写景模式与形式技巧方面都影响着初盛唐诗人的诗歌创作。谢诗三段式结构和明暗双线结构为初盛唐诗歌的发展搭建了较高的平台,最终山水诗在唐代达到高度的繁荣,出现山水田园诗派。

(九)南北朝乐府

南北朝乐府民歌是继周民歌和汉乐府民歌之后以比较集中的方式出现的又一批人民口头创作,是我国诗歌史上又一新的发展。它不仅反映了新的社会现实,而且创造了新的艺术形式和风格,一般来说,它篇幅短小,抒情多于叙事。

南北朝乐府民歌虽然是同一时代的产物,但由于南北朝的长期对峙,北朝又受到鲜卑族的统治,政治、经济、文化以及民族风尚、自然环境等都大不相同,因而南北朝民歌也呈现出不同的色彩和情调,《乐府诗集》所谓“艳曲兴于南朝,胡音生于北俗”正扼要地说明这种不同。南歌的抒情长诗《西洲曲》和北歌的叙事长诗《木兰诗》,为这一时期民歌生色不少,《木兰诗》尤为卓绝千古。

1.南朝乐府

南朝中央政府也有乐府机关,专门收集民歌,现在记载下来的有四百余首,其中有“吴声歌”326首,“西洲曲”142首,数量比汉、北朝乐府民歌多。内容比较狭窄,绝大部分都是情歌,反映了青年男女追求自由、幸福爱情生活愿望,在一定程度上有反封建礼教意义,与齐梁之际统治阶级宫体诗有区别。艺术风格清新自然,哀怨缠绵,体裁短小,多为五言四句,对唐朝五言绝句发展有很深影响。代表作有《子夜吴歌》《子夜四季歌》,抒情长诗《西洲曲》及《华山畿》25首等。

2.北朝乐府

北朝乐府民歌所剩余60余首,保存在《乐府诗集·梁鼓角横吹曲》中,其他在《杂曲歌辞》和《杂曲谣辞》中,数量没有南朝乐府民歌多,但内容却丰富得多,而且相当全面,生动地反映北朝200多年间的社会状况和时代特征,表现手法和艺术风格与南朝乐府民歌不相同,区别是由以下原因造成的:一是从政治经济状况看,北方混战严重,战乱频繁,生产力遭到破坏,异族统治压迫剥削非常残酷,劳动人民的生活比南方痛苦。二是从民族来看,北方少数民族大量入居内地,各少数民族互相杂居,所以民族风尚也不同,南方则主要是汉族。三是从地理环境来看,北方苍茫辽阔,南方山明水秀,不同地理环境产生民歌也不同。四是从民族作者来看,北方作者是更下层的广大人民,带有劳动人民特有的粗犷和干脆,南朝民族作者为城市市民,故曲调思想感情不同。

艺术特色方面,北朝民歌语言质朴无华,风格豪迈刚健,表现感情爽直、坦率,体裁多样,除五言四句外,还有七言四句、七言古诗体、杂体诗(五言、七言混杂)。

南北朝乐府民歌继承了周民歌和汉乐府民歌现实主义精神,北朝民歌更为突出。这在形式主义文风泛滥的南北朝出现是一种新力量、新血液。表现手法及口语运用方面对后世影响较大。南朝艳曲对陈梁"宫体诗"形成泛滥客观上起消极作用。胡应麟评"了无一语有丈夫气"。体裁方面,民歌开辟一条抒情小诗的新道路,即五言、七言绝句体。汉民歌有但少,故绝句真正源头是南北朝民歌。民歌对唐代诗歌的发展影响极大,如《木兰诗》对唐代七言歌行发展起示范性推动作用。

(十)唐诗

唐代是诗歌高度成熟的黄金时代。清人编纂的《全唐诗》及后人辑录的《全唐诗逸》《全唐诗外编》共收录了近52000首诗,有姓名的作者达2300多人,其数量之众、作者面之广、风格流派之多、体裁样式之全及影响之大均堪称空前。唐代出现了李白、杜甫、白居易等享有世界声誉的伟大诗人和一批众星拱月的名家。因而,它也代表了中国古典诗歌的最高成就。唐诗的发展,大致分为初唐、盛唐、中唐、晚唐四个时期。

1.初唐

初唐(618—712年),诗坛面临的任务是批判六朝文风,为开创一代新风打下基础,以"四杰"、陈子昂为代表,他们自觉地批判六朝文风,有意识地在拓展诗歌内容、开创新的风格上进行尝试。《旧唐书文苑传》载:杨炯与王勃、卢照邻、骆宾王以文词齐名,海内称为王杨卢骆,亦号为"四杰"。他们和刘希夷、张若虚、陈子昂一起,在初唐时期,文坛经历了一次重要的承前启后的转型。

王勃(650—676年),字子安,河津人。王勃聪敏好学,六岁能文,下笔流畅,被赞为"神童"。九岁时,读秘书监颜师古注的《汉书》,作《指瑕》十卷,以纠正其错。十六岁时,幽素科试及第,授朝散郎、沛王府修撰,因写作《斗鸡檄》,坐罪免官。游览巴蜀山川景物,创作大量诗文。返回长安后,授虢州参军。上元三年八月,王勃自交趾探望父亲返回时,渡海溺水,惊悸而死,年二十七岁,著有《王子安集》。

杨炯(650—693年),华阴人。自幼聪敏,博学善属文。显庆六年,举神童,授校书郎，后为崇文馆学士，迁詹事、司直。垂拱元年（685 年），降官为梓州司法参军。天授元年（690 年），任教于洛阳宫中习艺馆。如意元年（692 年）秋后改任盈川县令，吏治以严酷著称，卒于任所。因此后人称他为“杨盈川”。

卢照邻（634—686 年），字升之，号幽忧子，幽州范阳人，出身范阳卢氏北祖。博学能文，起家为邓王李元裕府典签，迁益州新都县尉。离职后逗留蜀中，放旷诗酒。后因身染风疾，痛苦不堪，自沉颍水而死。著有《幽忧子集》。

骆宾王（619—684 年）字观光，婺州义乌人。骆宾王出身寒微，少有才名。永徽年间，任道王李元庆文学、武功主簿，迁长安主簿。仪凤三年，任侍御史，因事下狱，遇赦而出。高宗永隆二年（681 年）夏，出任临海县丞，因称“骆临海”。光宅元年，跟随徐敬业起兵讨伐武则天，撰写《讨武曌檄》。徐敬业败亡后，骆宾王结局不明，或说被乱军所杀，或说遁入空门。

四杰批判风靡一时的“上官体”“骨气都尽，刚健不闻”，并“思革其弊”（杨炯《王勃集序》）。他们把诗歌的题材从宫廷台阁移向市井边塞，从歌功颂德变为言志抒怀、咏叹人生。他们的诗风绮丽婉转，不脱六朝，刚健清新，启迪盛唐。在诗歌形式上，对歌行进行了改造，并大量运用五律进行创作。

与四杰体悟人生、思索哲理的诗歌内容相仿，而年辈稍晚的诗人为刘希夷、张若虚。

刘希夷（约 651—约 680 年），一名庭芝，字延之，汝州人。高宗上元二年进士，美姿容，好谈笑，善弹琵琶。其诗以歌行见长，多写闺情，辞意柔婉华丽，且多感伤情调。延之少有文华，落魄不拘常格，后为舅舅宋之问所害，死时年未三十。原有集，已失传。其代表作为《代悲白头翁》。

张若虚（660—720 年），字号不详，扬州人。曾任兖州兵曹。中宗时以“文词俊秀”闻名长安。又与贺知章、包融、张旭并称“吴中四士”；开元初名扬京师，其余生平事迹不可考。其作品大部分散失，《全唐诗》仅存诗二首，而《春江花月夜》一诗，则足以使其彪炳千古。

刘、张二人的歌行在改造六朝宫体诗方面做出了杰出的贡献，洗却了浓艳的铅华，呈现出清丽自然的风韵，舍弃了赋法的铺陈，代之以委婉隽永的抒情。

陈子昂继四杰之后，进一步批判当时“采繁竞丽”的文风，标举“风骨”“兴寄”，并在创作实践上垂范后人。

陈子昂（659—700 年），字伯玉，梓州射洪人。唐睿宗文明元年举进士，以上书论政得到武则天重视，授麟台正字。后升右拾遗，直言敢谏，曾因“逆党”反对武后而株连下狱，最终受人迫害，冤死狱中。陈子昂的代表作有《感遇》三十八首、《蓟丘览古》七首。其诗在理论和实践上廓清了六朝文风，为盛唐诗歌的繁荣奠定基础。但其诗“复多变少”（皎然《诗式》），质朴有余而文彩不足。开创一代诗风的任务，还有待盛唐。

2.盛唐

盛唐诗人继初唐诗歌革新之后，将建安风骨融入六朝绮丽，“变汉魏之古体为唐体而能复其高雅；变六朝之绮丽为浑成而能复其挺秀”（吴乔《围炉诗话》卷一），开创出一代新风。盛唐诗风有下列特点：雄健刚劲的风骨，高远浑成的意境，清水芙蓉的自然之美。

盛唐诗歌的雄健刚劲，已不同于建安风骨的慷慨悲凉。盛唐的边塞诗派以高适、岑参、王昌龄、李颀为代表，他们的边塞诗将边塞苍茫壮阔、奇异瑰丽的景色与战场的艰苦、战争的酷烈相结合，将建功沙场的豪情壮志与表达乡思边愁相结合，既有建安文学的慷慨多气，又有六朝文学的哀怨多情。他们在七言歌行和绝句的运用上，有所创新。

高适（702—765年），字达夫，沧州渤海县人，后迁居宋州宋城（今河南商丘睢阳）。天宝八年，进士及第，曾任刑部侍郎、散骑常侍、渤海县侯，世称高常侍。永泰元年去世，追赠礼部尚书，谥号为忠。著有《高常侍集》二十卷。高适的边塞诗洋溢着高昂的爱国热情，充满着慷慨奋发的时代精神，代表作《燕歌行》是不朽的名篇。

岑参（715—770年），南阳棘阳人，出生在一个官僚家庭，因聪颖早慧而五岁读书，九岁属文。天宝三载，进士及第，两次从军边塞，唐代宗时，任嘉州刺史，故世称“岑嘉州”。约大历四年秋冬之际，卒于成都。岑参长于七言歌行，对边塞风光、军旅生活以及异域的文化风俗有亲切的感受，作品多描绘边疆雄奇壮丽的风光，颂扬将士克敌制胜的爱国精神，表现西域风土人情等。新奇峭丽是其显著的艺术特色，代表作有《逢入京使》《走马川行奉送封大夫出师西征》《白雪歌送武判官归京》等。

王昌龄（698—757年），字少伯，开元十五年进士及第，授校书郎，迁汜水县尉。参加博学宏辞科考试，坐事流放岭南。开元末年，返回长安，授江宁县丞。安史之乱时被害。有“诗家夫子”“七绝圣手”之称。著有《王江宁集》六卷。王昌龄的边塞诗热情地歌颂了将士们为国杀敌、英勇善战的爱国精神，还揭露了军中矛盾，反映戍卒的边愁思乡。代表作有《从军行》《出塞》《闺怨》等。

六朝的谢灵运、谢朓以山水诗著称，陶渊明以田园诗名世。盛唐诗歌汲取了六朝文学善于体貌状物的长处，在此基础上继承发展，创造出情景交融、浑成壮阔的意境。王维、孟浩然的山水田园诗尤为典型，以描绘秀丽的山光水色，和谐的田园生活为主要内容。与六朝的模山范水不同，他们的山水田园诗重在发掘其中的自然美，有的清幽宁静，有的雄奇壮美，有的明丽澄净，寄托了作者因怀才不遇，或愤世嫉俗，或厌恶官场，或清贫自守而宁愿隐身山林、无拘无束的生活愿望。以悠闲自得的情致，创造出物我浑然的境界,诗歌风格清新自然,意境淡远闲适,写景状物工致传神,语言质朴淡雅,提高了诗歌表现自然景物的艺术技巧。形式上,他们多工于五言古风和律。

开元年间,社会稳定,经济富庶。“高宗天后,访道山林”(《新唐书·隐逸传》),使以隐求仕的“终南捷径”(《新唐书·卢藏用专》)成为时尚;道教归朴返真、佛教静心明性的崇尚,为文人的漫游隐居、关照和把握大自然的美提供了必要的环境氛围、物质条件和思想基础。王、孟等山水诗人政治上有过建功立业的抱负,钦慕贤相张九龄,由于仕途受挫或不满现实而半官半隐、漫游山水,或辞官归里、躬耕田园。他们又大多拥有田庄别墅,具备漫游隐居的经济基础。他们虽无明确的共同的文学主张,但相互之间常以所作山水田园诗酬唱切磋,形成了远绍陶渊明、近学张九龄,且清淡自然的流派特色,在创作情景交融、物我契合的意境,发掘和开拓绚丽多姿的自然美方面做出了卓越贡献。

王维(701—761年),字摩诘,蒲州(今山西永济)人。开元九年(721年)进士。累官至尚书右丞,世称王右丞。他的诗歌创作以公元737年(张九龄罢相,李林甫执政)为界,可分为前后两个时期。在前期他有济世之志,希望在政治上有所作为,因此创作了不少思想积极、情调激昂的政治诗、边塞诗;到后期他先后隐居于终南山和辋川别墅,写了大量山水田园诗。王维与孟浩然齐名,称为“王孟”。他的山水田园诗诗风直承陶渊明,似浅而实深,似淡而实腴。他又喜绘画,擅作远景,又擅画人物、丛竹。他通过对田园山水的描绘,宣扬隐士生活。体物精细,状写传神,有独特成就。苏轼赞他:“味摩诘之诗,诗中有画;观摩诘之画,画中有诗。”著有《王右丞集》。代表作有《辋川集二十首》。

如果说第一个大量创作田园诗的诗人是东晋时代的陶渊明,第一个大量创作山水诗的诗人是南朝宋代的谢灵运,那么第一个大量创作山水田园诗并在山水田园诗中抒发交游、惆怅之情的诗人,则是盛唐时期的孟浩然。孟浩然将山水诗和田园诗熔铸在一起,山水中有田园,田园中亦有山水。

孟浩然(689—740年),名浩,字浩然,因他未曾入仕,号为“孟山人”。襄州襄阳(今湖北襄阳)人,世称“孟襄阳”。孟浩然早年有志用世,在仕途困顿、痛苦失望后,尚能自重,不媚俗世,修道归隐终身。曾隐居鹿门山。40岁时,游长安,应进士举不第。曾在太学赋诗,名动公卿,一座倾服,为之搁笔。开元二十五年(737)张九龄招致幕府,后隐居。孟诗绝大部分为五言短篇,多写山水田园和隐居的逸兴以及羁旅行役的心情。其中虽不无愤世嫉俗之词,而更多属于诗人的自我表现。孟浩然的诗在艺术上有独特的造诣,后人把孟浩然与王维并称为“王孟”,有《孟浩然集》三卷传世。代表作有《过故人庄》《宿建德江》《望洞庭湖赠张丞相》等。孟浩然的诗,评论者多以清、淡言之。自唐至今,一以贯之。他的诗篇里出现频率最多的词,大概就是"清"。纵观孟诗,其诗风之淡大致有三:一为思想感情的淡,二为诗意表现的淡,三为语言色彩的淡。孟浩然作诗多为有感于物。这种诗歌理论是进步的。他反对当时诗坛上的故作清高,无病呻吟、内容空洞、辞藻浮艳的形式主义诗风。李白、杜甫、王维都很敬仰孟浩然。其他山水诗人如储光羲、刘长卿、韦应物、柳宗元等,也都受到孟浩然的影响。

盛唐诗歌不同于六朝文学的镂金错彩,而具有清水芙蓉般的自然美:诗人抒发感情,既不掩饰也不节制,似行云流水,真率无伪;创造意境,意象契合,无迹可求;运用语言,质朴无华而情韵深长。

盛唐哺育了我国古代文学史上两位伟大的诗人李白和杜甫。他们的诗歌从不同的侧面和角度,以不同的风格反映了这个繁荣和危机并存、昌明与苦难同在的时代。

李白是继屈原之后,中国古代文学史上又一位伟大的浪漫主义诗人。李白的诗歌以澎湃雄放的气势、奇特瑰丽的想象、清新自然的语言、飘逸不群的风格,抒写拯物济世的怀抱,表现蔑视权贵、反抗礼教、争取个性自由的精神,揭露社会政治的黑暗,成为反映盛唐时代精神和风貌的一面镜子。

李白(701—762年),字太白,号青莲居士。祖籍陇西成纪(今甘肃秦安县),出生于中亚碎叶(今吉尔吉斯首府伏龙芝市北楚河南岸伊斯阔家附近,唐时属安西都护府)。又号"谪仙人",是唐代伟大的浪漫主义诗人,被后人誉为"诗仙",与杜甫并称为"李杜",为了与另两位诗人李商隐与杜牧即"小李杜"区别,杜甫与李白又合称"大李杜"。五岁移家绵州昌隆县(今四川江油)。天宝元年(742年)因玄宗妹玉真公主推荐应诏入长安,供奉翰林,受玄宗恩遇,后因得罪宠臣、贵妃,被赐金遣返。安史乱中,入永王李幕。永王遇害,受牵连下狱,流放夜郎(今贵州桐梓),途中遇赦。晚年漫游于金陵(今江苏南京)、宣城(今属安徽)一带,卒于当涂。有《李太白集》传世。

李白的诗歌内容丰富多彩。一是关心国事,希望为国立功,表达不满黑暗现实,傲视权贵的思想。如《古风》59首即为代表作品,对唐玄宗后期政治的黑暗腐败广泛地进行了揭露批判,反映了贤能之士没有出路的悲愤心情。在《梦游天姥吟留别》中,他高唱:"安能摧眉折腰事权贵,使我不得开心颜!"这种高亢的歌声,赢得广泛的传诵和赞美。李白诗歌的这种思想内容,明显地受到道家思想特别是庄子的影响。二是对人民生活的关心和同情。这种内容常常结合着对统治者的批判。他希望社会安定,人民能够过和平宁静的生活,因此对于残害人民生命和破坏人民和平生活的不义战争给予尖锐鞭挞。如他的一部分乐府诗,继承了汉魏六朝古乐府的传统,注意反映妇女的生活及其痛苦,其中着重写思妇忆念征人,还写了商妇、弃妇和宫女的怨情。《丁都护歌》《秋浦歌》等,分别描绘了船夫、矿工的生活,表现了对劳动人民的关怀。三是描绘自然风景,歌颂高山大川。在他笔下，无论是黄河、长江，还是蜀道、庐山，无不形象雄伟，气势磅礴，留下了许多传诵千古的名句，如“蜀道之难，难于上青天。”（《蜀道难》）；“君不见黄河之水天上来，奔流到海不复回。”（《将进酒》）“飞流直下三千尺，疑是银河落九天。”（《望庐山瀑布》）……这类诗篇，正像他若干歌咏大鹏鸟的作品那样，表现了他的豪情壮志和开阔胸襟，从侧面反映了他追求不平凡事物的渴望。四是歌唱爱情和友谊，真挚动人，如《长干行》描写歌颂了热烈纯真的爱情；其乐府诗篇，常常从女子怀人的角度来表达委婉深挚的爱情；若干寄赠、怀念妻室的诗，像《大堤曲》《寄远十二首》中的多数篇章等，感情也颇为深挚。李白投赠友人的作品数量很多，佳篇不少，如《黄鹤楼送孟浩然之广陵》《沙丘城下寄杜甫》《闻王昌龄左迁龙标遥有此寄》《赠汪伦》等。这些馈赠好友之诗，感情深挚，形象鲜明，具有强感染力量。

杜甫（公元 712—770 年），字子美，自号少陵野老。原籍湖北襄阳，后徙河南巩县。杜甫与李白齐名，是我国古代伟大的现实主义诗人，人称“诗圣”，也常被称为“老杜”。一生写诗 1400 多首。唐肃宗时，官左拾遗。后入蜀，友人严武推荐他做剑南节度府参谋，加检校工部员外郎，故后世又称他杜拾遗、杜工部。杜甫生活在唐朝由盛转衰的历史时期，一生思想是“穷年忧黎元”“致君尧舜上”，其诗多涉笔社会动荡、政治黑暗、人民疾苦，被誉为“诗史”。其人忧国忧民，人格高尚，他的诗歌创作始终贯穿着忧国忧民这条主线，杜甫和李白齐名，世称“大李杜”。杜诗风格，基本上是“沉郁顿挫”。杜诗内容博大精深，安史之乱前后各式各样的社会矛盾和现实生活，都在他的诗中得到了广泛而深刻的反映，历史的真实和艺术的真实在他的诗中得到了高度的统一，他的诗歌堪称盛唐由盛而衰的诗史，又有同时的史书所不及者。一是揭露统治阶级的剥削，反应广大人民的苦难，如《兵车行》《三吏》《三别》等。二是忧念时局，关心社稷，如《丽人行》。三是描绘山水，题画咏物。这类诗杜甫也常常融入身世飘零之感和忧国忧民之情。如《秋兴・其一》眼前江山，胸中社稷，国家兴衰，个人坎壈，全都浑然无间地表现于诗中。所以，后人评曰：“子美《秋兴》八篇，可抵庾子山一篇《哀江南赋》。”（杨伦《杜诗镜铨》卷一三引王梦楼语）其他如《登楼》《登高》《旅夜书怀》等诗也都有上述特点。《登岳阳楼》一诗尤为典型。“吴楚东南坼，乾坤日夜浮。亲朋无一字，老病有孤舟”几句，唯有海涵地负般的胸襟，才能写出如此壮阔宏大的意境，唯有亲历身受才能写出这样凄凉落寞的感触，尾联十字，郁结浓缩了诗人多少家国之恨、身世之悲！

3.中唐

中唐（766—859 年）是继盛唐之后诗歌的又一繁荣时期，不仅诗人和诗作数量超过盛唐，而且流派繁多，也不逊于盛唐。

自大历至贞元中,为中唐前期,唐诗处于两个高潮之间的低谷。代表人物是韦应物、刘长卿、李益及钱起、卢纶等"大历十才子",他们大多经历了安史之乱,其诗对社会的疮痍、民生的凋敝有所反映,但多客观冷静的描写、低沉感伤的哀叹,缺乏盛唐诗歌那种强烈浓厚的感情和震撼人心的艺术感染力。李益、卢纶的边塞诗能嗣响盛唐。韦应物、刘长卿的山水诗高雅闲淡,与王孟相比,自有特色。大历十才子多为权门清客,诗多流连光景、投献酬和之作。他们工于五律,描写细腻,意境淡泊、情致闲逸,但雕琢过甚,有句无篇。另外,还有元结、顾况等,用风格古朴的乐府古体揭露时弊,反映民瘼,成为介于杜甫与元、白之间的一个现实主义流派。

韦应物(737—792 年),字义博,京兆杜陵人。世称"韦苏州""韦左司""韦江州"。韦应物出身名门望族,个性雄放不羁,以门荫入仕,起家右千牛备身,中进士,历任滁州、江州刺史,检校左司郎中、苏州刺史等职。约贞元七年(791 年)初,韦应物在苏州去世。韦应物的诗歌,特别是山水田园诗,上承陶渊明、大小谢和王孟,下启大历十才子、柳宗元,对白居易甚至李贺均有影响。

刘长卿(726—786 年),字文房,宣城人,后迁居洛阳,唐玄宗天宝年间进士。因刚而犯上,两度迁谪,官终随州刺史,世称刘随州。刘长卿的诗歌体物精细,字句研炼,名联佳句播在人口者不少。

从贞元后期至长庆年间,为中唐中期,是唐诗的再盛时期。内容上现实主义的倾向有所加强,形式上流派众多、风格各异。白居易、元稹、张籍、王建、李绅等人倡导或参与新乐府运动,他们有一套较明确系统的理论,主张发挥诗歌的美刺作用,干预现实,继承并发展了杜诗的现实主义。在艺术方面,他们也发展了杜诗的叙事技巧,并融入了传奇小说的手法。与杜甫的《三吏》《三别》相比,他们的乐府歌行个性形象更为突出,而且首尾完整、情节曲折、描写细腻。张、王乐府,精警凝练,自辟蹊径。他们都舍方就圆,以俗为美,反映了市民阶层的审美心理,成为当时影响最大的流派。

新乐府运动由白居易、元稹、张籍、李绅等所倡导,主张恢复古代的采诗制度,发扬《诗经》和汉魏乐府讽喻时事的传统,使诗歌起到"补察时政""泄导人情"的作用,强调以自创的新的乐府题目咏写时事,故名新乐府。所谓新乐府,是相对古乐府而言的。宋代郭茂倩指出:"新乐府者,皆唐世之新歌也。以其辞实乐府,而未尝被于声,故曰新乐府也。"(《乐府诗集》)。"新乐府"这一概念首先由白居易提出来,他曾把担任左拾遗时写的"美刺比兴""因事立题"的 50 多首诗编为《新乐府》。新乐府的特点有三:一是用新题。建安以来的作家们歌写时事,多因袭古题,往往内容受限制,且文题不协。白居易以新题写时事,故又名"新题乐府"。二是写时事。建安后作家有自创新题的,但多无关时事。既用新题,又写时事,始于杜甫。白居易继其传统,以新乐府专门美刺现实。

三是不以入乐与否为衡量标准。新乐府诗多未尝“播于乐章歌曲”，从音乐角度看是徒有乐府之名，但在内容上则是直接继承了汉乐府的现实主义精神，是真正的乐府。新乐府运动由于前有杜甫开创的传统，后有元结、顾况继其事，张籍、王建为先导，到了“元白”时期，明确地提出了“文章合为时而著，歌诗合为事而作”的一整套理论，加之元、白诗才盖世，写作了大量新乐府诗歌，给当时以极大影响，使这一伟大的文学运动取得了巨大成就。

白居易(772—846 年)，字乐天，号香山居士，祖籍山西太原，到其曾祖父时迁居下邽，生于河南新郑。白居易是唐代伟大的现实主义诗人，唐代三大诗人之一。白居易与元稹共同倡导新乐府运动，世称“元白”，与刘禹锡并称“刘白”。白居易的诗歌题材广泛，形式多样，语言平易通俗，有“诗魔”和“诗王”之称。以 44 岁被贬江州司马为界，其作品风格分为前后两个时期。他 29 岁一举成进士，在仕途上一帆风顺，这时他的人生态度主要是“兼济天下”。前期作品以针砭时弊、反映民生疾苦的“讽喻诗”为主，如《新乐府》《秦中吟》，35 岁写《长恨歌》。815 年因造谣中伤他被贬江州司马(江西九江)，次年写下《琵琶行》，从此“独善其身”。后期闲适、感伤的诗渐多。公元 846 年，白居易在洛阳逝世，葬于香山。有《白氏长庆集》传世。

元稹(779—831 年)，字微之，河南洛阳人。少有才名。贞元九年明经及第，授左拾遗，进入河中幕府，擢校书郎，迁监察御史。长庆二年，由工部侍郎拜，后出任同州刺史，入为尚书右丞。太和四年，出任武昌军节度使。大和五年去世，时年五十三，追赠尚书右仆射。元稹与白居易同科及第，结为终生诗友，同倡新乐府运动，共创“元和体”，世称“元白”。其乐府诗创作受到张籍、王建的影响，“新题乐府”直接缘于李绅。有《元氏长庆集》传世。

中唐诗另一派以韩愈、孟郊为代表，有卢仝、李贺、贾岛、姚合等人。他们的风格不尽相同，但都以奇崛险怪为美。韩、孟继承了杜甫“语不惊人死不休”的精神，形成奇崛险峭的风格。韩愈才雄，孟郊思深，二人都长于古体，有以文为诗的特点。李贺诗荒诞奇谲，超过韩、孟，幽深秾丽，影响温、李。贾岛、姚合取法十才子，工于五律，接踵孟郊，冥思苦吟，形成清苦奇僻的诗风。另外，柳宗元、刘禹锡不入流派，独树一帜。柳诗“发纤秾于简古，寄至味于淡泊”(苏轼《书黄子思诗集后》)，风格近于陶潜，与韦应物并称“韦柳”，但他的诗抒发忧愤哀怨，深得楚骚精髓，又不同于陶、韦。刘禹锡学习民歌，表现土风，长于咏史吊古，工于七言律绝，雄健苍劲，有“诗豪”之誉。

韩愈(768—824 年)，字退之，河南河阳人，自称“郡望昌黎”，世称“韩昌黎”“昌黎先生”。贞元八年，登进士第，两任节度推官，累官监察御史。后因论事而被贬阳山，历都官员外郎、史馆修撰、中书舍人等职。元和十二年，出任宰相裴度的行军司马，参与讨平“淮西之乱”。其后被贬至潮州。晚年官至吏部侍郎，人称“韩吏部”。长庆四年，韩愈病逝，年五十七，追赠礼部尚书，谥号“文”，故称“韩文公”。文学成就，主要在文，但其诗亦有特色，其诗尚新求奇，以文为诗，铺张罗列。

孟郊(751—814年)，字东野，湖州武康人，少时隐居嵩山。两试进士不第，46岁时才中进士，曾任溧阳县尉。由于不能舒展抱负，遂放迹林泉间，徘徊赋诗。后因河南尹郑余庆之荐，任职河南，晚年生活多在洛阳度过。唐宪宗元和九年，郑余庆再度招他往兴元府任参军，行至阌乡县，暴疾而卒，葬洛阳东。孟郊工诗，因其诗作多写世态炎凉，民间苦难，故有“诗囚”之称，与贾岛并称“郊寒岛瘦”。

贾岛(779—843年)，字阆仙，河北道幽州范阳人。自号“碣石山人”。早年出家为僧，法号无本。元和五年游长安，次年至洛阳谒见韩愈，被赏识，后来受教于韩愈，并还俗参加科举，但累举不中第。唐文宗的时候被排挤，贬做遂州长江县主簿，故称贾长江。唐武宗会昌年初由普州司仓参军改任司户，未任病逝。贾岛一生穷愁，苦吟作诗，其诗多写荒凉枯寂之境，长于五律，重词句锤炼，与孟郊齐名，有《长江集》。

柳宗元(773—819年)，字子厚，河东人，人称“柳河东”，晚年贬为柳州刺史，故又称“柳柳州”。早年为文“以辞为工”，以“务彩色，夸声音”为能，且颇有“奇名”。贞元九年中进士，贞元二十一年，顺宗即位，他参加王叔文集团的改革，被擢为礼部员外郎。时仅半年，改革即告失败。是年十一月，被贬为永州司马。从永贞元年冬至元和十年春，他在永州长流不赦，后奉召回京，不到一个月，再出为柳州刺史，官虽进而地益远。元和十四年病卒于柳州。柳宗元与韩愈齐名并称为“韩柳”，与刘禹锡并称“刘柳”。有《柳河东集》存世。现存柳宗元诗，大部分是贬官永州以后作品，题材广泛，体裁多样。他的叙事诗文笔质朴，描写生动，寓言诗形象鲜明，寓意深刻，抒情诗更善于用清新峻爽的文笔，委婉深曲地抒写自己的心情。

李贺(790—816年)，字长吉。河南府福昌县人，祖籍陇西郡。门荫入仕，授奉礼郎。仕途不顺，热心于诗歌创作。作品慨叹生不逢时、内心苦闷，抒发对理想抱负的追求，反映藩镇割据、宦官专权和社会剥削的历史画面。诗作想象极为丰富，引用神话传说，托古寓今，后人誉为“诗鬼”。27岁英年早逝。

刘禹锡(772—842年)，字梦得，籍贯河南洛阳，贞元九年进士及第。贞元末年，加入以太子侍读王叔文为首的“二王八司马”政治集团。唐顺宗即位后，刘禹锡参与“永贞革新”。革新失败后，屡遭贬谪。会昌二年(842年)，迁太子宾客，卒于洛阳。刘禹锡的诗内涵含蓄深沉、境界开阔疏朗、情感高扬向上的、风格清峻明朗，有“诗豪”之称。

由宝历至大中年间，为中唐后期。这一时期出现了题材自社稷江山回归歌台舞榭、审美情趣转向深细幽曲的趋势。代表人物为杜牧、李商隐、温庭筠。他们都志高才俊，有过报国济世之志，却不获伸展。他们的诗歌或隐或显地陈世事，刺时弊，表达忧国伤时之情。他们在仕途失意、理想受挫之后，都不同程度地追求声色感官的刺激，诗中写男女艳情的内容增多。其中杜牧的古体诗，感慨时事，抒发襟怀，慷慨有气；他的律诗，尤其是七律，俊爽不羁，时寓拗峭，以矫圆熟；咏史绝句，精警、婉曲、隽永，李商隐与之并称"小李杜"。其诗感时伤事，沉郁顿挫，学杜甫而能登堂入室，但笔力气魄，略逊一筹，而寓意的深曲、思绪的绵密、用典的精工，则又过之，盖由其身危情苦所致，温庭筠诗与之并称"温李"，而成就不如他。温长于乐府，李深于七律，诗风秾丽幽曲则同，他们的部分诗从题材到表现手法都有词化的倾向。至此，唐诗是盛极而衰了。

杜牧（803—852 年），字牧之。京兆万年人，宰相杜佑之孙，杜从郁之子。因晚年居长安南樊川别墅，故后世称"杜樊川"，著有《樊川文集》。大和进士，历任监察御史、史馆修撰、中书舍人，世称"杜舍人"。为人刚直，不逢迎权贵，在仕途上不很得意。杜牧的诗歌以七言绝句著称，内容以咏史抒怀为主，与李商隐齐名，并称"小李杜"。他的古体诗受杜甫、韩愈的影响，题材广阔，笔力峭健。近体诗则以文词清丽、情韵跌宕见长。晚唐诗歌趋于藻绘绮密，杜牧受时代风气影响，也有注重辞采的一面。

李商隐（813—858 年），字义山，号玉谿生，怀州河内人。和杜牧合称"小李杜"。开成二年，进士及第，起家秘书省校书郎，迁弘农县尉，成为泾原节度使王茂元幕僚。卷入"牛李党争"的政治旋涡，备受排挤，一生困顿不得志。大中末年，病逝于郑州。李商隐是晚唐乃至整个唐代为数不多的刻意追求诗美的诗人。他的诗构思新奇，风格秾丽，尤其是一些爱情诗和无题诗写得缠绵悱恻，优美动人，广为传诵。但部分诗歌（以《锦瑟》为代表）过于隐晦迷离，难于索解，至有"诗家总爱西昆好，独恨无人作郑笺"之说。

4.晚唐

晚唐（860—907 年）是唐诗的衰微时期。客观上，晚唐诗人面临时代衰败、社会心理感伤颓废和诗歌在盛唐、中唐一盛再盛之后难乎为继的局面；主观上，他们的才力心志俱不足以开宗立派，只配作前人的追随者。他们的共同特点是：无论出处穷达，对时局已不抱幻想，最后大多归隐田园，寄迹山林或放情声色；无论何种题材的诗都充满感伤悲愤的情调。"伤时伤事更伤心"（韦庄《长安旧里》），"眼前何事不伤神"（杜荀鹤《登城有作》）。晚唐诗人大致可分为三派：一派多为中下层文人，他们继承新乐府运动的传统，以古诗乐府（如皮日休、陆龟蒙、聂夷中）或律诗（如杜荀鹤）反映民生疾苦，讽刺政治黑暗（如罗隐），幽愤怨恨之情多于谏诤规劝之意。另一派诗人则是仕途通达，遭遇世乱时变，绝望于政事，退而隐居的文人，如韩偓、吴融、司空图等。他们的诗歌表现朝政紊乱、战乱频仍的史实，抒发王朝陵夷的忧伤哀痛和思归慕隐的心情。韩偓、吴融的诗风受到温、李影响。其余的诗人在风格上或学张籍，或学贾岛、姚合，总之是“依人作计终后人”。

皮日休(838—883年?)，字袭美，号逸少，曾居襄阳鹿门山、号鹿门子，复州竟陵人，咸通八年进士及第，历任苏州从事、著作佐郎、太常博士、毗陵副使。黄巢称帝后，任翰林学士，最后不知所踪。皮日休与陆龟蒙齐名，世称“皮陆”。他的诗文兼有奇、朴二态，且多同情民间疾苦之作，对于社会民生有深刻的洞察和思考。

陆龟蒙(?—约881年)，字鲁望，自号天随子、江湖散人、甫里先生，长洲人。举进士不第，曾作湖、苏二州刺史幕僚。后隐居松江甫里。约中和元年去世。光化三年(900年)，唐昭宗下诏，追赠为右补阙。其诗求博奥险怪，七绝较爽利。写景咏物为多，亦有愤慨世事、忧念生民之作。

(十一)宋诗

宋诗比起宋词、宋文来有一个特殊之处，那就是宋诗不但受当代世风及士风的主客观影响与制约，而且在很大程度上受唐代诗歌的影响与制约，即宋诗所受文体本身嬗变因素的影响要远远超过宋词与宋文。这是因为唐诗太辉煌了，以至于使人发出一切好诗皆已被唐人作完的感慨。它像一座座巍峨的高峰威压在宋诗面前，成为宋诗难以回避与超越的文化背景。

1.北宋诗

北宋初期主要有白体、昆体、晚唐体三派，其共同特点是沿袭唐风，尚未形成宋诗的独特面貌，因此可称此一时期为沿袭期。

“白体”是宋初诗坛流行的学白居易的诗。代表作家有李昉、徐铉等人。他们的诗歌主要是模仿白居易与元稹、刘禹锡等人互相唱和的近体诗，内容多写流连光景的闲适生活，风格浅切清雅。显然，这种诗风仅仅是模仿了白居易诗风的一个方面，而且与五代诗风一脉相承。

“晚唐体”是宋初诗人们模仿唐代贾岛、姚合诗风的一种诗体。由于宋人常常把他们看作是晚唐诗人，因此名之为“晚唐体”，尽管他们都是中唐人。晚唐体诗人中最恪守贾、姚门径的是“九僧”，其中惠崇比较突出。他们继承了贾岛、姚合的苦吟精神，内容大多描绘深邃清幽的山林景色和枯寂淡泊的隐逸生活。另一个晚唐体诗人群体是潘阆、林逋等，其诗歌主要吟咏湖山胜景和抒写隐居不仕、孤芳自赏的心情。这一派最著名的代表作当推林逋的《山园小梅》。

“西昆体”以《西昆酬唱集》而得名的，《西昆酬唱集》是以杨亿为首的17位宋初馆阁文臣互相唱和、点缀升平的诗歌总集，其诗人中成就较高的有杨亿、刘筠、钱惟演。它是晚唐五代诗风的延续，艺术上大多师法晚唐诗人李商隐，片面发展了李商隐追求形式美的倾向，其诗雕润密丽、音调铿锵、辞藻华丽、声律和谐、对仗工整，呈现出整饬、典丽的艺术特征。但是从总体上看，西昆体诗思想内容贫乏空虚，脱离社会现实，缺乏真情实感。

北宋中期，随着欧阳修等人发起的诗文革新运动到来，宋诗进入了成熟、繁荣期。先是欧阳修、梅尧臣、苏舜钦等人发轫于前，一方面结束了名噪一时、愈演愈烈的西昆华靡之体，另一方面又奠定了后来宋调的主要风格，如言之有物，重视诗歌的实际功用，以议论、才学、散文入诗等，可以说凡宋调的主要特征都在这一时期逐渐形成。继而是王安石、苏轼等人集大成于后。他们不但使宋调更趋于成熟、完美，进一步加强诗的现实性，进一步改进以议论入诗等写作手法，而且在完善宋调共性时，还十分鲜明地表现出个性。王安石之卓绝工练，苏轼之雄放飘逸，都足以独步诗坛，雄视一代。

欧阳修（1007—1072 年），字永叔，号醉翁，晚号六一居士，吉州永丰人，景德四年出生于绵州，仁宗天圣八年（1030 年）以进士及第，历仕仁宗、英宗、神宗三朝，官至翰林学士、枢密副使、参知政事。死后累赠太师、楚国公，谥号“文忠”，故世称欧阳文忠公。欧阳修是在宋代文学史上最早开创一代文风的文坛领袖，他领导了北宋诗文革新运动，继承并发展了韩愈的古文理论。其散文创作的高度成就与其古文理论相辅相成，从而开创了一代文风。欧阳修在变革文风的同时，也对诗风进行了革新。他重视韩愈诗歌的特点，并提出了“诗穷而后工”的诗歌理论。相对于西昆诗人的主张，欧阳修的诗论无疑含有重视生活内容的精神。欧阳修诗歌创作正是以扭转西昆体脱离现实的不良倾向为指导思想的，这体现了宋代诗人对矫正晚唐五代诗风的最初自觉。

王安石（1021—1086 年），字介甫，号半山。抚州临川人。庆历二年，进士及第。历任扬州签判、鄞县知县、舒州通判等职，政绩显著。熙宁二年，被宋神宗升为参知政事，次年拜相，主持变法。因守旧派反对，熙宁七年罢相。一年后，被神宗再次起用，旋即又罢相，退居江宁。元祐元年，保守派得势，新法皆废，王安石郁然病逝于钟山，享年六十六岁。累赠为太傅、舒王，谥号“文”，世称王文公。有《临川集》等著作存世。在文学上，王安石具有突出成就。其诗“学杜得其瘦硬”，大致可以以熙宁九年（1076 年）王安石第二次罢相为界分为两个阶段，在内容和风格上有较明显的区别。前期创作主要是“不平则鸣”，注重社会现实，反映下层人民的痛苦，倾向性十分鲜明，风格直截刻露。晚年退出政坛后，心情渐趋平淡，大量的写景诗、咏物诗取代了前期政治诗的位置。后期创作“穷而后工”，致力于追求诗歌艺术，重炼意和修辞，下字工、用事切、对偶精，含蓄深沉、深婉不迫，以丰神远韵的风格在当时诗坛上自成一家，世称“王荆公体”。

苏轼（1037—1101 年），字子瞻，又字和仲，号铁冠道人、东坡居士，谥号“文忠”，世称苏东坡、苏仙，眉州眉山(今属四川省眉山市)人，祖籍河北栾城，北宋著名文学家、书法家、画家。苏轼是北宋中期的文坛领袖，在诗、词、散文、书、画等方面取得了很高的成就。其文纵横恣肆；其诗题材广阔，清新豪健，善用夸张比喻，独具风格，与黄庭坚并称“苏黄”；其词开豪放一派，与辛弃疾同是豪放派代表，并称“苏辛”；其散文著述宏富，豪放自如，与欧阳修并称“欧苏”，为“唐宋八大家”之一。苏轼亦善书，为“宋四家”之一，擅长文人画，尤擅墨竹、怪石、枯木等。有《东坡七集》《东坡易传》《东坡乐府》《潇湘竹石图卷》《古木怪石图卷》等传世。

苏轼对社会的看法和对人生的思考都毫无掩饰地表现在其文学作品中，其中又以诗歌最为淋漓酣畅。在2700多首苏诗中，干预社会现实和思考人生的题材十分突出。苏轼对社会现实中种种不合理的现象抱着“一肚皮不入时宜”的态度，始终把批判现实作为诗歌的重要主题。更可贵的是，苏轼对社会的批判并未局限于新政，也未局限于眼前，他对封建社会中由来已久的弊政、陋习进行抨击，体现出更深沉的批判意识。

苏轼一生宦海浮沉，奔走四方，生活阅历极为丰富。他善于从人生遭遇中总结经验，也善于从客观事物中见出规律。在他眼中，极平常的生活内容和自然景物都蕴含着深刻的道理，如《题西林壁》和《和子由渑池怀旧》两诗。在这些诗中，自然现象已上升为哲理，人生的感受也已转化为理性的反思。尤为难能可贵的是，诗中的哲理是通过生动、鲜明的艺术意象自然而然地表达出来，而不是经过逻辑推导或议论分析所得。这样的诗歌既优美动人，又饶有趣味，是名副其实的理趣诗。“不识庐山真面目”和“雪泥鸿爪”一问世即流行为成语，说明苏轼的理趣诗受到普遍喜爱。苏诗中类似的作品还有很多，如《饮湖上初晴后雨》《慈湖夹阻风》等。苏轼极具灵心慧眼，所以到处都能发现妙理新意。

深刻的人生思考使苏轼对沉浮荣辱持有冷静、旷达的态度，这在苏诗中有充分的体现。苏轼在逆境中的诗篇当然含有痛苦、愤懑、消沉的一面，但更多的诗则表现了对苦难的傲视和对痛苦的超越。苏轼学博才高，对诗歌艺术技巧的掌握达到了得心应手的纯熟境界，并以翻新出奇的精神对待艺术规范，纵意所如，触手成春。而且苏诗的表现能力是惊人的，在苏轼笔下几乎没有不能入诗的题材。论创作成就，苏轼无疑是北宋诗坛上第一大家。在题材的广泛、形式的多样和情思内蕴的深厚这几个维度上，苏诗都是出类拔萃的。更重要的是，苏轼具有较强的艺术兼容性，他在理论上和创作中都不把某一种风格推到定于一尊的地位。这样，苏轼虽然在创造宋诗生新面貌的过程中作出了巨大的贡献，但他基本上避免了宋诗尖新生硬和枯燥乏味这两个主要缺点。所以苏轼在总体成就上实现了对同时代诗人的超越，成为最受后世读者欢迎的宋代诗人。

北宋末期活跃在诗坛上的主要人物是苏门四学士黄庭坚、张耒、晁补之、秦观及另一和苏门关系亦很密切的陈师道。其中又以黄、陈为代表。从人员的构成来看，他们自然以继承欧、苏诗派为标榜，但他们的继承未免有些偏至，从这个意义上讲，这一期可称为宋诗的蜕变分化期。他们未免过分强调以议论入诗、以才学入诗等形式上的特点，以至把过多的注意力放在人工的安排上，从构思立意到遣词造句，都过于经营雕琢，甚至走上追求无一字无来历的极端。这样就势必造成这一时期的诗歌多从书本里讨出路，而忽视社会生活这个创作本源的不良倾向，因而其作品的书卷气就显得过重。在北宋末至南宋初、中期很多人推重、效法他们，从而形成了一个新的江西诗派。有些后人对他们，尤其是对黄庭坚评价甚高，称他为宋诗"宗祖"（刘克庄《江西诗派 · 美山谷》）、"高踞于梅苏之上"（田雯《芝亭集序》）。但究其实，他们只不过是一些代表了宋诗某些片面格调的、有特色的作家而已。

黄庭坚（1045—1105 年），字鲁直，号清风阁、山谷道人等，宋江南西路洪州府分宁人。宋高宗追赠黄庭坚为"龙图阁大学士"。宋度宗追赠黄庭坚谥号文节。黄庭坚一生为官清正，治学严谨，以文坛宗师、孝廉楷模垂范千古。黄庭坚在诗、词、散文、书、画等方面取得很高成就。与张耒、晁补之、秦观都游学于苏轼门下，合称为"苏门四学士"。黄庭坚的诗以杜甫为宗，风格奇崛，为江西诗派开创者，影响了南宋一代诗风，并对后世造成深远影响。黄庭坚的书法独树一格，自成一家，他和北宋书法家苏轼、米芾和蔡襄齐名，世称为"宋四家"。在文学界，黄庭坚生前与苏轼齐名，时称"苏黄"。作品有《山谷词》《豫章黄先生文集》等。

陈师道（1053—1102 年），字履常，一字无己，号后山居士，徐州彭城人，"苏门六君子"之一，元祐初年，苏轼荐其文行，起为徐州教授，历仕太学博士、颍州教授、秘书省正字。一生安贫乐道，闭门苦吟，有"闭门觅句陈无己"之称。建中靖国元年去世。陈师道的诗由于受黄庭坚的影响，做诗要"无一字无来历"。他学杜甫比较成功的是五言、七言律诗，如《除夜对酒赠少章》《春怀示邻里》《示三子》等。

2.南宋诗

南宋初期，江西诗派正式形成，其代表作家有吕本中、曾幾、陈与义等人。江西诗派是中国文学史上第一个有正式名称的诗文派别。宋徽宗初年，吕本中作《江西诗社宗派图》，把黄、陈为首的这一诗歌流派命名为"江西诗派"。"江西"之名取自黄庭坚与诗派中的洪炎等 11 人的籍贯所在地；"宗派"本为禅宗术语，因江西是禅宗盛行之地，黄庭坚等又习禅甚深，故借以称呼这一诗派。诗派成员大多受到黄庭坚直接或间接的指点，他们的诗歌创作也或深或浅受到黄诗影响，确实是一个具有相似题材走向和风格倾向的诗歌流派。他们的创作处于一种矛盾的状态。他们一方面受黄、陈等人影响至深，讲究诗法本身;另一方面又亲遭靖康之变,不能不面向社会现实,因而他们在宗法的偶像中又增加了一个杜甫,于是才有“一祖三宗”(杜甫、黄庭坚、陈师道、陈与义)之说。总体而言,这一时期的创作成就不高。虽有些感时伤世的作品,但毕竟太微弱,影响力还不及同时代的词。但他们确实起到承前启后的作用,向前继承了黄、陈等人,向后开启了陆游、杨万里等人,故而可称这一期为宋诗的过渡期。

吕本中(1084—1145年),原名大中,字居仁,世称东莱先生,寿州人。初授承务郎。徽宗宣和六年,为枢密院编修官。后迁职方员外郎。高宗绍兴六年,召赐进士出身,历官中书舍人、权直学士院。因忤秦桧罢官。他继承和发展了江西诗派的风格,诗风明畅灵活。其词以婉丽见长,也有悲慨时事、渴望收复中原故土的词作,感情浓郁,语意深沉。

陈与义(1090—1139年),字去非,号简斋,其先祖居京兆,自曾祖陈希亮从眉州迁居洛阳,故为洛人。宋徽宗政和三年中上舍甲科进士。授职开德府教授,历任太学博士、陈留酒监、中书舍人、吏部侍郎等职。绍兴八年去世,享年四十九岁。陈与义诗尊杜甫,也推崇苏轼、黄庭坚和陈师道,号为“诗俊”,其诗重意境,擅白描,给后世留下不少忧国忧民的爱国诗篇。

南宋中期,随着陆游、范成大、杨万里等中兴诗人的出现,宋代诗歌再度出现繁荣局面,因此可称为中兴期。这些诗人大多从江西诗派入而不从江西诗派出,即在诗法造诣上受江西派濡染熏陶较重,有较深厚的艺术功底,但最终又能冲破江西派过分重视师法前人、师法书本的局限,“大悟学即病,顾不若无所学之为得”(姜夔《白石道人诗集自序》),最终转向或师法自然,或面向生活,因而他们的诗思想内容又趋于广阔,特别是在特定的背景下,爱国思想得到充分体现,爱国诗作也随之达到最高峰。繁荣的另一表现是,这些大诗人亦各有风格。范成大的温润精工,杨方里的活泼生动,陆游的豪健俊逸,亦可谓繁花似锦。特别是陆游,于李、杜、白、苏之后卓然为一大家,成为中国古典诗史中最后一位超一流的诗人。

陆游(1125—1210年),字务观,号放翁,越州山阴人,尚书右丞陆佃之孙,爱国诗人。陆游生逢北宋灭亡之际,少年时即深受家庭爱国思想的熏陶。宋高宗时,参加礼部考试,因受宰臣秦桧排斥而仕途不畅。宋孝宗即位后,赐进士出身,历任福州宁德县主簿、敕令所删定官、隆兴府通判等职,因坚持抗金,屡遭主和派排斥。乾道七年(1171年),应四川宣抚使王炎之邀,投身军旅,任职于南郑幕府。次年,幕府解散,陆游奉诏入蜀,与四川制置使范成大相知。宋光宗继位后,升为礼部郎中兼实录院检讨官,不久即因“嘲咏风月”罢官归居故里。嘉泰二年(1202年),宋宁宗诏陆游入京,主持编修孝宗、光宗《两朝实录》和《三朝史》,官至宝章阁待制。书成后,陆游长期蛰居山阴,嘉定二年

(1210年)与世长辞,留绝笔《示儿》。陆游一生笔耕不辍,诗词文具有很高成就。其诗语言平易晓畅、章法整饬谨严,兼具李白的雄奇奔放与杜甫的沉郁悲凉,尤以饱含爱国热情对后世影响深远。有《剑南诗稿》85卷,收诗9000余首。陆游是中国诗歌作品存世量最多的诗人,自言"六十年间万首诗",其创作大致可以分为三个时期:46岁入蜀以前,偏于文字形式;入蜀到64岁罢官东归,是其诗歌创作的成熟期,也是诗风大变的时期,由早年专以"藻绘"为工变为追求宏肆奔放的风格,充满战斗气息及爱国激情;晚年蛰居故乡山阴后,诗风趋向质朴而沉实,表现出一种清旷淡远的田园风味,并不时流露着苍凉的人生感慨。

杨万里(1127—1206年)字廷秀,号诚斋,自号诚斋野客。吉州吉水人。与陆游、尤袤、范成大并称为南宋"中兴四大诗人"。绍兴二十四年举进士,授赣州司户参军。历任国子监博、漳州知州、吏部员外郎秘书监等。在朝廷中,杨万里是主战派人物。绍熙元年,以焕章阁学士,为金朝贺正旦使接伴使。后出为江东转运副使、反对以铁钱行于江南诸郡,改知赣州,不赴,乞辞官而归,自此闲居乡里。开禧二年(1206年)卒于家中。谥号文节。

杨万里的诗自成一家,独具风格,形成对后世影响颇大的诚斋体。杨万里广泛地向前辈学习,学江西诗派,后学陈师道之五律、王安石之七绝,又学晚唐诗。但又绝不为前辈所固,而是立志要超出前辈。他说:"笔下何知有前辈。"(《迓使客夜归》),又说:"传宗传派我替羞,作家各自一风流,黄(庭坚)陈(师道)篱下休安脚,陶(渊明)谢(灵运)行前更出头。"(《跋徐恭仲省干近诗》)他正是以这种不肯傍人篱下、随人脚跟的开拓创新精神,终于"落尽皮毛,自出机杼"(《宋诗钞·诚斋诗钞》),别转一路,自成一家,形成了独具特色的诗风。诚斋体讲究所谓"活法",即善于捕捉稍纵即逝的情趣,用幽默诙谐、平易浅近的语言表达出来。如《檄风伯》:"风伯劝尔一杯酒,何须恶剧惊诗叟!"就充分体现了诚斋体的特色。他的"诚斋体"诗,具有新、奇、活、快、风趣幽默的鲜明特点。其代表作有《插秧歌》《小池》《初入淮河四绝句》等。

范成大(1126—1193年),字至能,一字幼元,早年自号此山居士,晚号石湖居士。平江府吴县人。宋高宗绍兴二十四年,登进士第,一生颇著政绩。晚年退居石湖,并加资政殿大学士。绍熙四年,范成大逝世,年六十八。累赠少师、崇国公,谥号"文穆",后世遂称其为"范文穆"。范成大素有文名,尤工于诗。他从江西派入手,后学习中、晚唐诗,继承白居易、王建、张籍等诗人新乐府的现实主义精神,终于自成一家。风格平易浅显、清新妩媚。尤其许多近体诗,委婉清丽中带有峻拔之气。诗题材广泛,以反映农村社会生活内容的作品成就最高。

南宋后期随着北伐理想的破灭、爱国意志的消沉,南宋最有生命力的爱国诗作也逐渐衰落，代之而起的是一批江湖诗人及其作品。他们之中除刘克庄、刘辰翁、戴复古，或作品较多、或气魄较大外，多数破碎不足以名家，作品数既少，气象也很局促。所幸的是“国家不幸诗家幸”，南宋的亡国之变又造就了文天祥、汪元量等一批爱国诗人，正所谓“国亡之日，乃有才志若诸子，亦一时之异也”（胡应麟《诗薮·杂编》卷五），他们的作品既有强烈的抒情性，又有高度的纪实性，在继承杜甫“诗史”传统和南宋中期爱国传统方面都取得了巨大成就，为宋诗作了一个光辉的总结。

文天祥（1236—1283年），初名云孙，字宋瑞，又字履善。自号浮休道人、文山。江南西路吉州庐陵县人，抗元名臣，被俘后押至元大都，被囚三年，屡经威逼利诱，仍誓死不屈，后从容就义，终年四十七岁。明代时追赐谥号“忠烈”。

文天祥诗歌的内容和风格前后迥异，以德祐元年（1275）他奉诏起兵勤王为界限分为前后两期：前期多是酬唱赠答、抒怀言志诗。后期多是爱国诗、纪行诗。这一时期文天祥被元兵囚禁，但他忠贞之心并未减少，创作量也很大，这一时期他的诗风主要是效法杜甫，以诗纪时事，以诗纪所遭。主要记述了南宋末年抗元斗争、起兵勤王被俘入狱与追忆前人旧事、感叹世事的个人生平遭遇，将国家兴亡、民族命运与自己的生活紧紧联系在一起，充分表现出他不愿屈服于外族，誓死与国家命运共存亡的爱国之情。代表作《过零丁洋》《正气歌》等。

（十二）明诗

朱元璋于1368年称帝，建立了明朝，逐步实现了全国统一。明代初年，统治者在政治上和军事上进行了诸多改革，建立了集军政大权于皇帝一身的高度集中的专制主义政权，实行严酷的独裁统治。同时，在文化思想上进行严格控制，大力提倡程朱理学，大兴文字狱，对文人采取了笼络和高压的手段，在专制淫威之下，当时文人为免于惨祸，只能谨小慎微。明朝中期以后，随着工商业的进一步繁荣，苏州、杭州等地成为繁华的商业都市，市民阶层进一步壮大，影响力逐步扩大。明代中叶，印刷行业特别发达，为文化和思想的传播提供了便利的条件。嘉靖和万历两朝是明代刻书印刷的极盛时代。资本主义生产关系萌芽的出现，市民势力的成长，迫使明朝统治者对思想和文化的控制也逐渐放松。商业经济对传统道德的冲击，更进一步促进了人的个性因素得到初步的张扬和重视。著名的思想家王守仁继承并发展了陆象山的心学，完成了主观唯心主义的哲学体系。王守仁反对理学束缚人性的教条，对动摇长期以来程朱理学的教条统治有一定作用，对当时和以后的思想界产生了广泛的影响，并对文学的复兴起到了一定的促进作用。以王艮为代表的王学左派，发展了王守仁哲学中反道学的积极因素，富有叛逆精神。这与当时文学家反对程朱理学、抨击宋代文化的主张是一致的。王学左派的后期代表人物、杰出的启蒙思想家李贽猛烈地攻击封建礼教，大胆地攻击儒学，进一步肯定了文学的价值。

由于工商业的繁荣和市民势力的壮大，满足市民阶层娱乐需要的通俗文学极为兴盛。从整体上看，在明代文学中，传统诗文的地位进一步衰落。虽然诗人辈出，作品众多，流派纷呈，风格各异，但由于明代诗歌始终在复古与反复古的反复中前行，而一味尊古拟古的形式主义诗风又长期占据诗坛，因此优秀的诗人和诗篇相对较少。清代朱彝尊编选的明代诗歌总集《明诗综》有 100 卷，录存明代诗人 3400 余人的作品。刘基、高启是明初的著名诗人，高启、杨基、张羽、徐贲四位诗人号称“明初四杰”。而明代前期诗歌方面最有影响的却是以粉饰现实、歌功颂德为能事的“台阁体”和以李东阳为代表的“茶陵诗派”。著名政治家于谦的诗歌直抒胸臆，自然天成，令人耳目一新。明代中期，以李梦阳、何景明为首的“前七子”主张“文必秦汉，诗必盛唐”，掀起了一场文学“复古”运动，给明初以来的道统文学观和虚伪空洞的“台阁体”以沉重的打击，在当时有很大影响。但是，他们盲目尊古，一味拟古，又对文学发展产生了不良后果。以李攀龙、王世贞为首的“后七子”继续在文学上鼓吹复古主张，对于维护文学的独立地位、强调文学的艺术特征起了极大的作用，但他们更强调效法古人，在拟古的道路上走得更远，对于文学的创新和发展又造成了严重的束缚。徐渭的诗歌独树一帜，开晚明诗歌风气之先声，显示了文学创新的实绩。明代后期诗歌中影响最大的是以袁宏道为代表的“公安派”，主张“独抒性灵”，对明代后期和清代的诗歌创作影响深远。明末诗人陈子龙、夏完淳等在血与火的战斗中写下了慷慨激昂、光辉灿烂的爱国主义诗篇，成为明代诗歌光彩的尾声。

高启（1336—1374 年），字季迪，号青丘子，长洲人。明洪武初，以荐参修《元史》，授翰林院国史编修官，受命教授诸王。擢户部右侍郎，力辞不受。苏州知府魏观在张士诚宫址改修府治，获罪被诛。苏州知府魏观在张士诚宫址改修府治，获罪被诛，高启曾为之作《郡治上梁文》，有“龙蟠虎踞”四字，被疑为歌颂张士诚，连坐腰斩，年仅三十九岁。高启是元末明初最著名的诗人之一。他的诗歌众体兼长，风格多样。其乐府诗如《养蚕词》《田家行》等在一定程度上反映了阶级剥削和人民疾苦，质朴真切，富有乡土气息。他的歌行和律诗最能表现他个性特色和艺术才华，如《青丘子歌》，表现了他早年张扬疏狂的性格和高昂自傲的精神，《登金陵雨花台望大江》描绘雄伟壮丽的江山，抒发了国家重新统一带来的喜悦：“从今四海永为家，不用长江限南北。”他的律诗如《清明呈馆中诸公》《岳王墓》等内容主要是登临、怀古、赠答之类，接近盛唐诗人的风格，艺术成就较高。高启被誉为明代诗人之冠，对明代诗歌创作有很大影响。他的诗数量较多，仅自编《缶鸣集》就存诗 937 首。

于谦(1398—1457年),字廷益,钱塘人。永乐十九年进士,为官清正,不畏强暴,深得民心,是儒家“修身、齐家、治国平天下”的典范。在“土木之役”中,明英宗被俘,蒙古瓦剌部军进逼北京,于谦坚决主战,拥立景帝。英宗还朝复位后,于谦被诬以“大逆不道,迎立外藩”的罪名处死。于谦首先是一个政治家,是一位民族英雄,其次才是诗人,写诗只是他政事之余抒写情怀的方式。唯其如此,却恰恰继承了“诗言志”的传统,发扬了《诗经》以来的现实主义精神。他的诗歌集中表现了献身国家的志向和忧国忧民的情怀。如他青年时代写的咏物诗《石灰吟》:“千锤万击出深山,烈火焚烧若等闲。粉骨碎身全不怕,要留清白在人间。”于谦在巡按各地途中写下了许多反映社会现实的诗篇,如《荒村》《田舍翁》等,表达了对苦难百姓的深切同情。他居官清廉朴素,不馈赠权要,不拉拢私交,曾作《入京》一诗以见志:“手帕蘑菇与线香,本资民用反为殃。清风两袖朝天去,免得闾阎话短长!”此诗远近传诵,成为一时佳话。在抗击蒙古军队入侵的战争中,他写下了一系列洋溢着爱国主义的诗篇,如《出塞》一诗表达了他“意气平吞瓦剌家”的壮志。他还用民歌形式为戍边将士写了一首《从军五更转》,激励他们保卫国家。于谦最为人传诵的是他抒写心志、保持高尚节操的诗篇,如《石灰吟》《咏煤炭》《北风吹》等。他的诗无论古体还是近体,无论五言还是七言,语言浅显平易,明白流畅,在艺术上不事雕琢,直抒胸臆,刚劲清新,自然天成,独树一帜,与当时盛行的呆板凝滞、华贵典雅的“台阁体”形成鲜明对照,成为明代前期诗坛成就最突出的诗人。于谦的人品和诗品俱称一流,五百多年来,他始终是文人士子学习的榜样。

李梦阳(1473—1530年),字献吉,号空同,祖籍河南扶沟,出生于庆阳府安化县。明代中期文学家,复古派前七子的领袖人物。提倡“文必秦汉,诗必盛唐”,强调复古,《自书诗》师法颜真卿,结体方整严谨,不拘泥规矩法度,学卷气浓厚。李梦阳所倡导的文坛“复古”运动盛行了一个世纪,后为袁宗道、袁宏道、袁中道三兄弟为代表的“公安派”所替代。

李攀龙(1514—1570年),字于鳞,号沧溟,山东济南府历城人。嘉靖二十三年(1544)被赐同进士出身,试政吏部文选司。历官刑部广东司主事、员外郎、刑部山西司郎中、顺德知府、陕西按察司提学副使、浙江按察司副使、浙江布政使司左参政、河南按察使。隆庆四年(1570)逝世,终年五十八岁。李攀龙继“前七子”之后,与谢榛、王世贞等倡导文学复古运动,为“后七子”的领袖人物,被尊为“宗工巨匠”。他主盟文坛二十余年,其影响及于清初。七子派古诗主汉魏,近体主盛唐。汉魏盛唐诗歌的美学特征典型地反映在意境浑成和气势沉雄上。讲风骨、气格则必主措语雄厚。这种美学特征在攀龙的创作中表现极为突出,他的各种诗体中均有骨气道劲,寄托遥深,情思壮阔,气势昂扬的特点,以七言古诗和律绝为典型。

袁宏道(1568—1610 年),字中郎,号石公,万历二十年(1592)进士。他虽为官清正,但生性酷爱自然山水而不喜做官,一生多在游山玩水、诗酒之会中度过。以袁宏道为首的"公安派"深受李贽和徐渭的影响,其诗歌理论的核心是"独抒性灵",强调性情之真,反对摹拟古人,主张诗歌创作应时而变,因人而异。袁宏道作诗往往冲口而出,浅易率真,宁可俚俗,不取陈套,如《灵隐路上》《东阿道中晚望》等就体现了这种风格。公安派的诗歌理论在当时掀起了一个声势较大的诗歌革新运动,对明末清初的诗人影响很大。

(十三) 清诗

明清鼎革,激化了民族矛盾与斗争,中原板荡,沧桑变革,唤起了民族意识与文人的创作才情,给文学注入了新的生命。富有民族精神和忠君思想的遗民诗人的沉痛作品,体现了那个时代的主旋律,即使一度仕清的文坛名流,也在诗歌里抒发家国之痛,映照兴亡,寄寓失节的忏悔。稍后的诗人及其作者,虽无强烈的民族思想和家国之痛,但也感叹时世,俯仰人生,写出了风格独特的诗篇。清代诗歌在艺术上不满元诗的纤弱、明诗的肤廓和狭隘,在技巧上兼学唐、宋诗的长处,不断追求创新,改变了元明以来的颓势,出现了新的繁荣。

清朝入关后的一段时间,诗坛最富有时代精神的诗歌是遗民诗人的作品。据大致统计,遗民诗人达到四百多人,诗歌近三千多首。著名的有顾炎武、黄宗羲、王夫之、吴嘉纪、屈大均、杜浚、钱澄之、归庄等。这些诗人都能面对现实,在民族矛盾异常尖锐的特定时期,怀抱救世拯民的思想,关注国家、民族的前途和命运,奔走呼号,唤醒人心,复兴家国,包含着强烈的反对压迫和侵略的正义性和爱国精神,在当时激励着汉族人民的反抗斗争。遗民诗人用血泪写成的篇章,或悲思故国,或讴歌贞烈,或谴责清军,或表白气节,具有抒发家国之悲和同情民生疾苦的共同主题。他们的诗作矫正了明代前后七子的拟古倾向和公安、竟陵诗人的空疏浅薄,恢复了诗歌的风骚传统和斗争精神,为清代诗歌的发展开辟了道路。

顾炎武(1613—1682 年),本名顾绛,字宁人,人称亭林先生,南直隶昆山人。崇祯十六年(1643 年),成为国子监生,加入复社。清兵入关后,组织反清活动。后期,拒绝朝廷征辟,一生辗转,康熙二十一年(1682 年)去世,享年七十岁。顾炎武从事抗清斗争多年,以恢复故国为志。论诗"主性情",反对模拟,提倡"文须有益于天下"。他的诗共存四百多首,大部分是五言诗,以抒发民族情感和爱国思想为主题,反清复明和坚守气节是其诗突出的色调。诗作不假雕饰,格调质实坚苍,沉雄悲壮,往往接近于杜甫,在清代评价很高。

黄宗羲（1610—1695 年），字太冲，号南雷，学者称梨洲先生，浙江余姚人。明末以反对阉党著名，清兵入关，积极投身抗清斗争，后隐居著述，屡拒清廷征召。他是著名的思想家、史学家和文学家，关心天下，治乱安危，以学术经世，论诗称“情者，可以贯金石，动鬼神”，强调诗写现实则“夫诗之道甚大，一人之性情、天下之治乱，沓所藏纳”；注重学问，推崇宋诗，与吴之振等选辑《宋诗钞》，扩大宋诗影响，推动浙派形成。诗歌感情真实，沉着朴素，具有爱国精神和高尚情操，《云门游记》《感旧》《宋六陵》《哭外舅叶六桐先生》《哭沈昆铜》等，抒发亡国之痛和怀念殉难亲友，虽有悲凉之感，但不消沉颓丧，屡屡表白身处逆境而不低头的顽强精神，如“于今屈指几回死，未死犹然被病眠”（《卧病旬日未已闲书所感》），“莫恨西风多凛冽，黄花偏奈苦中看”（《书事》），“砚中斑驳遗民泪，井底千年尚未消”（《周公谨砚》）等，皆勃郁浩然的正气。《山居杂咏》更是铿锵的誓言。

王夫之（1619—1692 年），字而农，号薑斋，湖南衡阳人。明崇祯举人，曾从永历桂王举兵抗清，南明灭亡后隐遁归山，埋首著述，博通经学、史学和文学，贡献卓著，学者称船山先生。他生于“屈子之乡”，受楚辞影响，步武《离骚》，用美人香草寄托抒怀，如《绝句》：“半岁青青半岁荒，高田草似下田荒。埋心不死留春色，且忍罡风十夜霜。”借舒草之心“不死”，喻坚忍不拔之志和恢复故国“春色”的理想。《落花诗》《补落花诗》《遣兴诗》《读指南集》等，缠绵悱恻，寓意深远。王夫之自叹“抱刘越石之孤愤，而命无从致”，表现“孤愤”是其诗突出的内容，如《补落花诗》九首之一，以落花飘魂抒写胸中郁结的亡国之恨，含蓄蕴藉，深沉瑰奇。七绝《走笔赠刘生思肯》，以诗明志，直到“垂死病中魂一缕，迷离唯记汉家秋”（《初度口占》），仍然不忘故国岁月，于凄楚里见其高风亮节。

由明入清而又仕于清的著名诗人有钱谦益、吴伟业和龚鼎孳，人称“江左三大家”。三人中，龚鼎孳较少特色，而钱谦益和吴伟业均居于诗坛领袖的地位，钱宗宋诗，吴尊唐调，二人各立门户，都是清代首开风气的诗人，影响很大。以后清诗的许多流派，都不出尊唐、宗宋两途，都不出他们两人影响的范围。

钱谦益（1582—1664 年），字受之，号牧斋，晚号蒙叟，东涧老人，苏州府常熟县人。万历三十八年（1610）探花，后为东林党的领袖之一，官至礼部侍郎，因与温体仁争权失败而被革职。明亡后，马士英、阮大铖在南京拥立福王，建立南明弘光政权，钱谦益依附之，为礼部尚书。后降清，为礼部侍郎。对于钱谦益的评价富有争议，尤其是降清、仕清之举成为其人生污点，清乾隆帝将之视作失节者，删禁其著作。

若就文学地位而言，则钱谦益仍应得到肯定。作为主持诗坛近五十年的领袖人物，钱谦益论诗反对摹拟形似，也反对片面追求声律字句，主张写诗要“有本”“有物”，强调时代、学问和遭遇的重要性。他主张转益多师，兼取唐宋，广收博取，推陈出新，对补救前后七子摹拟盛唐和公安、竟陵的粗疏草率、幽深孤峭，确立有清一代诗风，起了"导平先路"的作用。他推崇苏轼和元好问，他的追随者冯班说："牧翁每称宋元人，以矫王李之失。"（《钝吟杂录》）在他的影响下，讲求宋元诗，蔚为风气。

钱谦益本人的诗歌，主要是把唐诗华美的修辞、严整的格律与宋诗的重理智相结合。《初学集》中的诗歌，愤慨党争阉祸，痛心内忧外患，也表达了失意之士的郁塞苦闷。他退居林下期间，为柳如是所写恋慕诗、唱和诗以及游黄山的一组诗歌，清新可诵，而描绘黄山壮丽美景的山水诗，则是不可多得的佳作。经历了亡国之痛和身世荣辱的巨大变故，钱谦益的诗歌除了悲悼明朝、反对清朝和恢复故国的主调外，还弥漫着亡国者的失国之哀和耻辱之感，诗歌充满沉郁悲凉的情调。他的诗歌语言技巧高超，善于使事用典，也富于辞藻，这些对于重视雅致情趣的许多清代诗人都有很大的吸引力，受他的影响，在他的家乡常熟产生了虞山诗派。

吴伟业（1609—1672 年），字骏公，号梅村，别署鹿樵生、灌隐主人、大云道人，江苏太仓人。明崇祯四年（1631）进士，曾任翰林院编修、左庶子等职。清顺治十年（1653）被迫应诏北上，次年被授予秘书院侍讲，后升国子监祭酒。顺治十三年底，以奉嗣母之丧为由乞假南归，此后不复出仕。吴伟业和钱谦益不同的是，他没有很强的用世之心，入清后也不再参加政治性的活动。但出于保全家族的考虑，他不得不屈身仕清，任国子监祭酒。但又感受到传统"名节"的沉重负担，自悔愧负平生之志，心情十分痛苦，时常自怨自艾，抑郁悲凄。死前遗命以僧装敛之，要求在墓碑上只题"诗人吴梅存之墓"，表现了个人在历史变迁中难以自主的悲哀和对仕清的终身悔恨之情。吴伟业是娄东诗派开创者，长于七言歌行，初学"长庆体"，后自成新吟，后人称之为"梅村体"。吴伟业大量长篇叙事诗的创作开创了长篇叙事诗空前繁荣的局面，从而也奠定了其在中国古典叙事诗发展史中的特殊地位，影响了有清一代诗坛的诗风，清代很多诗人的作品中，几乎都有"梅村体"的影子。

从康熙初年到中期，虽然抗清武装斗争尚未停歇，但大势已定，清王朝笼络汉族文人的政策也逐渐产生了效果。尽管坚持反清立场的遗民们仍不能甘心于这种历史的巨变，但社会的心理已经发生了巨大的变化。适应这种变化而成为新一代诗坛领袖的是王士祯。

王士祯（1634—1711 年），原名王士禛，字子真，一字贻上，号阮亭，又号渔洋山人，世称王渔洋。山东新城人。王士祯为清顺治十五年（1658）进士。康熙四十三年（1704），官至刑部尚书，颇有政声。康熙五十年（1711）卒于里第，享年七十八岁。谥文简。王士祯论诗以神韵为宗，要求诗歌具有含蓄深蕴、言尽意不尽的特点，以此为宗旨，他对清幽淡远、不可凑泊而富有诗情画意的诗特别推崇，唐代王维、孟浩然、韦应物等人的诗歌受到了他的偏爱。王士祯的神韵说对清代诗坛影响极大,成为清诗的一大宗派,他也获得了“清代第一诗人”(谭献《复堂日记》)称号,做了五十年之久的诗坛盟主。

乾隆时,王士祯倡导的“神韵说”遭到了沈德潜、袁枚、翁方纲等名家的反对,但他们所引导的方向却又各自不同。在乾隆诗坛上造成最大影响的,是袁枚所倡导的“性灵说”。

袁枚(1716—1798年),字子才,号简斋,晚年自号仓山居士、随园主人、随园老人,钱塘人。少有才名,擅长写诗文。乾隆四年(1739),进士出身,授翰林院庶吉士。乾隆七年(1742),外调江苏,先后于溧水、江宁、江浦、沭阳共任县令七年,为官政治勤政颇有声望,但仕途不顺,无意吏禄。乾隆十四年(1749),辞官隐居于南京小仓山随园,吟咏其中,广收诗弟子,女弟子尤众。嘉庆二年(1798),袁枚去世,享年82岁,去世后葬在南京百步坡,世称“随园先生”。袁枚倡导“性灵说”。“性灵说”诗论以情为本,主张“诗写性情”,即从诗歌的创作内容出发,要求诗歌创作主体抒发真情实感,以真情去充盈诗作的内容。这是其诗论的核心部分。

沈德潜(1673—1769年),字碻士,号归愚,江苏苏州府长洲人。清代大臣、诗人、学者。乾隆元年(1736年),荐举博学鸿词科,乾隆四年(1739年),以六十七岁高龄得中进士,授翰林院编修,乾隆帝喜其诗才,称其“江南老名士”。历任侍读、内阁学士、上书房行走、礼部侍郎、礼部尚书,乾隆三十年(1765年),封光禄大夫、太子太傅。乾隆三十四年(1769年)病逝,年97岁,赠太子太师,祀贤良祠,谥文悫。

沈德潜是继王士祯之后主盟诗坛的大家。作为叶燮门人,其论诗原本叶燮,以儒家诗教为本,倡导格调说,尊唐抑宋,认为“诗贵性情,亦贵诗法”,使诗歌“去淫滥以归于雅”,起到“和性情、厚人伦、匡政治”的教化作用,鼓吹“温柔敦厚,斯为极则”,要求诗歌创作“一归于中正和平”。为使“格高”“调响”,他以唐人为楷式,以古诗为源头,赞扬前后七子,为此特地选辑《古诗源》《唐诗别裁集》《明诗别裁集》等,树立学习的范本,影响极大。总之,沈德潜的诗论是以汉儒的诗教说为本,以唐诗的格调为用,企图造成一种既能顺合清王朝严格的思想统治,又能点缀康乾“盛世气象”的诗风。由于沈德潜的诗论从正面提出为封建统治服务的主张,因而博得了包括乾隆皇帝在内的统治者的赞赏,他的诗歌理论曾经风靡一时。但唐诗的“格调”同它的激情是分不开的,沈德潜的格调说有其不可克服的矛盾。

进入道光以后,诗风又发生了变化。以宗唐为主的神韵派和格调派都已衰落,宗宋派却得到越来越多的响应而成为诗坛的主流。从道光、咸丰年间的宋诗运动发展到同治以后的同光体,而与这一保守诗派不同的还有鸦片战争前后以龚自珍、魏源为代表的启蒙诗人,有以戊戌变法前后以梁启超、黄遵宪为代表的新派诗人。同时,复古派也在发生着变化。同光年间分化出以王闿运为代表的汉魏六朝诗派和以樊增祥、易顺鼎为代表的晚唐诗派。同光派本身也分裂为陈三立的江西派、陈衍的闽派和沈曾植的浙派。晚清诗坛呈现出空前复杂的状态。

龚自珍(1792—1841 年),字璱人,号定盦,浙江仁和人。晚年居住在昆山羽琌山馆,又号羽琌山民。他的诗文主张"更法""改图",揭露清统治者的腐朽,洋溢着爱国热情,被柳亚子誉为"三百年来第一流"。龚自珍是首开近代新诗风的杰出诗人。他透过乾嘉盛世的外表,相当深刻地看到了整个社会潜伏着的严重危机。他的诗歌紧紧围绕着现实政治这个中心,或批判,或抒情、感慨,为有清一代所罕见,一新诗坛面貌。他诗歌最大的特色,就是构思奇特,想象丰富,文辞瑰玮,形式多样,受庄子、屈原的影响较大。

鸦片战争爆发后,西方国家的入侵引起了中华民族极大的愤慨和震惊。与龚自珍同时或稍后一点的诗人,如魏源、林则徐、张维屏、张际亮等诗人,无不表现出激烈的反帝情绪,形成汹涌澎湃的爱国诗潮。这些作家虽然艺术上还笼罩在前人的格调之下,缺乏鲜明的独创性,但以充实的时代内容反映了一个时期的诗歌风貌。其中魏源、林则徐思想表现出新因素,与龚自珍一起成为这一时期进步文学潮流的核心力量。

鸦片战争之前,这些诗人的诗歌大都缺乏现实意义,成就不高。林则徐的诗歌几乎全是官场的应酬之作,张维屏的诗歌也大都是仕宦生活的抒写,归隐后又多为山水诗歌,魏源的早期诗歌除了《都中吟》十三章、《江南吟》十章学习白居易《秦中吟》即事名篇的写法,较有现实内容外,其余诗作也多为游山玩水的内容。正是鸦片战争的爆发使他们的思想、感情和诗风都发生了巨大的变化。用诗歌来反映鸦片战争,歌颂人民群众和抗英将领抵抗侵略军的光辉业绩,揭露讽刺清王朝和投降派贪生怕死和通敌误国,是他们在鸦片战争时期所创作的大量诗歌的中心主题。这类诗歌有魏源的《寰海》十章、《寰海后》十章、《秋兴》十章、《秋兴后》十章、《秦淮灯船引》,张维屏的《三元里》《三将军歌》,以及林则徐在鸦片战争失败后遣戍途中所写的诗歌。

真正在思想上和艺术上对传统诗坛发起冲击的是黄遵宪、夏曾佑、谭嗣同和梁启超等人倡导的"诗界革命",提倡"新体诗"。

黄遵宪(1848—1905 年),字公度,别号人境庐主人,广东嘉应州人。光绪二年(1876 年)考中举人,历任驻日参赞、旧金山总领事、驻英参赞、新加坡兼马六甲总领事等职。戊戌变法期间,署任湖南按察使,协助湖南巡抚陈宝箴推行新政,戊戌变法失败后还乡。光绪三十一年(1905),黄遵宪病逝。

黄遵宪是维新运动的重要人物,关心现实,主张通今达变以"救世弊"。在新的文化思想的激荡下,开始诗歌创作的探索。他的文学主张尤具特色的有两点:一是提出"古人未有之物，未辟之境，耳目所历，皆笔而书之”，表明他重视以诗歌反映不断变化和日益扩大的生活内容；二是提出要“以单行之神，运排偶之体”，并“用古文家伸缩离合之法以入诗”，这表明他的诗歌有散文化倾向。反帝爱国、变法图强是他诗歌的两大重要主题，具有强烈的爱国主义精神。值得注意的是，处于新旧交替时代的黄遵宪的诗歌，较早地描写了海外世界以及伴随近代科学而涌现的新事物，拓宽了诗歌题材和反映生活的领域，写出了古典诗歌所没有的内容。

“诗界革命”的倡导者是夏曾佑、谭嗣同和梁启超等人。在戊戌变法之前，他们就开始尝试作“新学之诗”，其特点是“挦扯新名词以自表异”，没有取得多大的成就。在总结这种失败的做法之后，梁启超在亡命日本、广泛接触日本新文化和西方文化思想的基础上，提出了“诗界革命”的口号，要求“以旧风格含新意境”，并具体提出：“第一要新意境，第二要新语句，而又须以古人之风格入之，然后成其为诗。”梁启超认为黄遵宪的诗歌在这方面做得最好，是“诗界革命”的一面旗帜。不过，无论是黄遵宪，还是谭嗣同、夏曾佑，甚至是梁启超本人，他们的诗歌离“诗界革命”的要求还有很大的距离。梁启超所期盼的“诗界革命”并没有真正的出现。就连梁启超本人的诗歌到了后期，也向古典的传统回归，向“同光体”靠拢，这更是宣告了“诗界革命”的结束。

第二节　词的知识

一、词的起源

在唐诗繁荣发展的同时，中国诗歌又出现了一种重要的新形式——词。词于初盛唐即已在民间和部分文人中开始创作，中唐词体基本建立，晚唐以至五代，文人化程度加强，艺术趋于成熟。词的兴起，与唐代经济发达，五七言诗繁荣，有密切关系。商品经济发展和城市兴盛，为适合市井需要的各种艺术的萌生与成长提供了温床，“歌酒家家花处处”（白居易《送东都留守赴任》）的都市生活，不仅孕育了词，而且推动其发展与传播。但词最初作为配合歌唱的音乐文学，对它起决定作用的主要是音乐。词在唐五代时期通常称“曲子”或“曲子词”，它在体制上与近体诗最明显的区别是：有词调，多数分片，句式基本上为长短不齐的杂言。这些异于一般诗歌的特点，是由它“排比声谱填词，其入乐之辞，截然与诗两途”（胡震亨《唐音癸签》卷十五）所造成的。所以词最根本的发生原理，也就在于以辞配乐，是诗与乐在隋唐时代以新的方式再度结合的产物。

词所配的是隋唐新起的燕（宴）乐。燕乐之起，可以追溯到北朝。随着少数民族入主中原,可以统称为胡乐的边地及境外音乐,陆续传入内地。其中包括宫廷乐舞。唐代十部乐,高丽、天竺、安国、康国、龟兹、疏勒、高昌七部乐,皆有来自外域的源头,是通过异国进献、王室之间通婚,以及战争缴获等渠道输入的。此外,还有伴随贸易等途径传入的西城民间乐舞,以及伴随宗教活动传入的西域佛教乐舞,内容十分丰富。

胡乐以音域宽广的琵琶为主要伴奏乐器,能形成繁复曲折、变化多端的曲调。它同时配有鼓类与板类节奏乐器,予以听众鲜明的节拍感受。由于西域音乐悦耳新鲜,富有刺激性,给华夏音乐发展带来了强大的推动力。一方面,中原音乐吸收了胡乐成分;另一方面,胡乐在接受华夏的选择过程中,也吸收了汉乐成分,融合渗透,形成了包含中原乐、江南乐、边疆民族乐、外族乐等多种因素在内的隋唐燕乐。它拥有鲜明的时代风格,适合广大地城和多种场合,特别是以“胡夷里巷之曲”的俗乐姿态,满足着日常娱乐的需要。有乐有曲,一般也就相应地需要与之相配的歌辞。词正是在燕乐的这种需求下产生。

词有词之曲,曲调成为词调是有条件、有选择的。燕乐产生,不等于就有了适合于入词的形形色色的曲调。特别是供宫廷用的大曲,虽属燕乐,却因规模过大,难于入词。唐五代时期,滋生出词的乐曲,主要是短小轻便的杂曲小唱。这些杂曲小唱的产生,与唐代设置教坊有一定关系。据现存资料,隋代已有入词的曲调产生,但为数很少。后世沿用的词调,名称虽同,乐曲未必即隋代所传。唐代所传主要曲乐资料为太常曲和教坊曲。太常曲是太常寺下属大乐署的供奉曲,为朝廷正乐,不容杂曲小唱一类俗乐。太常曲二百余曲中,转为词调的,仅少数几个曲调,大量转变为词调的是教坊曲。开元二年,喜爱俗乐的唐玄宗,以“太常礼乐之司,不应典倡优杂伎”为借口,“更置左右教坊,以教俗乐”(《资治通鉴》卷二一一)。自此教坊成为女乐和俗乐集中地,创制了许多新乐曲。来自民间和来自各地方的乐曲,也总汇于教坊,并通过教坊,加速了在社会上的传播。唐五代所用词调,总共一百八十调左右,半数可见于《教坊记》的曲名表中。这说明以教坊为代表的俗乐机构,以及以教坊妓为代表的歌舞艺人,在众多曲调的创制、形成过程中,起了重要作用。

词从孕育、萌生到词体初步建立,经历了一个较长的过程。从隋代到初盛唐,传世作品有限,创作呈偶发、散在的状态。到中唐,有张志和、韦应物、白居易,刘禹锡等较多诗人从事填词,这种文体的写作才从偶发走向自觉。刘禹锡有《忆江南》词,标云:“和乐天春词,依《忆江南》曲拍为句。”表明不再是按诗的句法,而是依照一定曲调的曲拍,制作文辞。这是文人自觉地把诗和词两种创作方式区分开了,有了真正属于词的创作意识和操作规范。刘禹锡的同时代诗人元稹在《乐府古题序》中强调,韵文中有“由乐以定词”与“选词以配乐”两大类。前者“因声以度词,审调以节唱。句度短长之数,声韵平上之差,莫不由之准度”,证明刘禹锡“以曲拍为句”,是从几经较为普遍的词的创作实践中概括出来的,足以作为词体成立和“曲子词”的创作走向自觉的标志。“因声以度词”“以曲拍为句”,当然是依曲谱直接制作文辞,与后世据词谱填词仍不是一回事。这中间的演变,是由于曲谱失传,或虽有曲谱而后世难得通晓,只好以前代文人传世之词作为范本,进行创作。而以具体作品为范本,毕竟不够便捷,于是学者又将前代同调词作集中起来加以比勘,总结每一调在形式、格律方面的种种要求,制订出词谱。至此,词的制作便由最初的依曲谱制词,演变为依词谱填词。词也由融诗乐歌舞为一体的综合型艺术,转变为单纯文学意义上的一种抒情诗体了。

二、词的发展史

(一)唐五代词

1.敦煌曲子词

1900 年,在敦煌鸣沙山第 288 石窟里发现了几百首抄写的民间词,为研究词曲的发展提供了极其珍贵的资料。敦煌曲子词的发现说明了最早的词是从民歌来的。敦煌词曲数量很大,其中有温庭筠、李晔(唐昭宗)、欧阳炯词共五首,其余为无名氏之作。作者范围广泛,多属下层,写作时间大抵起自武则天末年,迄于五代。其中最重要的抄卷是《云谣集杂曲子》,收词 30 首,抄写时间不迟于后梁乾化元年(911),比《花间集》的编定早出近 30 年。所用词调,除《内家娇》外,其余 12 调,《教坊记 · 曲名表》均有著录。其中有慢词,亦有联章体。

敦煌词创作的早期性与作者成分来源的民间性,使作品从内容、体制到语言风格,都表现出这些初起的词,初步脱离一般诗歌的大文化系统,开始具有独立成体的过渡性特征。朱祖谋跋《云谣集杂曲子》云:“其为词拙朴可喜,洵倚声椎轮大辂。”可以用于对整个敦煌词的评价。

敦煌词代表一个较长的历史阶段,作者来源复杂,各篇在体制上成熟的程度不同,从思想内容到表现上的工拙、精粗、文野,差异很大,拙朴固然是其本色,但也有不少作品讲究辞藻华饰,甚至文与白、纤巧与朴拙并见一篇之中。同时,相当一部分作品,表现出向抒情方面转移,以及市井化,甚至艳情化的趋势。这种趋势,在经过编订、可能也经过润色的《云谣集》中,表现更为突出。因此,敦煌词作为“倚声椎轮大辂”,应不止在于具有词处于萌芽状态的拙朴,同时还在于它多方面显示了过渡性的特征。

2.中唐文人词

词体在民间兴起后,盛唐和中唐一些诗人,以其敏感和热情,迎接了这一新生事物,

开始了对新形式的尝试。

张志和(732—774 年),字子同,初名龟龄,号玄真子,祖籍婺州金华。三岁就能读书,六岁做文章,十六岁明经及第,先后任翰林待诏、左金吾卫录事参军、南浦县尉等职。后有感于宦海风波和人生无常,在母亲和妻子相继故去的情况下,弃官弃家,浪迹江湖。大历八年,他曾在湖州刺史颜真卿席上,与众人唱和。张志和首唱,作《渔父》五首,第一首云:“西塞山前白鹭飞,桃花流水鳜鱼肥。青箬笠,绿蓑衣,斜风细雨不须归。”江南的景色,渔父的生活,都写得极其生动传神。这组词不仅一时和者甚众,而且远播海外,日本嵯峨天皇及其臣僚,也有和作多首。张志和生活在江湖间,《渔父》当是民间流行的曲调,为其所用。

元和以后,作词的文人更多。白居易、刘禹锡曾被贬于巴蜀湘赣一带,受民间文艺熏染颇深。两人都爱好声乐歌舞,经常为歌者作诗填词,如白居易的三首《忆江南》。这一组词纯熟完整,说明文人运用这种韵文新体裁,已经得心应手,词体更是稳定了。

3.花间词

晚唐五代衰乱,一般文化学术日形萎弱,但适应女乐声伎的词在部分地区城市商业经济发展的基础上,却获得了繁衍的机运。尤其是五代十国,南方形成几个较为安定的割据政权。割据者既无统一全国的实力与雄心,又无励精图治的长远打算,苟且偷安,借声色和艳词消遣,在西蜀和南唐形成两个词的中心。西蜀立国较早,收容了不少北方避乱文人。前蜀王衍、后蜀孟昶,皆溺于声色。君臣纵情游乐,词曲艳发,故词坛兴盛也早于南唐。

后蜀赵崇祚,于广政三年(940)编成《花间集》十卷,选录 18 位“诗客曲子词”,凡 500 首。作者中温庭筠、皇甫松生活于晚唐,来人五代。孙光宪仕于荆南,和凝仕于后晋,其余仕于西蜀。《花间集》是最早的文人词总集。它集中代表了词在格律方面的规范化,标志着在文辞、风格、意境上词性特征的进一步确立,以其作为词的集合体与文本范例的性质,奠定了以后词体发展的基础。

温庭筠(约 812—约 866 年),原名岐,字飞卿,太原祁县人。出身没落贵族家庭,为唐初宰相温彦博后裔。富有天赋,文思敏捷,每入试,押官韵,八叉手而成八韵,故有“温八叉”或“温八吟”之称。精通音律,诗词兼工。诗与李商隐齐名,时称“温李”。其词被尊为“花间派”之鼻祖,与韦庄齐名,并称“温韦”。代表作有《菩萨蛮》《更漏子》《梦江南》等。

韦庄(约 836—910 年),字端己。京兆郡杜陵县人,五代时前蜀宰相。其词善用白描手法,词风清丽。与温庭筠同为“花间派”代表作家,并称“温韦”。代表作《菩萨蛮》

五章。

4.南唐词

南唐词的兴起比西蜀稍晚,主要词人是元老冯延巳、中主李璟和后主李煜。南唐君臣沉溺声色与西蜀相类,但文化修养较高,艺术趣味也相应雅一些。所以从花间词到南唐词,风气有明显的转变。

冯延巳(903—960年),字正中,一字仲杰,南唐吏部尚书冯令頵之长子,广陵人。仕于南唐烈祖、中主二朝,三度拜相,官终太子太傅,卒谥忠肃。冯延巳词作数量居五代词人之首。其词虽然仍以相思离别、花柳风情为题材,但不再侧重写女子的容貌服饰,也不拘限于具体的情节,而是着力表现人物的心境意绪,造成多方面的启示与联想,给读者提供了广阔的想象空间,比起花间词,内涵要广阔得多。王国维说:"冯正中词虽不失五代风格,而堂庑特大,开始宋一代风气。"(《人间词话》十九)他不仅开启了南唐词风,而且影响到宋代晏殊、欧阳修等词家。

李煜(937—978年),五代十国时南唐国君,字重光,初名从嘉,号钟影、莲峰居士,是南唐元宗李璟第六子,于961年继位,世称李后主。975年,国破降宋,俘至汴京,被封为违命侯;后为宋太宗毒死。李煜虽不通政治,但其艺术才华却非凡。他精书法,善绘画,通音律,其诗和文均有一定造诣,尤以词的成就最高,代表作有《虞美人》《浪淘沙》《乌夜啼》等,今存三十多首,大体上以南唐亡国为分界线,分为前后两期。前期词多写宫廷宴乐生活、写艳情、写闲愁,皆风情绮丽,婉转缠绵。后期由于国破家亡,内容尽是伤往事,怀故国,风格沉郁凄怆。李煜词不但语言自然精练,概括性强,被称为"千古词帝"。

李煜词的内容由花前月下到江山人生,从狎妓宴乐到亡国深痛,经历了一番深刻的变化,扩大了词的题材,开拓了词的意境。王国维称"词至李后主,而眼界始大,感慨遂深,遂变伶工之词而为士大夫之词"(《人间词话》),被奉为宋词的开山祖师。

(二)宋词

词至两宋达到顶峰,在意境、形式、技巧等方面都发展到了鼎盛时期。唐圭璋编纂的宋词总集《全宋词》(中华书局,1997年版)收录两宋词人1400余家,词21000余首。晚唐五代的花间词有浓郁的宫体气息,题材大抵是男女艳情、离愁别恨,语言精心雕琢,艳丽精美。受其影响,宋词的正宗依然是吟风弄月、儿女情长。诗庄词媚,诗大词小,重诗轻词,是北宋文人的基本观念。北宋初期,词继续受到文人士大夫包括最高统治者的喜爱。据说宋太宗"酷爱宫词中十小调子"(《续湘山野录》)。不过词的地位并未因此而提高,它仍然只是文人在樽前花间一觞一咏之际的娱乐性创作。北宋庆历以后,词的创作在内容、技巧、体制各方面都出现了飞跃发展，涌现出一批卓有成就的词人，其中晏殊、晏几道、张先、欧阳修、柳永尤为出色，而苏轼的成就尤其卓越。宋仁宗"颇好"柳词，"每对酒，必使侍从歌之再三"（陈师道《后山诗话》）。虽然词在宋代许多文人眼中依然不如诗那样崇高庄严，但它已经赢得了与诗并驾齐驱的文学地位。从柳永、二晏、周邦彦、姜夔到吴文英等词人，恪守词的传统，使词的形制更丰富、语言更精练、意境更深婉、风格更细腻，音律更精美，保持了词家本色。苏轼则异军突起，以其雄大才气开创了词的新境界。他打破了词的题材限制，把"诗言志"的传统引入词中，而且把散文句式用在词里，使词的内容更丰富，形式技巧更多样，在很大程度上改变了文人词的面目。

1.北宋词

北宋初期可称为过渡期，其主要作家有晏殊、张先、柳永等人。所谓过渡有两重含义：一是对前代有所继承，二是对后代有所奠定。从第一重含义说，这时的词内容上仍多写樽前花下，风格上仍多"香而弱"，形式上除柳永外仍多写小令，对词的认识仍不高，依然把它视为"诗余小道"。他们的艺术成就主要体现在善于即景抒情，善于用清丽的语言描绘情景相融的画面上。从第二重含义说，这些作家对词又有发展，如晏殊及后来的欧阳修虽深受冯延巳的影响，但在深俊方面有长足的进步，使词体进一步诗化。特别是柳永大力发展了慢词，为提高词的表现力增加了物质因素，这既是对前代词，特别是民间词的很好继承，更是对后代词的重要开创。

晏殊（991—1055 年），字同叔，临川人，七岁就能写作诗文，十四岁以神童应召入试，赐同进士出身，后官至宰相。由于一生显贵，其词作主要反映富贵闲适的生活，以及在这种生活环境中产生的感触和闲愁，笔调闲婉，理致深蕴，音律谐适，词语雅丽。今存《珠玉词》130 多首，其中伤春感时的作品最能代表他的特色，如《浣溪沙》二首。"无可奈何花落去，似曾相识燕归来"是他词中的名句。他的词语言技巧很高，进一步把宋词推向文人化、典雅化。

晏几道（1038—1110 年），字叔原，号小山，抚州临川人。晏殊第七子。历任颍昌府许田镇监、乾宁军通判、开封府判官等。性孤傲，中年家境中落。与其父晏殊合称"二晏"。词风似父而造诣过之。工于言情，其小令语言清丽，感情深挚，尤负盛名。表达情感直率。多写爱情生活，是婉约派的重要作家。其代表作有《鹧鸪天》《临江仙》。

张先（990—1078 年），字子野，乌程人，天圣八年进士。他与晏殊交情很深，词作的题材也与晏殊相似。他生性浪漫，写男女之情更多些。他的词清新明丽，语言流畅精巧。由于他善于写"影"，如《青门引》中"隔墙送过秋千影"，《木兰花》中"无数杨花过无影"，《天仙子》中"云破月来花弄影"等，被誉为"张三影"。在宋代词人中，张先较早较多地写作长调和慢词，为宋词的发展开启了一条新路。

柳永（987—1053年?），原名三变，字耆卿，别号柳七，是北宋专力写词第一人。出身官宦之家，为人放荡不羁，流连于秦楼楚馆。早年屡试不第，仁宗景祐元年（1034年）始登进士第。柳永精通音律，借鉴民间的俗曲，大量创制慢词，在词的体制、内容、风格诸方面均有所突破。其词打破了长期以来文人词以小令为主的传统，自制长调慢词，开一代风气，奠定了宋词昌盛的基础。他对词的题材有较大拓展，部分作品生动地展现了北宋中期都市的繁华富庶和民情风俗，其羁旅行役和男女恋情之词比较典型地体现了落魄士子和市民阶层的思想情趣。《望海潮》（东南形胜）、《雨霖铃》（寒蝉凄切）、《凤栖梧》（伫倚危楼）等是他的名篇。他的词以铺叙见长，语言通俗而不失雅趣，受到社会各阶层的广泛欢迎。陈师道在《后山诗话》中说："柳三变游东都南北二巷，作新乐府，骫骳从俗，天下咏之，遂传禁中。宋仁宗颇好其词，每对酒，必使侍妓歌之再三。"叶梦得在《避暑录话》中说："凡有井水饮处即能歌柳词。"《高丽史·乐志》里也多记载柳词。王灼《碧鸡漫志》卷二称柳词"浅近卑俗，自成一体，不知书者尤好之"。据罗大经《鹤林玉露》载，《望海潮》一词流播金国，金主完颜亮闻歌，欣然有慕于"三秋桂子，十里荷花"，顿起渡江南侵的念头。这都可见他的词在当时流传之广与影响之大。其雅词对苏轼、周邦彦影响较大，而俗词则远接以敦煌词为核心的民间词传统，下开金元俗曲之先声。

北宋中期可称为突破期，最主要的作家是苏轼。在他之前，欧阳修主要是继承前代遗绪，王安石虽很少作词，但都在初期的基础上对词体进行了开拓。至苏轼一登上词坛，词国的领域顿为扩大，词界的风貌顿为改观。他提高了词的地位，使之成为长短句之诗；开拓了词的思想内容，使之无意不可入，无事不可言；冲破了婉约风格的一统天下，开旷达与豪放之风。正如刘辰翁所评："词至东坡，倾荡磊落，如诗如文，如天地奇观。"（《辛稼轩词序》）

苏轼在词的创作上取得了非凡的成就，就一种文体自身的发展而言，苏词的历史性贡献又超过了苏文和苏诗。继柳永之后，苏轼对词体进行了全面的改革，最终突破了词为"艳科"的传统格局，提高了词的文学地位，从根本上改变了词史的发展方向。

苏轼对词的变革，基于他诗词一体的词学观念和"自成一家"的创作主张。自晚唐、五代以来，词一直被视为"小道"。柳永虽然一生专力写词，推进了词体的发展，但却未能提高词的文学地位。而苏轼首先在理论上破除了诗尊词卑的观念。他认为诗词同源，本属一体，词"为诗之苗裔"，诗与词虽有外在形式上的差别，但它们的艺术本质和表现功能应是一致的。因此他常常将诗与词相提并论，由于他从文体观念上将词提高到与诗同等的地位，这就为词向诗风靠拢、实现词与诗的相互沟通渗透提供了理论依据。

从本质上说，苏轼"以诗为词"是要突破音乐对词体的制约和束缚，把词从音乐的附属品变为一种独立的抒情诗体。苏轼写词，主要是供人阅读，而不求人演唱，故注重抒情言志的自由，虽也遵守词的音律规范而不为音律所拘。正因如此，苏轼作词时挥洒如意，即使偶尔不协音律规范也在所不顾。也正是如此，苏词像苏诗一样，表现出丰沛的激情，丰富的想象力和变化自如、多姿多彩的语言风格。虽然苏轼现存的362首词中，大多数词的风格仍与传统的婉约柔美之风比较接近，但已有相当数量的作品体现出奔放豪迈、倾荡磊落如天风海雨般的新风格，如《水调歌头·明月几时有》。

在两宋词风转变过程中，苏轼是关键人物。王灼《碧鸡漫志》说："东坡先生非心醉于音律者，偶尔作歌，指出向上一路，新天下耳目，弄笔者始知自振。"强化词的文学性，弱化词对音乐的依附性，是苏轼为后代词人所指出的"向上一路"。后来的南渡词人和辛派词人就是沿着此路而进一步开拓发展的。

北宋后期可称为徘徊期。主要作家有秦观、黄庭坚、周邦彦等。本来苏轼已为词的发展开拓了康庄大道，但受制于国势的衰弱，政治倾轧的加剧，文人心理更趋于保守，因而他们之中只有少数作家如晁补之、黄庭坚的某些作品继承了苏轼的新风格，大部分作家作品又回到了婉约的老路，但制作得更为精致，韵律上更趋于严谨，艺术上有一定的进步和较高的成就。其中值得注意的是周邦彦，他在深远天成方面虽前不及欧、秦，后不及李清照，但在词法技巧的人工安排方面却独树一帜，其作成为词之赋体化的滥觞，甚至影响到南宋后期的骚雅词派，成为这一派词人的先导，故而在词史上有相当重要的地位。

在苏门文士中，秦观是最为出色的词人。秦观（1049—1100年），字太虚，后改字少游，高邮人。元丰八年（1086年）进士，因与苏轼的关系被一贬再贬。他工诗善词，诗风与词风相近。他的词长于抒情，是婉约派的代表作家。音律谐美，情韵兼胜，对后来周邦彦、李清照直到清代的纳兰容若等词人都有显著的影响。

贺铸（1052—1125年），字方回，自号庆湖遗老，山阴人。出身于外戚之家，个性倔强，不阿附权贵，喜论天下大事。因长身耸目，面色铁青，人称贺鬼头。他能诗善文，尤长于词。他的词紧紧追随苏轼，内容、风格丰富多样，兼有豪放、婉约二派之长，长于锤炼语言并善于化用前人成句，用韵严格，富有节奏感和音乐美。其描绘春花秋月之作意境高旷，语言浓丽哀婉。其爱国忧时之作悲壮激昂，境界奔放阔大。其词以《青玉案》（凌波不过横塘路）、《鹧鸪天·半死桐》、《芳心苦》（杨柳回塘）、《六州歌头》（少年侠气）等最著名。《青玉案》是他的压卷之作，因"一川烟草，满城风絮，梅子黄时雨"一节，贺铸在当时就获得"贺梅子"的雅号。著名诗人黄庭坚曾亲手抄录这首词放在案头，把玩吟咏，同时还写了一首小诗寄给贺铸，对这首词给予很高评价："解道当年断肠句，只今惟有贺方回。"

北宋后期最重要的词人是周邦彦。周邦彦(1056—1121年),字美成,号清真居士,钱塘人。曾任提举大晟府。他博学多才,精通音律,曾整理各种曲调,创制许多新调,进一步丰富了词的格律和形式,对词乐的发展贡献很大。其词格律谨严,音律谐美,追求典丽,南宋时期的词人姜夔、吴文英、周密、张炎等都十分推重周邦彦。清代的"常州词派"还奉他为学词的典范。代表作有《兰陵王·柳》、《瑞龙吟》(章台路)、《满庭芳·夏日溧水无想山作》和《六丑·蔷薇谢后作》等。

2.南宋、辽金词

南宋自立国起就始终面临外敌不断入侵的局面。"靖康之难"、金兵南侵、蒙军攻宋,给南宋文人士大夫以极大的刺激,其中许多人目睹了惨烈的战争,亲历了艰辛的流亡,亲身体验了百姓的苦难,他们的思想情感都产生了很大变化。平民百姓的流离失所与帝王将相的荒淫享乐,民众要求抗击侵略、收复失地的强烈呼声与南宋朝廷的孱弱怯懦、屈膝投降,无不使他们感到悲愤。因此,慷慨悲歌、苍凉悲壮成为他们笔下的主旋律,许多文人的作品都不同程度地表现出悲怆激愤的情调。

南宋初期可称为变化期。主要的作家有张元干、张孝祥、朱敦儒等,而成就最高的当推女词人李清照。这些词人大多由北入南,在北宋末年多写些富艳婉丽之作,南渡后受社会巨变的震动,一变而多写亡国之苦,乡关之思,以及抗敌御侮之情,词风亦变得慷慨悲凉、抑塞不平,"凄然有'黍离'之感"(黄昇《花庵词选》)。这些变化使这些词人判然划为两期,也使南宋词坛一开始就走向健康发展的道路,为中期爱国词高潮的出现奠定了很好的基础。如向子諲就把他的《酒边词》分为《江北旧词》和《江南新词》两部分。又如张元斡的某些词作直接干预政治,这对提高词的社会地位,加强它的社会功能,产生了积极的影响。

李清照(1084—1155年),号易安居士,济南人。她出生于一个爱好文艺的士大夫家庭,其父李格非是学者兼散文家,以文章受知于苏轼;其母出身于官宦人家,也有文学才能。李清照受到良好的文学艺术教育,幼时过目不忘,出语惊人,博览群书,少女时代即以诗词名噪一时,受到名家称赞。她多才多艺,以词著名,兼工诗文书画,并著有《漱玉词》和《词论》,在中国文学史上享有很高声誉。李清照主张"词别是一家",注重词体协音律、重铺叙、有情致的特点。

她的词以南渡为界,分为前后两期。南渡之前,她生活幸福,婚姻美满,因而前期的词主要描写伤春怨别和闺阁生活,流露出她对爱情生活的向往和对大自然的喜爱,表现了女词人多愁善感的个性。如《如梦令》(昨夜雨疏风骤)、《醉花阴》(薄雾浓云愁永昼)、《一剪梅》(花自飘零水自流)等。南渡之后,因国破家亡、颠沛流离,她后期的词表达了她对故国往事的深情眷恋，充满了浓重感伤情调。如《声声慢》（寻寻觅觅）、《永遇乐》（落日熔金）、《武陵春》（风住尘香花已尽）等。

李清照南渡后的词风格和前期相比也迥然不同。国破家亡后政治上的风险和个人生活的种种悲惨遭遇，使得她的精神很痛苦，因而她的词作一变早年的清丽、明快，充满了凄凉、低沉之音，主要是抒发伤时念旧和怀乡悼亡的情感。在流离生活中她常常思念中原故乡，如《菩萨蛮》写的“故乡何处是，忘了除非醉”，《蝶恋花》写的“空梦长安，认取长安道”，都流露出她对失陷了的北方的深切怀恋。她更留恋已往的生活，如著名的慢词《永遇乐》，回忆“中州盛日”的京洛旧事；《转调满庭芳》“芳草池塘”回忆当年的“胜赏”，都将过去的美好生活和凄凉憔悴作对比，寄托了故国之思。她在词中充分地表达了自己在孤独生活中的浓重哀愁，如《武陵春》通过写“物是人非事事休”的感慨，《声声慢》通过写“寻寻觅觅，冷冷清清，凄凄惨惨戚戚”的处境，运用叠词，表达了自己难以克制、无法形容的“愁”。又如《清平乐》中“海角天涯，萧萧两鬓生华”的悲伤，《孤雁儿》中的悼亡情绪，都是在国破家亡、孤苦凄惨的生活基础上产生的，所以她的这部分词作正是对那个时代的苦难和个人不幸命运的艺术概括。

李清照的词主要继承婉约派的词风，有时还兼有豪放派之长，独具一家风貌，被后人称为“易安体”，对后世的影响极大。她的诗现存十余首和一些逸句，往往出语豪迈，不让须眉。最著名的是《夏日绝句》：“生当作人杰，死亦为鬼雄。至今思项羽，不肯过江东。”逸句如“南渡衣冠少王导，北来消息欠刘琨”等。

南宋中期可称为繁盛期。此时爱国词派和豪放词派得到了空前的壮大，出现了大词人辛弃疾，他的作品不管数量还是质量，都是宋词中的第一流。他的爱国内容广泛，感情深沉。足以和其同时的陆游爱国诗相媲美，而他的豪放风格又足以使豪放正式成为宋词中的一大流派，再加上陈亮、刘过为之羽翼；大诗人陆游也写下很多类其诗作的词作，为之推波助澜，遂使宋词的创作掀起空前高潮，由于他们用词写爱国、写政事，因而词在应用上真正达到了“无意不可入，无事不可言”（刘熙载《艺概·词概》）的地步，上升到可与诗完全并驾齐驱的位置。

辛弃疾（1140—1207年），字幼安，号稼轩，历城（今山东济南）人。出生并成长于金人统治区域的一个汉族官员家庭，父亲早逝，由祖父辛赞抚养成人。少时拜金国著名诗人蔡松年、刘瞻为师，与金国著名书法家、诗人党怀英是同学。他从小亲身目睹汉人在异族野蛮统治下所遭受的屈辱与痛苦，在青少年时代就立下了恢复中原的志向。二十一岁参加抗金义军，不久归南宋。他一生坚决主张抗金，屡次遭到主和派的打击，曾长期落职闲居。他是一个具有实干才能的政治家、一位文武双全的英雄豪杰，又是一位勇于创新的词人。辛词继承了苏轼豪放词风，进一步开拓了词的境界，扩大了词的题材，又创造性地融汇了诗歌、散文、辞赋等各种文学形式的优点,丰富了词的表现手法,形成了辛词的独特风格,进一步提高了词的文学地位。其词主要抒写力图恢复国家统一的爱国热情,倾诉壮志难酬的悲愤,揭露和批判南宋统治者的屈辱投降行径;也有一些吟咏祖国河山的作品。他还善于吸收民间口语入词,尤其善于用典、用事和引用前人诗句、文句,往往稍加改造而别出新意。他的词风格多样,而以豪放为主,雄奇阔大,激情飞扬,慷慨悲壮,笔力雄健。如《水龙吟·登建康赏心亭》《永遇乐·京口北固亭怀古》《丑奴儿·书博山道中壁》《南乡子·登京口北固亭有怀》《青玉案·元夕》《西江月·夜行黄沙道中》《破阵子·为陈同甫赋壮词以寄之》《菩萨蛮·书江西造口壁》《采桑子·书博山道中壁》《摸鱼儿》(更能消几番风雨)《鹧鸪天》(壮岁旌旗拥万夫)等都是流传后世的名篇。在文学史上,辛弃疾与苏轼并称为"苏辛"。其《稼轩长短句》存词620余首,数量之富雄冠两宋。辛弃疾的词在当时和后世都产生很大影响,他的名篇历来受到人们喜爱,成为培育爱国主义精神的教材。辛弃疾以词名家,其诗文亦有令人称道者。其诗作较多,同样反映了他的人生经历和思想变化,如《游武夷作棹歌呈晦翁十首》等。

陆游专力于诗,但也擅长填词,较多地受到苏轼的影响,集豪放婉约于一身,有不少词写得清丽缠绵,真挚动人,与宋词中的婉约派比较接近;而有些词常常抒发着深沉的人生感受,或寄寓着高超的襟怀,或寓意深刻,又和苏轼比较接近。最能体现陆游的身世经历和个性特色的,是慷慨雄浑、荡漾着爱国激情的词作,风格与辛弃疾比较接近,如《诉衷情》。但陆游词亦因风格多样而未能熔炼成独特的个性,有集众家之长、"而皆不能造其极"之感。

南宋后期可称为繁衍期。此时的词坛呈复杂状态:一方面在南宋中期已崛起的姜夔以及他开创的以"骚雅"为主要风格的词派在此时显得更为突出,并且出现了吴文英、王沂孙、张炎等一大批作家,使骚雅词派成为一时的主要流派。另一方面,辛派的继承人刘克庄、刘辰翁、文天祥等人也相当活跃。这两派有很大的差异,前者内容上多抒发凄凉怨情,风格上更重骚雅空灵,写作上更重音律技巧,"深加锻炼,字字推敲"(张炎《词源》)。后者内容上多写抗敌斗争和亡国之苦,风格在豪放的基础上更为悲楚。但有一点是相同的,即这两派的后继者比起他们的开创者都显得因袭太多而发展太少,所以虽有繁衍,而没有繁荣,最终不得不导致了词坛的逐渐衰落。从此不但宋词走向衰落,就全部词史而言,词亦走过了它的盛期。

姜夔(1155—1221年),字尧章,别号白石道人,饶州鄱阳(今属江西)人。他出生于仕宦家庭,自幼随父宦游,受到良好教育。成年后多次参加科举考试而未登第,一生以布衣身份做着豪门清客,与当时著名诗人范成大、杨万里、尤袤、萧德藻等人都有交往。他多才多艺,精于书画,能诗善文,精通音律。其词尤娴于音律,能自度曲,格律严密,其作品以清空峭拔、空灵含蓄著称，《扬州慢》（淮左名都）、《暗香》（旧时月色）等是他的名篇，有词集《白石道人歌曲》。他的词艺术成就很高，尤其善于描绘清幽的意境来寄托他落寞的心情，对后世许多仕途失意的文人具有很大的吸引力，对后世词人影响巨大，被清初浙西词派奉为圭臬。姜夔也善作诗，为杨万里、范成大等人推重。他初学黄庭坚，后转学晚唐诗人陆龟蒙。其晚年自编诗集三卷，已佚。今存《白石道人诗集》《白石诗说》等。他的诗歌善于锤炼字句，力求精巧工致，情调恬淡而有韵味。尤其是《除夜自石湖归苕溪》《姑苏怀古》《湖上寓居杂咏》等绝句，意蕴清妙秀远，有晚唐绝句风味。由于他的诗歌在艺术上缺乏独创性，影响远不如其词大。所著《白石诗说》，其中多有精辟见解。

在两宋同时代，词的魅力已然感染至周边的西夏、辽、金等国，夏辽金文人也多学宋人填词，其中不乏佳作名篇。元好问可算是夏辽金三朝中最负盛名的文人。他诗词文俱佳，被称为“北方文雄”“一代文宗”，其词被赞誉“金代一朝之冠”，可与两宋名家媲美。元好问的词传世有三百余首，涉及题材极广且兼有豪放婉约之风，尤其是其豪放词，旷达处不输东坡，激昂时仿佛辛弃疾。博采众长，自成一家。其中又尤以两首《摸鱼儿》最富艺术魅力。

（三）元明清词

元词据唐圭璋编《全金元词》所收有 212 家，3721 首。词的作者大都社会地位较高，词的题材比较狭窄，反映社会现实的作品不多。在艺术上，受南宋词影响较深，可以说是因袭多于创造。元词的发展，大略可分为前后两期。前期是指蒙古时期及改国号为元以后的至元、大德时期。这时期社会比较安定，来自宋、金的词人较多，词的风格也比较多样，著名词人有耶律楚材、张弘范、白朴、王恽、刘因、张埜等。这一时期的大词人是由金入元的白朴。他在元代不愿出仕，徙家金陵，放情山水，诗酒优游。他的《天籁集》多长调，内容大多是写兴亡之感，故国之思，也有一些关心社会现实、同情人民苦难的作品。朱彝尊《天籁集跋》云：“兰谷词源出苏、辛，而绝无叫嚣之气。自是名家，元人擅此者少，当与张蜕庵称双美，可与知音道也。”这是对白朴词比较中肯的评价。元武宗至大以后直至元亡，这是元词的后期。这时社会动荡不安，各地农民起义不断，但这样的现实在词里很少反映。这时的著名词人有张翥、许有壬、李齐贤、倪瓒、萨都剌、邵亨贞等。

词发展到明代虽没有消亡，但衰落了。吴衡照《莲子居词话》说：“金元工小令套数而词亡，论词于明，并不逮金元，遑言两宋哉。”陈廷焯《白雨斋词话》也说：“词至于明，而词亡矣。”明代的词人虽然不少，但成就不高。词作格律多乖，且多雅俗杂陈、词曲混淆之作。迨晚明云间词人出，以雅醇高浑为旨，力追五代北宋。但为时已晚，不久，明王朝就倾覆了。晚期是指明神宗万历到明亡。这一时期,由于社会变动异常激烈,词也和其他文学作品一样,与尖锐复杂的政治斗争密切相关。况周颐《蕙风词话》说明末词:"含婀娜于刚健,有风骚之遗则。"充分肯定了明末词。

形成于这一时期的"云间词派",不仅在当时影响很大,而且一直影响到清康熙时期,"云间词派"的领袖是陈子龙。他与李雯、宋徵舆等为了挽救明词颓风,开创了"云间词派"。推尊南唐二主和北宋的周邦彦、李清照,标举"妍婉"之旨,以雅正纠正了明词的俗陋,但是他们的词题材狭窄,所咏不外春花秋月、风霜雨露,和明末动荡的社会现实相距甚远。清兵南下以后,他们的词风才有所变化。特别是陈子龙后期的词饱含着亡国之痛、故国之思。调风也变秾纤婉丽为绵邈凄恻。

清朝是我国封建社会的最后一个王朝。清中叶以前,社会比较安定,经济繁荣,统治者也有一些笼络人心的举措,学术文化有较大发展,词坛也非常活跃,加之阳羡、浙西、常州等词派的迭兴,词学著作的繁多,这对词的发展,更起了推波助澜的作用,从而形成了清词的兴盛。正如陈廷焯《白雨斋词话》所说:"词兴于唐,盛于宋,衰于元,亡于明,而再振于我国初,大畅厥旨于乾嘉以还也。"清词的发展大致可分为初、中、晚三个时期。

初期是指顺治时期,这个时期不长,仅有十几年时间,这时期的词仍是明词的继续。"云间词派"的影响还存在,主要词人都来自明末,代表人物除云间词人外,有吴伟业、王夫之、屈大均、徐灿等。

中期是指从康熙到嘉庆这一漫长的历史时期。这一时期是清朝的极盛时代,词坛流派纷呈,风格多样,也是清词的极盛时代,首先出现的是以陈维崧为首的阳羡词派。这一个词派形成于顺治时期,盛行于康熙二十一年(1682)陈维崧逝世之前约二十余年间。他们把词的地位抬到和经、史等同,力辟词为"小道"之说,词风主要是受苏轼、辛弃疾的影响。阳羡词派成员有近百人之多,其中主要成员有陈维岳、任绳隗、徐喈凤、蒋景祁、万树、史惟圆等。以朱彝尊为首的浙西词派,形成于康熙前期,风行于康熙、雍正、乾隆三朝。初期成员皆浙西词人,后流风广被,便不囿于浙西了。浙西词派的主张是:宗尚南宋、师法姜(夔)、张(炎),崇尚淳雅,标举清空但所作多咏物酬赠、流连光景,内容比较贫乏。到后期更是模拟堆砌,空泛无物。浙西词派的主要成员有初期的李良年、李符、沈皞日、沈岸登及中期的领袖人物厉鹗以及晚期的吴锡麒、郭麐等。为了挽此颓风,词坛兴起了以张惠言为首的常州词派。张惠言于嘉庆二年(1797)编纂了《词选》。在《词选序》中他援引《说文》"意内言外"的训诂学解义来解说"词"的性质,指出词作近于"变风之意,骚人之歌",力图提高词的历史地位,并强调要注意词人"感物而发""缘情造端"的意旨和"低徊要眇"的寄托用心。常州词派的主要成员还有张琦、恽敬、左辅等。

常州词派对晚清及现代词坛都颇有影响。

陈维崧（1625—1682 年），字其年，号迦陵，南直隶常州府宜兴县人。明熹宗天启五年（1625 年），陈维崧出世，幼时便有文名。十七岁应童子试，被阳羡令何明瑞拔童子试第一。陈维崧与吴兆骞、彭师度同被吴伟业誉为“江左三凤”，与吴绮、章藻功称“骈体三家”。明亡后，科举不第。康熙十八年（1679），举博学鸿词科，授官翰林院检讨。康熙二十一年（1682），陈维崧去世，享年五十八岁。陈维崧的词风格豪迈奔放，接近宋代的苏、辛派。不但延续了苏和辛二人的写作格调，还增加了一种霸悍之气。

朱彝尊（1629—1709 年），字锡鬯，号竹垞，又号醧舫，浙江秀水人。康熙十八年（1679），举博学鸿词科，除翰林院检讨。康熙二十二年（1683），入直南书房。博通经史，参加纂修《明史》。康熙四十八年，卒，年八十一。朱彝尊作词风格清丽，为“浙西词派”的创始人，与陈维崧并称“朱陈”。主张宗法南宋词，尤尊崇其时格律派词人姜夔、张炎，提出：“世人言词，必称北宋，然词至南宋始极其工，至宋季而始极其变。姜尧章氏（姜夔）最为杰出。”（《词综・发凡》）又云：“倚新声玉田（张炎）差近。”所作讲求词律工严，用字致密清新，其佳者意境淳雅净亮，极为精巧。

这一时期，不为词派所左右的著名词人有彭孙遹、曹贞吉、王士禛、顾贞观、纳兰性德等。纳兰性德是清代少数民族词人中的佼佼者，向有满州词人第一之誉。

纳兰性德（1655—1685 年），叶赫那拉氏，字容若，号楞伽山人，原名纳兰成德，一度因避讳太子保成而改名纳兰性德。满洲正黄旗人。纳兰性德自幼饱读诗书，文武兼修，十七岁入国子监，被祭酒徐元文赏识。十八岁考中举人，次年成为贡士。康熙十五年（1676）殿试中二甲第七名，赐进士出身。纳兰性德曾拜徐乾学为师。他于两年中主持编纂了一部儒学汇编《通志堂经解》，深受康熙皇帝赏识，授一等侍卫衔，多随驾出巡。康熙二十四年（1685）五月，纳兰性德溘然而逝，年仅三十一岁。纳兰性德的词以“真”取胜，写景逼真传神，词风“清丽婉约，哀感顽艳，格高韵远，独具特色”。

对于词，他在《渌水亭杂识》中说：“花间之词如古玉器，贵重而不适用；宋词适用，而少贵重。李后主兼有其美，更饶烟水迷离之致。”这说明他很重视李后主词的，他的词自然也深受李后主词影响。另外，他和当时著名词人陈维崧、朱彝尊、严绳孙、顾贞观等都有交往，都有很深的情谊，他们对他的思想和词艺影响也有不小影响。纳兰性德有《饮水词》传世，他的词真切自然，缠绵婉丽，内容多写对逝去爱情的思念，对世事变化的感伤，对塞外风光的描写等。对于纳兰词，周之琦说：“容若长调多不协律，小令则格高韵远，极缠绵婉约之致，能使残唐坠绪，绝而复续。”（《箧中词》引）。王国维也给予很高的评价，他在《人间词话》中说：“纳兰容若以自然之眼观物，以自然之舌言情。此由初入中原，未染汉人风气，故能真切如此。北宋以来，一人而已。”

清词的后期，也就是从道光、咸丰直至清朝结束的时期。从道光二十年(1840 年)鸦片战争爆发以来，清朝内忧外患频仍，国势危迫，不少有识之士忧时忧国，不为词派所左右，写下了许多掷地有声的词作。邓廷桢、龚自珍、项廷纪、蒋春霖、王鹏运、张景祁、文廷式、郑文焯、朱祖谋、况周颐、王国维以及女词人吴藻、顾春、吕碧城等都是这一时期的著名词人。

第三节 楹联知识

一、楹联的发展起源

楹联因古时多悬挂于楼堂宅殿的楹柱而得名，又称对联、对偶、门对、春贴、春联、对子、桃符等，是一种对偶文学。一说起源于桃符。远在周秦时代，民间就有了在门前挂桃符的习俗。春节时用桃木板画上神荼、郁垒二神像，以去鬼瘴。这一风俗被人们继承下来。到了宋代，人们已用红纸代替桃木板，将乞求吉祥或驱鬼避邪的联句写在纸上，贴在门上，这就是延续了几千年的门贴。另一来源是春贴。古人在立春日多贴“宜春”二字，后渐渐发展为春联，表达了中国劳动人民辟邪除灾、迎祥纳福的美好愿望。楹联是写在纸、布上或刻在竹子、木头、柱子上的对偶语句。言简意深，对仗工整，平仄协调，字数相同，结构相同，是中文的独特艺术形式。

骈文与律诗是楹联的两大直接源头。楹联在自身发展过程中，又吸收了古体诗、散文、词曲等的特点。因而楹联所用句式，除了律诗句式、骈文句式外，还有古体诗句式、散文句式、仿词曲句式。不同句式适用格律不同、宽严不同。其中律诗句式平仄要求最严，古体诗句式则除了对句末平仄有要求，其他位置平仄不拘。

楹联是中国传统文化的瑰宝，有历史记载的最早楹联出现在三国时代。明洪武年间(1368—1399 年)，在江西庐陵(今江西省吉安市)地方，出土一尊特大铁十字架，上铸有三国时代孙权赤乌年号(238—250 年)。在铁十字架上又铸有艺术精美的楹联：“四海庆安澜，铁柱宝光留十字；万民怀大泽，金炉香篆蔼千秋。”

楹联是利用汉字特征撰写的一种民族文体，一般不需要押韵(律诗中的对偶句才需要押韵)。

(一)历史探源

楹联者，对仗之文学也。这种语言文字的平行对称，与哲学中所谓“太极生两仪”，即把世界万事万物分为相互对称的阴阳两半，在思维本质上极为相通。因此，我们可以

说,中国楹联的哲学渊源及深层民族文化心理,就是阴阳二元观念。阴阳二元论,是古代中国人世界观的基础。以阴阳二元观念去把握事物,是古代中国人思维方法。

这种阴阳二元的思想观念渊源甚远,《易经》中的卦象符号,即由阴阳两爻组成,《易传》谓:"一阴一阳之谓道。"老子也说:"万物负阴而抱阳,冲气以为和。"(《老子》第42章。)荀子则认为:"天地合而万物生,阴阳合而变化起。"(《荀子·礼论》)《黄老帛书》则称:"天地之道,有左有右,有阴有阳。"这种阴阳观念,不仅是一种抽象概念,而且广泛地浸润到古代中国人对自然界和人类社会万事万物的认识和解释中。

《周易·序卦传》:"有天地然后有万物,有万物然后有男女,有男女然后有夫妇,有夫妇然后有父子,有父子然后有君臣,有君臣然后有上下,有上下然后有礼仪有所措。"《易传》中,分别以各种具体事物象征阴阳二爻。阴代表坤、地、女、妇、子、臣、腹、下、北、风、水、泽、花、黑白、柔顺等;与此相对应,阳则代表乾、天、男、夫、父、君、首、上、南、雷、火、山、果、赤黄、刚健等。

这种无所不在的阴阳观念深入到了中华民族的潜意识之中,从而成为一种民族的集体无意识。而阴阳观念表现在民族心理上重要的特征之一,就是对以"两""对"的形式特征出现的事物的执着和迷恋。楹联格式严格,分大小词类相对。传统楹联的形式相通、内容相联、声调协调、对仗严谨。

(二)语言寻根

一副标准的楹联,最本质的特征是"对仗"。当它用口头表达时,是语言对仗,当它写出来时,是文字对仗。通常对仗要求字数相等、词性相对、平仄相拗、句法相同这四项,其中最关键的是字数相等和平仄相拗,这里的字数相等,其实质上是"音节"相等,即一个音节对应一个音节。汉语每个音节独立性强,都有确定的长度和音调,音调古有平、上、去、入四声,今有阳平、阴平、上声、去声四声,皆分平仄两大类。平对仄即谓相拗。这样,汉语的语素与语素之间(即字与字之间)就能建立起字数相等、平仄相谐的对仗关系。

楹联大多数写成文字,并且很多时候还要书写、悬挂或镌刻在其他建筑物或器物上。因此,楹联对仗的第二层即是所谓文字相对。文字相对意味着楹联不仅是语言艺术,又是装饰艺术。作为装饰艺术的楹联,要求整齐对称,给人一种和谐对称之美。汉字又恰好具备实现整齐对称的条件,它是以个体方块形式而存在的,方方正正,整整齐齐,在书写中各自占有相等的空间位置。它具有可读性,又具可视性。其方块构形,既有美学的原则,又包含着力学的要求。它无论是横写与竖排,都能显得疏密有致,整齐美观。

关于中国最早的楹联，谭蝉雪先生在《文史知识》1991 年第四期上撰文指出，中国最早的楹帖出现在唐代。它以莫高窟藏经洞出土的卷号为斯坦因 0610 号敦煌遗书为据：

岁日：三阳始布，四序初开。
　　福庆初新，寿禄延长。
又：三阳回始，四序来祥。
　　福延新日，庆寿无疆。
立春日：铜浑初庆垫，玉律始调阳。
　　五福除三祸，万古(殓)百殃。
　　宝鸡能僻(辟)恶，瑞燕解呈祥。
　　立春(著)户上，富贵子孙昌。
　　又：三阳始布，四猛(孟)初开。

《声调谱》作者赵执信明确指出："两句为联，四句为绝(句)，始于六朝，元(原)非近体。"王夫之说，楹联源于律诗的说法，好比"断头刖足，残人生理。"

楹联形式短小，文辞精练，既是一种生动的艺术表现形式，又是一种优秀的文化遗产。楹联是在古代的"桃符"和"对句"的基础上发展起来的，中国最早的春联出现在一千多年前。据史料记载，后蜀广政二十七年(公元 964 年)的春节前夕，后蜀主孟昶因平日善习联语，故趁新年来到之际，忽然下了一道命令，要求群臣在"桃符板"上题写对句，以试才华。群臣们各自写好一幅，耐心等待审查。孟昶一一看过，均不满意。于是他就亲自提笔，在"桃符板"上写了"新年纳余庆；佳节号长春"。这就是中国用文字记载下来的一幅最早的春联。

楹联的格式精巧玲珑的楹联，不仅有着悠久的历史和传统习惯，而且在群众广泛运用的基础上还有统一的要求和固定的格式。从文学角度来看，它是我国民间文化遗产中讲究较多、要求较严的一种特殊文体。从格式上看，它由三部分组成：上联，第一句，也叫出句；下联，第二句，也称对句；横额，也叫横批或横披。上、下联是楹联的主体，有和璧之妙，缺一不可。另外，楹联在实际运用中，上、下联文字不管多长，一般都没有标点，这也是格式上的一种特殊讲究。

从文学史的角度看，楹联，是从古代诗文辞赋中的对偶句逐渐演化、发展而来。这个发展过程大约经历了三个阶段。

1.对偶阶段

这一阶段时间跨度为先秦、两汉、三国、两晋至南北朝。在中国古诗文中，很早就出

现了一些比较整齐的对偶句。流传至今的几篇上古歌谣已见其滥觞，如“凿井而饮，耕田而食”“日出而作，日入而息”之类。至先秦两汉，对偶句更是屡见不鲜。《易经》卦爻辞中已有一些对偶工整的文句，如“渺能视，跛能履”（《履》卦“六三”）、“初登于天，后入于地”（《明夷》卦“上六”）《易传》中对偶工整的句子更常见，如“仰以观于天文，俯以察于地理”（《系辞下传》）、“同声相应，同气相求，水流湿，火就燥，云从龙，风从虎……则各从其类也”（《乾·文言传》）。

成书于春秋时期的《诗经》，其对偶句式已十分丰富。刘麟生在《中国骈文史》中说：“古今作对之法，《诗经》中殆无不毕具”。他列举了正名对、同类对、连珠对、双声对、叠韵对、双韵对等各种对格的例句。如“青青子衿，悠悠我心”（《郑风·子衿》）、“山有扶苏，隰有荷花”（《郑风·山有扶苏》），《道德经》其中对偶句亦多。刘麟生曾说：“《道德经》仲裁对之法已经变化多端，有连环对者，有参差对者，有分字作对者。有复其字作对者。有反正作对者。”（《中国骈文史》）如“信言不美，美言不信。善者不辩，辩者不善”（八十一章）、“独立而不改，周行而不殆”（二十二章）再看诸子散文中的对偶句，如：“满招损，谦受益”（《尚书·武成》）、“乘肥马，衣轻裘”（《论语·雍也》）、“君子坦荡荡，小人长戚戚”（《论语·述而》）等等。辞赋兴起于汉代，是一种讲究文采和韵律的新兴文学样式。对偶这种具有整齐美、对比美的修辞手法，开始被普遍而自觉地运用于赋的创作中。如司马相如的《子虚赋》中有：“击灵鼓，起烽燧；车按行，骑就队。”

2.骈偶阶段

骈体文起源于东汉的辞赋，兴于魏晋，盛于南北朝。骈体文从其名称即可知，它是崇尚对偶，多由对偶句组成的文体。这种对偶句连续运用，又称排偶或骈偶。刘勰在《文心雕龙·明诗》中评价骈体文是“俪采百字之偶，争价一句之奇”。以初唐王勃的《滕王阁序》一段为例：

> 时维九月，序属三秋。潦水尽而寒潭清，烟光凝而暮山紫。俨骖騑于上路，访风景于崇阿。临帝子之长洲，得仙人之旧馆。层峦耸翠，上出重霄；飞阁流丹，下临无地。鹤汀凫渚，穷岛屿之萦回；桂殿兰宫，即冈峦之体势。
>
> 披绣闼，俯雕甍，山原旷其盈视，川泽盱其骇瞩。闾阎扑地，钟鸣鼎食之家；舸舰迷津，青雀黄龙之轴。云销雨霁，彩彻区明。落霞与孤鹜齐飞，秋水共长天一色。渔舟唱晚，响穷彭蠡之滨；雁阵惊寒，声断衡阳之浦。

全都是用对偶句组织，其中“落霞与孤鹜齐飞，秋水共长天一色”更是千古对偶名句。这种对偶句是古代诗文辞赋中对偶句的进一步发展，它有如下三个特点：一是对偶不再是纯作为修辞手法，已经变成文体的主要格律要求。骈体文有三个特征，即四六句式、骈偶、用典,此其一。二是对偶字数有一定规律。主要是“四六”句式及其变化形式。主要有:四字对偶,六字对偶,八字对偶,十字对偶,十二字对偶。三是对仗已相当工巧,但其中多有重字(“之、而”等字),声律对仗未完全成熟。

3.律偶阶段

律偶是格律诗中的对偶句。这种诗体又称近体诗,正式形成于唐代。但其溯源,则始于魏晋。曹魏时,李登作《声类》十卷,吕静作《韵集》五卷,分出清、浊音和宫、商、角、徵、羽诸声。另外,孙炎作《尔雅音义》,用反切注音,他是反切的创始人。一般的五、七言律诗,都是八句成章,中间二联,习称颔联和颈联,必须对仗,句式、平仄、意思都要求相对。这就是标准的律偶。举杜甫《登高》即可见一斑:

风急天高猿啸哀,渚清沙白鸟飞回。
无边落木萧萧下,不尽长江滚滚来。
万里悲秋常作客,百年多病独登台。
艰难苦恨繁霜鬓,潦倒新停浊酒杯。

这首诗的颔联和颈联,“无边落木萧萧下,不尽长江滚滚来”“万里悲秋常作客,百年多病独登台”对仗极为工稳,远胜过骈体文中的骈偶句。除五、七言律诗外,唐诗中还有三韵小律、六律和排律,中间各联也都对仗。

律偶也有三个特征:一是对仗作为文体的一种格律要求运用;二是字数由骈偶句喜用偶数向奇数转化,最后定格为五、七言;三是对仗精确而工稳,声律对仗已成熟。

二、楹联的特征

傅小松的《中国楹联特征论略》把楹联的特征概括为五个对立统一。

一是独特性和普遍性的统一。其独特性主要表现在结构和语言上。楹联可称之为“二元结构”文体。一副标准的楹联,总是由相互对仗的两部分所组成,前一部分称为“上联”,又叫“出句”“对头”“对公”;后一部分称为“下联”,又叫“对句”“对尾”“对母”。两部分成双成对,仅有上联或下联,只能算是半副楹联。许多书写悬挂的楹联,除了上联、下联外,还有横批。横批在这种楹联中是一个有机组成部分,它往往是对全联带有总结性、画龙点睛或与楹联互相切合的文字,一般是四个字,也有两个字、三个字、五个字或七个字的。

从语言上看,楹联的语言既不是韵文语言,又不是散文语言,而是一种追求对仗和富有音乐性的特殊语言。楹联这种特殊的“语言—结构”方式,完全取决于汉语言及其文字的特殊性质。这种“语言—结构”的独特性使得楹联创作在构思、立意、布局、谋篇上迥异于其他文学形式。同样的客观对象和内容,楹联总是设法从两个方面、两个角度去观察和描述事物,并且努力把语言“整形”规范到二元的对称结构之中去。

二是寄生性和包容性的统一。所谓寄生性,指楹联本从古文辞赋的骈词俪语派生发展而来,小而言之,它就是一对骈偶句,因此,它能寄生于各种文体之中。诗、词、曲、赋、骈文,乃至散文、戏剧、小说,哪一样中又没有工整的对偶句呢？但反过来,楹联又具有极大的包容性。它可以兼备其他文体的特征,吸收其他文体的表现手法,尤其是长联和超长联,集中国文体技法之大成,诸如诗之精练蕴藉,赋的铺陈夸张,词之中调长调,曲的意促爽劲,散文的自由潇洒,经文的节短韵长等等,皆兼收并蓄,熔铸创新。

三是实用性和艺术性的统一。如前所述,楹联是中国古典文学形式的一种,理所当然具有文学性和艺术性,它以诗、词、曲等前所未有的灵活和完美而体现了中国文字的语言艺术风采。楹联之美在于对称、对比和对立统一。宋胡仔《苕溪渔隐丛话》后集卷二十引《复斋漫录》记载,晏殊一次邀王琪吃饭,谈起他一个上句“无可奈何花落去”,恨无下句。王琪应声对道:“似曾相识燕归来。”晏殊大喜,于是把这个绝妙对句写进了《浣溪沙》一词。杨慎称这个对句“二语工丽,天然奇偶”。这就是楹联的艺术魅力。

楹联的艺术性,可以当代学者白启寰先生一副楹联来概括:对非小道,情真意切,可讽可歌,媲美诗词、曲赋、文章,恰似明珠映宝玉;联本大观,源远流长,亦庄亦趣,增辉堂室、山川、人物,犹如老树灿新花。

四是通俗性和高雅性统一。人们常说楹联雅俗共赏,这丝毫不假。原因在于楹联是一种既简单又复杂、既纯粹又丰富的艺术,诚如前所述,楹联的规则并不复杂,尤其是对语言的色彩、风格,对题材、内容都没有什么要求,它一般很短小,又广泛应用于社会生活,不像其他文学形式戴着一副高雅的面孔,它易学、易懂、易记,也不难写。只要对得好,无论语言之俗雅,题材之大小,思想之深浅,皆成楹联。楹联,至若逢年过节,家家写之,户户贴之,实为文学中之最通俗者。但是,楹联俗而能雅,而且是大雅。楹联固规则简单,形式纯粹,但其对道、联艺,却博大精深,没有止境。短小隽永者,一语天然,非俗手能为;长篇巨制者则更是铺锦列绣,千汇万状,如同史诗,非大手笔不能作。那些优秀的风景名胜联,辉映山川古迹,永放异彩;那些著名的哲理格言联,传播四海,流芳百世;那些仁人志士的言志联,慷慨磊落,光耀千秋,岂非大雅乎？

五是严肃性和游戏性的统一。一般来说,文学和艺术是严肃的,人们反对游戏文学、语言的那种不严肃的创作态度。但对于楹联来说,情况就不同了。楹联有严肃性创作,也有个性的。比如,开办于清光绪二十七年(1901 年)的浙江平阳“益智高等女学校”门联“德张民智开明范;学领女权炳耀风”,其风格是高雅而严肃的人们同样以联来斗智游戏,用楹联来抒情言志、评人论史、写景状物。清末有个叫赵藩的人,在成都武侯祠题了一联。联云：

能攻心则反侧自消，从古知兵非好战；

不审势即宽严皆误，后来治蜀要深思。

这副楹联既概括了诸葛亮用兵四川的特点，又总览了诸葛亮治理四川的策略，借此提出自己关于正反、宽严、和战、文武诸方面的政见，极富哲理，蕴含深刻的辩证法，发人深思。和历史任何优秀的哲理诗相比，它都毫不示弱。此联问世以来，好评如潮。人们"看中"的正是此联深刻性和严肃性。

三、楹联的分类

（一）按内容分

1.节令联

节令联一般是有应时性或纪念性特点，内容多为一般的咏物、抒情、议论、祝愿。严格来看，可将其区分为节日联和时令联，但鉴于二者往往合一，这种区分已无实际意义。一般可直接将节令联划分为春联、元旦联、国庆联等若干子类。节令联中，最主要的是春联。所谓春联，就是用于春节的节令联。

2.喜庆联

喜庆联又称贺联，是指除节日庆祝以外的、内容上带有某种特定祝贺性质的楹联。按其内容和对象，可划分为婚联、寿联、新居联（乔迁联）等若干子类。喜庆联突出的特征是带有特定的喜庆、祝贺性质，其内容一般是表示良好祝愿、喜庆吉祥的。喜庆联有通用的，也有专用的。

3.哀挽联

哀挽联又简称挽联，指的是用于吊唁亡人的楹联。其内容限于对亡人的吊唁、缅怀、评价、祝愿，其风格一般是哀痛、肃穆、深沉、庄严的。也有为未亡人作挽联或未亡人作自挽联的，则另当别论。挽联可从多种角度来划分，如挽老年人联、挽中年人联、挽青少年人联等，或者挽长辈联、挽同辈联、挽晚辈联等。另外，还可分出挽名人联、自挽联等，还可将祭祀联作为挽联的一个子类。挽联所指的内容一般有较具体的对象，虽然同样有通用的和专用的区别，但在实用中更要注意区分。

4.名胜联

名胜联是指张贴、悬挂、雕刻于风景名胜处的楹联。其内容大多为题写该名胜景观（如山水楼台、文物古迹等），或者与它密切相关的人、事等。这类楹联往往成为名胜景

观甚至历史文化的重要组成部分。名胜联可分为山水园林、寺庵庙观、殿阁亭台、院舍堂馆、碑塔墓窟等若干子类,不一而足。

5.行业联

行业联是指其内容为针对某一行业、部门或领域的楹联。由于时代的变迁,楹联在行业上的运用虽已不如以前,但仍旧可观。从其适用范围和内容特色看,它仍不失为楹联的一大种类。行业联可按行业、部门来划分子类。

6.题赠联

题赠联是指题赠给他人的楹联。虽然许多楹联都带有某种题赠性质,但这里所说的题赠联,仅限于人际关系交往(或向往)的题赠之作,不包括挽联与贺联之类。其内容一般带有某种赞颂、祝愿、劝勉性质。从楹联的运用情况来看,题赠联不失为一大种类。根据题赠对象的不同,题赠联一般可分为题长辈联、题同辈联、题晚辈联等若干子类。

7.杂感联

杂感联是指没有特定对象,而内容包罗比较广泛的楹联。这种楹联往往带有比较单纯的文学创作特色,如哲理言志联、咏物抒情联、劝喻讽刺联等。

8.学术联

学术联是指带有某种学术性质的楹联。这种学术性质指的是在内容和用途上不属于上述几大类的某种专业性质。其内容往往比较专门,带有某种学科或宗教特色,如科普联、佛教联、道教联等。从楹联的运用范围及发展空间而言,有必要将学术联作为单独的一大种类。

9.趣巧联

趣巧联是指比较突出趣味或技巧而相对不注重内容的楹联。如各种谐趣联、技巧联等。这类楹联的内容,要么是突显某种风格的独特性(谐趣联),要么是相对不太重要事物,用特殊技巧表现出来,从而显得别具一格(技巧联)。从这个意义上,可将其作为单独的一大种类。

(二)按用途分

楹联按用途可分为通用联和专用联。

1.通用联

通用联主要有新年专用的春联。如:杨柳吐翠九州绿;桃杏争春五月红。

2.专用联

专用联又分为贺联、寿联、婚联、喜联、挽联、行业联、座右铭联、赠联、题答联。

贺联:寿诞、婚嫁、乔迁、生子、开业等喜庆时用。

喜联:一般用于喜庆婚嫁时贴挂的楹联,是体现中国人民生活情趣的一种独特文学形式。

寿联:主要用于祝贺长者的生日,是中国传统文化中表达和祝福的独特方式。

挽联:哀悼死者用。如:著作有千秋,此去震惊世界;精神昭百世,再来造福人群。

赠联:颂扬或劝勉他人用。如:风声、雨声、读书声,声声入耳;家事、国事、天下事,事事关心。

自勉联:自我勉励之用。如:有关家国书常读;无益身心事莫为。

行业联:不同行业贴于大门或店内之用。如(欲知千古事;须读五车书)。

言志联:道出志向之用。如:宁作赵氏鬼;不作他邦臣。

(三)按字数分

按字数可分为短联(十字以内)、中联(百字以内)和长联(百字以上)等。

(四)按修辞技巧分

按修辞技巧可分为对偶联、修辞联、技巧联。

对偶联:言对、事对、正对、反对、工对、宽对、流水对、回文对、顶针对。

修辞联:比喻、夸张、反诘、双关、设问、谐音。

技巧联:嵌字、隐字、复字、叠字、偏旁、析字、拆字、数字。

(五)按联语来源分

按联语来源可分为集句联、集字联、摘句联、创作联。

集句联:全用古人诗中的现成句子组成的楹联。

集字联:集古人文章,书法字帖中的字组成的楹联。

摘句联:直接摘他人诗文中的对偶句而成的楹联。

创作联:作者自己独立创作出来的楹联。

二、楹联的形式

顾名思义,楹联是要成“对”的,即由上联和下联所组成。上下联字数必须相等,内容要一致,即上下联能“联”起来(平仄相对),两句不相关联的句子随便组合在一起不能成为楹联。楹联一般都是竖写,上联贴在右边(上手),下联贴在左边(下手)。如何断定楹联的上下联呢?除了从联文的内容中去辨别上下联,更为重要的是从联文字尾的平仄声去判定。楹联严格规定上联末字用仄声,下联末字用平声。后人称这种规则为仄起平收。

必须注意的是，古代汉语和现代汉语的“四声”有些不同。自推广汉语拼音化和以北京语音为全国通用语言以后，同一汉字的平仄发生了变化。一副联可依旧韵，也可用新韵，但不能新旧韵混用。

从古老的《诗经》《楚辞》开始，诗词便开启了它的辉煌历程。汉魏六朝时期，五言诗、七言诗逐渐兴起，诗歌的形式不断丰富。唐代无疑是诗歌发展的黄金时代，诗人们以豪迈奔放或婉约细腻的笔触，描绘出大唐的盛世风貌，留下了无数经典之作。两宋时期，词这种文学形式大放异彩，婉约派与豪放派交相辉映，展现出独特的艺术魅力。元明清时期，诗词继续发展，虽不如唐宋那般鼎盛，但依然有其特色和成就。而楹联则在明清时期达到鼎盛，对仗工整、寓意深刻的楹联成为了文化的重要载体。

诗词楹联的发展，不仅是文学的演进，更是中华民族智慧与情感的结晶，它们见证了历史的变迁，承载着人们的思想与情怀，成为中华传统文化中熠熠生辉的瑰宝。

1.以时间为线索，梳理从先秦到现代各个时期诗词的主要特点和代表作品。

2.选择一位著名诗人，分析其不同人生阶段的诗词风格变化及原因。

3.选取两个不同历史时期的楹联，对比它们在形式、内容和表达上的差异。

4.根据所学知识，创作一首符合格律要求的古体诗或一副楹联。

5.选择一个与诗词楹联发展史相关的主题，如某一时期的诗词流派或某位诗人对后世的影响，撰写一篇小论文。

6.组织学生挑选经典的诗词楹联作品，进行朗诵展示。

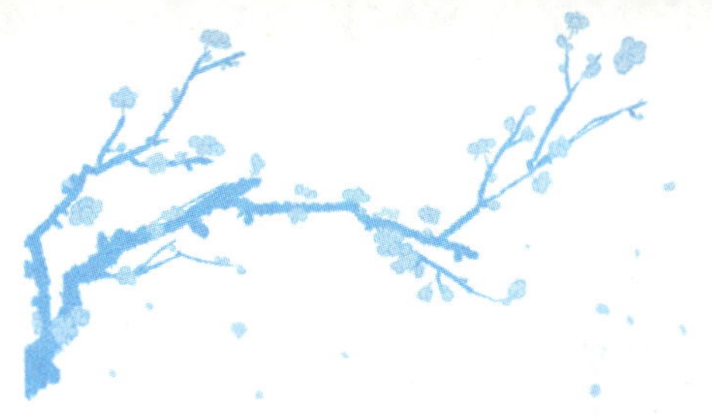

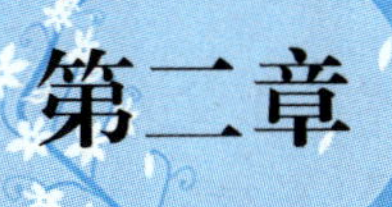

第二章　诗词楹联写作知识

学习目标

知识目标

1.了解诗词的四大要素、近体诗的格式及禁忌。

2.了解词的分类、特点和词牌的来历。

技能目标

1.掌握楹联的写作知识及注意事项。

2.掌握书写联律的六大要素、格律。

素养目标

1.感受其中蕴含的人文情怀,提升自身的艺术素养。

2.增强弘扬与传承中华优秀传统文化的自觉性和自信心、责任感和使命感。

诗词楹联创作首先要掌握四大要素，即押韵、四声、平仄和对仗。韵是诗词的基本要素之一，要严格按照韵书押韵。古人广为流传的韵书是《平水韵》，随着时代的变迁，《平水韵》在当代已经不完全适用语言的发展变化，《中华新韵》《中华通韵》便应运而生。当代写诗词实行新旧韵并轨原则，但新旧韵不能混押。四声是辨别平仄的基础，要注意古四声与现代汉语四声的关系。古入声字是学习古诗词的难点，现代汉语中入声字已消失，分别派入阴平、阳平、上声和去声。绝句和律诗必须符合平仄规律，不能"失替"，不能"失对"，不能"失粘"。凡是平仄不依常格的句子，叫拗句。如果拗了，就要"救"。掌握拗救的几种方式也是初学格律诗的难点。词曲的平仄必须按照词谱的要求来填。律诗的中间两联必须对仗，词的对仗比律诗的对仗要宽。

近体诗的创作必须掌握四种格式，即平起首句不入韵式，平起首句入韵式，仄起首句不入韵式，仄起首句入韵式。近体诗不要犯"孤平""三平尾"，要避免"三仄尾"，还要注意不要出现不规则重字。词只要按谱填词即可。词谱主要依《钦定词谱》《白香词谱》《唐宋词格律》（龙瑜生），韵依《词林正韵》（古韵）、《中华新韵》《中华通韵》，新旧韵并轨，但不能新旧韵混押。楹联要符合联律要求。

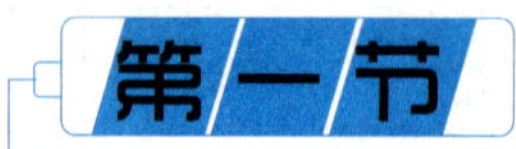

第一节　近体诗的写作知识

一、诗词的四大要素

诗词创作包括四大要素：押韵、四声、平仄、对仗。

（一）押韵

韵是诗词的基本要素之一。诗词中所谓的韵，大致等于现代汉语中的韵母。所谓押韵，也叫"压韵"，是指把同韵部的两个或更多的字放到同一位置上，一般都放在句尾，所以又叫韵脚。押韵的目的是为了声韵的谐和。同类的乐音在同一位置上的重复，构成声音回环的美。如：

登鹳雀楼

王之涣

白日依山尽，黄河入海流。

欲穷千里目，更上一层楼。

这首诗中“流”和“楼”是韵脚。

古人写诗是严格按照韵书押韵的。隋朝陆法言的《切韵》分为206韵，唐代规定相近的韵可以合用，所以唐朝《切韵》实际简化版为193韵。南宋时原籍山西平水人刘渊，在著《壬子新刊礼部韵略》时将同用的韵合并成107韵，同期山西平水官员金人王文郁著《平水新刊韵略》时将同用的韵合并为106韵，清代康熙年间编的《佩文韵府》把《平水韵》并为106个韵部，这就是后来广为流传的平水韵（见附录一《平水韵》韵部表）。

随着时代的变迁，平水韵在当代已经不完全适用语言的发展变化。为助力全民族文化素养的提升，促进中华优秀语言文化的传播和发展，中华诗词学会组织力量，整理出了《中华新韵（十四韵）简表》（以下简称《简表》）。《中华新韵》的初稿发表于2004年第6期《中华诗词》杂志，由赵京战执笔。共14个韵部。（见附录二《中华新韵》十四韵韵部表）

《中华通韵》是由中华诗词学会组织研制的新中国语言体系中的新韵书，由国家语委语言文字规范标准审定委员会于2019年3月审定通过，2019年11月1日正式实施。《中华通韵》以“知古倡今、双轨并行”为原则，与当前使用的旧韵书并存，提倡和引导使用《中华通韵》。（见附录三《中华通韵》韵部表）

绝句和律诗押韵的基本要求是：(1)以平声押韵。也有少数以仄声押韵的，其中五言诗居多，仄声押韵的绝句和律诗也称“古绝”“古律”。(2)一韵到底，不得中途换韵。(3)双句必须押韵，单句（首句除外）不入韵。首句可以入韵，也可以不入韵。七言诗首句入韵的较多，五言的较少。

“诗之有韵，犹屋之有柱；柱不稳，则屋必倾圮。韵不稳，则诗必恶劣”，押韵应当注意的主要问题是：

(1)不能落韵。落韵也叫出韵。近体诗的押韵要求一首诗里只能押一个韵，所有韵脚的字都要在同一个韵部，把别的韵部的字拿来做韵脚就是落韵。

(2)不能凑韵。凑韵就是指韵脚字与全句其他的意思不相符合、不连贯，勉强凑合的韵。

(3)不能重韵。重韵就是在一首诗里，重复押一个字做韵脚。

(4)不能倒韵。这是常见的诗病，为了押韵，把正常的词儿颠倒着说，比如一些词习惯顺序是“风雨，先后、新鲜、慷慨、凄惨、玲珑、参商、琴瑟”等等，把它们颠倒过来用，就非常别扭。

(5)不用哑韵。所谓哑韵就是声调读起来不清晰,意义也不明显的字。并不是所有平声字都适合做韵脚。“欲作佳诗,先选好韵。凡音涉哑滞者,便宜弃舍。”

(6)不用僻韵。僻韵就是不常见的生僻的字。

(7)不用同义之韵。同一韵中字不同而义同,如六麻之“花”“葩”,七阳之“芳”“香”,十一尤之“忧”“愁”。

(8)不用字同义异之韵。意义虽不同,但字相同,在同一首诗中也不能用。

(二)四声

四声是古汉语声调的四种分类,以表示音节的变化,包括平声、上声、去声和入声。现代汉语(普通话)也有四声,为阴平(一声)、阳平(二声)、上声(三声)、去声(四声)。现代汉语四声是由古四声演变而来的,古代的四声和现代普通话四声的关系如下:

(1)平声,后代演变成阴平和阳平。

(2)上声,后代有一部分演化成去声。

(3)去声,后代绝大部分仍然是去声。

(4)入声,发音短促,在普通话里完全消失,分别并入阴平、阳平、上声、去声。如“一”,古入声,今阴平。“石”古入声,今阳平。“渴”,古入声,今上声。“绿”古入声,今去声。

辨别四声是辨别平仄的基础。

(三)平仄

平仄是诗词格律的一个术语。古汉语中的平声即“平”,上声、去声、入声则为“仄”。现代汉语中的平声包括阴平和阳平,仄声包括上声和去声。

入声字在古汉语中是仄声,在现代汉语中并入阴平、阳平的入声字成了平声,古今存在着差异。如“一”“石”等,古仄今平。并入上声和去声的入声字仍为仄声。如“渴”“绿”等。入声字是我们鉴赏和写作近体诗的难点之一。

绝句和律诗要符合平仄规律:

1.平仄交替

同一句中,以一节为单位,平仄要交替。近体诗一般为两字一节,如:

白日/依山/尽

仄仄/平平/仄

“白日”为一节,“依山”为一节,“尽”单字一节。“白日”是仄仄(“白”古入声字,仄声),“依山”是平平,“仄仄平平”即为“平仄交替”。这就是同一句中平仄交替原则,违

反平仄交替的原则即为"失替"。

2.平仄对立

一联当中出句和对句相同位置的字平仄相对。一首诗中上句和下句为一联。上句叫出句,下句叫对句。同一联中出句和对句的平仄是对立的。如:

白日依山尽,(出句)
仄仄平平仄,
黄河入海流。(对句)
平平仄仄平。

这两句是一联,出句中"白日"是仄仄,对句中"黄河"就是平平。出句中"依山"是平平,对句中"入海"是仄仄。这就是一联中平仄相对的原则,违反平仄相对的原则即为"失对"。

3.平仄相粘

上一联的对句和下一联的出句,第二字平仄一致,即为"相粘"。违反"相粘"的原则即为"失粘"。比如,绝句的第三句和第二句要相粘,律诗的第三句和第二句,第五句和第四句,第七句和第六句必须"相粘"。如:

第一联　仄仄/平平/仄,
白日/依山/尽,(出句)
平平/仄仄/平,
黄河/入海/流。(对句)
第二联　(仄)平/平仄/仄,
欲穷/千里/目,(出句)
仄仄/仄平/平。
更上/一层/楼。(对句)

第一联的对句,即第二句第二个字"河"是平声,那么第二联的出句,即第三句的"穷"也是平声,即平仄一致,这就是平仄"相粘"原则,违反了这一原则,即"失粘"。

4.单数句仄收

除首句外,其余单数句必须仄收,如绝句的第三句尾字必须是仄声字,律诗的第三、五、七句必须仄收。凡首句不入韵的,必须仄收。首句平收则必须入韵。

(四)对偶和对仗

对偶是一种修辞格。它是成对使用的两个文句,这两个文句字数相等,结构一致、

词性相同,意思相关。对偶讲究对称。

对仗是诗词创作和楹联写作时运用的一种特殊表现形式和手段。绝句不讲究对仗,律诗中间两联必须对仗,楹联上下联必须对仗。律诗和联的对仗是上下句同一结构位置的词语必须"词性一致,平仄相对",并力避不规则重字。诗词楹联的对仗是在对偶基础上,有了平仄的格律要求。词曲的对仗是对偶,但是要符合词谱的平仄要求,因而平仄不一定相对,也不避重字。

二、近体诗的格式

近体诗即绝句和律诗,分为四种格式:平起首句不入韵式; 平起首句入韵式;仄起首句不入韵式; 仄起首句入韵式。

所谓"平起"即首句第二个字为平声;所谓"仄起"即首句第二个字为仄声。

首句押韵即首句入韵式,首句不押韵即首句不入韵式。

(一)五绝

(1)平起首句不入韵式

平平平仄仄,仄仄仄平平(韵)。

仄仄平平仄,平平仄仄平(韵)。

说明:格式中"平"为平声字,"仄"为仄声字,"(平)"为当平可仄,"(仄)"为当仄可平。(以下同)

例句:

《送别》

[唐]王维

山中相送罢,日暮掩柴扉。

春草明年绿,王孙归不归。

解析:这首诗中首句第二个字"中"是平声,尾字"罢"是仄声,不押韵,因而是平起首句不入韵式。

(2)平起首句入韵式。

首句换成"平平仄仄平",其余不变。

平平仄仄平,仄仄仄平平。

仄仄平平仄,平平仄仄平。

例句：

《鹧鸪词》

［唐］李益

湘江斑竹枝，锦翅鹧鸪飞。

处处湘云合，郎从何处归？

注："合"，入声字，仄声。

解析：这首诗中首句第二个字"江"是平声，尾字"枝"是平声，押韵，因而是平起首句入韵式。"枝"是四支韵部，"飞""归"是五微韵部，属邻韵通押。

（3）仄起首句不入韵

仄仄平平仄，平平仄仄平。

平平平仄仄，仄仄仄平平。

例句：

《登鹳雀楼》

［唐］王之涣

白日依山尽，黄河入海流。

欲穷千里目，更上一层楼。

解析：这首诗中首句第二个字"日"是仄声，尾字"尽"是仄声，不押韵。因而是仄起首句不入韵式。

（4）仄起首句入韵

首句换成"仄仄仄平平"，其余不变。

仄仄仄平平，平平仄仄平。

平平平仄仄，仄仄仄平平。

例句：

《塞下曲》

［唐］卢伦

夜黑雁飞高，单于夜遁逃。

欲将轻骑逐，大雪满弓刀。

注："黑""逐"，入声字，仄声。骑（jì），名词，仄声。

解析：这首诗中首句第二个字"黑"是仄声，尾字"高"是平声，押韵。因而是仄起首句入韵式。

（二）七绝

（1）平起首句入韵

平平仄仄仄平平，仄仄平平仄仄平。

仄仄平平平仄仄，平平仄仄仄平平。

例句：

《早发白帝城》

［唐］李白

朝辞白帝彩云间，千里江陵一日还。

两岸猿声啼不住，轻舟已过万重山。

解析：这首诗首句第二个字“辞”为平声，尾字“间”为平声，押韵。因而是平起首句入韵式。

（2）平起首句不入韵，首句换成“平平仄仄平平仄”，其余不变。

平平仄仄平平仄，仄仄平平仄仄平。

仄仄平平平仄仄，平平仄仄仄平平。

例句：

《大林寺桃花》

［唐］白居易

人间四月芳菲尽，山寺桃花始盛开。

长恨春归无觅处，不知转入此中来。

解析：这首诗首句第二个字“间”是平声，尾字“尽”是仄声，不押韵。因而是平起首句不入韵式。

（3）仄起首句入韵

仄仄平平仄仄平，平平仄仄仄平平。

平平仄仄平平仄，仄仄平平仄仄平。

例句：

《枫桥夜泊》

［唐］张继

月落乌啼霜满天，江枫渔火对愁眠。

姑苏城外寒山寺，夜半钟声到客船。

解析：这首诗首句第二个字“落”是仄声，尾字“天”是平声，押韵。因而是仄起首句入韵式。

(4)仄起首句不入韵。首句换成“仄仄平平平仄仄”,其余不变。

仄仄平平平仄仄,平平仄仄仄平平。
平平仄仄平平仄,仄仄平平仄仄平。

例句:

《绝句》

[唐]杜甫

两个黄鹂鸣翠柳,一行白鹭上青天。
窗含西岭千秋雪,门泊东吴万里船。

注:“白”“泊”,入声字,仄声。

解析:这首诗首句第二个字“个”是仄声,尾字“柳”是仄声,不押韵。因而是仄起首句不入韵式。

(三)五律

(1)仄起首句不入韵

仄仄平平仄,平平仄仄平。
平平平仄仄,仄仄仄平平。
仄仄平平仄,平平仄仄平。
平平平仄仄,仄仄仄平平。

例句:

《春望》

[唐]杜甫

国破山河在,城春草木深。
感时花溅泪,恨别鸟惊心,
烽火连三月,家书抵万金。
白头搔更短,浑欲不胜簪。

注:“别”,入声字,仄声。

解析:这首诗首句第二个字“破”是仄声,尾字“在”是仄声,不押韵。因而是仄起首句不入韵式。

(2)仄起首句入韵,首句换“仄仄仄平平”,其余不变。

仄仄仄平平,平平仄仄平。
平平平仄仄,仄仄仄平平。
仄仄平平仄,平平仄仄平。

平平平仄仄，仄仄仄平平。

例句：

《访戴天山道士不遇》

［唐］李白

犬吠水声中，桃花带露浓。
树深时见鹿，溪午不闻钟。
野竹分青霭，飞泉挂碧峰。
无人知所去，愁倚两三松。

注："竹"，入声字，仄声。

解析：这首诗首句第二个字"吠"是仄声，尾字"中"是平声，押韵。因而是仄起首句入韵式。

(3)平起首句不入韵

平平平仄仄，仄仄仄平平。
仄仄平平仄，平平仄仄平。
平平平仄仄，仄仄仄平平。
仄仄平平仄，平平仄仄平。

例句：

《山居秋暝》

［唐］王维

空山新雨后，天气晚来秋。
明月松间照，青泉石上流。
竹喧归浣女，莲动下渔舟。
随意春芳歇，王孙自可留。

注："石""歇"，入声字，仄声。

解析：这首诗首句第二个字"山"是平声，尾字"后"是仄声，不押韵。因而是平起首句不入韵式。

(4)平起首句入韵

首句换"平平仄仄平"，其余不变。

平平仄仄平，仄仄仄平平。
仄仄平平仄，平平仄仄平。
平平平仄仄，仄仄仄平平。
仄仄平平仄，平平仄仄平。

例句：

《送赵都督赴代州》

［唐］王维

天官动将星，汉地柳条青。
万里鸣刁斗，三军出井陉。
忘身辞凤阙，报国取龙庭。
岂学书生辈，窗间老一经！

注："出""国""学""一"，入声字，仄声。

解析：这首诗首句第二个字"官"是平声，尾字"星"是平声，押韵。因而是平起首句入韵式。

（四）七律

(1)平起首句入韵

平平仄仄仄平平，仄仄平平仄仄平。
仄仄平平平仄仄，平平仄仄仄平平。
平平仄仄平平仄，仄仄平平仄仄平。
仄仄平平平仄仄，平平仄仄仄平平。

例句：

《钱塘湖春行》

［唐］白居易

孤山寺北古亭西，水面初平云脚低。
几处早莺争暖树，谁家新燕啄春泥。
乱花渐欲迷人眼，浅草才能没马蹄。
最爱湖东行不足，绿杨阴里白沙堤。

注："啄""足""白"，入声字，仄声。

解析：这首诗首句第二个字"山"是平声，尾字"西"是平声，押韵。因而是平起首句入韵式。

(2)平起首句不入韵

平平仄仄平平仄，仄仄平平仄仄平。
仄仄平平平仄仄，平平仄仄仄平平。
平平仄仄平平仄，仄仄平平仄仄平。
仄仄平平平仄仄，平平仄仄仄平平。

例句：

《酬乐天扬州初逢席上见赠》

［唐］李商隐

巴山蜀水凄凉地，二十三年弃置身。
怀旧空吟闻笛赋，到乡翻似烂柯人。
沉舟侧畔千帆过，病树前头万木春。
今日听君歌一曲，暂凭杯酒长精神。

注："十""笛"，入声字，仄声。

解析：这首诗首句第二个字"山"是平声，尾字"地"是仄声，不押韵。因而是平起首句不入韵式。

（3）仄起首句入韵

仄仄平平仄仄平，平平仄仄仄平平。
平平仄仄平平仄，仄仄平平仄仄平。
仄仄平平平仄仄，平平仄仄仄平平。
平平仄仄平平仄，仄仄平平仄仄平。

例句：

《书愤》

［宋］陆游

早岁那知世事艰，中原北望气如山。
楼船夜雪瓜州渡，铁马秋风大散关。
塞上长城空自许，镜中衰鬓已先斑。
出师一表真名世，千载谁堪伯仲间？

解析：这首诗首句第二个字"岁"是仄声，尾字"艰"是平声，押韵。因而是仄起首句入韵式。

（4）仄起首句不入韵

仄仄平平平仄仄，平平仄仄仄平平。
平平仄仄平平仄，仄仄平平仄仄平。
仄仄平平平仄仄，平平仄仄仄平平。
平平仄仄平平仄，仄仄平平仄仄平。

例句：

《闻官军收河南河北》

［唐］杜甫

剑外忽传收蓟北，初闻涕泪满衣裳。
却看妻子愁何在？漫卷诗书喜欲狂。
白日放歌须纵酒，青春作伴好还乡。
即从巴峡穿巫峡，便下襄阳向洛阳。

注："峡"，入声字，仄声。

解析：这首诗首句第二个字"外"是仄声，尾字"北"是仄声，不押韵。因而是仄起首句不入韵式。

三、近体诗的避忌

（一）孤平

孤平是格律诗的大忌。关于孤平的定义，说法不一，通常认为五言除韵脚之外只有一个平声字，七言除韵脚和第一个字只有一个平声字的情况叫孤平。如"平平仄仄平"句式，第一字当用平声字，用了仄声字，全句除了韵脚只有一个平声字，就叫孤平。七言则是"（仄）仄平平仄仄平"第三字用了仄声。在词、曲之中也一样。

（二）三平调

三平调或称三平尾，即在平脚的句子里，末尾三字都是平声，如（仄）仄平平平、（平）平（仄）仄平平平，叫"三平调"，也是大忌。古风和古绝则可以使用。

（三）重字

不规则重字损伤诗的意境，所以要回避。有规则的重字是修辞手段，是允许的。例如：

一道残阳铺水中，半江瑟瑟半江红。
可怜九月初三夜，露似珍珠月似弓。

"瑟瑟"用了叠音词，起到了修辞效果，不是重字。

四、拗句和拗救

凡是平仄不依常格的句子，叫拗句。如果拗了，就要"救"。一般来说，前面该用平声的地方用了仄声，后面必须（或经常）在适当位置补偿一个平声。常见的有：

（一）特定格

在五言“(平)平平仄仄”这个句型中，可以换成“平平仄平仄”。七言则变成“(仄)仄平平仄平仄”。需注意的是，一旦用了这种格式，五言句第一字，七言句第三字就必须平声。这种格式在唐宋的律诗里是很常见的，几乎和常规的律句一样常见，故也叫准律句：

《观猎》

[唐]王维

风劲角弓鸣，将军猎渭城。
草枯鹰眼疾，雪尽马蹄轻。
忽过新丰市，还归细柳营。
回看射雕处，千里暮云平。

注：“看”是平声。

《恨别》

[唐]杜甫

洛城一别四千里，胡骑长驱五六年。
草木变衰行剑外，兵戈阻绝老江边。
思家步月清宵立，忆弟看云白日眠。
闻到河阳近乘胜，司徒急为破幽燕。

这两首的第七句就是这种格式。

（二）本句自救

本句自救该用“平平仄仄平”的地方，第一字用了仄声（孤平，即仄平仄仄平），第三字应该补偿一个平声，变成“仄平平仄平”。七言则是由“(仄)仄平平仄仄平”换成“(仄)仄仄平平仄平”。这是本句自救。例如：

《夜宿山寺》

[唐]李白

危楼高百尺，手可摘星辰。
不敢高声语，恐惊天上人。

“恐”当平实仄，为拗，“天”当仄实平，本句自救。

（三）对句救

对句救该用“仄仄平平仄”的地方，第四字用了仄声（或三、四两字都用了仄声），就在对句第三字改平声来补偿。这样就成了“(仄)仄(平)仄仄，(平)平平仄平”。七言则

成为“(平)平(仄)仄(平)仄仄,(仄)仄(平)平平仄平”。例如：

野火烧不(拗)尽,春风吹(救)又生。

仄仄平仄仄,平平平仄仄。

“不”当平实仄,对句“吹”当仄实平,即以对句的“吹”救出句的“不”。

(四)第二、三种拗救联合使用

第二、三种拗救情况可以联合使用。例如：

一身报国有万死,双鬓向人无再青。

仄平仄仄仄仄仄,平仄仄平平仄平。

“万”当平实仄,对句“无”以平声救;同时“无”又当句自救“向”,否则犯孤平。

(五)半拗可救可不救

在该用“仄仄平平仄”的地方,第三字用了仄声,七言是第五字用了仄声,这是半拗,可救可不救。

此地一为别,孤蓬万里征。(对句不救)

挥手自兹去,萧萧班马鸣。(对句救)

(六)罕见的拗句

还有一种罕见的拗句“平平仄仄仄”,七言则是“仄仄平平仄仄仄”,不要救,但是很少用。例如：

《八阵图》

[唐]杜甫

功盖三分国,名成八阵图。

江流石(入声)不(入声)转,遗恨失吞吴。

第三句就是“平平仄仄仄”。

五、所谓“一三五不论,二四六分明”

关于律诗的平仄,有这样一个口诀:“一三五不论,二四六分明。”这是针对七律和七绝说的。意思是说:第一、三、五字的平仄可以不拘,第二、四、六字的平仄必须分明。至于第七字,自然也要分明的。如果就五律和五绝来说,就是“一三不论,二四分明”。

这个口诀对于初学者是有用的,因为它简单明了。但是,它也是不全面的。先说“一三五不论”。五言“平平仄仄平”这个格式中,第一字不能不论,同样在七言“仄仄平平仄仄平”这个格式里,第三字也是不能不论的,否则要犯孤平。在五言“平平仄平仄”这个特定格式中,第一字也不能不论,同理,七言“仄仄平平仄平仄”的第三字也不能不论。以上讲的是五言第一字，七言第三字在一定情况下不能不论。至于五言第三字，七言第五字，在一般情况下，更是以“论”为原则了。

总之，七言仄脚的句子可以有三个字不论，平脚的句子可以有两个字不论。同理，五言仄脚的句子可以有两个字不论，平脚的句子只能有一个字不论。“一三五不论”的话是不对的。

“二四六分明”这句话也是不全面的。五言第二字分明是对的，七言二四两字分明是对的。但是五言第四字，七言第六字就不一定“分明”。依五言“平平仄平仄”来看，第四字并不一定分明；又依“仄仄平平仄平仄”来看，第六字并不一定分明。又如“仄仄平平仄”这个格式可以换成“仄仄(平)仄仄”，只需要在对句第三字补偿一个平声就是了。七言由此类推。“二四六分明”的话也是不完全对的。

第二节 词的写作知识

词是一种诗的别体，萌芽于南朝，是隋唐时兴起的一种新的文学样式。到了宋代，经过长期不断的发展，词进入了全盛时期。词最初称为“曲词”或者“曲子词”，别称有近体乐府、长短句、词子、曲词、乐章、琴趣、诗余等，是配合宴乐乐曲而填写的歌诗。

一、词的分类

按字数不同可分为长调(91 字以上)、中调(59~90 字)、小令(58 字以内)。按段落词有单调和双调。词的一段叫一阕或一片，第一段叫前阕、上阕、上片，第二段叫后阕、下阕、下片。一片的为单调，两片的为双调，词多数为单调和双调。按拍节有令、引、近、慢。“令”，也称小令，拍节较短的；“引”，以小令微而引长之的；“近”，以音调相近，从而引长的；“慢”，引而愈长的。

二、词的特点

每首词都有词牌，即词调名，也就是词的格式名称。“调有定格，句有定数，字有定声”。即每首词都有固定的词牌，每一种词牌都有固定的格式，其句数、字数、平仄、押韵都有严格的要求。

三、词牌的来历

词牌来历大致有以下几种情况：有的来自民间曲调名，如爱情歌曲、劳歌、祀神曲

等;有的依据所咏内容,如《渔歌子》咏打鱼,《欸乃曲》咏的是泛舟;有的沿袭原有教坊曲调,如《浣溪沙》《西江月》等。大曲入词,往往是取其中的某一遍,大曲的第一遍,谓之"歌头",《水调》大曲的第一遍,即《水调歌头》。《霓裳羽衣曲》多至十二遍,宋代姜夔摘取其中序(第七叠)的一遍,词调名称为《霓裳中序第一》;有的根据名作名句,如《忆江南》,本是晚唐名相李德裕为谢秋娘作,故名《谢秋娘》,因白居易有"能不忆江南"句,更名《忆江南》,又名《江南好》。又因刘禹锡词有"春去也,多谢洛城人"句,名《春去也》。温庭筠词有"梳洗罢,独倚望江楼"句,又名《望江楼》等等,此皆唐词单调。至宋始为双调;有的根据人名,如《念奴娇》《谢秋娘》。念奴为唐著名的歌女。谢秋娘本是歌妓,后入宫成了唐宪宗的宠妃,卷入政治斗争中被逐出宫,后冻死街头;有的根据地名,如《八声甘州》。甘州为甘肃河西走廊一带。因前后段共八韵,故名"八声";有的根据服饰、节日、故事,如《苏幕遮》,近人考证,苏幕遮是波斯语的译音,原义为披在肩上的头巾。《鹊桥仙》取自牛郎织女七夕鹊桥相会的故事。

早期的词,内容与词牌名一致,如《渔歌子》吟咏渔家生活,《江南好》赞美江南的旖旎风光。在词的演变过程中,两者逐渐脱钩,词牌名成了一种词谱体制标志。

四、词的派别

词派基本分为婉约派、豪放派两大类。婉约派内容侧重儿女风情,结构深细缜密,重视音律谐婉,语言圆润,清新绮丽,具有一种柔婉之美。代表人物有柳永、晏殊、晏几道、周邦彦、李清照、秦观、姜夔、吴文英、李煜、史达祖等。豪放派大多创作视野较为广阔,气象恢宏雄放,喜用诗文的手法、句法和字法写词,语词宏博,用事较多,不拘守音律。代表人物有苏轼、辛弃疾、陈亮、陆游、张孝祥、张元干、刘辰翁等。

五、按谱填词

唐宋时作词主要依从音谱所定的乐段乐句、音节声调,制词相从。依乐章结构分遍,依节拍为句,依乐声高下清浊用字,完全依据音乐的曲律制定相应的词律。故称"填词""倚声""依声"。

(一)词谱

1.《词律》

清人万树撰,二十卷。树,字花农,别号山翁,江苏宜兴人。著有杂剧、传奇 20 余种。此编成于康熙二十六年(1687)。收唐、宋、元词 660 调,1180 余体,此编在清代词坛影响甚大,词家多奉为圭臬。

2.《钦定词谱》

《钦定词谱》又称《康熙词谱》，简称《词谱》。清康熙时，陈廷敬、王奕清等奉康熙命编写，以万树《词律》为基础，826 个词牌，2306 体。初刻于康熙五十四年(1715)。四十卷。此书翻阅前代词谱互相参订而成，体裁内容皆胜于前，倚声者喜以为依则，研究者也多可取资。

3.《白香词谱》

《白香词谱》是清朝嘉庆年间靖安人舒梦兰编选唐朝到清朝的词作品集。所选词大都是较为通用的，小令、中调、长调均有。为便于初学者，每调还详细列注平仄韵读，成为真正的词谱。编于万树《词律》和《钦定词谱》之后，但因其简便易学，示范性强，成为旧时颇为流行的普及性词谱。

4.《唐宋词格律》

当代依此填词的人也有很多。龙榆生(1902—1966)，江西人。名沐勋，晚年以字行。江西万载人。其词学成就与夏承焘、唐圭璋并称，是 20 世纪最负盛名的词学大师之一。

(二)韵书

《词林正韵》为清嘉庆年间江苏吴县人戈载所撰。戈世其家学，尤擅倚声之业。他弃官不做，以词学终老，所撰《词林正韵》为世所重，为清中叶以后词家奉为圭臬。共三卷，分平、上、去三声为十四部，入声为五部，计十九个韵部。戈氏所分的词韵十九部，事实上也是进一步归纳诗韵即“平水韵”而来。

今人可依《词林正韵》(见附录四)，也可以用《中华新韵》(见附录二)、《中华通韵》(见附录三)，但新旧韵不能混押。

(三)常用词牌举例

1.忆江南

《忆江南》本名《谢秋娘》，因白居易《忆东南》改此名，又名《望江南》《江南好》《望江梅》等。单调二十七字，五句三平韵。至宋代始为双调，如苏轼《望江南・超然台作》。

平中仄句，中仄仄平平韵。

中仄中平平仄仄句，中平中仄仄平平韵。

中仄仄平平韵。

词谱说明：“平”指平声，“仄”指仄声，“中”指可平可仄。“句”指停顿处，相当于逗号。“韵”为押韵。(下同)

例句：

忆江南

［唐］白居易

江南好，风景旧曾谙。

日出江花红胜火，春来江水绿如蓝。

能不忆江南。

平中仄句，中仄仄平平韵。

中仄中平平仄仄句，中平中仄仄平平韵。

中仄仄平平韵。

解析：词中“谙”“蓝”“南”为韵脚。第三句和第四句宜对仗。

2.长相思

唐教坊曲名。林逋词有“吴山青”句，名《吴山青》。张辑词有“江南山渐青”句，名《山渐青》。王行词名《青山相送迎》。《乐府雅词》名《长相思令》，又名《相思令》。双调三十六字，前后段各四句，三平韵、一叠韵。

中中平韵，仄中平叠，平仄平平仄仄平韵，平平仄仄平韵。

仄平平韵，中平平叠，仄仄平平平仄平韵，仄平平仄平韵。

词谱说明：“叠”，是指叠韵，与前句韵脚是同一字。

例词：

长相思

［唐］白居

汴水流，泗水流，流到瓜州古渡头，吴山点点愁。

中中平韵，仄中平叠，平仄平平仄仄平韵，平平仄仄平韵。

思悠悠，恨悠悠，恨到归时方始休，月明人倚楼。

仄平平韵，中平平叠，仄仄平平平仄平韵，仄平平仄平韵。

解析：这首词中“流”“悠”即叠韵。上片韵脚是“流”“头”“愁”，下片韵脚是“悠”“休”“楼”。

3.西江月

唐教坊曲名。《乐章集》注“中吕宫”。欧阳炯词有“两岸蘋香暗起”句，名《白蘋香》。程珌词名《步虚词》。王行词名《江月令》。双调五十字，前后段各四句，两平韵、一叶韵。

中仄中平中仄句，中平中仄平平韵，中平中仄仄平平韵，中仄中平中仄叶。

中仄中平中仄句，中平中仄平平韵，中平中仄仄平平韵，中仄中平中仄叶。

说明：“叶”，凡词谱中注有“叶”字者，即与上句所押之韵同属一部，而不变换他韵。

例词：

西江月

［宋］柳永

凤额绣帘高卷，兽环朱户频摇。两竿红日上花梢，春睡厌厌难觉。

中仄中平中仄句，中平中仄平平韵。中平中仄仄平平韵，中仄中平中仄叶。

好梦枉随飞絮，闲愁浓胜香醪。不成雨暮与云朝，又是韶光过了。

中仄中平中仄句，中平中仄平平韵。中平中仄仄平平韵，中仄中平中仄叶。

解析：这首词中上片韵脚为“摇”“梢”，是第八部平声，“觉”叶仄，是第八部仄声。下片韵脚为“醪”“朝”是第八部平声，“了”叶仄，是第八部仄声。上下片开头两句对仗。

4.卜算子

元高拭词注“仙吕调”。苏轼词有“缺月挂疏桐”句，名《缺月挂疏桐》。秦湛词有“极目烟中百尺楼”句，名《百尺楼》。僧皎词有“目断楚天遥”句，名《楚天遥》。无名氏词有“蹙破眉峰碧”句，名《眉峰碧》。双调四十四字，前后段各四句、两仄韵。

中中中中平句，中仄平平仄韵。中仄平平中中中句，中仄平平仄韵。

中中中中平句，中仄平平仄韵。中仄平平中中中句，仄仄平平仄韵。

例词：

卜算子

［宋］苏轼

缺月挂疏桐，漏断人初静。时见幽人独往来，缥缈孤鸿影。

中中中中平句，中仄平平仄韵。中仄平平中中中句，中仄平平仄韵。

惊起却回头，有恨无人省。拣尽寒枝不肯栖，寂寞沙洲冷。

中中中中平句，中仄平平仄韵。中仄平平中中中句，仄仄平平仄韵。

解析：这首词的韵脚上片为“静”“影”，下片为“省”“冷”，皆押仄声韵。

5.鹧鸪天

《乐章集》注“正平调”。《太和正音谱》注“大石调”。蒋氏《九宫谱目》入仙吕引子。赵令畤词名《思越人》，李元膺词名《思佳客》。贺铸词有“剪刻朝霞钉露盘”句，名《剪朝霞》。韩淲词有“只唱骊歌一叠休”句，名《骊歌一叠》。卢祖皋词有“人醉梅花卧未醒”句，名《醉梅花》。双调55字，前段四句三平韵，后段五句三平韵。

中中中中中中平韵，中平中仄仄平平韵。
中平中仄中平仄句，中仄平平中仄平韵。
中中仄句，仄平平韵。中平中仄仄平平韵。
中平中仄平平仄句，中仄平平中仄平韵。

例词：

鹧鸪天

［宋］晏几道

彩袖殷勤捧玉钟，当年拚却醉颜红。
舞低杨柳楼心月，歌尽桃花扇底风。
中中中中中中平韵，中平中仄仄平平韵。
中平中仄中平仄句，中仄平平中仄平韵。
从别后，忆相逢。几回魂梦与君同。
今宵剩把银釭照，犹恐相逢是梦中。
中中仄句，仄平平韵。中平中仄仄平平韵。
中平中仄平平仄句，中仄平平中仄平韵。

解析：这首词中上片韵脚为“钟”“红”“风”，下片韵脚为“逢”“同”“中”。有上片三四句对仗者，有下片一二句对仗者，亦有两处皆对仗者。

6.沁园春

金词注“般涉调”。蒋氏《十三调》注“中吕调”。张辑词结句有“号我东仙”句，名《东仙》。李刘词名《寿星明》。秦观减字词名《洞庭春色》。

双调一百十四字，前段十三句四平韵，后段十二句五平韵。

中中平平句，中中中中句，中中中平韵。仄中平中仄句，中平中仄句。中平中仄句，中仄平平韵。中仄平平句，中平中仄句，中仄平平中仄平韵。中平仄句，中中平中仄句，中仄平平韵。

中平中仄平平韵，中中仄读、中平中仄平韵。仄中平中仄句，中平中仄句。中平中仄句，中仄平平韵。中仄平平句，中平中仄句，中仄平平中仄平韵。中中仄句，仄中平中仄句。中仄平平韵。

说明：词谱中的“读”指一句话没有说完，句中停顿，相当于顿号，而“句”则相当于逗号。上片第四句和下片第三句首字为领字。

例词：

沁园春

[宋]苏轼

孤馆灯青，野店鸡号，旅枕梦残。渐月华收练，晨霜耿耿。云山摛锦，朝露漙漙。世路无穷，劳生有限，似此区区长鲜欢。微吟罢，凭征鞍无语，往事千端。

当时共客长安，似二陆、初来俱少年。有笔头千字，胸中万卷。致君尧舜，此事何难。用舍由时，行藏在我，袖手何妨闲处看。身长健，但优游卒岁，且斗尊前。

解析：沁园春以苏轼此词为正格。需注意的是，几处对仗句，如上片前三句。上片第四句“渐”字领起扇面对“月华收练，晨霜耿耿。云山摛锦，朝露漙漙”。下片第三句“有”领起对仗句“笔头千字，胸中万卷”。上片四平韵“残”“漙”“欢”“端”，下片五平韵“安”“年”“难”“看”“前”。

第三节　楹联的写作知识

楹联是中华文化宝库中的独立文体之一，具有群众性、实用性、鉴赏性、久盛不衰的特点。中国楹联学会制定《联律通则》，经过多年的理论研究及实践，现已正式颁布实行。（见附录五《联律通则》）

一、联律的六大要素

楹联格律概括起来有六大要素，又称为“六相”。

（一）字数要相等

上联字数等于下联字数。长联中上下联各分句字数分别相等。有一种特殊情况，即上下联故意字数不等，如民国时某人讽袁世凯一联：“袁世凯千古；中国人民万岁。”上联“袁世凯”三个字和下联“中国人民”四个字是“对不齐”的，意思是袁世凯对不起中国人民。

楹联中允许出现叠字或重字，叠字与重字是楹联中常用的修辞手法，只是在重叠时要注意上下联相一致，即有规则重叠。如明代顾宪成题无锡东林书院联：

风声雨声读书声，声声入耳；

家事国事天下事，事事关心。

但楹联中应尽量避免“异位重字”和“同位重字”。所谓异位重字，就是同一个字出现在上下联不同的位置。所谓同位重字，就是以同一个字在上下联同一个位置相对。

不过,有些虚词的同位重字是允许的,如杭州西湖葛岭联:

桃花流水之曲;

绿荫芳草之间。

上下联"之"字同位重复,但因为是虚字,所以是可以的。不过,有一种比较特殊的"异位互重"格式是允许的(称为"换位格"),如林森挽孙中山先生联:

一人千古;

千古一人。

(二)词性要相当

在现代汉语中,有两大词类,即实词和虚词。前者包括名词(含方位词)、动词、形容词(含颜色词)、数词、量词、代词六类。后者包括副词、介词、连词、助词、叹词、象声词六类。词性相当指上下联同一位置的词或词组应具有相同或相近词性。首先要遵循"实对实,虚对虚"规则,这是一个最为基本,含义也最宽泛的规则。某些情况下只需遵循这一点即可。其次词类对应规则,即上述 12 类词各自对应。大多数情况下应遵循此规则。再次是义类对应规则,义类对应,指将汉字中所表达的同一类型的事物放在一起对仗。古人很早就注意到这一修辞方法。特别是将名词部分分为许多小类,如天文(日月风雨等)、时令(年节朝夕等)、地理(山风江河等)、宫室(楼台门户等)、草木(草木桃李等)、飞禽(鸡鸟凤鹤等)等等。最后是邻类对应规则,即门类相临近的字词可以互相通对。如天文对时令、天文对地理、地理对宫室等等。

(三)结构要相称

所谓结构相称,指上下联语句的语法结构(或者说其词组和句式之结构)应当尽可能相同,也即主谓结构对主谓结构、动宾结构对动宾结构、偏正结构对偏正结构、并列结构对并列结构,等等。如李白题湖南岳阳楼联:

水天一色,

风月无边。

此联上下联皆为主谓结构。其中,"水天"对"风月"皆为并列结构,"一色"对"无边"皆为偏正结构。但在词性相当的情况下,有些较为近似或较为特殊的句式结构,其要求可以适当放宽。

(四)节奏相应

节奏相应就是上下联停顿的地方必须一致。如:

莫放/春秋/佳日过,

最难/风雨/故人来。

这是一副七字短联,上下联节奏完全相同,都是“二二三”。比较长的楹联,节奏也必须相应。

(五)平仄要相谐

什么是平仄?普通话的平仄归类,简言之,阴平、阳平为平,上声、去声为仄。古四声中,平声为平,上、去、入声为仄。平仄相谐包括两个方面:

1.上下联平仄相反

一般不要求字字相反,但应注意:上下联尾字(联脚)平仄应相反,并且上联为仄,下联为平;词组末字或者节奏点上的字应平仄相反;长联中上下联每个分句的尾字(句脚)应平仄相反。

2.上下联各自句内平仄交替

当代联家余德泉等总结了一套“马蹄韵”规则。简单说就是“平平仄仄平平仄仄”这样一直下去,犹如马蹄的节奏。

(六)内容要相关

上面说到的字数相等、词性相当、结构相同、节奏相应和平仄相谐都是“对”,还差一个“联”。“联”就是要内容相关。一副楹联的上下联之间,内容应当相关,如果上下联各写一个不相关的事物,两者不能照映、贯通、呼应,则不能算一副合格的楹联,甚至不能算作楹联。

二、楹联的格律

楹联格律分为两种:一种是句中格律。另一种是句脚格律(指有两个分句以上的楹联)。

(一)句中格律

楹联的句中平仄规则:同一联句当中平仄交替。上下联相应的位置,平仄要相反。

1.一言联格律

上联仄,下联平。如:地;天。

2.二言联格律

上联仄仄,下联平平。第一个字可以不论。如:绿叶;红花。

3.三言联格律

三言联格律有两种:

(1)上联:平仄仄;下联:仄平平。如:三尺剑;六钧弓。

(2)上联:平平仄;下联:仄仄平。第一个字可以不论。如:空中月;水底天。

4.四言联格律

平仄的要求是一、三不论,可以活用,二、四分明。格律为:平平仄仄(上联);仄仄平平(下联)。如:一轮明月;四壁清风。

5.五言联格律

平仄的要求是一、三不论,可以活用,二、四分明。格律为:

(1)上联:平平平仄仄;下联:仄仄仄平平。如:文房藏四宝;书架列千秋。

(2)上联:仄仄平平仄;下联:平平仄仄平。如:书里乾坤大;画中故事多。

6.六言联格律

平仄的要求是一、三、五不论,可以活用,二、四、六分明。格律为:上联:仄仄平平仄仄;下联:平平仄仄平平。如:山碧千峰竞秀;水清百鸟争春。

7.七言联格律

平仄的要求是一、三、五不论,可以活用,二、四、六分明。格律为:

(1)上联:平平仄仄平平仄;下联:仄仄平平仄仄平。如:不因果报方行善;岂为功名始读书。

(2)上联:仄仄平平平仄仄;下联:平平仄仄仄平平。如:宝剑锋从磨砺出;梅花香自苦寒来。

8.八言联和格律

平仄要求:奇位字可以活用,偶位字要分明。格律为:

(1)上联:仄仄平平平平仄仄;下联:平平仄仄仄仄平平。如:半榻茶烟一帘明月;三间茅屋四壁图书。

(2)上联:平平仄仄平平仄仄;下联:仄仄平平仄仄平平。如:广交天下名人雅士;博览世间妙画奇书。

八言联,可以是四言联的组合,如(1)示例。九言联,一般是四五言(或是五四言)联相加。十言联一般是四六言或五五言相加而成。十一言联多为四七言相加,也有五六或六五相加组合而成,以后照此类推。

注意:以上所说的"一三五不论,二四六分明",是就一般情况而言,遇到楹联的禁忌时,要严格遵守平仄格律。联的四声同诗词一样,也有古四声和今四声的区别,不能古今混用。

(二)句脚平仄规则

当一副楹联中的上联和下联有若干句时,每一分句的最后一个字(简称句脚)的平仄安排也要讲究,一般是按照马蹄韵为准的(也有例外,叫变形格)。句脚的平仄安排规则,公式(马蹄韵)如下:

二句:○,●

三句:○,○,●

四句:●,○,○,●

五句:●,●,○,○,●

六句:○,●,●,○,○,●

七句:○,○,●,●,○,○,●

八句:●,○,○,●,●,○,○,●

八句以上句脚平仄以此类推。

注意:所举例皆为上联句脚,下联和句脚没有列出,公式与上联正好相反。○为平,●为仄。

三、楹联的禁忌

一忌合掌二忌重,三忌失对欠平衡。第四失替应留意,五为乱脚六孤平。第七切记三平尾,八忌上重下边轻。九忌初学用僻典,浅显易懂也求精。

一忌合掌:合掌是指一副楹联中,同比或上下比同时出现词义相似、相近、雷同,也就是意思重复的字、词。合掌是楹联的第一大忌。如:五湖传喜讯;四海送佳音。

“五湖”与“四海”同指广阔的地域,“传”与“送”意思相似,“喜讯”与“佳音”更是同义词。此为合掌。

二忌重:重是指不规则重字,有规则重字是巧联,无规则重字是病联。如:百鸟鸣春歌盛世;一龙降世兆丰年。两个“世”字不在同一个位置上,犯不规则重字。

三忌失对:在联语中,结构、词性等应该对应的地方没有对应上,就是失对。失对包括联内节奏失对、数词失对、叠词失对、词性失对等。如:奥运精神传友谊;圣火辉煌映和谐。此联中用“辉煌”对“精神”属于词性失对,即形容词对名词。

第四失替:失替也是语病的一种,在同一联(上联或下联)的词语中,平仄应交替、有规律地出现才对。上联的第2、第4、第6个字应是仄、平、仄,或是平、仄、平;下联的第2、第4、第6个字应该是平、仄、平,或是仄、平、仄。如果不管上下联第2、第4、第6个字出现连续两平或两仄,就叫失替。

五为乱脚：脚，是指上联或下联的最后一字。必须遵守上联仄收尾，下联平收尾，即上仄下平，违背了这个规律就是乱脚。如：九州迎圣火；百载圆一梦。上下联最后一个字都是仄声，这就违背了上仄下平的规律。

六孤平：孤平的定义说法不一，一种是指平脚句（下联）里，一个平声字被两个仄声字夹在中间，互不相连，就叫孤平，上联的孤仄也不可取。

第七切记三平尾：三平尾、三仄尾都是楹联的大忌，在撰联时很容易被忽视，不管几言联，只要尾部连三仄或连三平，都是楹联所忌讳的。如：爆竹声声辞旧岁；梅花朵朵迎新春。“迎新春”三字都是平声，这就犯了三平尾。

八忌上重下轻：我们知道，一副楹联由上下两联组成。如果上联写得气势强盛（重），而下联写得气势软弱（轻），就会给人一种虎头蛇尾的感觉，这就叫上重下轻，上重下轻也是楹联的病症之一。如：听铁马声声关山入梦；看银钩笔笔书画萦心。

此联立意，可以用“银钩笔笔”对“铁马声声”，“书画萦心”对“关山入梦”气势上就大大减弱，明显的气势不足，有损整副楹联的美感。如果上联的气势很低，用下联来补倒是可行的。如：南邦庙死个和尚；西竺国多一如来。上联没一点气势，如果下联不能补上，就很尴尬。

九忌初学用癖典：楹联用典会增加楹联的可观性，使楹联显得更高雅。但是若用癖典，使人丈二和尚摸不着头脑就不好了。

本章系统梳理了诗词楹联的创作知识，从理论到实践，旨在帮助读者掌握古典文学创作的精髓，激发灵感，创作出既遵循传统又富有新意的作品，探讨了诗句内部词语间精妙的对应关系，深入解析了近体诗的固定格式，包括绝句与律诗的字数、韵脚规则，以及如何在严格框架内展现无限创意，探讨了拗句在打破常规韵律时所带来的独特韵味，以及通过“拗救”手法恢复诗句流畅与合规性的艺术。

本章细致介绍了词的多种类型，从婉约到豪放，展现了词的丰富情感表达范围。阐述了词相较于诗，在题材选择上的独到之处。追溯了词牌的起源，分析了历史上著名的词派，如婉约派与豪放派，以及各派别的代表人物与特色。强调了按传统词谱填词的重要性，讲解了如何在既定格律下发挥个人才情，创作出既有古韵又不失个性的新作。阐明了楹联创作中的六大核心要素，包括平仄、对仗、节奏等，这些是确保联语工整、意蕴深远的基础。深入探讨了楹联的格律要求，如何在对仗工整的同时，融入意境深邃、寓意丰富的文化内涵，使之成为传世佳作。

本章重点介绍近体诗和词、楹联的格律知识，目的在于让当代的大学生们不只学会欣赏诗词楹联，还能够按照格律要求进行创作，继承和发扬中华民族的传统文化。

1.以“咏柳”为题，作七言绝句一首，格式不限。要求符合格律，有意境。默认平水韵，新韵或通韵要标明。

2.以“登山”为题，作五言律诗一首，格式不限。要求符合格律，默认平水韵，新韵或通韵要标明。

3.以“惜春”为题，借调“忆江南”。默认用《词林正韵》，用《中华新韵》或《中华通韵》要标明。

4.写一副七言春联。

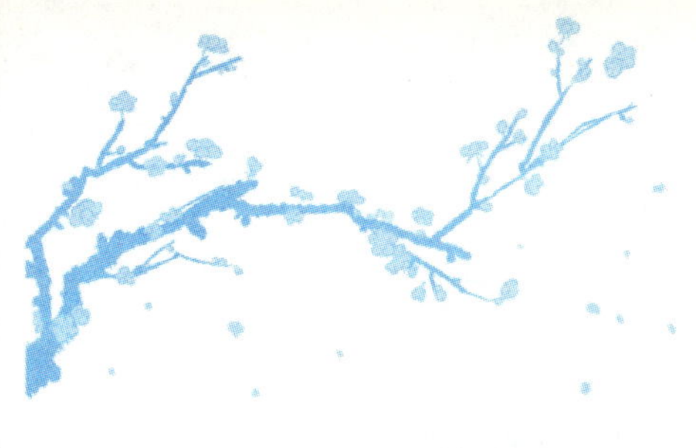

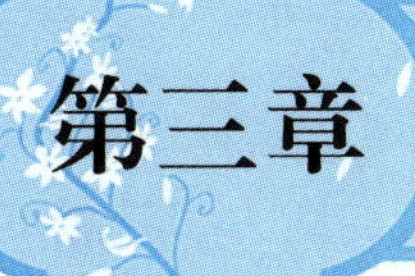

第三章 诗词楹联作品鉴赏

学习目标

知识目标

1.了解诗歌、词、楹联的主要类型。

2.深刻理解诗歌、词、楹联的文化内涵。

3.熟悉作品内容，领悟作品思想内涵，增加文化积累。

技能目标

1.能够感受诗歌、词作、楹联作品的深厚底蕴和理念表达。

2.能够从较为专业的角度欣赏诗歌、词、楹联作品。

素养目标

1.增强对传统的认同感和自豪感。

2.弘扬中华民族的诗词楹联文化，传承中华文化。

诗起源于先秦，鼎盛于唐代。词起源于隋唐，流行于宋代。诗词是阐述心灵的文学艺术，诗言志，歌咏言，声依咏，律和声。诗词是汉语特有的魅力和功能。诗词之美，止于臻美。中华楹联，是中国独有的传统文化之一，承载了丰富与厚重的历史文化信息和儒家思想或价值观。作为一字一音的中华语言独特艺术形式及中国传统文化瑰宝，楹联大概起源于唐五代年间，于 2005 年被列入第一批国家非物质文化遗产名录。

为进一步弘扬中华民族的诗词楹联文化，传承中华文明，本章划分为诗—词—楹联三部分内容，大致以古代文学发展史为主线，重点选择古代诗词及楹联作品中最具经典价值并有助于理解中国传统文化精神的作品进行解读赏析，在这一过程中，凸显先人美好的人生与社会理想、杰出的艺术创新精神，展现古典语言的魅力。同时，通过对具体作品的深入分析，引导学生展开独立和积极的思考，提高个人的文化素养和艺术趣味，并通过积极的思考，进一步探究中华文化的若干重要特点。

关雎

《诗经·周南》

关关雎鸠，在河之洲。窈窕淑女，君子好逑。
参差荇菜，左右流之。窈窕淑女，寤寐求之。
求之不得，寤寐思服。悠哉悠哉，辗转反侧。
参差荇菜，左右采之。窈窕淑女，琴瑟友之。
参差荇菜，左右芼之。窈窕淑女，钟鼓乐之。

【鉴赏】

《国风·周南·关雎》是《诗经》的第一篇，在《诗经》中，孔子唯一单独评论过的只有《关雎》这一篇，称其“乐而不淫，哀而不伤”。本诗第一部分为前四句，以比兴的手法，从河滩上雎鸠的叫声入题，引出男主人公对“窈窕淑女”的思念。一唱一和的鸟叫声传入男子耳中，不知不觉间便勾起了他对爱情的渴望、对姑娘的爱慕。全诗的主旨就在“窈窕淑女，君子好逑”一句，此后均是围绕这一句而展开。第二部分为第五句到第十二句，还是以比兴的手法，描述了男子对“窈窕淑女”的思念以及求之不得的苦闷。他日思夜想，以致连觉都睡不着。第三部分为最后八句，描写了男子在失眠时幻想求得“淑女”后的情形，想方设法地去亲近她，让她高兴，表达了渴望与“淑女”喜结良缘的强烈愿望。

全诗以采荇起兴，“流”“采”“芼”三个动作词对应整个追求的过程，“求之”“友之”“乐之”，体现了男子感情追求上的层层推进，非常生动。在世人看来，“君子”和“淑女”结合本就是理想的婚姻，而这首诗在情感的表达上又非常有节制和美感，语言朗朗上口，所以千百年来备受推崇也就不足为奇了。

饮马长城窟行

汉乐府

青青河畔草，绵绵思远道。远道不可思，宿昔梦见之。
梦见在我傍，忽觉在他乡。他乡各异县，展转不相见。
枯桑知天风，海水知天寒。入门各自媚，谁肯相为言。
客从远方来，遗我双鲤鱼。呼儿烹鲤鱼，中有尺素书。
长跪读素书，书中竟何如？上言加餐食，下言长相忆。

【鉴赏】

这是一首闺妇思夫的诗，上半部分写闺妇因丈夫久出不归，日夜怀念的孤凄之情；下半部分写闺妇接读丈夫来信时惊喜情状。本诗情切语真，读之如闻其声，如见其人。

诗歌以梦境为中心内容的前八句，形式结构相当有特色：每句协韵，两句一转，前一韵的末句与后一韵的首句，词语相同重叠，环环相扣，逐层推进。这种联绵顶真的用法，在后世发展成为独特的“辘轳体”。

蒿里行

[两汉]曹操

关东有义士，兴兵讨群凶。初期会盟津，乃心在咸阳。
军合力不齐，踌躇而雁行。势利使人争，嗣还自相戕。
淮南弟称号，刻玺于北方。铠甲生虮虱，万姓以死亡。
白骨露于野，千里无鸡鸣。生民百遗一，念之断人肠。

【鉴赏】

此诗借乐府旧题写时事，内容记述了汉末军阀混战的现实，真实、深刻地揭示了人民的苦难，堪称“汉末实录”的“诗史”。诗人运用民歌的形式，对当时的社会现实进行了批判，不仅对因战乱而陷于水深火热之中的苦难人民表示了极大的悲愤和同情，而且对造成人民疾苦的首恶元凶给予了无情的揭露和鞭挞。全诗风格质朴，沉郁悲壮，体现了一个政治家、军事家的豪迈气魄和忧患意识，诗中集典故、事例、描述于一身，既形象具体，又内蕴深厚，体现了曹操的独特文风。

此诗前十句勾勒了这样的历史画卷：关东各郡的将领，公推势大兵强的渤海太守袁绍为盟主，准备兴兵讨伐董卓。当时虽然大军云集，但却互相观望，裹足不前，甚至各怀鬼胎，为了争夺霸权，图谋私利，竟至互相残杀起来。诗中用极凝练的语言将关东之师从聚合到离散的过程原原本本地说出来，是对历史的真实记录。自“铠甲生虮虱”以下，诗人将笔墨从记录军阀纷争的事实转向描写战争带给人民的灾难，在揭露军阀祸国殃民的同时，表现出对人民的无限同情和对国事的关注和担忧。连年的征战，使得将士长期不得解甲，身上长满了虮子、虱子，而无辜的百姓却受兵燹之害而大批死亡，漫山遍野堆满了白骨，千里之地寂无人烟，连鸡鸣之声也听不到了，正是满目疮痍，一片荒凉凄惨的景象，令人目不忍睹。最后诗人感叹道：在战乱中幸存的人百不余一，自己想到这些惨痛的事实，简直肝肠欲裂，悲痛万分。诗人的感情达到高潮，全诗便在悲怆愤懑的情调中戛然而止。

七步诗

［三国·魏］曹植

煮豆持作羹，漉豉以为汁。
萁在釜下燃，豆在釜中泣。
本自同根生，相煎何太急？

【鉴赏】

这首诗用同根而生的萁和豆来比喻同父共母的兄弟，用萁煎其豆来比喻同胞骨肉的哥哥曹丕残害弟弟，生动形象表现出封建统治集团内部的残酷斗争和诗人自身处境艰难、沉郁愤激的思想感情。前四句描述了燃萁煮豆这一日常生活现象，曹植以“豆”自喻，一个“泣”字充分表达了受害者的悲伤与痛苦。“萁”是指豆茎，晒干后用来作为柴火烧，萁燃烧而煮熟的正是与自己同根而生的豆子，比喻兄弟逼迫太紧，自相残害，实有违天理，为常情所不容。后两句笔锋一转，抒发了曹植内心的悲愤，“本自同根生，相煎何太急”，此句千百年来已成为人们劝诫避免兄弟阋墙、自相残杀的普遍用语，在人民中流传极广。

这首诗之妙，在于巧妙设喻，寓意明畅。豆和豆秸是同一个根上长出来的，就好比同胞兄弟，豆秸燃烧起来却把锅内的豆煮得翻转“哭泣”，以此来比喻兄弟相残，十分贴切感人。

行行重行行

行行重行行，与君生别离。相去万余里，各在天一涯。
道路阻且长，会面安可知？胡马依北风，越鸟巢南枝。
相去日已远，衣带日已缓。浮云蔽白日，游子不顾反。
思君令人老，岁月忽已晚。弃捐勿复道，努力加餐饭。

【鉴赏】

此诗是《古诗十九首》中的第一首，是汉末动荡岁月中的相思乱离之歌。此诗抒写了一个女子对远行在外的丈夫的深切思念之情。全诗结构严谨，层次分明；运用比兴，形象生动；语言朴素自然，通俗易懂，自然地表现出思妇相思的心理特点，具有淳朴清新的民歌风格，内在节奏上重叠反复的形式，同一相思别离用或显、或寓、或直、或曲、或托物比兴的方法层层深入。本诗首叙初别之情，次叙路远会难，再叙相思之苦，末以宽慰期待作结离合奇正、不迫不露，句意深远，现转换变化之妙。

归园田居·其一

［东晋］陶渊明

少无适俗韵，性本爱丘山。误落尘网中，一去三十年。
羁鸟恋旧林，池鱼思故渊。开荒南野际，守拙归园田。
方宅十余亩，草屋八九间。榆柳荫后檐，桃李罗堂前。
暧暧远人村，依依墟里烟。狗吠深巷中，鸡鸣桑树颠。
户庭无尘杂，虚室有余闲。久在樊笼里，复得返自然。

【鉴赏】

陶渊明任官十三年，却一直厌恶官场，向往田园。他在义熙元年(405)最后一次出仕，做了八十多天的彭泽县令即辞官回家，以后再也没有出来做官。归来后，作《归园田居》诗一组，本诗就是其中一首。本诗描绘田园风光的美好与农村生活的淳朴可爱，抒发归隐后愉悦的心情。全诗以追悔开始，以庆幸结束，追悔自己“误落尘网”“久在樊笼”的压抑与痛苦，庆幸自己终“归园田”、复“返自然”的惬意与欢欣，真切表达了诗人对污浊官场的厌恶，对山林隐居生活的无限向往与怡然陶醉。

起首四句，先说个性与既往人生道路的冲突，表现了作者清高孤傲、与世不合的性格，为全诗定下了一个基调，同时又是一个伏笔，它是诗人进入官场却终于辞官归田的根本原因。接着四句是官场和田园两种生活之间的过渡，前两句集中描写做官时的心情，强化了厌倦旧生活、向往新生活的情绪，后两句写回到田园生活。中间十句是具体描写归隐之后的田园生活：田亩、草屋、榆柳、桃李、远村、近烟、狗吠、鸡鸣，摆脱了官场的纷繁复杂，在虚静的居所里生活得很悠闲。最后两句写回归田园之后的喜悦心情。

这首诗最突出的是写景——描写园田风光运用白描手法，远近景相交，有声有色；其次，对比手法的运用，将“尘网”“樊笼”与“园田居”对比，从而突出诗人对官场的厌恶、对自然的热爱；再有语言明白清新，几如白话，质朴无华。

登池上楼

［东晋］谢灵运

潜虬媚幽姿，飞鸿响远音。薄霄愧云浮，栖川怍渊沉。
进德智所拙，退耕力不任。徇禄反穷海，卧痾对空林。
衾枕昧节候，褰开暂窥临。倾耳聆波澜，举目眺岖嵚。
初景革绪风，新阳改故阴。池塘生春草，园柳变鸣禽。
祁祁伤豳歌，萋萋感楚吟。索居易永久，离群难处心。
持操岂独古，无闷征在今。

【鉴赏】

此诗当作于宋少帝景平元年(423)初春。谢灵运在宋武帝永初三年(422)被逐出京都，这一年的七八月至次年(景平元年)七八月间，谢灵运担任偏僻的永嘉郡(今浙江温州)太守。这是谢灵运首次在政治上受到沉重打击。来永嘉后的第一个冬天，他长久卧病，至次年初春始愈，于是他登楼观景，托物起兴，写下《登池上楼》这一名篇。全诗可分为三个层次。第一层写他出任永嘉太守的矛盾心情，懊悔自己既不能像潜藏的虬那样安然退隐，又不可能像高飞的鸿那样声震四方，建功立业。第二层写他在病中登楼临窗远眺所见满目春色。第三层写他的思归之情。

此诗抒写诗人久病初起登楼临眺时的所见所感，描写了自然景物的可爱，抒发了自己官场失意的颓丧心情和进退失据的无奈情绪，最终表示了归隐的愿望。诗中成功地描写了初春时节池水、远山和春草、鸣禽的变化，显示出生意盎然的景象，诗人或是比兴，或是直抒胸臆，或是以景写情，用各种方式来表达自己内心的郁闷。

敕勒歌

［南北朝］乐府诗集

敕勒川，阴山下。天似穹庐，笼盖四野，天苍苍，野茫茫，风吹草低见牛羊。

【鉴赏】

这是一首北朝的民歌，虽然仅有27个字，但却有极大的艺术感染力，展现出中国古

代牧民生活的壮丽图景，歌咏了北国草原壮丽富饶的风光，抒写了敕勒人热爱家乡、热爱生活的豪情。

“敕勒川，阴山下”，诗歌一开头就以高亢的音调，吟咏出北方的自然特点，无遮无拦，高远辽阔。这简洁的六个字，格调雄浑奔放，透显出敕勒民族雄强有力的风格，从中我们也可以强烈地感受到那不可抑制的由衷赞美之情。“天似穹庐，笼盖四野”，这两句承上面的背景而来，极言画面之壮阔，天野之恢宏。同时，抓住了这一民族生活的最典型的特征，歌者以如椽之笔勾画了一幅北国风貌图。“天苍苍，野茫茫，风吹草低见牛羊”，“天”“野”两句承上，且描绘笔法上略有叠沓，蕴含着咏叹抒情的情调。作者运用叠词的形式，极力突出天空之苍茫、辽远，原野之碧绿、无垠。这两句显现出敕勒民族博大的胸襟、豪放的风格。“风吹草低见牛羊”这最后一句是全文的点睛之笔，描绘出一幅殷实富足、其乐融融的景象。这首民歌从语言到意境可谓浑然天成，它质直朴素、意韵真淳。语言无晦涩难懂之句，浅近明快、酣畅淋漓地抒写了敕勒人的豪情。

送杜少府之任蜀州

[唐]王勃

城阙辅三秦，风烟望五津。
与君离别意，同是宦游人。
海内存知己，天涯若比邻。
无为在歧路，儿女共沾巾。

【鉴赏】

本诗是作者在长安的时候写的。“少府”，是唐朝对县尉的通称。姓杜的少府将到四川去做官，王勃在长安相送，临别时赠送给他这首诗。

此诗是送别诗的名作，诗意慰勉勿在离别之时悲哀。起句严整对仗，三、四句以散调相承，以实转虚，文情跌宕。第三联“海内存知己，天涯若比邻”，奇峰突起，高度地概括了“友情深厚、江山难阻”的情景，尾联点出“送”的主题。全诗开合顿挫，气脉流通，意境旷达。送别诗中的悲凉凄怆之气，音调明快爽朗，语言清新高远，内容独树一帜。此诗一洗往昔送别诗中悲苦缠绵之态，体现出诗人高远的志向、豁达的情趣和旷达的胸怀。

从军行

[唐]杨炯

烽火照西京，心中自不平。

牙璋辞凤阙，铁骑绕龙城。
雪暗凋旗画，风多杂鼓声。
宁为百夫长，胜作一书生。

【鉴赏】

这首诗借用乐府旧题“从军行”，描写一个读书士子从军边塞、参加战斗的全过程。前两句写边报传来，激起了志士的爱国热情。三四两句写军队辞京后的出战。第三句描写军队辞京出师的情景。第四句说明唐军已经神速地到达前线，并把敌方城堡包围得水泄不通。五六两句开始写战斗。诗人却没有从正面着笔，而是通过景物描写进行烘托。前句从人的视觉出发，后句从人的听觉出发，有声有色，各臻其妙。诗人以象征军队的“旗”和“鼓”，表现出征将士冒雪同敌人搏斗的坚强无畏精神和在战鼓声激励下奋勇杀敌的悲壮激烈场面。最后两句直接抒发从戎书生保边卫国的壮志豪情。他宁愿驰骋沙场，为保卫边疆而战，也不愿作置身书斋的书生。

整首诗仅仅40个字，既揭示出人物的心理活动，又渲染了环境气氛，笔力极其雄劲，同时对仗工整，使诗更有节奏和气势。

在狱咏蝉

[唐]骆宾王

西陆蝉声唱，南冠客思深。
那堪玄鬓影，来对《白头吟》。
露重飞难进，风多响易沉。
无人信高洁，谁为表予心？

【鉴赏】

这首诗作于公元678年(唐高宗仪凤三年)。当年，屈居下僚十多年而刚升为侍御史的骆宾王因上疏论事触忤武后，遭诬，以贪赃罪名下狱。此诗是骆宾王身陷囹圄之作，作者歌咏蝉的高洁品行，以蝉比兴，以蝉寓己，寓情于物，寄托遥深，蝉人浑然一体，抒发了诗人品行高洁却“遭时徽纆”的哀怨悲伤之情，表达了辨明无辜、昭雪沉冤的愿望。全诗情感充沛，取譬明切，用典自然，语意双关，达到了物我一体的境界，是咏物诗中的名作。

正文起二句在句法上用对偶句，在作法上则用起兴的手法，以蝉声来逗起客思，诗一开始即点出秋蝉高唱，触耳惊心。接下来就点出诗人在狱中深深怀想家园。三、四两句，一句说蝉，一句说自己，用“那堪”和“来对”构成流水对，把物我联系在一起。诗人巧妙地运用了白头吟这一典故，进一步比喻执政者辜负了诗人对国家一片忠厚之忱。

五六两句纯用“比”体，两句中无一字不在说蝉，也无一字不在说自己。“露重”“风多”比喻环境的压力，“飞难进”比喻政治上的不得意，“响易沉”比喻言论上的受压制。蝉如此，诗人也如此，物我在这里打成一片，融混而不可分了。第七句再接再厉，仍用比体。秋蝉高居树上，餐风饮露，没有人相信它不食人间烟火。这一句诗人喻高洁的品性，不为时人所了解，相反地还被诬陷入狱，“无人信高洁”之语，也是对坐赃的辩白。“卿须怜我我怜卿”，意谓：只有蝉能为我而高唱，也只有我能为蝉而长吟。末句用问句的方式，蝉与诗人又浑然一体了。

秋浦歌

[唐]李白

白发三千丈，缘愁似个长。
不知明镜里，何处得秋霜。

【鉴赏】

《秋浦歌》是组诗，共十七首，这是第十五首诗，也是组诗中流传最广的一首。这组诗是作者在唐玄宗天宝年间，即公元 754 年重游秋浦时所作，秋浦即现在的安徽贵池西面。这是一首借写秋浦之景来抒发诗人怀才不遇的思想感情的佳作。诗中以白发喻愁，以秋霜自喻，以夸张的手法，衬托诗人内心深处无限悲愤和痛苦，表现出他对理想和现实的强烈不满和愤慨。前两句“白发三千丈”是夸张的说法，是说自己头上的白发长达三千丈。这里用夸张手法，旨在说明愁绪之长，愁的程度之深。“缘愁似个长”巧妙地使用了一个“缘”字，把抽象的愁绪变成了具体可感的事物，使读者倍感亲切。后两句“不知明镜里，何处得秋霜”，进一步写诗人对愁苦的感受。诗人明明知道愁苦，却偏偏说“不知”，这就透露了诗人欲吐还吞、欲说还休的矛盾心情。这一方面反映了诗人对于朝廷昏庸腐朽、小人当道的黑暗现实有所认识，另一方面又流露了他对朝廷目前还没有清醒认识的无奈。明明心中有苦，却偏要说“不知”，正反映了诗人内心的痛苦和无奈。

李白诗歌的艺术特点之一，是善于运用夸张和比喻，这两句诗也是如此。诗人用了一个夸张的比喻：“不知明镜里，何处得秋霜？”这里，诗人把明镜里的秋霜，说成是从愁中产生的。这个夸张的比喻新颖奇特，把愁写得非常形象、具体，使读者仿佛看到了一位白发老人，端详着自己历尽风霜的脸庞，百感交集，思绪万千。

送友人

[唐]李白

青山横北郭，白水绕东城。

此地一为别，孤蓬万里征。
浮云游子意，落日故人情。
挥手自兹去，萧萧班马鸣。

【鉴赏】

此诗创作时间不详。一种说法此诗创作时间为唐玄宗开元二十六年(738)，另一种说法此诗创作时间为唐玄宗天宝六年(747)于金陵所作。这是一首情意深长的送别诗，作者通过送别环境的刻画、气氛的渲染，表达出依依惜别之意。起句点出送友远行时的景物环境，继写友人别后将如孤蓬万里，不知要漂泊到何处，隐含不忍分离之情。后四句寓情于景，把惜别的情思写得委婉含蓄，深切感人。

首联交代出了告别的地点，描摹出一幅寥廓秀丽的图景，饱含着依依惜别之情。颔联诗人借孤蓬来比喻友人的漂泊生涯：此地一别，友人就要像那随风飞舞的蓬草，飘到万里之外去了。此二句表达了对朋友漂泊生涯的深切关怀。颈联情景交融，隐喻诗人对朋友依依惜别的心情。尾联是说，诗人和友人马上挥手告别，频频致意。那两匹马仿佛懂得主人的心情，也不愿脱离同伴，临别时禁不住萧萧长鸣，似有无限深情。

这首送别诗写得新颖别致，不落俗套。诗中青翠的山岭，清澈的流水，火红的落日，洁白的浮云，相互映衬，色彩璀璨，寓情于景。斑马长鸣，形象新鲜活泼。自然美和人情美交织在一起，写得有声有色，气韵生动。诗的节奏明快，感情真挚热诚而又豁达乐观，毫无缠绵悱恻的哀伤情调。这正是评家深为赞赏的李白送别诗的特色。

登金陵凤凰台

[唐]李白

凤凰台上凤凰游，凤去台空江自流。
吴宫花草埋幽径，晋代衣冠成古丘。
三山半落青天外，二水中分白鹭洲。
总为浮云能蔽日，长安不见使人愁。

【鉴赏】

《登金陵凤凰台》是李白集中为数不多的七言律诗之一。关于此诗的写作时间有两种说法：一是唐玄宗天宝六年(747)李白奉命“赐金还山”，被排挤离开长安，南游金陵时所作；二是李白流放夜郎遇赦返回后所作；也有人称是李白游览黄鹤楼，并留下“眼前有景道不得，崔颢题诗在上头”后写的，是想与崔颢的《黄鹤楼》争胜。

《登金陵凤凰台》全诗八句五十六字，既发思古之幽情，复写江山之壮观，最后又以咏叹政治愤懑作结。历史、自然、社会，俱是宏观，而又不失其真切。气势恢宏，情韵悠远，诚登高览胜之杰作。首联写凤凰台的传说，“凤去台空”的沧桑巨变与“江自流”的万古不变，形成鲜明的对照，对比之中寄寓了深沉的历史兴衰之感。颔联由眼前之景进一步生发，联想到六朝的繁华。三国时的吴和后来的东晋都建都于金陵。诗人感慨万分地说，吴国昔日繁华的宫廷已经荒芜，东晋的一代风流人物也早已进入坟墓。那一时的显赫，在历史上也没有留下什么有价值的东西。颈联两句由抒情转为写景，诗人并没有一直沉浸在对历史的凭吊之中，而抽出思绪将目光投向了眼前的河山，此二句气象壮丽，境界阔大，为末联“不见长安”作铺垫。尾联由景再次转为抒情，表现出对现实的关心和对政治的担忧。这两句诗暗示皇帝被奸邪包围，而自己报国无门，心情十分沉痛。“不见长安”暗点诗题的“登”字，触境生愁，意寓言外，饶有余味。此诗就诗人行吟时的动态而言，首联咏身之所在的凤凰台，颔联环顾台之所在的金陵城，颈联放眼城外的江天，尾联遥望西北天际，层次非常清晰。

本诗语言流畅自然，不事雕饰，潇洒清丽。作为登临吊古之作，李白的诗更有自己的特点，他把历史的典故、眼前的景物和诗人自己的感受交织在一起，抒发了忧国伤时的怀抱，意旨尤为深远。

将进酒

［唐］李白

君不见黄河之水天上来，奔流到海不复回。
君不见高堂明镜悲白发，朝如青丝暮成雪。
人生得意须尽欢，莫使金樽空对月。
天生我材必有用，千金散尽还复来。
烹羊宰牛且为乐，会须一饮三百杯。
岑夫子，丹丘生，将进酒，杯莫停。
与君歌一曲，请君为我倾耳听。
钟鼓馔玉不足贵，但愿长醉不复醒。
古来圣贤皆寂寞，惟有饮者留其名。
陈王昔时宴平乐，斗酒十千恣欢谑。
主人何为言少钱，径须沽取对君酌。
五花马，千金裘，呼儿将出换美酒，与尔同销万古愁。

【鉴赏】

此诗一般认为这是李白天宝年间离京后，漫游梁、宋，与友人岑勋、元丹丘相会，三人登高饮宴，借酒放歌时所作。诗人在政治上被排挤、受打击，理想不能实现，常常借饮

酒来发泄胸中的郁积。这首诗以豪放的语言，抒写了旷达不羁、乐观自信的精神和对社会现实的愤懑，同时反映了作者理想与现实的深刻矛盾，表达了人生易老、怀才不遇的感叹。

这首诗非常形象地表现了李白桀骜不驯的性格：一方面对自己充满自信，孤高自傲；另一方面在政治前途出现波折后，又流露出纵情享乐之情。在这首诗里，李白演绎庄子的乐生哲学，表示了对富贵、圣贤的藐视，而在豪饮行乐中，实则深含怀才不遇之情。诗人借题发挥，借酒浇愁，抒发自己的愤激情绪。

全诗情感饱满，无论喜怒哀乐，其奔涌迸发均如江河流泻，不可遏止，且起伏跌宕，变化剧烈；在手法上多用夸张，且常以巨额数词修饰，既表现出诗人豪迈洒脱的情怀，又使诗作本身显得笔墨酣畅，抒情有力；在结构上大开大阖，张弛有度，充分体现了李白七言歌行的豪放特色。

江南逢李龟年

[唐]杜甫

岐王宅里寻常见，崔九堂前几度闻。
正是江南好风景，落花时节又逢君。

【鉴赏】

此诗作于唐代宗大历五年(770)，当时杜甫在潭州(今湖南长沙)。杜甫少年时才华卓著，常出入于岐王李隆范和中书监崔涤的门庭，得以欣赏宫廷歌唱家李龟年的歌唱艺术。安史之乱后，杜甫漂泊到江南一带。大历四年(769)三月杜甫离开岳阳到潭州，居留到第二年春天，和流落江、潭的李龟年重逢，回忆起在岐王和崔九的府邸频繁相见和听歌的情景，感慨万千，于是写下这首诗。

此诗抚今思昔，感慨万千。前两句是追忆昔日与李龟年的接触，寄寓着诗人对开元盛世的眷怀之情；后两句是对安史之乱后国事凋零、艺人颠沛流离的感慨。全诗语言极平易，而含义极深远，内涵极丰满，包含着非常丰富的社会生活内容，表达了时世凋零丧乱与人生凄凉飘零之感。四句诗，从岐王宅里、崔九堂前的“闻”歌，到落花江南的重“逢”，“闻”“逢”之间，联结着四十年的沧桑巨变。世境离乱，年华盛衰，人情聚散，都浓缩在这短短的二十八字中。尽管诗中没有一笔正面涉及时世身世，但通过诗人的追忆感喟，却表现出了给唐代社会物质财富和文化繁荣带来浩劫的那场大动乱的阴影，以及它给人们造成的巨大灾难和心灵创伤。

旅夜书怀

[唐]杜甫

细草微风岸，危樯独夜舟。
星垂平野阔，月涌大江流。
名岂文章著，官因老病休。
飘飘何所似，天地一沙鸥。

【鉴赏】

唐代宗永泰元年(765)正月，杜甫辞去节度参谋职务，返居成都草堂。同年四月，严武死去，杜甫在成都失去依靠，遂携家由成都乘舟东下，经嘉州(今四川乐山)、榆州(今重庆市)至忠州(今重庆忠县)。此诗约为途中所作。

诗的前半描写“旅夜”的情景。第一、二句写近景：微风吹拂着江岸上的细草，竖着高高桅杆的小船在月夜孤独地停泊着。第三、四句写远景：明星低垂，平野广阔；月随波涌，大江东流，反衬出他孤苦伶仃的形象和颠连无告的凄怆心情。首四句塑造了一个宏阔非凡宁静孤寂的江边夜景。后四句书“怀”：“名岂文章著”，声名不因政治抱负而显著，反因文章而显著，这本非自己的矢志，故说“岂”，这就流露出因政治理想不得实现的愤慨。最后一联借景抒情，以沙鸥自况，深刻地表现了诗人内心漂泊无依的感伤，一字一泪，感人至深。

全诗情景交融，景中有情。整首诗意境雄浑，气象万千。用景物之间的对比，烘托出一个独立于天地之间的飘零形象，使全诗弥漫着深沉凝重的孤独感，这正是诗人身世际遇的写照。

蜀相

[唐]杜甫

丞相祠堂何处寻，锦官城外柏森森。
映阶碧草自春色，隔叶黄鹂空好音。
三顾频烦天下计，两朝开济老臣心。
出师未捷身先死，长使英雄泪满襟。

【鉴赏】

《蜀相》一诗，依照仇兆鳌注，为唐肃宗上元元年(760)春天，杜甫“初至成都时作”。唐肃宗乾元二年(759)十二月，杜甫结束了为时四年的寓居秦州、同谷(今甘肃省成县)的颠沛流离的生活，到了成都，在朋友的资助下，定居在浣花溪畔。成都是当年蜀汉建都的地方,城西北有诸葛亮庙,称武侯祠。唐肃宗上元元年(760)春天,他探访了诸葛武侯祠,写下了这首感人肺腑的千古绝唱。

蜀汉章武元年(221),刘备在成都称帝,国号汉,任命诸葛亮为丞相,“蜀相”的意思是蜀汉国的丞相,诗题“蜀相”,写的就是诸葛亮。杜甫虽然怀有“致君尧舜”的政治理想,但他仕途坎坷,抱负无法施展。他写《蜀相》这首诗时,安史之乱还没有平息。他目睹国势艰危,生灵涂炭,而自身又请缨无路,报国无门,因此对开创基业、挽救时局的诸葛亮,无限仰慕,倍加敬重。

这首诗抒发了诗人对诸葛亮才智品德的崇敬和功业未遂的感慨。全诗分两部分,前四句凭吊丞相祠堂,从景物描写中感怀现实,透露出诗人忧国忧民之心;后四句咏叹丞相才德,从历史追忆中缅怀先贤,又蕴含着诗人对祖国命运的许多期盼与憧憬。诗歌熔情、景、议于一炉,既有对历史的评说,又有对现实的托寓,借游览古迹,表达了对诸葛亮雄才大略、忠心报国的赞颂,以及对他出师未捷而身先死的惋惜。在艺术表现上,设问自答,以实写虚,情景交融,叙议结合,结构起承转合、层次波澜,又有炼字琢句、音调和谐的语言魅力,使人一唱三叹,余味不绝。人称杜诗“沉郁顿挫”,《蜀相》就是典型代表。

茅屋为秋风所破歌

[唐]杜甫

八月秋高风怒号,卷我屋上三重茅。茅飞渡江洒江郊,高者挂罥长林梢,下者飘转沉塘坳。南村群童欺我老无力,忍能对面为盗贼。公然抱茅入竹去,唇焦口燥呼不得,归来倚杖自叹息。

俄顷风定云墨色,秋天漠漠向昏黑。布衾多年冷似铁,娇儿恶卧踏里裂。床头屋漏无干处,雨脚如麻未断绝。自经丧乱少睡眠,长夜沾湿何由彻!

安得广厦千万间,大庇天下寒士俱欢颜,风雨不动安如山。呜呼!何时眼前突兀见此屋,吾庐独破受冻死亦足!

注:亦足,一作“意足”。

【鉴赏】

这首诗作于唐肃宗上元二年(761)八月。公元760年春天,杜甫求亲告友,在成都浣花溪边盖起了一座茅屋,总算有了一个栖身之所。不料到了第二年八月,大风破屋,大雨又接踵而至。当时安史之乱尚未平息,诗人感慨万千,写下了这篇脍炙人口的诗篇。

这首诗可分为四节。第一节自上而下写风之淫威及屋之惨状。第二节写群童抢茅草而自己又无力劝阻的叹息。第三节由外到内描写自身遭遇兼含社会不幸，意味深长。第四节写由己及人：由个人的悲惨遭遇想到天下穷苦之人，从而产生甘愿为天下穷苦人牺牲自己的愿望。

这首诗通过茅屋被秋风所破的惨状以及屋漏雨湿苦况的描写，表现了诗人宁愿自己受冻而使天下寒士俱欢颜的人道主义胸怀。他的茅屋几乎被狂风和顽童完全摧毁，又遇上了连绵不断的秋雨，屋漏床湿，被冷似铁，全家无法安眠，处境十分悲惨。但诗人从切身体验推己及人，以天下之忧为忧，渴望有广厦千万间为天下贫寒之士解除痛苦，甚至想以个人的牺牲来换取天下寒士的欢颜。全诗语言极其质朴而意象峥嵘，略无经营而波澜迭出，盖以流自肺腑，故能扣人心弦。

问刘十九

[唐]白居易

绿蚁新醅酒，红泥小火炉。

晚来天欲雪，能饮一杯无？

【鉴赏】

《问刘十九》是白居易晚年隐居洛阳思念友人时所作。刘十九是作者在江州时的朋友，作者另有《刘十九同宿》诗，说他是嵩阳处士。也有人认为此诗作于元和十二年(817)，但诗人时任江州(今江西九江)司马，不可能邀约洛阳故旧对饮。

这首五绝小诗写得非常有情趣，通过对饮酒环境和外面天气的描写，反复渲染饮酒气氛，自然引出最后一句，写得韵味无穷，同时，也蕴含了诗人和刘十九的深厚情谊。我们可以想象，刘十九在看了白居易的诗后，定是立刻欣然而来，两人痛快畅饮，也许此时屋外正下着鹅毛大雪，但屋内却是温暖、明亮的，是多么温馨惬意，令人身心俱醉。整首诗语言简练含蓄，又余味无穷。

白居易善于在生活中发现诗情，用心去提炼生活中的诗意，用诗歌去反映人性中的春晖，这正是此诗令读者动情之处。作品充满了生活的情调，用浅近的语言写出了日常生活中的美和真挚的友情。

大林寺桃花

[唐]白居易

人间四月芳菲尽，山寺桃花始盛开。

长恨春归无觅处，不知转入此中来。

【鉴赏】

此诗作于唐宪宗元和十二年(817)四月。白居易时任江州(今江西九江)司马。唐贞元年间进士出身的白居易,曾授秘书省校书郎,再官至左拾遗,可谓春风得意。谁知几年京官生涯中,因其直谏不讳,冒犯了权贵,受朝廷排斥,被贬为江州司马。身为江州司马的白居易,在《琵琶行》一诗中,曾面对琵琶女产生"同是天涯沦落人"的沧桑感慨。这种沧桑的感慨,也自然地融入了这首小诗的意境,使《大林寺桃花》一诗蒙上了逆旅沧桑的隐喻色彩。

此诗说初夏四月作者来到大林寺,此时山下芳菲已尽,而不期在山寺中遇上了一片刚刚盛开的桃花。诗中写出了作者触目所见的感受,突出地展示了发现的惊讶与意外的欣喜。全诗把春光描写得生动具体、天真可爱,立意新颖,构思巧妙,趣味横生,是唐人绝句中一首珍品。开首两句,写诗人登山时已届孟夏,正属大地春归、芳菲落尽的时候。但不期在高山古寺之中,又遇上了意想不到的春景——一片始盛的桃花。从紧跟后面的"长恨春归无觅处"一句可以得知,诗人在登临之前,就曾为春光的匆匆不驻而怨恨、恼怒、失望。因此当这始料未及的一片春景映入眼帘时,该是让人感到多么的惊异和欣喜。"长恨春归无觅处,不知转入此中来。"诗人想到,自己曾因为惜春、恋春,以至怨恨春去的无情,但谁知却是错怪了春,原来春并未归去,只不过像小孩子跟人捉迷藏一样,偷偷地躲到这块地方来罢了。

赋得古原草送别

[唐]白居易

离离原上草,一岁一枯荣。
野火烧不尽,春风吹又生。
远芳侵古道,晴翠接荒城。
又送王孙去,萋萋满别情。

【鉴赏】

《赋得古原草送别》作于唐德宗贞元三年(788),作者当时只有十六岁。此诗是应考习作,按科考规矩,凡限定的诗题,题目前必须加"赋得"二字,作法与咏物诗相似。

首句即破题面"古原草"三字。"离离原上草",抓住"春草"生命力旺盛的特征,两个"一"字复叠,形成咏叹,写出一种生生不已的情状,三、四句就水到渠成了。"野火烧不尽,春风吹又生。"这是"枯荣"二字的发展,由概念一变而为形象的画面。古原草的特性就是具有顽强的生命力,它是斩不尽锄不绝的,只要残存一点根须,来年就会更青更长,很快蔓延原野。五、六句将重点落到"古原",以引出"送别"题意,故是一转。作者安排一个送别的典型环境:大地春回,芳草芊芊的古原景象。萋萋芳草而增加送别的愁情,似乎每一片草叶都饱含别情,结尾意味深长。诗到此点明“送别”,结清题意,关合全篇,“古原”“草”“送别”打成一片,意境极浑成。全诗措辞自然流畅而又工整,融入深切的生活感受,字字含真情,语语有余味,不但得体,而且别具一格,故能在“赋得体”中被称为绝唱。

钱塘湖春行

[唐]白居易

孤山寺北贾亭西,水面初平云脚低。
几处早莺争暖树,谁家新燕啄春泥。
乱花渐欲迷人眼,浅草才能没马蹄。
最爱湖东行不足,绿杨阴里白沙堤。

【鉴赏】

长庆二年(822)七月,白居易被任命为杭州的刺史,宝历元年(825)三月又出任了苏州刺史,所以这首《钱塘湖春行》写于长庆三、四年(823、824)间的春天。

这是一首描绘西湖美景的名篇。此诗通过对西湖早春明媚风光的描绘,抒发了作者早春游湖的喜悦和对西湖风景的喜爱,表达了作者对于自然之美的热爱之情。

这首诗语言平易浅近,清新自然,用白描手法把精心选择的镜头写入诗中,形象活现,即景寓情,从生意盎然的早春湖光中,体现出作者游湖时的喜悦心情。首联紧扣题目总写湖水,前一句点出钱塘湖的方位和四周“楼观参差”的景象,后一句正面写湖光水色:春水初涨,水面与堤岸齐平,空中舒卷的白云和湖面荡漾的波澜连成一片,正是典型的江南春湖的水态天容。颔联从静到动,从全景的写意到细节的工笔,先写仰视所见禽鸟,莺在歌,燕在舞,显示出春天的勃勃生机。“谁家”二字的疑问,又表现出诗人细腻的心理活动。颈联写俯察所见花草,东一团,西一簇,用一个“乱”字来形容,而春草也还没有长得丰茂,仅只有没过马蹄那么长,所以用一个“浅”字来形容。尾联略写诗人最爱的湖东沙堤,白堤可以总揽全湖之胜,以“行不足”说明自然景物的美不胜收和诗人的余兴未阑。

鹿柴

[唐]王维

空山不见人,但闻人语响。
返景入深林,复照青苔上。

【鉴赏】

鹿柴是王维在辋川别业的胜景之一。唐天宝年间，王维在终南山下购置辋川别业。辋川有胜景二十处，王维和他的好友裴迪逐处作诗，编为《辋川集》，这首诗是其中的第五首。

这首诗写一座人迹罕至的空山，一片古木参天的树林，意在创造一个空寂幽深的境界。第一句先正面描写空山的杳无人迹，侧重于表现山的空寂清冷。之后紧接第二句境界顿出，以局部的、暂时的“响”反衬出全局的、长久的空寂。第三、第四句由前两句描写空山传语转而描写深林返照，由声而色。

王维是诗人、画家兼音乐家，这首诗正体现出诗、画、乐的结合。他以音乐家对声的感悟、画家对光的把握、诗人对语言的提炼，刻画出空谷人语、斜辉返照那一瞬间特有的寂静清幽，耐人寻味。

送元二使安西

[唐]王维

渭城朝雨浥轻尘，客舍青青柳色新。

劝君更尽一杯酒，西出阳关无故人。

【鉴赏】

此诗是王维送朋友去西北边疆时作的诗，后有乐人谱曲，名为“阳关三叠”。元二奉命出使安西都护府，王维到渭城为之饯行，写下这首诗。

这首诗所描写的是一种至深的惜别之情，适合大多数别筵离席颂唱，后来纳入乐府，成为流行、久唱不衰的歌曲。

前两句生动形象地写出了诗人对将要去荒凉之地的友人元二的深深依恋和牵挂。诗的前两句明写春景，暗寓离别。后两句点明了主题是以酒饯别，诗人借分手时的劝酒，表达对友人深厚的情意。三四两句是一个整体，“西出阳关”，在盛唐人心目中是令人向往的壮举，但当时阳关以西还是穷荒绝域，风物与内地大不相同。虽是壮举，却又不免经历长途万里的跋涉，备尝独行穷荒的艰辛寂寞。因此，这临行之际“劝君更尽一杯酒”，就像是浸透了诗人全部丰富深挚情谊的一杯浓郁的感情琼浆。这里面，不仅有依依惜别的情谊，而且包含着对远行者处境、心情的深情体贴，包含着前路珍重的殷切祝愿。

山居秋暝

[唐]王维

空山新雨后，天气晚来秋。
明月松间照，清泉石上流。
竹喧归浣女，莲动下渔舟。
随意春芳歇，王孙自可留。

【鉴赏】

这首诗写初秋时节作者在居住地所见雨后黄昏的景色，应该是王维隐居终南山下辋川别业时所作。

这首诗为山水名篇，描绘了秋雨初晴后傍晚时分山村的旖旎风光和山居村民的淳朴风尚，表现了诗人寄情山水田园并对隐居生活怡然自得的满足心情，以自然美来表现人格美和社会美。首联是写雨后山中秋景。颔联写天色已暝，却有皓月当空；群芳已谢，却有青松如盖。山泉清冽，淙淙流泻于山石之上，有如一条洁白无瑕的素练，在月光下闪闪发光，多么清幽明净的自然美啊！颈联中诗人先写“竹喧”再写“莲动”，写到竹林里传来了一阵阵的歌声笑语，那是群天真无邪的姑娘们洗罢衣服笑着归来；亭亭玉立的荷叶纷纷向两旁披分，掀翻了无数珍珠般晶莹的水珠，那是顺流而下的渔舟划破了荷塘月色的宁静。尾联则是借用《楚辞》中的典故，表达自己留居山中的愿望。

过故人庄

[唐]孟浩然

故人具鸡黍，邀我至田家。
绿树村边合，青山郭外斜。
开轩面场圃，把酒话桑麻。
待到重阳日，还来就菊花。

【鉴赏】

这首诗是作者隐居鹿门山时，对被友人邀请去田舍做客的描写。作者心旷神怡，赞叹着美丽的田园风光，创作出这首诗。

这是一首田园诗，既描写农家恬静闲适的生活情景，又表现老朋友之间的情谊。通过写田园生活的风光，表现出作者对这种生活的向往。一、二句从应邀写起，三、四句描写山村风光，绿树环绕，青山横斜，犹如一幅清淡的水墨画。五、六句写山村生活情趣。面对场院菜圃，把酒谈论庄稼，亲切自然，富有生活气息。结尾两句以重阳节还来相聚写出友情之深，言有尽而意无穷。

全诗描绘了美丽的山村风光和平静的田园生活,用语平淡无奇,叙事自然流畅,没有雕琢的痕迹,感情真挚,诗意醇厚,有“清水出芙蓉,天然去雕饰”的美学情趣,从而成为自唐代以来田园诗中的佳作。

晚春

[唐]韩愈

草木知春不久归,百般红紫斗芳菲。

杨花榆荚无才思,惟解漫天作雪飞。

【鉴赏】

此诗为《游城南十六首》中的一首。该诗创作于唐宪宗元和十一年(816)。这是一首描绘暮春景色的七绝。乍看来,只是写百卉千花争奇斗艳的常景,但进一步品味便不难发现,诗写得工巧奇特,别开生面。诗人不写百花稀落、暮春凋零,却写草木留春而呈万紫千红的动人情景:花草树木探得春将归去的消息,便各自施展出浑身解数,吐艳争芳,色彩缤纷,繁花似锦,就连那本来乏色少香的杨花、榆荚也不甘示弱,而化作雪花随风飞舞,加入了留春的行列。诗人体物入微,寥寥几笔,便给人以满眼风光、耳目一新的印象。此诗熔景与理于一炉,可以透过景物描写领悟出其中的人生哲理,诗人通过草木有知、惜春争艳的场景描写,反映的其实是自己对春天大好风光的珍惜之情。

江雪

[唐]柳宗元

千山鸟飞绝,万径人踪灭。

孤舟蓑笠翁,独钓寒江雪。

【鉴赏】

此诗作于柳宗元谪居永州期间(805—815)。唐顺宗永贞元年(805),柳宗元参加了王叔文集团发动的永贞革新运动,改革很快失败,柳宗元被贬为永州司马,流放十年。险恶的环境压迫,并没有把他压垮,他把人生的价值和理想志趣,通过诗歌来加以展现。

这首《江雪》,诗人只用了二十个字,就描绘了一幅幽静寒冷的画面:在下着大雪的江面上,一叶小舟,一个老渔翁,独自在寒冷的江心垂钓。在这样一个寒冷寂静的环境里,那个老渔翁竟然不怕天冷,不怕雪大,忘掉了一切,专心地钓鱼,形体虽然孤独,性格却显得清高孤傲,甚至有点凛然不可侵犯似的。这个被幻化了的、美化了的渔翁形象,实际正是柳宗元本人的思想感情的寄托和写照。用具体而细致的手法来摹写背景,用远距离画面来描写主要形象,精雕细琢和极度的夸张概括,错综地统一在一首诗里,是这首山水小诗独有的艺术特色。

滁州西涧

[唐]韦应物

独怜幽草涧边生，上有黄鹂深树鸣。

春潮带雨晚来急，野渡无人舟自横。

【鉴赏】

一般认为这首诗是唐德宗建中二年(781)韦应物任滁州刺史时所作。作者非常喜爱西涧清幽的景色，一天游览至滁州西涧(在滁州城西郊野)，写下了这首诗情浓郁的小诗。

首二句写春景，爱幽草而轻黄鹂，以喻乐守节，而嫉高媚；后二句写带雨春潮之急和水急舟横的景象，蕴含一种不在其位、不得其用的无可奈何之忧伤，也就是作者对自己怀才不遇的不平。全诗表露了恬淡的胸襟和忧伤之情怀。诗中流露的情绪若隐若现，开篇幽草、黄鹂并提时，诗人用“独怜”的字眼，寓意显然，表露出诗人安贫守节、不高居媚时的胸襟，后两句在水急舟横的悠闲景象中，蕴含着一种不在位、不得其用的无奈。诗人以情写景，借景述意，写自己喜爱和不喜爱的景物，说自己合意和不合意的事情，而胸襟恬淡，情怀忧伤，便自然地流露出来。

登鹳雀楼

[唐]王之涣

白日依山尽，黄河入海流。

欲穷千里目，更上一层楼。

【鉴赏】

该诗是唐代诗人王之涣仅存的六首绝句之一。作者早年及第，曾任过冀州衡水县的主簿，不久因遭人诬陷而罢官，不到三十岁的王之涣从此便过上了访友漫游的生活。

这首诗写诗人在登高望远中表现出来的不凡的胸襟抱负，反映了盛唐时期人们积极向上的进取精神。诗歌写得苍凉慷慨，悲而不失其壮，虽极力渲染戍卒不得还乡的怨情，但丝毫没有半点颓丧消沉的情调。诗的前两句写所见。“白日依山尽”写远景，写的是登楼望见的景色，“黄河入海流”写近景，写水更为景象壮观，气势磅礴。后两句写所想。“欲穷千里目”，写诗人一种无止境探求的愿望，还想看得更远，看到目力所能达到的地方，唯一的办法就是要站得更高些，“更上一层楼”。这两句诗发表议论，别翻新意，出人意表，从而把诗篇推引入更高的境界，向读者展示了更大的视野。正因如此，这两句包含朴素哲理的议论，成为了千古传诵的名句，也使得这首诗成为一首千古绝唱。

赤壁

[唐]杜牧

折戟沉沙铁未销，自将磨洗认前朝。
东风不与周郎便，铜雀春深锁二乔。

【鉴赏】

这首诗是诗人经过赤壁(今湖北省武昌县西南赤矶山)这个著名的古战场，有感于三国时期的英雄成败而写下的。诗人观赏了古战场的遗物，又想到自己的遭遇，有感而发。

诗人即物感兴，托物咏史，点明赤壁之战关系到国家存亡，社稷安危，同时暗指自己胸怀大志不被重用，以小见大。他认为历史人物的成败荣辱具有某种偶然性。前两句意为折断的战戟沉在泥沙中并未被销蚀，自己将它磨洗后认出是前朝遗物。后两句是说，假如东风不给周瑜以方便，结果恐怕是曹操取胜，二乔被关进铜雀台了。这两句是议论。诗人评论赤壁之战失败的原因，并不从正面来描摹东风如何帮助周郎取得了胜利，却从反面落笔：假使这次东风不给周郎以方便，那么，胜败就要易位，历史形势将完全改观。因此，接着就写出假想中曹军胜利，孙、刘失败之后的局面，但又不直接铺叙政治军事情势的变迁，而只间接地描绘了两个东吴著名美女将要承受的命运。

清明

[唐]杜牧

清明时节雨纷纷，路上行人欲断魂。
借问酒家何处有，牧童遥指杏花村。

【鉴赏】

《江南通志》载，杜牧任池州刺史时，曾到过杏花村饮酒，诗中杏花村指此。附近有杜湖、东南湖等胜景。

这首诗语言十分通俗，写得自如之极，毫无经营造作之痕。音节十分和谐圆满，景象非常清新、生动，而又境界优美、兴味隐跃。第一句交代情景、环境、气氛，是“起”；第二句是“承”，写出了人物，显示了人物的凄迷纷乱的心境；第三句是“转”，提出了如何摆脱这种心境的办法；而这就直接逼出了第四句，成为整篇的精彩所在——“合”。在艺术上，这是由低而高、逐步上升、高潮顶点放在最后的手法。所谓高潮顶点，却又不是一览无余，索然兴尽，而是余韵邈然，耐人寻味。

夜雨寄北

[唐]李商隐

君问归期未有期,巴山夜雨涨秋池。
何当共剪西窗烛,却话巴山夜雨时。

【鉴赏】

这首诗选自《玉溪生诗》卷三,是李商隐滞留巴蜀(今四川省)时寄怀长安亲友之作。因为长安在巴蜀之北,故题作《夜雨寄北》。

这首诗所寄何许人,有友人和妻子两说。前者认为李商隐居留巴蜀期间,正是在他三十九岁至四十三岁做东川节度使柳仲郢幕僚时,而在此之前,其妻王氏已亡,后者认为在此之前李商隐已有过巴蜀之游。也有人认为它是寄给"眷属或友人"的。从诗中所表现出热烈的思念和缠绵的情感来看,似乎寄给妻子更为贴切。

诗的开头两句以问答和对眼前环境的抒写,阐发了孤寂的情怀和对妻子深深的思念。后两句即设想来日重逢谈心的欢悦,反衬今夜的孤寂。这首诗写出了诗人刹那间情感的曲折变化。与李商隐的大部分诗词表现出来的辞藻华美,用典精巧,长于象征、暗示的风格不同,这首诗质朴、自然,但同样也具有"寄托深而措辞婉"的艺术特色。

锦瑟

[唐]李商隐

锦瑟无端五十弦,一弦一柱思华年。
庄生晓梦迷蝴蝶,望帝春心托杜鹃。
沧海月明珠有泪,蓝田日暖玉生烟。
此情可待成追忆,只是当时已惘然。

【鉴赏】

此诗约作于作者晚年,具体创作时间不详。对《锦瑟》一诗的创作主旨历来众说纷纭,莫衷一是。或以为是爱国之篇,或以为是悼念追怀亡妻之作,或以为是自伤身世、自比文才之论,或以为是抒写思念侍女之笔。大体而言,以"悼亡"和"自伤"说者为多。

诗题"锦瑟",但并非咏物,不过是按古诗的惯例以篇首二字为题,实是借瑟以隐题的一首无题诗。首联以"锦瑟"起兴,思忆青春年华,一种惋惜、伤感和无可名状的情绪涌上心头。颔联表现出对过去美好事物或情感的怀恋,以及惆怅、迷惘之情。颈联写美好事物不能长在,寄寓了悲伤嗟悼之情。尾联写从"追梦"中醒来,知道那梦已远去,并且当时就不甚分明,流露出无可奈何的情怀。

作者在诗中追忆了自己的青春年华，伤感自己不幸的遭遇，寄托了悲慨、愤懑的心情，大量借用庄生梦蝶、杜鹃啼血、沧海珠泪、良玉生烟等典故，采用比兴手法，运用联想与想象，把听觉的感受，转化为视觉形象，以片段意象的组合，创造朦胧的境界，从而借助可视可感的诗歌形象来传达其真挚浓烈而又幽约深曲的思想情感。全诗辞藻华美，含蓄深沉，情真意长，感人至深。

无题

［唐］李商隐

相见时难别亦难，东风无力百花残。
春蚕到死丝方尽，蜡炬成灰泪始干。
晓镜但愁云鬓改，夜吟应觉月光寒。
蓬山此去无多路，青鸟殷勤为探看。

【鉴赏】

在唐时，人们崇尚道教，信奉道术。李商隐在十五六岁的时候，即被家人送往玉阳山学道，其间与玉阳山灵都观女氏宋华阳相识相恋，但两人的感情却不能为外人明知，而作者的内心又奔涌着无法抑制的爱情狂澜，因此他只能以诗纪情，并隐其题，从而使诗显得既朦胧婉曲、又深情无限。李商隐的《无题》诗，大多是抒写他们两人之间的恋情。此诗即其中一首。

整首诗的内容围绕着第一句，尤其是“别亦难”三字展开。三、四句是相互忠贞不渝、海誓山盟的写照。五、六句则分别描述两人因不能相见而惆怅、怨虑，倍感清冷以至衰颜的情状。唯一可以盼望的是七、八两句中的设想：但愿青鸟频频传递相思情。

全诗以句中的“别”字为通篇文眼，描写了一对情人离别的痛苦和别后的思念，抒发了无比真挚的相思离别之情，但其中也流露出诗人政治上失意和精神上的苦闷，具有浓郁的伤感色彩，极写凄怨之深、哀婉之痛，并借神话传说表达了对心中恋人的无比挚爱、深切思念。诗中融入了诗人切身的人生感受。

咏柳

［唐］贺知章

碧玉妆成一树高，万条垂下绿丝绦。
不知细叶谁裁出，二月春风似剪刀。

【鉴赏】

唐玄宗天宝三年(744)，贺知章奉诏告老回乡，百官送行。他坐船经南京、杭州，顺

萧绍官河到达萧山县城，越州官员到驿站相迎，然后再坐船去南门外潘水河边的旧宅。此时正是二月早春，柳芽初发，春意盎然，微风拂面。贺知章如脱笼之鸟回到家乡，心情自然格外高兴，即景写下这首诗。

这是一首咏物诗，写的是早春二月的杨柳。诗的前两句连用两个新美的喻象，描绘春柳的勃勃生气，葱翠袅娜；后两句更别出心裁地把春风比喻为“剪刀”，将视之无形不可捉摸的“春风”形象地表现出来，生动地歌咏了早春嫩柳的迷人风姿，赞颂了大自然的鬼斧神工。总体来说，这首诗的结构独具匠心，先写对柳树的总体印象，再写到柳条，最后写柳叶，由总到分，条序井然。借柳树歌咏春风，把春风比作剪刀，说她是美的创造者，赞美她裁出了春天。诗中洋溢着人逢早春的欣喜之情。在语言的运用上，既晓畅，又华美。

回乡偶书

[唐]贺知章

少小离家老大回，乡音无改鬓毛衰。

儿童相见不相识，笑问客从何处来。

【鉴赏】

贺知章在天宝三载年(744)，辞去朝廷官职，告老返回故乡越州永兴(今浙江萧山)，时已八十六岁，这时，距他离家出仕已有五十多个年头了。人生易老，世事沧桑，心中有无限感慨。

这是一首久客异乡、缅怀故里的感怀诗。在第一、二句中，诗人置身于故乡熟悉而又陌生的环境之中，一路迤逦行来，心情颇不平静：当年离家，风华正茂；今日返归，鬓毛疏落，不禁感慨系之。三四句从充满感慨的一幅自画像，转而为富于戏剧性的儿童笑问的场面。“笑问客从何处来”，在儿童，这只是淡淡的一问，言尽而意止；在诗人，却成了重重的一击，引出了他的无穷感慨，自己的老迈衰颓与反主为宾的悲哀，都包含在这看似平淡的一问中了。

此诗运用了三种对比：通过少小离家与老大回乡的对比，以突出离开家乡时间之长；通过乡音难改与鬓毛易衰的对比，以突出人事变化速度之快；通过白发衰翁与天真儿童的对比，委婉含蓄地表现了诗人回乡欢愉之情和人世沧桑之感，并且将这两种不相同的感情水乳交融地凝合在一起。全诗采用白描手法，在自然朴素的语言中蕴藏着一片真挚深厚的感情。

出塞二首·其一

[唐]王昌龄

秦时明月汉时关,万里长征人未还。
但使龙城飞将在,不教胡马度阴山。

【鉴赏】

《出塞》是王昌龄早年赴西域时所作。王昌龄所处盛唐,所以在其边塞诗中,多能体现一种慷慨激昂的向上精神,和克敌制胜的强烈自信。但是频繁的边塞战争,也使人民不堪重负,渴望和平。《出塞》正是反映了人民的这种和平愿望。

这是一首著名的边塞诗,表达了诗人希望起任良将,早日平息边塞战事,使人民过上安定的生活的愿望。诗人从描写景物入手,首句勾勒出一幅冷月照边关的苍凉景象。次句使人联想到战争给人带来的灾难,表达了诗人悲愤的情感。怎样才能解脱人民的困苦呢?诗人寄希望于有才能的将军。三四句写倘若攻袭龙城的卫青和飞将军李广而今健在,绝不许让胡人的骑兵跨越过阴山。后两句写得含蓄、巧妙,让人们在对往事的对比中,得出必要的结论。

诗人并没有对边塞风光进行细致的描绘,只是选取了征戍生活中的一个典型画面来揭示士卒的内心世界。景物描写只是用来刻画人物思想感情的一种手段,汉关秦月,无不是融情入景,浸透了人物的感情色彩。把复杂的内容熔铸在四行诗里,深沉含蓄,耐人寻味。

送柴侍御

[唐]王昌龄

沅水通波接武冈,送君不觉有离伤。
青山一道同云雨,明月何曾是两乡。

【鉴赏】

这首诗是诗人被贬到龙标(今湖南省洪江市)期间所作,具体创作时间不详。这位柴侍御将要从龙标前往武冈,诗人写下这首诗为他送行。

这是一首送别诗,诗人通过乐观开朗的诗歌来减轻柴侍御的离愁,而实际上自己却是十分伤感,这种“道是无晴却有晴”的抒情手法,更能表达出诗人浓浓的离愁。前两句点出了友人要去的地方,语调流畅而轻快。后两句运用灵巧的笔法,一句肯定,一句反诘,反复致意,恳切感人,也承接了一二句,表达出了诗人的思念之情。诗歌通过想象来创造各种形象,以化“远”为“近”,使“两乡”为“一乡”。语意新颖,出人意料,然亦在情理之中,因为它蕴含的正是人分两地、情同一心的深情厚谊。而这种情谊也是别后相思的种子。又何况那青山云雨、明月之夜，更能撩起诗人对友人的思念，一面是对朋友的宽慰，另一面已将深挚不渝的友情和别后的思念渗透在字里行间了。

逢雪宿芙蓉山主人

［唐］刘长卿

日暮苍山远，天寒白屋贫。

柴门闻犬吠，风雪夜归人。

【鉴赏】

大约在公元773年（唐代宗大历八年）至公元777年（十二年）间的一个秋天，刘长卿受鄂岳观察使吴仲儒的诬陷获罪，因监察御史苗丕明镜高悬，才从轻发落，贬为睦州司马。《逢雪宿芙蓉山主人》写的是严冬，应在遭贬之后。

这首诗描绘的是一幅风雪夜归图。全诗仅以寥寥二十个字，便勾勒出一个严冬寒夜的山村景象和一个逢雪借宿者的形象，表达了诗人对劳动人民清贫生活的同情。前两句，写诗人投宿山村时的所见所感。后两句写诗人投宿主人家以后的情景。这首诗用极其凝练的诗笔，描画出一幅以旅客暮夜投宿、山家风雪人归为素材的寒山夜宿图。全诗语言朴实浅显，写景如画，叙事虽然简朴，含意却十分深刻。

枫桥夜泊

［唐］张继

月落乌啼霜满天，江枫渔火对愁眠。

姑苏城外寒山寺，夜半钟声到客船。

【鉴赏】

天宝十四年（755）一月爆发了安史之乱。因为当时江南政局比较安定，所以不少文士纷纷逃到今江苏、浙江一带避乱，其中也包括张继。一个秋天的夜晚，诗人泊舟苏州城外的枫桥。江南水乡秋夜幽美的景色，吸引着这位怀着旅愁的客子，便写下了这首意境清远的羁旅小诗。

此诗通过写江南夜景月落乌啼、霜天寒夜、江枫渔火、孤舟客子等景象，表达了作者的羁旅之思、家国之忧，以及身处乱世尚无归宿的忧愁。前两句话写出了诗人所见、所闻、所感，并绘出了一幅凄清的秋夜羁旅图。后两句那寒山寺的夜半钟声，不但衬托出夜的宁静，更重重地撞击着诗人那颗孤寂的心灵，让人感到时空的永恒和寂寞，产生出有关人生和历史的无边遐想。全诗句句形象鲜明，可感可画，句与句之间逻辑关系又非常清晰合理，内容晓畅易解。

寒食

[唐]韩翃

春城无处不飞花,寒食东风御柳斜。

日暮汉宫传蜡烛,轻烟散入五侯家。

【鉴赏】

这是一首讽刺诗,但诗人的笔法巧妙含蓄。从表面上看,似乎只是描绘了一幅寒食节长安城内富于浓郁情味的风俗画。实际上,透过字里行间可感受到作者怀着强烈的不满情绪,对当时权势显赫、作威作福的天子近臣进行了深刻的讽刺。中唐以后,几任昏君都宠幸近臣,致使他们的权势很大,败坏朝政,排斥朝官,正直人士对此都极为愤慨。本诗正是因此而发。此诗前两句写的是白昼风光,描写了整个长安柳絮飞舞、落红无数的迷人春景和皇宫园林中的风光;后两句则是写夜晚景象,生动地描绘出了一幅夜晚走马传烛景象,使人如见蜡烛之光,如闻轻烟之味。

夜上受降城闻笛

[唐]李益

回乐峰前沙似雪,受降城外月如霜。

不知何处吹芦管,一夜征人尽望乡。

【鉴赏】

这是一首抒写戍边将士乡情的诗作,从多角度描绘了戍边将士(包括吹笛人)浓烈的乡思和满心的哀愁之情。这首诗最大的特点是蕴藉含蓄,将所要抒发的感情蕴涵在对景物和情态的描写之中。诗的开头两句,写登城时所见的月下景色。如霜的月光和月下雪一般的沙漠,正是触发征人乡思的典型环境。开头由视觉形象引动绵绵乡情,进而由听觉形象把乡思的暗流引向滔滔的感情的洪波。这首诗艺术上的成功,就在于把诗中的景色、声音、感情三者融合为一体,将诗情、画意与音乐美熔于一炉,组成了一个完整的艺术整体,意境浑成,简洁空灵,而又具有含蕴不尽的特点。

凉州词

[唐]王翰

葡萄美酒夜光杯,欲饮琵琶马上催。

醉卧沙场君莫笑,古来征战几人回。

【鉴赏】

此诗是咏边塞情景之名曲。全诗写艰苦荒凉的边塞的一次盛宴,描摹了征人们开

怀痛饮、尽情酣醉的场面。首句用语绚丽优美，音调清越悦耳，显出盛宴的豪华气派；二句用“欲饮”两字，进一层极写热烈场面，酒宴外加音乐，着意渲染气氛。三、四句极写征人互相斟酌劝饮，尽情尽致，乐而忘忧，豪放旷达。蘅塘退士评曰：“作旷达语，倍觉悲痛。”历来评注家也都以为悲凉感伤，厌恶征战。清代施补华的《岘佣说诗》评说：“作悲伤语读便浅，作谐谑语读便妙。在学人领悟。”从内容看，无厌恶戎马生涯之语，无哀叹生命不保之意，无非难征战痛苦之情，谓是悲凉感伤，似乎勉强。施补华的话有其深度。千古名绝，众论殊多，见仁见智，学人自悟。

黄鹤楼

［唐］崔颢

昔人已乘黄鹤去，此地空余黄鹤楼。

黄鹤一去不复返，白云千载空悠悠。

晴川历历汉阳树，芳草萋萋鹦鹉洲。

日暮乡关何处是？烟波江上使人愁。

【鉴赏】

这首诗具体创作时间已无从考证。黄鹤楼因其所在之武昌黄鹤山而得名，传说费祎登仙驾鹤于此，这首诗就是从楼名之由来写起的。诗人登临黄鹤楼，览眼前景物，即景生情，诗兴大作，创作了这首诗。

这首诗是吊古怀乡之佳作。首联诗人满怀对黄鹤楼的美好憧憬慕名前来，可仙人驾鹤杳无踪迹，鹤去楼空，眼前就是一座寻常可见的江楼。颔联写黄鹤楼久远的历史和美丽的传说一幕幕在眼前回放，但终归物是人非、鹤去楼空，留下的是绵绵乡恋、悠悠乡情，抒发了诗人岁月难再、世事茫然的空幻感。颈联两句笔锋一转，由写传说中的仙人、黄鹤及黄鹤楼，转而写诗人眼前登黄鹤楼所见，由写虚幻的传说转为实写眼前的所见景物，为引发诗人的乡愁设置了铺垫。尾联太阳落山，黑夜来临，鸟要归巢，船要归航，游子要归乡，诗作以一“愁”收篇，准确地表达了日暮时分诗人登临黄鹤楼的心情，同时又和开篇的暗喻相照应，以起伏辗转的文笔表现缠绵的乡愁，做到了言外传情，情内展画，画外余音。

寻隐者不遇

［唐］贾岛

松下问童子，言师采药去。

只在此山中，云深不知处。

【鉴赏】

此诗的具体创作时间不详。只知此诗是中唐时期诗僧贾岛到山中寻访一位隐者未能遇到有感而作的。隐者不详何人,有人认为是贾岛的山友长孙霞。首句写寻者问童子,后三句都是童子的答话,诗人采用了寓问于答的手法,把寻访不遇的焦急心情描绘得淋漓尽致。诗中以白云比隐者的高洁,以苍松喻隐者的风骨,写寻访不遇,愈衬出寻者对隐者的钦慕高仰之情。

全诗遣词通俗清丽,言繁笔简,情深意切,白描无华,是一篇难得的言简意丰之作。全诗只有二十字,作为抒情诗,却有环境、有人物、有情节,内容极丰富,其奥秘在于别出心裁地运用了问答体。不是一问一答,而是寓问于答,几问几答,以简笔写繁情,愈见其情深与情切。

逢入京使

[唐]岑参

故园东望路漫漫,双袖龙钟泪不干。

马上相逢无纸笔,凭君传语报平安。

【鉴赏】

根据刘开扬《岑参诗集编年笺注 · 岑参年谱》,此诗作于天宝八载年(749)诗人赴安西(今新疆维吾尔自治区库车县)上任途中。这是岑参第一次远赴西域,充安西节度使高仙芝幕府书记。岑参前半生功名不如意,无奈之下,出塞任职。他告别了在长安的妻子,跃马踏上漫漫征途,西出阳关,奔赴安西。岑参也不知走了多少天,就在通西域的大路上,他忽地迎面碰见一个老相识。立马而谈,互叙寒温,知道对方要返京述职,不免有些感伤,同时想到请他捎封家信回长安去安慰家人,报个平安。此诗就描写了这一情景。

此诗描写了诗人远涉边塞,逢入京使者,托带平安口信,以慰悬望的家人的典型场面,表达了思乡之情。诗文语言朴实,却饱含着思乡之情与渴望功名之情,亲情豪情,交织相深。首两句塑造西行途中的旅人形象:在碰到入京使以后,作者久久不语,只是默默凝视着东方,揩眼泪已经揩湿了双袖,可是脸上的泪水仍旧不干。后两句是写遇到入京使者时欲捎书回家报平安又苦于没有纸笔的情形,完全是马上相逢行者匆匆的口气,托故人带个口信,“凭君传语报平安”。

别董大

[唐]高适

千里黄云白日曛,北风吹雁雪纷纷。

莫愁前路无知己,天下谁人不识君。

【鉴赏】

这首送别诗当作于年唐玄宗天宝六年(747),送别的对象是著名的琴师董庭兰。当年春天,吏部尚书房琯被贬出朝,门客董庭兰也离开长安。盛唐时盛行胡乐,能欣赏七弦琴这类古乐的人不多。崔珏有诗道:"七条弦上五音寒,此艺知音自古难。惟有河南房次律,始终怜得董庭兰。"(《席间咏琴客》)这时高适也很不得志,到处浪游,常处于贫贱的境遇之中。天宝六年冬天,高适与董庭兰会于睢阳(故址在今河南省商丘县南),写了《别董大二首》。本诗是其第一首。

这首诗勾勒了送别时晦暗寒冷的愁人景色,表现了诗人当时处在困顿不达的境遇之中,既表露出作者对友人远行的依依惜别之情,也展现出诗人豪迈豁达的胸襟。诗的前两句写北国风光,烘托出诗人送别董大时的失意心情,后两句对友人进行安慰与鼓励,是一首发自肺腑的感人的赠别诗。诗人在即将分手之际,全然不写千丝万缕的离愁别绪,而是满怀激情地鼓励友人踏上征途,迎接未来。高适"多胸臆语,兼有气骨"(殷璠《河岳英灵集》)、"以气质自高"(《唐诗纪事》),因而能为志士增色,为游子拭泪。

乌衣巷

[唐]刘禹锡

朱雀桥边野草花,乌衣巷口夕阳斜。

旧时王谢堂前燕,飞入寻常百姓家。

【鉴赏】

唐敬宗宝历二年(826),刘禹锡从和州(今安徽省和县)刺史任上返回洛阳,途径金陵(今江苏省南京市),写了这一组咏怀古迹的诗篇,总名《金陵五题》,这是其中的第二首。

诗人通过对夕阳、野草、燕子易主的描述,深刻地表现了今昔沧桑的巨变,表达了对盛衰兴败的深沉感慨,隐含着对豪门大族的嘲讽和警告。诗歌开头两句用了工整的对偶句,写今日的衰败景象,它与昔日的繁荣盛况,形成强烈对照。后二句借燕子的栖巢,表达作者对世事沧桑、盛衰变化的慨叹,用笔尤为曲折。这首诗通篇写景,不加一字议论。诗人从侧面落笔,采用以小见大的艺术手法加以表现,语言含蓄,耐人寻味。

竹枝词二首·其一

[唐]刘禹锡

杨柳青青江水平，闻郎江上踏歌声。

东边日出西边雨，道是无晴却有晴。

【鉴赏】

刘禹锡于唐穆宗长庆二年(822)正月至长庆四年(824)夏在夔州任刺史，创作多首《竹枝词》。这是其中一首。

《竹枝词》是古代四川东部的一种民歌，人民边舞边唱，用鼓和短笛伴奏。赛歌时，谁唱得最多，谁就是优胜者。刘禹锡任夔州刺史时，非常喜爱这种民歌，他学习屈原作《九歌》的精神，采用了当地民歌的曲谱，制成新的《竹枝词》，描写当地山水风俗和男女爱情，富于生活气息，体裁和七言绝句一样，但在写作上，多用白描手法，少用典故，语言清新活泼，生动流畅，民歌气息浓厚。

这是一首描写青年男女爱情的诗歌。它描写了一个初恋的少女在杨柳青青、江平如镜的清丽的春日里，听到情郎的歌声所产生的内心活动。首句描写少女眼前所见景物，用的是起兴手法。这一句描写的春江杨柳，最容易引起人的情思。次句是叙事，在这动人情思的环境中，这位少女忽然听到了江面上飘来的声声小伙子的歌声，歌声牵动了姑娘的感情波澜。三、四两句写姑娘听到歌声后的心理活动。“道是无晴却有晴”一句，诗人用谐音双关的手法，把天“晴”和爱“情”这两件不相关的事物巧妙地联系起来，表现出初恋少女忐忑不安的微妙感情。

此诗以多变的春日天气来造成双关，以“晴”寓“情”，具有含蓄的美，对于表现女子那种含羞不露的内在感情十分贴切自然。最后两句一直成为后世人们所喜爱和引用的佳句。

雁门太守行

[唐]李贺

黑云压城城欲摧，甲光向日金鳞开。

角声满天秋色里，塞上燕脂凝夜紫。

半卷红旗临易水，霜重鼓寒声不起。

报君黄金台上意，提携玉龙为君死。

【鉴赏】

关于此诗系年，有两种说法。一说是，此诗创作于公元814年(唐宪宗元和九年)。当年唐宪宗以张煦为节度使，领兵前往征讨雁门郡之乱，李贺即兴赋诗鼓舞士气，作成

了这首《雁门太守行》。另一种说法，据唐张固《幽闲鼓吹》载：李贺把诗卷送给韩愈看，此诗放在卷首，韩愈看后也很欣赏。时在公元807年(元和二年)。

《雁门太守行》是唐代诗人李贺运用乐府古题创作的诗歌。此诗用浓艳斑驳的色彩描绘悲壮惨烈的战斗场面，通过奇异的画面准确地表现了特定时地的边塞风光和瞬息万变的战争风云。首句写景又写事，渲染兵临城下的紧张气氛和危急形势，并借日光显示守军威武雄壮；第二句从听觉和视觉两方面渲染战场的悲壮气氛和战斗的残酷；第三句写部队夜袭和浴血奋战的场面；最后一句引用典故写出将士誓死报效国家的决心。全诗意境苍凉，格调悲壮，具有强烈的震撼力和艺术魅力。

奇诡而又妥帖，是李贺诗歌创作的基本特色。这首诗用浓艳斑驳的色彩描绘悲壮惨烈的战斗场面，可算是奇诡；而这种色彩斑斓的奇异画面却准确地表现了特定时间、特定地点的边塞风光和瞬息变幻的战争风云，又显得很妥帖。

南园十三首·其五

[唐]李贺

男儿何不带吴钩，收取关山五十州。

请君暂上凌烟阁，若个书生万户侯？

【鉴赏】

这首诗由两个设问句组成，顿挫激越，而又直抒胸臆，把家国之痛和身世之悲都淋漓酣畅地表达出来。

第一个设问是反问，也是自问，含有“国家兴亡，匹夫有责”的豪情。起句峻急，紧连次句，气势磅礴。诗人面对烽火连天、战乱不已的局面，焦急万分，恨不得立即身佩宝刀，奔赴沙场，保卫家邦。书生意气，自然成就不了收复关山的大业，而要想摆脱眼前悲凉的处境，又非经历戎马生涯，杀敌建功不可。这一矛盾，突出表现了诗人愤激不平之情。后两句诗人问道：封侯拜相，绘像凌烟阁的，哪有一个是书生出身？这里诗人不用陈述句而用设问句，牢骚的意味显得更加浓郁。看起来，诗人是从反面衬托投笔从戎的必要性，实际上是进一步抒发怀才不遇的愤激情怀。由昂扬激越转入沉郁哀怨，既见出反衬的笔法，又见出起伏的节奏，峻急中作回荡之姿。

李贺《南园》组诗，多就园内外景物讽咏，以写其生活与感情。但此首不借所见发端，却凭空寄慨，于豪情中见愤然之意。

听筝

[唐]李端

鸣筝金粟柱，素手玉房前。
欲得周郎顾，时时误拂弦。

【鉴赏】

这首五言绝句描写一位弹筝女子为了所爱慕的人顾盼自己，故意将弦拨错，塑造了一个可爱的弹筝女形象，语句传神，意蕴丰富。

小诗轻捷洒脱，寥寥数语，就在读者面前展示了一幅线条流畅、动态鲜明的舞台人物速写图。一二句写弹筝的女子纤手拨筝，正处于弹奏状态。最引人注目的，首先便是弹筝者手中正在拨弄的乐器，特别是那绚丽华美、闪烁着点点金色光斑的弦柱。接着是那双正在琴弦上跳动的洁白如玉的纤手，以及弹奏的环境精洁雅致的琴房。后两句诗人终于注意到弹奏出的乐曲本身，写女子为了引起知音者的注意，故意错拨筝弦，其实是出于寻觅知音的苦心。她灵机一动，故意不时地错拨一两个音，于是充满戏剧性的场景出现了：那不和谐的旋律，突然惊动了沉醉在音乐境界中的“周郎”，他下意识地眉头一皱，朝她一看，只见她非但没有丝毫“误拂”的遗憾和歉意，两眼反而闪烁出得意的眼神——原来是误非真误，弹筝女的可爱形象跃然纸上。

近试上张籍水部

[唐]朱庆馀

洞房昨夜停红烛，待晓堂前拜舅姑。
妆罢低声问夫婿，画眉深浅入时无？

【鉴赏】

此诗为宝历年间朱庆馀参加进士考试前夕所作。唐代士子在参加进士考试前，时兴“行卷”，即把自己的诗篇呈给名人，朱庆馀此诗投赠的对象是张籍。临到要考试了，还怕自己的作品不一定符合主考的要求，因此写下此诗。

前两句渲染典型新婚洞房环境并写新娘一丝不苟地梳妆打扮。后两句写新娘不知自己的打扮能否讨得公婆的欢心，担心地问丈夫她所画的眉毛是否合宜。此诗以新妇自比，以新郎比张籍，以公婆比主考官，借以征求张籍的意见。全诗选材新颖，视角独特，以“入时无”三字为灵魂，将自己能否踏上仕途与新妇紧张不安的心绪作比，寓意自明，令人惊叹。

春晴

[唐]王驾

雨前初见花间蕊，雨后全无叶底花。

蜂蝶纷纷过墙去，却疑春色在邻家。

【鉴赏】

本诗具体创作时间不详，知是作者归隐之后所作。王驾进士及第之后，官至礼部员外郎，后弃官归隐。这是一首即兴诗，写雨后漫步花园所见的衰败景象。诗中精巧地选择雨晴后的景物，来进行生动地描绘，表达了作者的惜春之情。

诗的前两句扣住象征春色的“花”字来写春景，以“雨前”所见和“雨后”情景相对比、映衬，表现了作者面对满园落红残春油然而生的叹惜之情。诗的下两句由花写到蜂蝶。作者把原无理性的蜂蝶赋予“人”的智慧，不仅把蜂蝶追逐春色的神态、心理写得活灵活现，妙趣横生，而且描写似乎“阳春”真的“有脚”，她不住自家小园，偏偏跑到邻家，她是十分调皮、非常会捉弄人的，这就更把“春色”写活了。同时，作者的“惜春之情”也被表现得淋漓尽致，透露出诗人希望春色没有远去的心情。作者内心伤春惜春的心情和眼前自然景象巧妙结合，既赋予蜜蜂蝴蝶以人格精神，又暗暗流露作者的内心感触，两者神态、心理写得活灵活现。

台城

[唐]韦庄

江雨霏霏江草齐，六朝如梦鸟空啼。

无情最是台城柳，依旧烟笼十里堤。

【鉴赏】

中和三年(833)，韦庄客游江南，于金陵凭吊六朝遗迹，感叹历史兴亡，便成此吊古伤今之作。前两句是说，江面烟雨迷蒙，江边绿草如茵，六朝先后衰亡，宛如南柯一梦，江鸟哀婉啼叫，听来悲悲切切。从首句描绘江南烟雨到次句的六朝如梦，鸟啼草绿，春色常在，而曾经在台城追逐欢乐的六朝统治者却早已成为历史上来去匆匆的过客，豪华壮丽的台城也成了供人凭吊的历史遗迹，更加深了“六朝如梦”的感慨。后两句是说，只有台城柳树最是无情，依旧烟笼十里长堤。当年，十里长堤，杨柳堆烟，曾经是台城繁华景象的点缀；如今，台城已经是“万户千门成野草”，而台城柳色，却“依旧烟笼十里堤”。这繁荣茂盛的自然景色和荒凉破败的历史遗迹，终古如斯的长堤烟柳和转瞬即逝的六代豪华的鲜明对比，触目惊心。

这首诗以自然景物的“依旧”暗示人世的沧桑，以物的无情反托人的伤痛，而在历史的感慨之中暗寓伤今之意，采用了虚处传神的艺术表现手法。

饮湖上初晴后雨

[宋]苏轼

水光潋滟晴方好，山色空蒙雨亦奇。

欲把西湖比西子，淡妆浓抹总相宜。

【鉴赏】

苏轼于宋神宗熙宁四年至七年(1071—1074)间任杭州通判，曾写下大量有关西湖景物的诗。这组诗作于熙宁六年(1073年)正、二月间。

这是一首赞美西湖美景的诗。此诗不是描写西湖的一处之景、一时之景，而是对西湖美景的全面描写、概括品评，尤其是后二句，被认为是对西湖的恰当评语。作者畅游西湖，从早到晚，一边欣赏美丽的湖光山色，一边饮酒构思，写下此诗。诗的前两句既写了西湖的水光山色，也写了西湖晴雨时的不同景色。上半首写的景是交换、对应之景，情是广泛、豪宕之情，情景交融，句间情景相对，西湖之美概写无余，诗人苏轼之情表现无遗。诗的后两句进一步运用他的写气图貌之笔来描绘湖山的晴光雨色，遗貌取神，只用一个既空灵又贴切的妙喻就传出了湖山的神韵。诗人只是一时心与景会，从西湖的美景联想到作为美的化身的西子，从西湖的“晴方好”“雨亦奇”，想象西子应也是“淡妆浓抹总相宜”。

题西林壁

[宋]苏轼

横看成岭侧成峰，远近高低各不同。

不识庐山真面目，只缘身在此山中。

【鉴赏】

苏轼于神宗元丰七年(1084)五月间由黄州贬所改迁汝州团练副使，赴汝州时经过九江，与友人参寥同游庐山。瑰丽的山水触发逸兴壮思，于是写下了若干首庐山纪游诗。

这是一首诗中有画的写景诗，又是一首哲理诗，哲理蕴含在对庐山景色的描绘之中。前两句概括而形象地写出了移步换形、千姿万态的庐山风景，说游人从远处、近处、高处、低处等不同角度观察庐山面貌是可以得到不同观感的。结尾两句是即景说理，谈游山的体会。之所以不能辨认庐山的真实面目，是因为身在庐山之中，视野为庐山的峰峦所局限，看到的只是庐山的一峰一岭一丘一壑，局部而已，这必然带有片面性。这两句诗启迪人们认识了为人处世的一个哲理——由于人们所处的地位不同,看问题的出发点不同,对客观事物的认识难免有一定的片面性;要认识事物的真相与全貌,必须超越狭小的范围,摆脱主观成见。

宋朝出现了以言理为特色的新诗风,用苏轼自己的话来说,便是"出新意于法度之中,寄妙理于豪放之外"。这类诗的特点是:语浅意深,因物寓理,寄至味于淡泊。《题西林壁》就是这样的一首好诗。

画眉鸟

[宋]欧阳修

百啭千声随意移,山花红紫树高低。
始知锁向金笼听,不及林间自在啼。

【鉴赏】

这首诗具体创作时间不详,学术界流传三种说法:景祐三年(1036)至康定元年(1040)间;庆历八年(1048)至和元年(1054)八月间;熙宁四年(1071)六月至熙宁五年(1072)七月二十三日,其间欧阳修以太子少师的身份辞职。

这是一首咏物诗,含有深邃理趣。诗中通过对画眉鸟自由生活的赞美,抒发了诗人贬官外任后的忧郁情怀,表现了诗人向往和追求自由生活的热切愿望,同时也表达了诗人对束缚个性、压抑人才的种种拘系与禁锢的强烈憎恶和否定。前两句写景:画眉鸟千啼百啭,一高一低舞姿翩翩,使得嫣红姹紫的山花更是赏心悦目。后两句抒情:看到那些关在笼里的鸟儿,真羡慕飞啭在林间的画眉鸟,自由自在,无拘无束。此诗对比鲜明,反差强烈。诗人抒发了深长的感慨,自由成为全诗的主旋律。巧妙地运用对比手法,对照分明,反差强烈,有利于突出诗歌的主旨。这首诗情景结合,寓意深远,反映了作者对自由生活的追求和向往。

示儿

[宋]陆游

死去元知万事空,但悲不见九州同。
王师北定中原日,家祭无忘告乃翁。

【鉴赏】

此诗作于嘉定三年(1210),为陆游的绝笔,既是诗人的遗嘱,也是诗人发出的最后的抗战号召,表达了诗人的无奈以及对收复失地的期盼。

此诗是陆游爱国诗中的又一首名篇。陆游一生致力于抗金斗争,一直希望能收复中原。题目是《示儿》，相当于遗嘱。首句表现了诗人生死所恋、死无所畏的生死观，反衬出诗人那种“不见九州同”则死不瞑目的心情。次句描写诗人的悲怆心境。“悲”字是句眼，诗人临终前悲怆的不是个人生死，而是没有看见祖国的统一，表明自己心有不甘。三句诗人以热切期望的语气表达了渴望收复失地的信念。诗人坚信总有一天宋朝的军队必定能平定中原，光复失地。四句情绪又一转，深情地嘱咐儿子，在家祭时千万别忘记把“北定中原”的喜讯告诉你的父亲，表达诗人坚定的信念和悲壮的心愿，充分体现了年迈衰老的陆游爱国、报国之情，从中受到感染，加深热爱祖国的情感。

这首诗用笔曲折，情真意切地表达了诗人临终时复杂的思想情绪和他忧国忧民的爱国情怀，既有对抗金大业未就的无穷遗恨，也有对神圣事业必成的坚定信念。全诗有悲的成分，但基调是激昂的。诗的语言浑然天成，没有丝毫雕琢。

临安春雨初霁

［宋］陆游

世味年来薄似纱，谁令骑马客京华。
小楼一夜听春雨，深巷明朝卖杏花。
矮纸斜行闲作草，晴窗细乳戏分茶。
素衣莫起风尘叹，犹及清明可到家。

【鉴赏】

淳熙十三年(1186)春天，作者奉诏入京，接受严州知州的职务，赴任之前，先到临安(今浙江杭州)去觐见皇帝，住在西湖边上的客栈里听候召见，在百无聊赖中，写下了这首脍炙人口的诗作。

首联开口就言“世味”之“薄”，感叹世态人情薄得就像半透明的纱，并惊问“谁令骑马客京华”。诗人听了一夜的雨声，因为国事家愁而心情惆怅，导致彻夜难眠。颔联点出“诗眼”，诗人选用小楼、春雨、深巷和杏花等典型的江南意象，描绘了一幅明艳生动的春光图，被誉为“绘尽江南春的神魄”，与自己的落寞情怀构成了鲜明的对照。颈联中诗人交代了自己在漫长白日的活动。颔联和颈联写得细腻生动，闲适恬静，但其中的彻夜难眠和日中无聊，都暗示着诗人的郁闷和惆怅。尾联不仅道出了羁旅风霜之苦，又寓有京中恶浊、久居为其所化的意思。

这首诗貌似写了恬静的江南春雨景致，实际上抒写了诗人对京华生活的厌倦。表面上写极了闲适的境界，然而其背后隐藏着诗人无限的感伤与惆怅。那种报国无门、蹉跎岁月的落寞情怀，含蓄而有深蕴，个中滋味需要细细品味。

关山月

[宋]陆游

和戎诏下十五年，将军不战空临边。
朱门沉沉按歌舞，厩马肥死弓断弦。
戍楼刁斗催落月，三十从军今白发。
笛里谁知壮士心，沙头空照征人骨。
中原干戈古亦闻，岂有逆胡传子孙！
遗民忍死望恢复，几处今宵垂泪痕！

【鉴赏】

隆兴元年(1163)宋军在符离大败之后，十一月，孝宗召集廷臣，权衡与金国议和的得失，后达成和议。到了孝宗淳熙四年(1177)，此时距当年下诏议和已十五年了，南宋朝廷不思恢复，沉浸在苟安的和平里，诗人感伤时事写下此诗。

这首诗是以乐府旧题写时事，作于陆游罢官闲居成都时。诗中痛斥了南宋朝廷文恬武嬉、不恤国难的态度，表现了爱国将士报国无门的苦闷以及中原百姓切望恢复的愿望，体现了诗人忧国忧民、渴望统一的爱国情怀。诗每四句分为一个层次，三个层次分别选取同一月夜下三种人物的不同境遇和态度，作为全诗的结构框架，语言极为简练概括而内涵却又十分丰富深广。一边是豪门贵宅中的文武官员，莺歌燕舞，不思复国；一边是戍边战士，百无聊赖，报国无门；一边是中原遗民，忍辱含垢，泪眼模糊，盼望统一。

诗人构思非常巧妙，以月夜统摄全篇，将三个场景融成一个整体，构成一幅关山月夜的全景图，可以说，这是当时南宋社会的一个缩影。诗人还选取了一些典型事物，如朱门、厩马、断弓、白发、征人骨、遗民泪等，表现了诗人鲜明的爱憎感情。本诗语言凝练，一字褒贬，具有很强的表现力。

寓意

[宋]晏殊

油壁香车不再逢，峡云无迹任西东。
梨花院落溶溶月，柳絮池塘淡淡风。
几日寂寥伤酒后，一番萧索禁烟中。
鱼书欲寄何由达，水远山长处处同。

【鉴赏】

这是抒写别后相思的恋情诗。首联追叙离别时的情景。颔联寓情于景，回忆当年花前月下的美好生活。颈联叙述自己寂寥萧索的处境，揭示伊人离去之后的苦况。尾联表达对所恋之人的刻苦相思之情。

晏殊这首诗一名《无题》,在风格上学李商隐的无题诗,运用含蓄的手法,表现自己伤别的哀思。诗在表现上,则将思想藏在诗的深处,通过景语来表达,然后在景语中注入强烈的主观色彩,这样,诗便显得幽迷怨旷。与李商隐诗风不同的是,晏殊这首诗清而不丽,也没有堆砌典故,所以呈现出一派淡雅与疏宕。此诗通篇运用含蓄手法,“意在言外,使人思而得之。”(司马光《迂叟诗话》)“怨别”乃全诗主旨,字面上不著一“怨”字,怨在语言最深处。“不再逢”“任西东”,怨也;“溶溶月”“淡淡风”,怨也;“寂寥”“萧素”“水远山长”,无一不怨。“处处同”则是怨的高潮。章节之间起承转合,首尾呼应也都以“怨”贯串。

晓出净慈寺送林子方

[宋]杨万里

毕竟西湖六月中,风光不与四时同。
接天莲叶无穷碧,映日荷花别样红。

【鉴赏】

林子方举进士后,曾担任直阁秘书(负责给皇帝草拟诏书的文官,可以说是皇帝的秘书)。时任秘书少监、太子侍读的杨万里是林子方的上级兼好友,两人经常聚在一起畅谈强国主张、抗金建议,也曾一同切磋诗词文艺,两人志同道合、互视对方为知己。后来,林子方被调离皇帝身边,赴福州任职。林子方甚是高兴,自以为是仕途升迁。杨万里则不这么想,清晨从杭州西湖附近的净慈寺送别林子方,经过西湖边时写下这组诗,通过描写六月西湖的美丽景色,曲折地表达对友人林子方的眷恋之情。诗中大量运用了象征、借代手法,来含蓄地劝说林子方留在朝廷。

这是一首诗中有画、画中有诗的典范作品。诗人前两句是写六月西湖给诗人的总的感受。然后,诗人用充满强烈色彩对比的句子,描绘出一幅大红大绿、精彩绝艳的画面:“接天莲叶无穷碧,映日荷花别样红。”这两句具体地描绘了“毕竟”不同的风景图画:随着湖面而伸展到尽头的荷叶与蓝天融合在一起,造成了“无穷”的艺术空间,涂染出无边无际的碧色,在此背景上,又点染出阳光映照下的朵朵荷花,红得那么娇艳、明丽。诗人通过对西湖美景的极度赞美,曲折地表达对友人的眷恋。从艺术上来说,除了白描以外,还成功运用了虚实相生、刚柔相济的手法。

约客

[宋]赵师秀

黄梅时节家家雨,青草池塘处处蛙。
有约不来过夜半,闲敲棋子落灯花。

【鉴赏】

诗歌前两句写景,描绘出一幅江南夏雨图,于景中寄寓了他独自期客的复杂思想感情。“有约不来过夜半”一句才点明了诗题,与客原先有约,但是过了夜半还不见人来,无疑是因为这绵绵不断的夜雨阻止了友人前来践约。“闲敲棋子落灯花”是全诗的诗眼,这句只是写了诗人一个小小的动态,却将诗人焦躁而期望的心情刻画得细致入微。诗人约客久候不到,灯芯渐渐燃尽,诗人百无聊赖之际,下意识地将棋子在棋盘上轻轻敲打,而笃笃地敲棋声又将灯花都震落了,诗人的心绪于这一刹那脱离了等待,陶醉于窗外之景并融入其中,寻到了独得之乐,可谓形神兼备。

全诗生活气息较浓,又摆脱了雕琢之习,清丽可诵。这首诗一个明显的特点是对比手法的运用。前两句写户外的“家家雨”“处处蛙”,直如两部鼓吹,喧聒盈耳。后两句写户内的一灯如豆,枯坐敲棋,寂静无聊,恰与前文构成鲜明对照,更深地表现了诗人落寞失望的情怀。

游园不值

[宋]叶绍翁

应怜屐齿印苍苔,小扣柴扉久不开。
春色满园关不住,一枝红杏出墙来。

【鉴赏】

这首小诗写诗人春日游园所见所感,十分形象而又富有理趣。“应怜屐齿印苍苔,小扣柴扉久不开”,交代作者访友不遇,园门紧闭,无法观赏园内的春花。将主人不在家,故意说成主人有意拒客,这是为了给下面的诗句作铺垫。由于有了“应怜屐齿印苍苔”的设想,才引出后两句更新奇的想象:虽然主人自私地紧闭园门,好像要把春色关在园内独赏,但“春色满园关不住,一枝红杏出墙来”。

这首诗情景交融,描写出田园风光的幽静安逸、舒适惬意,不但表现了春天有着不能压抑的生机,而且流露出作者对春天的喜爱之情。从诗意看,门前长有青苔,足见这座花园的幽僻,而主人又不在家,敲门很久,无人答应,更是冷清,可是红杏出墙,仍然把满园春色透露了出来。“春色”是关锁不住的,“红杏”必然要“出墙来”宣告春天的来临。同样,一切新生的美好的事物也是封锁不住、禁锢不了的,它必能冲破任何束缚,蓬勃发展。

观书有感

[宋]朱熹

半亩方塘一鉴开,天光云影共徘徊。

问渠哪得清如许?为有源头活水来。

【鉴赏】

庆元二年(1196),为避权臣韩侂胄之祸,朱熹与门人黄干、蔡沈、黄钟来到新城福山(今黎川县社苹乡竹山村)双林寺侧的武夷堂讲学。朱熹回尤溪县郑氏馆舍故居时,看到父亲亲笔写的词和熟悉的字迹,感到非常亲切,同时,当他走进院子,再度看到半亩方塘以及用来读书的"观书第"时,儿时在池塘边读书的情景仿佛再现眼前,于是咏出那首脍炙人口的《观书有感》。

《观书有感》是一首托物言志的诗。前两句均写景。第一句赞美半亩方塘的清澈明亮。比喻看书的过程就好像照镜子,镜子打开后,一切变得格外清楚、明了,表明看书给人带来的精神上的洗礼。第二句写美好剔透的自然风光,眼前景物的剔透象征着人内心世界的丰富。第三句为全诗的转折点,第四句回答了第三句提出的问题,比喻读书的时候要不断补充新的知识,才能不断地汲取营养,这样才会有活跃的思想,丰富的内心世界。

雪梅二首

[宋]卢梅坡

其一

梅雪争春未肯降,骚人阁笔费评章。

梅须逊雪三分白,雪却输梅一段香。

其二

有梅无雪不精神,有雪无诗俗了人。

日暮诗成天又雪,与梅并作十分春。

【鉴赏】

卢钺,别名卢梅坡,宋朝末年人,具体生卒年、生平事迹不详,存世诗作也不多,与刘过是朋友,以两首《雪梅》流芳百世。《雪梅二首》是他创作的七言绝句组诗作品。

第一首诗前两句写梅雪争春,要诗人评判,后两句是诗人对梅与雪的评语。第二首诗首句写梅与雪之间的关系,次句写雪与诗之间的关系。后两句写梅、雪与诗之间的关

系，梅花开放而还没下雪，所以还缺乏诗意。两首诗写得妙趣横生，富有韵味。

这两首诗阐述了梅、雪、诗三者的关系，三者缺一不可，只有三者结合在一起，才能组成最美丽的春色。诗人认为如果只有梅花独放而无飞雪落梅，就显不出春光的韵味；若使有梅有雪而没有诗作，也会使人感到不雅。从这首诗中，可看出诗人赏雪、赏梅、吟诗的痴迷精神和高雅的审美情趣。

梅花

［宋］王安石

墙角数枝梅，凌寒独自开。

遥知不是雪，为有暗香来。

【鉴赏】

宋神宗熙宁七年（1074）春，王安石罢相。次年二月，王安石再次拜相。熙宁九年（1076），再次被罢相后，心灰意冷，放弃了改革，后退居钟山。此时作者孤独心态和艰难处境与傲雪凌霜的梅花有着共通之处，遂写下此诗。

这首诗托物言志，表达了作者不计较个人进退得失，而以社稷为重、坚持变法、不怕围攻、顽强不屈的高尚品格和斗争精神。此诗前两句写墙角梅花不惧严寒，傲然独放；后两句写梅花的幽香，以梅拟人，凌寒独开，喻典品格高贵，暗香沁人，象征其才华横溢。亦是以梅花的坚强和高洁品格喻示那些像诗人一样处于艰难环境中依然能坚持操守、主张正义、为国家强盛而不畏排挤和打击的人。

全诗语言朴素，写得平实内敛，却自有深致，耐人寻味。诗中梅花远远超出本身的含意，梅花、人才、变法三者融为一体，将凌寒独开比喻变法人才不甘寂寞、迎难而上的无畏精神，以暗香称赞革新者不惜牺牲、幽香沁人的高贵品质。不仅如此，暗香还预示着变法无可估量的社会功效，于国于民的好处将像清淡梅香那样，暗暗送来，经久不衰。

登飞来峰

［宋］王安石

飞来峰上千寻塔，闻说鸡鸣见日升。

不畏浮云遮望眼，自缘身在最高层。

【鉴赏】

宋仁宗皇祐二年（1050）夏天，诗人在浙江鄞县知县任满回江西临川故里，途经杭州时，写下此诗。此时诗人只有三十岁，正值壮年，心怀壮志，正好借登飞来峰一抒胸臆，表达宽阔情怀。

这首诗反映了诗人为实现自己的政治抱负而勇往直前、无所畏惧的进取精神。诗的第一句，诗人用“千寻”这一夸张的词语，借写峰上古塔之高，写出自己的立足点之高。诗的第二句，巧妙地虚写出在高塔上看到的旭日东升的辉煌景象，表现出诗人朝气蓬勃、胸怀改革大志、对前途充满信心，成为全诗感情色彩的基调。诗的后两句承接前两句写景议论抒情，使诗歌既有生动的形象又有深刻的哲理。古人常有浮云蔽日、邪臣蔽贤的忧虑，而诗人却加上“不畏”二字，表现了诗人在政治上高瞻远瞩、不畏奸邪的勇气和决心。

该诗在描写景物中，含有深刻的理趣：人不能只为眼前的利益，应该放眼大局和长远。人们之所以被事物的假象所迷惑，是因为没有全面、客观、正确地观察事物，认识事物。全诗四句二十八字，包含的思想内容极其丰富，寓抽象义理于具体事物之中，作者的政治思想抱负和对前途充满信心的神情状态，都得到了充分反映。这首诗阐发哲理的主要特点是“哲理的诗化，诗化的哲理”。

叠题乌江亭

[宋]王安石

百战疲劳壮士哀，中原一败势难回。

江东子弟今虽在，肯与君王卷土来？

【鉴赏】

宋仁宗至和元年(1054)秋，王安石舒州通判任满赴京途经乌江亭所在地和州(今安徽和县)，针对杜牧的《题乌江亭》中的议论，写了这首《乌江亭》。

这首诗从政治家的冷静分析入手，以楚汉战争发展的客观形势为依据，对项羽不可能卷土重来的结局进行理性判断，显示了政治家的果敢和睿智。杜牧在他的《题乌江亭》中写道：“胜败兵家事不期，包羞忍耻是男儿。江东子弟多才俊，卷土重来未可知。”意思是批评项羽胸襟不够宽广，如果项羽能够再回江东重整旗鼓的话，说不定还可以卷土重来。而王安石则根据自己的理解，认为项羽的失败已成定局，即便是江东子弟还在，项羽也不可能再带领江东子弟卷土重来，因为他们不一定再肯为战争卖命了。杜、王的观点不同是因为他们的出发点和立场不同。杜牧着眼于宣扬不怕失败的精神，是借题发挥，是诗人咏史；王安石则审时度势，指出项羽败局已定，势难挽回，反驳了杜牧的论点，是政治家的咏史。诗中最后的反问道出了历史的残酷与人心向背的变幻莫测，也体现出王安石独到的政治眼光。如果说杜牧是为项羽翻案，那么王安石则是为历史本身翻案。王安石的诗，十分辛辣冷峻，但却抓住了人心向背是胜败的关键这个根本，可以说是一针见血。

莺梭

[宋]刘克庄

掷柳迁乔太有情，交交时作弄机声。

洛阳三月花如锦，多少工夫织得成。

【鉴赏】

这首诗描写了农历三月期间，洛阳花开似锦的美好春光。全诗中没有一个春字，而洛阳春天锦绣一样的美丽景色却跃然纸上。诗的前两句将黄莺迅速飞行和鸣叫声与织布时梭子联系起来，比喻奇特而贴切。后两句奇峰突起，由黄莺如梭而联想到洛阳那繁花似锦的大好春光，莫非由飞来飞去的黄莺所织成。这首诗真情寓真景，显得轻松，恰到好处，反映了作者对美丽春光的赞叹和无限爱惜的感情，与南宋统治者对沦陷区河山的漠然无情形成鲜明的对照。

这首诗善于用明暗的比喻，把柳莺的飞下飞上喻为莺梭，把它的“交交”鸣叫声喻作机声，把洛阳盛开的花儿喻作锦绣，这些比喻形象、生动、传神。

送春

[宋]王令

三月残花落更开，小檐日日燕飞来。

子规夜半犹啼血，不信东风唤不回。

【鉴赏】

王令（1032—1059 年）北宋诗人，初字钟美，后改字逢原。原籍元城（今河北大名）。5 岁丧父母，随其叔祖王乙居广陵（今江苏扬州）。长大后在天长、高邮等地以教学为生，有治国安民之志。王安石对其文章和为人皆甚推重。有《广陵先生文章》《十七史蒙求》。

这是一首以送春为主题的诗，写暮春三月的景象，但却一改那种惜春伤感的情调，表现了积极进取、奋斗不息的人生追求。前两句写景为主，后两句由景生情，抒发了自己的生活态度和追求。全诗前两句“三月残花落更开，小檐日日燕飞来”写暮春时节的景象和诗人的感受，后两句“子规夜半犹啼血，不信东风唤不回”以拟人的手法来写了杜鹃鸟，表现了诗人留恋春天的情怀，表达竭尽全力留住美好时光的意愿，既表达珍惜的心情，又表现了诗人顽强进取、执着追求美好未来的坚定的信念和乐观的精神。

三衢道中

[宋]曾几

梅子黄时日日晴，小溪泛尽却山行。

绿荫不减来时路，添得黄鹂四五声。

【鉴赏】

曾几(1085—1166年)中国南宋诗人。字吉甫，自号茶山居士。其先赣州(今江西赣县)人，徙居河南府(今河南洛阳)。历任江西、浙西提刑、秘书少监、礼部侍郎。曾几学识渊博，勤于政事。他的学生陆游替他作《墓志铭》，称他“治经学道之余，发于文章，雅正纯粹，而诗尤工。”后人将其列入江西诗派。其诗多属抒情遣兴、唱酬题赠之作，娴雅清淡。五、七言律诗讲究对仗自然，气韵舒畅。

曾几是一位旅游爱好者。这首诗是他游浙江衢州三衢山时写的，抒写诗人对旅途风物的新鲜感受。诗写初夏时宁静的景色和诗人山行时轻松愉快的心情。首句写出行时间，次句写出行路线，第三句写绿荫那美好的景象仍然不减登山时的浓郁，第四句写黄莺声，路边绿林中又增添了几声悦耳的黄莺的鸣叫声，为三衢山的道中增添了无穷的生机和意趣。全诗明快自然，极富生活韵味。

全诗全用景语，浑然天成，描绘了浙西山区初夏的秀丽景色，虽然没有谱写自己的感情，却在景物的描绘中楔入了自己愉快欢悦的心情。诗还有个特点，就是通过对比融入感情。诗将往年阴雨连绵的黄梅天与眼下的晴朗对比，将来时的绿树及山林的幽静与眼前的绿树与黄莺叫声对比，于是产生了起伏，引出了新意。

四时田园杂兴·其三十一

[宋]范成大

昼出耘田夜绩麻，村庄儿女各当家。

童孙未解供耕织，也傍桑阴学种瓜。

【鉴赏】

这首诗描写农村夏日生活中的一个场景。首句是说：白天下田去除草，晚上搓麻线。“耘田”即除草。初夏，水稻田里秧苗需要除草了，这是男人们干的活。“绩麻”是指妇女们在白天干完别的活后，晚上就搓麻线，再织成布。这句直接写劳动场面。次句“儿女”即男女，全诗用老农的口气，“儿女”也就是指年轻人。“当家”指男女都不得闲，各司其事，各管一行。第三句“童孙”指那些孩子们，他们不会耕也不会织，却也不闲着。他们从小耳濡目染，于是“也傍桑阴学种瓜”，也就在茂盛成荫的桑树底下学种瓜。这是农村中常见的现象，却颇有特色。结句表现了农村儿童的天真情趣。诗人用清新的笔

调，对农村初夏时的紧张劳动气氛作了较为细腻的描写，读来逸趣横生。

过零丁洋

［宋］文天祥

辛苦遭逢起一经，干戈寥落四周星。
山河破碎风飘絮，身世浮沉雨打萍。
惶恐滩头说惶恐，零丁洋里叹零丁。
人生自古谁无死，留取丹心照汗青。

【鉴赏】

这首诗当作于宋祥兴二年(1279年)。公元宋祥兴元年(1278年)，文天祥在广东海丰北五坡岭兵败被俘，押到船上，次年过零丁洋时作此诗。被押解至崖山后，张弘范逼迫他写信招降固守崖山的张世杰、陆秀夫等人，文天祥出示此诗以明志。

全诗表现了慷慨激昂的爱国热情和视死如归的高风亮节，以及舍生取义的人生观，是中华民族传统美德的崇高表现。此诗前二句，诗人回顾平生；中间四句紧承“干戈寥落”，明确表达了作者对当前局势的认识；末二句是作者对自身命运的毫不犹豫的选择。在最后一句由悲而壮、由郁而扬，迸发出“人生自古谁无死，留取丹心照汗青”的诗句，慷慨激昂、掷地有声，以磅礴的气势、高亢的语调显示了诗人的民族气节和舍生取义的生死观。

石灰吟

［明］于谦

千锤万凿出深山，烈火焚烧若等闲。
粉骨碎身浑不怕，要留清白在人间。

【鉴赏】

于谦(1398—1457)，字廷益，号节庵，官至少保，世称于少保。汉族，明朝浙江杭州钱塘县人。谥曰忠肃。有《于忠肃集》。于谦与岳飞、张煌言并称“西湖三杰”。

相传有一天，于谦走到一座石灰窑前，观看师傅煅烧石灰。只见一堆堆青黑色的山石，经过烈火焚烧之后，都变成了白色的石灰。于谦深有感触，便吟出了《石灰吟》这首脍炙人口的诗篇。据说此时的于谦才十二岁，他写下这首诗不只是石灰形象的写照，更是他日后的人生追求。

这是一首托物言志诗。作者以石灰作比喻，表达自己为国尽忠、不怕牺牲的意愿和坚守高洁情操的决心。这首诗的价值就在于处处以石灰自喻，咏石灰即是咏自己磊落的襟怀和崇高的人格。首句“千锤万凿出深山”是形容开采石灰石很不容易。次句中“烈火焚烧”是指烧炼石灰石,加“若等闲”三字,又似乎还象征着志士仁人无论面临着怎样严峻的考验,都从容不迫、视若等闲。第三句“粉身碎骨”极形象地写出将石灰石烧成石灰粉,而“全不怕”三字又使我们联想到其中可能寓有不怕牺牲的精神。至于最后一句“要留清白在人间”,更是作者在直抒情怀,立志要做纯洁清白的人。

第二节 词作鉴赏

渔歌子·西塞山前白鹭飞

[唐]张志和

西塞山前白鹭飞,桃花流水鳜鱼肥。

青箬笠,绿蓑衣,斜风细雨不须归。

【鉴赏】

唐代宗大历七年(772)九月,颜真卿任湖州刺史,次年到任。张志和驾舟往谒,时值暮春,桃花水涨,鳜鱼水美,他们即兴唱和,张志和首唱,作词五首,这首词是其中之一。

词中描写了江南水乡春汛时的山光水色和怡情悦性的渔人形象。首句,点明地点,白鹭是自由、闲适的象征,写白鹭自在地飞翔,衬托渔父的悠闲自得。第二句,点出江南水乡最美好的季节,显现了暮春西塞山前的湖光山色,渲染了渔父的生活环境。最后三句写的都是渔父,概括地叙述了渔夫捕鱼的生活,从渔翁头戴箬笠、身披蓑衣、在斜风细雨里欣赏春天水面的景物,可以体会到渔夫在捕鱼时的愉快心情。

此词在秀丽的水乡风光和理想化的渔人生活中,寄托了作者爱自由、爱自然的情怀。全词着色明丽,用语活泼,生动地表现了渔夫悠闲自在的生活情趣。这是一幅用诗写成的山水画,这是一首色彩明优意万千、脱离尘俗钓湖烟、思深韵远情融景、生活任行乐自然的抒情诗。

忆江南

[唐]白居易

江南好,风景旧曾谙。日出江花红胜火,春来江水绿如蓝。能不忆江南?

【鉴赏】

刘禹锡曾作《忆江南》词数首,是与白居易唱和的,所以他在小序中说:“和乐天春词,依《忆江南》曲拍为句。”此词在唐文宗开成二年(837)初夏作于洛阳,由此可推白居

易所作的三首词也应在开成二年初夏。

白居易曾经担任杭州刺史，在杭州待了两年，后来又担任苏州刺史，任期也一年有余。当他因病卸任苏州刺史，回到洛阳后十二年，他六十七岁时，写下了三首《忆江南》，可见江南胜景仍在他心中栩栩如生。

本诗其第一首，总写对江南的回忆，作者选择了江花和春水，衬以日出和春天的背景，运用比喻和映衬的手法，生动地描绘出江南春意盎然的大好景象。全词五句，泛忆江南，兼包苏、杭，写春景。头两句抚今追昔，身在洛阳，神驰江南；中间两句以无限深情，追忆最难忘的江南往事；结句则又回到眼前，希冀那些美好的记忆有一天能够变成活生生的现实。因此，整首词不过寥寥数十字，却从许多层次上吸引读者进入角色，想象主人公今昔南北所经历的各种情境，体验主人公今昔南北所展现的各种精神活动，从而获得寻味无穷的审美享受。

虞美人

[五代]李煜

春花秋月何时了？往事知多少。小楼昨夜又东风，故国不堪回首月明中。

雕栏玉砌应犹在，只是朱颜改。问君能有几多愁，恰似一江春水向东流。

【鉴赏】

《虞美人》是李煜的代表作，也是李后主的绝命词，为北宋太宗太平兴国三年(978)所作，是时李煜归宋已近三年。开宝八年(975)，宋军攻破南唐都城金陵，李煜奉表投降，南唐灭亡。相传他于自己生日(七月七日)之夜(“七夕”)，在寓所命歌妓作乐，唱新作《虞美人》词，声闻于外。宋太宗闻之大怒，命人赐药酒，将他毒死。这首词通过今昔交错对比，表现了一个亡国之君的无穷的哀怨。

词作前六句，词人竭力将美景与悲情、往昔与当今、景物与人事的对比融为一体，尤其是通过自然的永恒和人事的沧桑的强烈对比，把蕴蓄于胸中的悲愁悔恨曲折有致地倾泻出来，凝成最后的千古绝唱——“问君能有几多愁？恰似一江春水向东流”。诗人先用发人深思的设问，点明抽象的本体“愁”，接着用生动的喻体奔流的江“水”作答。用满江的春水来比喻满腹的愁恨，极为贴切形象，不但显示了愁恨的悠长长远，而且显示了愁恨的汹涌翻腾，充分体现出奔腾中的感情所具有的力度和深度。

蝶恋花

[宋]柳永

伫倚危楼风细细，望极春愁，黯黯生天际。草色烟光残照里，无言谁会凭阑意。

拟把疏狂图一醉，对酒当歌强乐还无味。衣带渐宽终不悔，为伊消得人憔悴。

【鉴赏】

这是一首怀人之作。词人把漂泊异乡的落魄感受，同怀念意中人的缠绵情思结合在一起写，采用“曲径通幽”的表现方式，抒情写景，感情真挚。

这首词开头三句是说，我长时间倚靠在高楼的栏杆上，微风拂面一丝丝一细细，望不尽的春日离愁，沮丧忧愁从遥远无边的天际升起。全词只有首句是叙事，其余全是抒情。后两句写主人公的孤单凄凉之感，因为没有人理解他登高远望的心情，所以他默默无言。有“春愁”又无可诉说，这虽然不是“春愁”本身的内容，却加重了“春愁”的愁苦滋味。下片前三句是说，打算把放荡不羁的心情给灌醉，举杯高歌勉强欢笑反而觉得毫无意味。末两句是说，我日渐消瘦下去却始终不感到懊悔，宁愿为她消瘦的精神萎靡神色憔悴。作者心甘情愿地被春愁所折磨，即使形容渐渐憔悴、瘦骨伶仃，也是值得的，也绝不后悔。直到词的最后一句才一语破的：“为伊消得人憔悴”——原来是为了她！

这首词妙在紧扣“春愁”即“相思”，却又迟迟不肯说破，只是从字里行间向读者透露出一些消息，眼看要写到了，却又煞住，调转笔墨，如此影影绰绰，扑朔迷离，千回百折，直到最后一句，才使真相大白。在词的最后两句相思感情达到高潮的时候，戛然而止，激情回荡，又具有很强的感染力。

望海潮

[宋]柳永

东南形胜，三吴都会，钱塘自古繁华。烟柳画桥，风帘翠幕，参差十万人家。云树绕堤沙，怒涛卷霜雪，天堑无涯。市列珠玑，户盈罗绮，竞豪奢。

重湖叠巘清嘉。有三秋桂子，十里荷花。羌管弄晴，菱歌泛夜，嬉嬉钓叟莲娃。千骑拥高牙，乘醉听箫鼓，吟赏烟霞。异日图将好景，归去凤池夸。

【鉴赏】

这首词写的是杭州的富庶与美丽。艺术构思上匠心独运，以点带面，明暗交叉，铺叙晓畅，形容得体，一反柳永惯常的风格，以大开大阖、波澜起伏的笔法，浓墨重彩地铺叙展现了杭州的繁荣、壮丽景象。此词慢声长调和所抒之情起伏相应，音律协调，情致婉转，是柳永的一首传世佳作。

上片从各个方面描写杭州之形胜与繁华。首先点出杭州位置的重要、历史的悠久，揭示出所咏主题。“烟柳画桥”写街巷河桥的美丽；“风帘翠幕”写居民住宅的雅致；“参差十万人家”表现出整个都市户口的繁庶；“云树”三句写钱塘江堤上树木郁苍；“怒涛”

二句，写钱塘江水的澎湃与浩荡；“市列”三句写市场的繁荣、市民的殷富；“竞豪奢”写肆间商品琳琅满目，反映了杭州这个繁华都市穷奢极欲的一面。词的下片重点描写西湖的湖山之美，词人先用“清嘉”二字概括，接下去写山上的桂子、湖中的荷花。这两种花也是代表杭州的典型景物。“羌管弄晴，菱歌泛夜”，生动地描绘了一幅国泰民安的游乐图卷。接着词人写达官贵人在此游乐的场景。

《望海潮》词调始见于《乐章集》，为柳永所创的新声。据说“此词流播，金主亮闻歌，欣然有慕于‘三秋桂子，十里荷花’，遂起投鞭渡江之志。近时谢处厚诗云：‘谁把杭州曲子讴？荷花十里桂三秋。那知卉木无情物，牵动长江万里愁！’”（《鹤林玉露》）

江城子·密州出猎

［宋］苏轼

老夫聊发少年狂，左牵黄，右擎苍。锦帽貂裘，千骑卷平冈。为报倾城随太守，亲射虎，看孙郎。

酒酣胸胆尚开张，鬓微霜，又何妨！持节云中，何日遣冯唐？会挽雕弓如满月，西北望，射天狼。

【鉴赏】

这首词是苏轼于熙宁八年（1075）在密州作的一首记射猎的词，它被誉为苏轼最早的一首豪放词。本词通过描写一次出猎的壮观场面，借历史典故抒发了作者杀敌为国的雄心壮志，体现了为国效力抗击侵略的豪情壮志，并委婉地表达了期盼得到朝廷重用的愿望。苏轼因此词有别于“柳七郎（柳永）风味”而颇为得意。他曾致书信于子骏表达这种自喜：“近却颇作小词，虽无柳七郎风味，亦自是一家，数日前猎于郊外，所获颇多。作得一阕，令东州壮士抵掌顿足而歌之，吹笛击鼓以为节，颇壮观也。”

全词可分为上下两阕，字里行间都洋溢着豪放的思想。上阕主要描写出猎的盛况，展现出了一幅气势磅礴的出猎图，表现了出猎者威武豪迈的气概；下阕由实入虚，就个人情绪抒发感怀。苏轼由出猎联想到国事，联想到自己怀才不遇、壮志难酬的处境，借用典故，表达了自己渴望一展抱负、杀敌报国、建功立业的雄心壮志，勾勒了一个挽弓劲射的英雄形象，英武豪迈，气概非凡，展现出了一幅赤胆忠诚的报国图。

此作是千古传诵的东坡豪放词代表作之一。词中写出猎之行，抒兴国安邦之志，拓展了词境，提高了词品，扩大了词的题材范围，为词的创作开创了崭新的道路。后又作出利箭射向敌人这种出人意料的结局，利用巧妙的艺术构思，把记叙出猎的笔锋一转，自然地表现出了他志在杀敌卫国的政治热情和英雄气概。作品融叙事、言志、用典为一体，调动各种艺术手段形成豪放风格，多角度、多层次地从行动和心理上表现了作者宝刀未老、志在千里的英风与豪气。

望江南·超然台作

[宋]苏轼

春未老,风细柳斜斜。试上超然台上望,半壕春水一城花。烟雨暗千家。

寒食后,酒醒却咨嗟。休对故人思故国,且将新火试新茶。诗酒趁年华。

【鉴赏】

此词作于宋神宗熙宁九年(1076)暮春。朱孝臧校注《东坡乐府》纪年录:“乙卯,于超然台作望江南。”熙宁七年(1074)秋,苏轼由杭州移守密州(今山东诸城)。次年八月,他命人修葺城北旧台,并由其弟苏辙题名“超然”,取《老子》“虽有荣观,燕处超然”之义。苏轼《超然台记》谓:“移守胶西,处之期年。园之北,因城以为台者旧矣。稍葺而新之,时相与登览,放意肆志焉。”熙宁九年(1076)暮春,苏轼登超然台,眺望春色烟雨,触动乡思,写下了此词。

这首豪迈与婉约相兼的词,通过春日景象和作者感情、神态的复杂变化,表达了词人豁达超脱的襟怀和“用之则行,舍之则藏”的人生态度。词的上片写登台时所见暮春时节的郊外景色,有“以乐景衬哀情”的成分,寄寓作者对有家难回、有志难酬的无奈与怅惘。下片写情,乃触景生情,与上片所写之景关系紧密。作者为摆脱思乡之苦,借煮茶来作为对故国思念之情的自我排遣,既隐含着词人难以解脱的苦闷,又表达出词人解脱苦闷的自我心理调适。

这首词情由景发,情景交融。词中浑然一体的斜柳、楼台、春水、城花、烟雨等暮春景象,以及烧新火、试新茶的细节,细腻、生动地表现了作者细微而复杂的内心活动,表达了游子炽烈的思乡之情。词作将写异乡之景与抒思乡之情结合得如此天衣无缝,足见作者艺术功力之深。

水调歌头

[宋]苏轼

明月几时有?把酒问青天。不知天上宫阙,今夕是何年。我欲乘风归去,又恐琼楼玉宇,高处不胜寒。起舞弄清影,何似在人间。

转朱阁,低绮户,照无眠。不应有恨,何事长向别时圆?人有悲欢离合,月有阴晴圆缺,此事古难全。但愿人长久,千里共婵娟。

【鉴赏】

这首词是宋神宗熙宁九年(1076)中秋作者在密州时所作。词前的小序交代了写词

的过程:“丙辰中秋,欢饮达旦,大醉。作此篇,兼怀子由。”苏轼因为与当权的变法者王安石等人政见不同,自求外放,辗转在各地为官。他曾经要求调任到离苏辙较近的地方为官,以求兄弟多多聚会。熙宁七年(1074)苏轼差知密州。到密州后,这一愿望仍无法实现。这年的中秋,皓月当空,银辉遍地,词人与胞弟苏辙分别之后,已七年未得团聚。此刻,词人面对一轮明月,心潮起伏,于是乘酒兴正酣,挥笔写下了这首名篇。

全词运用形象的描绘和浪漫主义的想象,紧紧围绕中秋之月展开描写、抒情和议论,勾勒出一种皓月当空、亲人千里、孤高旷远的境界氛围。从天上与人间、月与人、空间与时间这些相联系的范畴进行思考,把自己对兄弟的感情升华到探索人生乐观与不幸的哲理高度,表达了作者乐观旷达的人生态度和对生活的美好祝愿、无限热爱。上片表现词人由超尘出世到热爱人生的思想活动,侧重写天上。先写诗人把酒问月,是对明月产生的疑问、进行的探索,气势不凡,突兀挺拔,再写词人对月宫仙境产生的向往和疑虑,寄寓着作者出世、入世的双重矛盾心理,后写词人的入世思想战胜了出世思想,表现了词人执着人生、热爱人间的感情。下片融写实为写意,化景物为情思,表现词人对人世间悲欢离合的解释,侧重写人间。笔法大开大合,笔力雄健浑厚,高度概括了人间天上、世事自然中错综复杂的变化,表达了作者对美好、幸福的生活的向往,既富于哲理,又饱含感情。

从艺术成就上看,此篇构思奇拔,蹊径独辟,极富浪漫主义色彩,是历来公认的中秋词中的绝唱。全词设景清丽雄阔,立意高远,构思新颖,意境清新如画,情韵兼胜,境界壮美,典型地体现出苏词清雄旷达的风格。

念奴娇·赤壁怀古

[宋]苏轼

大江东去,浪淘尽,千古风流人物。故垒西边,人道是,三国周郎赤壁。乱石穿空,惊涛拍岸,卷起千堆雪。江山如画,一时多少豪杰。

遥想公瑾当年,小乔初嫁了,雄姿英发。羽扇纶巾,谈笑间,樯橹灰飞烟灭。故国神游,多情应笑我,早生华发。人生如梦,一樽还酹江月。

【鉴赏】

这首词是宋神宗元丰五年(公元1082年)苏轼谪居黄州时所写,当时作者四十五岁,因“乌台诗案”被贬黄州已两年余。苏轼由于诗文讽喻新法,为新派官僚罗织论罪而被贬,心中有无尽的忧愁无从述说,于是四处游山玩水以放松情绪。正巧来到黄州城外的赤壁(鼻)矶,此处壮丽的风景使作者感触良多,更是让作者在追忆当年三国时期周瑜无限风光的同时,也感叹时光易逝,因写下此词。

《念奴娇》词分上下两阕。上阕咏赤壁,着重写景,为描写人物作烘托。下阕着重写人,借对周瑜的仰慕,抒发自己功业无成的感慨。作者吊古伤怀,想古代豪杰,借古传颂之英雄业绩,思自己历遭之挫折。不能建功立业,壮志难酬,词作抒发了他内心忧愤的情怀。

词的主旋律感情激荡,气势雄壮,全词借古抒怀,将写景、咏史、抒怀融为一体,借咏史用豪壮的情调书写胸中块垒,抒发了词人对昔日英雄人物的无限怀念和敬仰之情,以及词人对自己坎坷人生的感慨之情。

浪淘沙

[宋]欧阳修

把酒祝东风,且共从容。垂杨紫陌洛城东。总是当时携手处,游遍芳丛。

聚散苦匆匆,此恨无穷。今年花胜去年红。可惜明年花更好,知与谁同?

【鉴赏】

欧阳修入仕初期三年西京留守推官的生涯,不仅使他文名鹊起,而且与梅尧臣、尹洙等结下了深厚的友情,而洛阳东郊的旖旎芳景便是他们友谊的见证。公元1032年(明道元年)春,梅尧臣由河阳(今河南省孟州市)入洛,与欧阳修把酒言欢,重游故地,曾写下《再至洛中寒食》和《依韵和欧阳永叔同游近郊》等诗,纪其游历之盛。欧阳修的这首《浪淘沙》或作于同一时期,词中同游之人则很可能就是梅尧臣。

这是一首惜春忆春、伤时惜别的小词,抒发了人生聚散无常的感叹。上片回忆当年众好友洛城赏花的欢快场面,表现了词人纵情游赏的潇洒自在,借景抒情,深化了词的意境,使感情愈加真挚。第一句写春游宴饮之乐、洛城景色之美,大家团聚游玩机会的珍贵。“洛城东”交代地点,“紫陌”是洛阳的特色。“垂杨”同“东风”连在一起,使读者看到的不再是静止的单景,而是动感的画面。最后两句表明,这些当年游赏的地方,而今也要游遍。下片慨叹人世无常、聚散匆匆,抒写了词人惆怅失落的感伤之情。开始两句是一个转折,发出“此恨无穷”喟叹的岂止是词人自己。面对人生的聚散,谁都难免惆怅。后面的三句写词人心中的苦楚,以美景衬哀情,反差强烈,“以乐景写哀情”,别出心裁,含蓄深沉。全词语言凝练,婉丽隽永,含蕴深刻,耐人寻味。

玉楼春

[宋]欧阳修

尊前拟把归期说,欲语春容先惨咽。人生自是有情痴,此恨不关风与月。

离歌且莫翻新阕,一曲能教肠寸结。直须看尽洛城花,始共春风容易别。

【鉴赏】

这首词道离情,写作于景祐元年(1034)春三月欧阳修西京留守推官任满离洛之际。

此词咏叹离别,于伤别中蕴含平易而深刻的人生体验。上片,尊前伤别,芳容惨咽,而转入人生的沉思:“人生自是有情痴,此恨不关风与月。”中天明月、楼台清风原本无情,与人事了无关涉,只因情痴人眼中观之,遂皆成伤心断肠之物,所谓“情之所钟,正在我辈”。下片,离歌一曲,愁肠寸结,离别的忧伤极哀极沉,却于结处扬起:“直须看尽洛城花,始共春风容易别。”只有饱尝爱恋的欢娱,分别才没有遗憾,正如同赏看尽洛阳牡丹,才容易送别春风归去,将人生别离的深情推宕为放怀遣性的疏放。当然,这豪宕放纵仍难托尽悲沉,花毕竟有“尽”,人终是要“别”,词人只是以遣玩的意兴暂时挣脱伤别的沉重罢了。

这种豪兴正是欧阳修词风格中的一个最大的特色,此词明明蕴含有很深重的离别的哀伤与春归的惆怅,然而他却偏偏在结尾中写出了豪宕的句子,在豪宕之中又实在隐含了沉重的悲慨。所以王国维在《人间词话》中论及欧词此数句时,乃谓其“于豪放之中有沉着之致,所以尤高”。

卜算子·咏梅

[宋]陆游

驿外断桥边,寂寞开无主。已是黄昏独自愁,更著风和雨。

无意苦争春,一任群芳妒。零落成泥碾作尘,只有香如故。

【鉴赏】

陆游一生主张坚决抗金、收复中原,因此为统治集团中求和派所压制。创作本词时陆游正处在人生的低谷,主战派被排挤压迫,士气低落,这首咏梅词,其实也是陆游自己的咏怀之作。陆游一生酷爱梅花,写有大量歌咏梅花的诗,歌颂梅花傲霜雪、凌寒风、不畏强暴、不羡富贵的高贵品格,梅花在他的笔下成了一种坚贞不屈的形象的象征,诗所塑造的梅花形象正是诗人一生对恶势力不懈的抗争精神和对理想坚贞不渝的品格的形象写照。

上片首二句说梅花开在驿外野地,不在金屋玉堂,不属达官贵人所有。后二句说梅花的遭遇:在凄风苦雨摧残中开放,它植根的地方,是荒凉的驿亭外面,断桥旁边。写梅花的遭遇,也是作者自写被排挤的政治遭遇。下片写梅花的品格:说他不与群芳争春,任群芳猜忌一任百花嫉妒,却无意与它们争春斗艳。即使凋零飘落,成泥成尘,却依旧保持着清香。我们读他这首词,联系他的政治遭遇,可以看出词中所写的梅花是他高洁的品格的化身。

青玉案·元夕

[宋]辛弃疾

东风夜放花千树,更吹落、星如雨。宝马雕车香满路。凤箫声动,玉壶光转,一夜鱼龙舞。

蛾儿雪柳黄金缕,笑语盈盈暗香去。众里寻他千百度,蓦然回首,那人却在,灯火阑珊处。

【鉴赏】

这首词作于南宋淳熙元年(1174)或淳熙二年(1175)。当时,强敌压境,国势日衰,而南宋统治阶级却沉湎于歌舞享乐,以粉饰太平。洞察形势的辛弃疾,欲补天穹,却恨无路请缨。他满腔激情、怨恨,交织成了这幅元夕求索图。本词表面极写元宵节灯火辉煌、万人彻夜狂欢的场面,讽刺南宋统治者只知沉醉于歌舞升平,而不思复国。词中繁华的景象,衬托出一位自怜幽独、脱俗不群的美人形象,从中表现了词人唯我独醒、不随波逐流的清高品格。

全词采用对比手法,上阕极写花灯耀眼、乐声盈耳的元夕盛况,下阕着意描写主人公在好女如云之中寻觅一位立于灯火零落处的孤高女子,便是寄托着作者理想人格的化身。"众里寻他千百度,蓦然回首,那人却在,灯火阑珊处。"王国维把这种境界称之为成大事业者、大学问者的第三种境界,确是大学问者的真知灼见。作为一首婉约词,本词构思精妙,语言精致,含蓄婉转,余味无穷。

菩萨蛮·书江西造口壁

[宋]辛弃疾

郁孤台下清江水,中间多少行人泪?西北望长安,可怜无数山。青山遮不住,毕竟东流去。江晚正愁余,山深闻鹧鸪。

【鉴赏】

辛弃疾此首《菩萨蛮》,用极高明之比兴艺术,写极深沉之爱国情思,无愧为词中瑰宝。此词写作者登郁孤台(今江西省赣州市城区西北部贺兰山顶)远望,"借水怨山",抒发国家兴亡的感慨。上片寓情于景,写登台远望时由眼前景物引出历史回忆,抒发家国沦亡之创痛和收复无望的悲愤;下片借景生情,写出了对祖国的无限思念,以江水为喻,抒发了抗敌复国的决心和壮志难酬的苦闷。

全词表达对朝廷苟安江南的不满和自己一筹莫展的愁闷,却是淡淡叙来,不瘟不火,以极高明的比兴手法,表达了蕴藉深沉的爱国情思,艺术水平高超,堪称词中瑰宝。

全词从抒情结构上呈现出抑、扬、抑、扬、抑的格局，大开大阖，起伏顿挫，间法亦妙极。全词一片神行又潜气内转，兼有神理高绝与沉郁顿挫之美，在词史上完全可与李太白同调词相媲美。

清平乐·村居

［宋］辛弃疾

茅檐低小，溪上青青草。醉里吴音相媚好，白发谁家翁媪？

大儿锄豆溪东，中儿正织鸡笼。最喜小儿无赖，溪头卧剥莲蓬。

【鉴赏】

此词是辛弃疾闲居带湖期间所作。由于辛弃疾始终坚持抗金的政治主张，一直遭受当权投降派的排斥和打压。从四十三岁起，他长期未得任用。所以他在隐居中更加关注农村生活，写下了大量的闲适词和田园词。这首《清平乐·村居》就是其中之一。

上阙描写春日农村秀丽、恬静、富有生机的景致，农村草屋旁一对白发翁媪闲坐饮酒的场景，下阙描绘了茅舍一家五口幸福、和谐的生活图景，分别描绘了大儿子在豆地里锄草、二儿子在家编织鸡笼、三儿子趴在溪边剥吃莲蓬的景象。诗人将茅檐、小溪、青草等农村中司空见惯的东西组合在一个画面里，却显得格外清新优美，展现出一片生机勃勃、和平宁静、朴素安适的农村生活。

本词不仅描写了清新优美的农村景象与农村和平宁静、朴素安适的生活，从作者对农村清新秀丽、朴素雅静的环境描写，对翁媪及其三子形象的刻画，还可以看出词人对农村和平宁静、朴素安适的农村生活的喜爱与向往之情。

永遇乐·京口北固亭怀古

［宋］辛弃疾

千古江山，英雄无觅，孙仲谋处。舞榭歌台，风流总被雨打风吹去。斜阳草树，寻常巷陌，人道寄奴曾住。想当年，金戈铁马，气吞万里如虎。

元嘉草草，封狼居胥，赢得仓皇北顾。四十三年，望中犹记，烽火扬州路。可堪回首，佛狸祠下，一片神鸦社鼓。凭谁问，廉颇老矣，尚能饭否？

【鉴赏】

这首词写于宋宁宗开禧元年(1205)，辛弃疾当时已有六十六岁。当时韩侂胄执政，正积极筹划北伐，闲置已久的辛弃疾于前一年被起用为浙东安抚使。辛弃疾的意见没有引起南宋当权者的重视。一次他来到京口北固亭，心中感慨万千，于是写下了这首佳作。

作者是怀着深重的忧虑和一腔悲愤写这首词的，表达了诗人忧国忧民的思想和想报效国家的心情，以及怀才不遇的一种无奈。上片赞扬在京口建立霸业的孙权和率军北伐气吞胡虏的刘裕，表示要像他们一样金戈铁马为国立功。下片引用南宋刘义隆草率北伐、招致大败的历史事实，忠告抗金名将韩侂胄要吸取历史教训，不要鲁莽从事。接着词人用四十三年来抗金形势的变化，表示他收复中原的决心不变。结尾三句借廉颇自比，突现出词人报效国家的强烈愿望和对南宋不能进用人才的感慨。全词豪壮悲凉，义重情深，放射着爱国主义的思想光辉。词中用典贴切自然，紧扣题旨，增强了作品的说服力和意境美。

在这首词中用典虽多，然而这些典故却用得天衣无缝，恰到好处，所以就这首词而论，用典多并非辛弃疾的缺点，这首词正体现了他在语言艺术上的特殊成就。

如梦令·昨夜雨疏风骤

[宋]李清照

昨夜雨疏风骤，浓睡不消残酒。
试问卷帘人，却道海棠依旧。
知否，知否？应是绿肥红瘦。

【鉴赏】

这首词是李清照的早期作品。根据陈祖美编的《李清照简明年表》，此词作于公元宋哲宗元符三年(1100)前后。

李清照这首《如梦令》是“天下称之”的不朽名篇。这首小令，有人物，有场景，还有对白，充分显示了宋词的语言表现力和词人的才华。此词借宿酒醒后询问花事的描写，委婉地表达了作者怜花惜花的心情，充分体现出作者对大自然、对春天的热爱，也流露了内心的苦闷。全词篇幅虽短，但含蓄蕴藉，意味深长，以景衬情，委曲精工，轻灵新巧，对人物心理情绪的刻画栩栩如生，以对话推动词意发展，跌宕起伏，极尽传神之妙，显示出作者深厚的艺术功力。

武陵春·春晚

[宋]李清照

风住尘香花已尽，日晚倦梳头。物是人非事事休，欲语泪先流。
闻说双溪春尚好，也拟泛轻舟。只恐双溪舴艋舟，载不动、许多愁。

【鉴赏】

这首词是宋高宗绍兴五年(1135)李清照避难浙江金华时所作。其时金兵进犯，丈夫既已病故，家藏的金石文物也散失殆尽，作者孑然一身，在连天烽火中漂泊流寓，历尽世路崎岖和人生坎坷，处境凄惨，内心极其悲痛。这首词借暮春之景，写出了词人内心深处的苦闷和忧愁，塑造了一个孤苦凄凉环境中流荡无依的才女形象。

这首词上阕侧重于外形，下阕偏重于内心。上阙“日晚倦梳头”“欲语泪先流”是描摹人物的外部动作和神态，她日高方起，懒于梳理。“欲语泪先流”写泪，先以“欲语”作为铺垫，然后让泪夺眶而出，把那种难以控制的满腹忧愁一下子倾泻出来，感人肺腑。下阕着重挖掘内心感情，连用了“闻说”“也拟”“只恐”三组虚字，作为起伏转折的契机，一波三折，感人至深。刚还流泪，可是一听说双溪春光明媚、游人如织，遂起出游之兴，表现了词人一刹那间的喜悦心情。“只恐”以下两句，则是铺垫之后来一个猛烈的跌宕，使感情显得无比深沉。

全词一唱三叹，语言优美简练含蓄，意境有言尽而意不尽之美。艺术表现上的突出特点是巧妙运用多种修辞手法，特别是比喻，各具特色。“只恐双溪舴艋舟，载不动许多愁”将抽象的感情化为具体的形象，饶有新意。

浣溪沙·一曲新词酒一杯

[宋]晏殊

一曲新词酒一杯，去年天气旧亭台。夕阳西下几时回？

无可奈何花落去，似曾相识燕归来。小园香径独徘徊。

【鉴赏】

这是晏殊词中最为脍炙人口的篇章。此词虽含伤春惜时之意，却实为感慨抒怀之情。词之上片绾合今昔，叠印时空，重在思昔；下片则巧借眼前景物，重在伤今。全词语言圆转流利，通俗晓畅，清丽自然，意蕴深沉，启人神智，耐人寻味。

上阕中开头两句写对酒听歌的现境。作者边听边饮，这现境触发了对“去年”所经历类似境界的追忆，包蕴着一种景物依旧而人事全非的怀旧之感，又糅合着深婉的伤今之情。夕阳西下，是眼前景。但词人由此触发的，却是对美好景物情事的流连、对时光流逝的怅惘以及对美好事物重现的微茫的希望。下阕仍以融情于景的笔法申发前意。花的凋落、春的消逝、时光的流逝，都是不可抗拒的自然规律，虽然惋惜流连也无济于事，也有令人欣慰的重现，那翩翩归来的燕子不就是旧时相识吗？惋惜与欣慰的交织中，蕴含着某种生活哲理：一切必然要消逝的美好事物都无法阻止其消逝，但消逝的同时仍然有美好事物的再现，生活不会因消逝而变得一片虚无。“小园香径独徘徊”，即是说他独自一人在花间踱来踱去，心情无法平静。

蝶恋花·槛菊愁烟兰泣露

[宋]晏殊

槛菊愁烟兰泣露，罗幕轻寒，燕子双飞去。明月不谙离恨苦，斜光到晓穿朱户。

昨夜西风凋碧树，独上高楼，望尽天涯路。欲寄彩笺兼尺素，山长水阔知何处？

【鉴赏】

本词抒写伤离怀远之作，起句“槛菊愁烟兰泣露”，写秋晓庭圃中的景物，透露女主人公自己的哀愁。次句实际是写帘幕中人的感觉——不只是在生理上感到初秋的轻寒，而且在心理上也荡漾着因孤孑凄清而引起的寒意。燕的双飞，更反托出人的孤独。后两句埋怨明月不了解离恨之苦，这种仿佛是无理的埋怨，却正有力地表现了女主人公在离恨的煎熬中对月彻夜无眠的情景和外界事物所引起的惆怅。过片承上“到晓”，折回写今晨登高望远。碧树因一夜西风而尽凋，足见西风之劲厉肃杀。而后作者又出人意料地展现出一片无限广远寥廓的境界，使从主人公狭小的帘幕庭院的忧伤愁闷转向对广远境界的骋望。高楼骋望，不见所思，因而想到音书寄远，两句一纵一收，将主人公音书寄远的强烈愿望与音书无寄的可悲现实对照起来写，更加突出了“满目山河空念远”的悲慨，词也就在这渺茫无着落的怅惘中结束。

这首词上下片之间，在境界、风格上是有区别的。上片取景较狭，风格偏于柔婉；下片境界开阔，风格近于悲壮。但上片深婉中见含蓄，下片于广远中有蕴涵。

浣溪沙·一向年光有限身

[宋]晏殊

一向年光有限身，等闲离别易销魂，酒筵歌席莫辞频。

满目山河空念远，落花风雨更伤春，不如怜取眼前人。

【鉴赏】

这是《珠玉词》中的别调。大晏的词作，用语明净，下字修洁，表现出娴雅蕴藉的风格；而在本词中，作者却一变故常，取景甚大，笔力极重，格调遒上。抒写伤春怀远的情怀，深刻沉着，高健明快，而又能保持一种温婉的气象，使词意不显得凄厉哀伤，这是本词的一大特色。

这首词开头两句是说，人生是短暂的，离别是寻常的也是最使人伤心的。惜春光之易逝，感盛年之不再。次句加厚一笔。“等闲”二字，殊不等闲，具见词人之深于情。在短暂的人生中，别离是不止一次会遇到的，而每一回离别，都占去有限年光的一部分，这怎不令人“易销魂”呢？上片末句是说，酒宴歌舞就不要推辞了吧。对此，词人唯有强自宽解，痛苦是无益的，不如对酒当歌，自遣情怀吧。换头两语是说，若是登临之际，放眼辽阔的江山，徒然地怀念远别的亲友；就算是独处家中，看到风雨摧落了繁花，更令人感伤春光易逝。结句是说，与其徒劳地思念远方的亲友，因风雨摇落的花朵而伤怀，不如实际一些，珍惜眼前朋友的情谊。这也是词人对待生活的一种态度。

鹊桥仙

[宋]秦观

纤云弄巧，飞星传恨，银汉迢迢暗度。金风玉露一相逢，便胜却人间无数。

柔情似水，佳期如梦，忍顾鹊桥归路。两情若是久长时，又岂在朝朝暮暮。

【鉴赏】

绍圣四年(1097)七夕，秦观在郴州写下了这首《鹊桥仙》，这是一首咏七夕的节序词。起句展示七夕独有的抒情氛围，“巧”与“恨”，则将七夕人间“乞巧”的主题及“牛郎、织女”故事的悲剧性特征点明，练达而凄美。借牛郎织女悲欢离合的故事，歌颂坚贞诚挚的爱情。结句“两情若是久长时，又岂在朝朝暮暮”最有境界，揭示了爱情的真谛：爱情要经得起长久分离的考验，只要能彼此真诚相爱，即使终年天各一方，也比朝夕相伴的庸俗情趣可贵得多。

此词熔写景、抒情与议论于一炉，叙写牵牛、织女二星相爱的神话故事，赋予这对仙侣浓郁的人情味，讴歌了真挚、细腻、纯洁、坚贞的爱情。词中明写天上双星，暗写人间情侣。其抒情，以乐景写哀，以哀景写乐，倍增其哀乐，读来荡气回肠，感人肺腑。其议论，自由流畅，通俗易懂，却又显得婉约蕴藉，余味无穷。

浣溪沙

[宋]秦观

漠漠轻寒上小楼，晓阴无赖似穷秋。淡烟流水画屏幽。

自在飞花轻似梦，无边丝雨细如愁。宝帘闲挂小银钩。

【鉴赏】

这首词以轻浅的色调、幽渺的意境，描绘一个女子在春阴的清晨里所生发的淡淡哀愁和轻轻寂寞。全词意境怅静悠闲，含蓄有味，呈现出含蓄蕴藉、窈深幽约之美。

上片写天气与室内环境的凄清，通过写景渲染萧瑟的气氛，不言愁而愁自见。起首一句笔意轻灵，如微风拂面，为全词奠定了一种清冷的基调。随后一句强调“轻寒”。“无赖”二字暗指女主人公因为天气变化而生出丝丝愁绪。“淡烟”一句视角从室外转到室内，画屏之上，淡烟流水，让人不禁生出一丝淡淡的哀愁。下片写倚窗所见，转入对春愁的正面描写。见飞花之缥缈，不禁忆起残梦之无凭，心中顿时悠起的是细雨蒙蒙般茫无边际的愁绪。“自在飞花”,无情无思,格外惹人恼恨,而反衬梦之有情有思。最后,词以“宝帘闲挂小银钩”作结,尤觉摇曳多姿。

关河令·秋阴时晴渐向暝

[宋]周邦彦

秋阴时晴渐向暝,变一庭凄冷。伫听寒声,云深无雁影。

更深人去寂静,但照壁孤灯相映。酒已都醒,如何消夜永!

【鉴赏】

这是一首客旅之词。全词以时光的转换为线索,表现了深秋萧瑟清寒中作者因人去屋空而生的凄切孤独感。作者意在写心境、写情,但主要笔墨却是写环境,而白日萧瑟清寒的环境浸透了主人公的凄清之感,夜半沉寂冷落的环境更浸润了主人公的孤独感。这种凝练深沉的风格,与周邦彦小令词高华清丽的主流风格有所不同。

整首词中几乎一字一句均经过专门的推敲。可以说通篇虽皆平常字眼,但其中蕴含有深挚情思,这也是周邦彦词的一大妙处。全词取境典型,结句直接抒情。全词以时间为线索,章法缜密,构思严谨,意象鲜明,人与物、情与境,浑然融为一气,感情步步推进,格调清峭,情味淡永。

扬州慢·淮左名都

[宋]姜夔

淳熙丙申至日,予过维扬。夜雪初霁,荠麦弥望。入其城,则四顾萧条,寒水自碧,暮色渐起,戍角悲吟。予怀怆然,感慨今昔,因自度此曲。千岩老人以为有《黍离》之悲也。

淮左名都,竹西佳处,解鞍少驻初程。过春风十里,尽荠麦青青。自胡马窥江去后,废池乔木,犹厌言兵。渐黄昏,清角吹寒,都在空城。

杜郎俊赏,算而今重到须惊。纵豆蔻词工,青楼梦好,难赋深情。二十四桥仍在,波心荡,冷月无声。念桥边红药,年年知为谁生?

【鉴赏】

此词作于宋孝宗淳熙三年(1176),时作者二十余岁。宋高宗绍兴三十一年(1161),金主完颜亮南侵,江淮军败,中外震骇。完颜亮不久在瓜州为其臣下所杀。根据此前小序所说,淳熙三年,姜夔因路过扬州,目睹了战争洗劫后扬州的萧条景象,抚今追昔,悲叹今日的荒凉,追忆昔日的繁华,发为吟咏,以寄托对扬州昔日繁华的怀念和对今日山河破碎的哀思。

词人“解鞍少驻”的扬州，位于淮水之南，是历史上令人神往的“名都”，但经过金兵铁蹄蹂躏之后，如今是满目疮痍，只摄取了两个镜头：“过春风十里，尽荠麦青青”和满城的“废池乔木”。这种景物所引起的意绪，就是“犹厌言兵”。后三句由所见转写所闻，当日落黄昏之时，悠然而起的清角之声，打破了黄昏的沉寂，这是用音响来衬托寂静更增萧条的意绪，写出了为金兵破坏后留下这一座空城所引起的愤慨，写出了对宋王朝不思恢复，竟然把这一个名城轻轻断送的痛心，也写出了宋王朝就凭这样一座“空城”防边，如何不引起人们的忧心忡忡、哀深恨彻。词的下片，运用典故，进一步深化了“黍离之悲”的主题。昔日扬州城繁华，诗人杜牧留下了许多关于扬州城不朽的诗作。可是，假如这位多情的诗人今日再重游故地，他也必定会为今日的扬州城感到吃惊和痛心。扬州的名胜二十四桥仍然存在，水波荡漾，冷峻的月光下，四周寂籁无声。尽管那桥边的芍药花年年如期盛放，也很难有人有情思去欣赏它们的艳丽。词人用带悬念的疑问作为词篇的结尾，很自然地移情入景，今昔对比，催人泪下。

木兰花令·拟古决绝词柬友

[清]纳兰性德

人生若只如初见，何事秋风悲画扇。等闲变却故人心，却道故人心易变。

骊山语罢清宵半，泪雨霖铃终不怨。何如薄幸锦衣郎，比翼连枝当日愿。

【鉴赏】

词题说这是一首拟古之作，其所拟之《决绝词》本是古诗中的一种，是以女子的口吻控诉男子的薄情，从而表态与之决绝。用“决绝”这个标题，很可能就是写与初恋情人的绝交这样一个场景的。这首词确实也是模拟被抛弃的女性的口吻来写的。纳兰性德的这首拟作是借用汉唐典故而抒发“闺怨”之情。

这首词以一个女子的口吻，抒写了被丈夫抛弃的幽怨之情。词情哀怨凄婉，屈曲缠绵。“秋风悲画扇”是悲叹自己遭弃的命运，“骊山”之语暗指原来浓情蜜意的时刻，“夜雨霖铃”写像唐玄宗和杨贵妃那样的亲密爱人也最终肠断马嵬坡，“比翼连枝”出自《长恨歌》诗句，写曾经的爱情誓言已成为遥远的过去。而这“闺怨”的背后，似乎更有着深层的痛楚，“闺怨”只是一种假托。故有人认为此篇别有隐情，词人是用男女间的爱情为喻，说明与朋友也应该始终如一，生死不渝。

第三节 楹联鉴赏

一、孟昶写春联

孟昶是五代时期后蜀的皇帝,他掀起了书写春联的先河。中国人在春节时门前挂桃符已经有几千年的历史了,桃符上需要写上“神荼“和“郁垒”两尊神的名字。传说神荼和郁垒住在度朔山上,山上有一株曲蟠三千里的大桃树,万鬼出没于东北方的鬼门。神荼、郁垒撞见恶鬼,便把他们绑去喂虎。于是自春秋战国以来,人们便将神荼、郁垒当作“门神”,有了写着他们名字的桃符,大鬼小鬼就没法进来了。

孟昶在位时,喜欢让学士们拟定祈福迎祥词句,写在桃符上,挂在自己寝宫门的两侧。公元964年的春节,孟昶仍然因循旧例,让学士辛寅逊拟词。辛寅逊搜肠刮肚想出了两句好词,赶紧呈给孟昶看。可是孟昶看过以后,将他想好的句子扔在一边,很不满意。

辛寅逊吓得浑身颤抖,闪躲在一边,孟昶兴致高昂,提起笔来亲自在桃符上写了两句:

新年纳余庆;嘉节号长春。

这副楹联开创了中国近千年的贴春联的习俗,直到发展至“千门万户曈曈日,总把新桃换旧符”。

二、昆明大观楼联赏析

五百里滇池奔来眼底,披襟岸帻,喜茫茫空阔无边。看:东骧神骏,西翥灵仪,北走蜿蜒,南翔缟素。高人韵士何妨选胜登临。趁蟹屿螺洲,梳裹就风鬟雾鬓;更苹天苇地,点缀些翠羽丹霞。莫辜负:四围香稻,万顷晴沙,九夏芙蓉,三春杨柳。

数千年往事注到心头,把酒凌虚,叹滚滚英雄谁在?想:汉习楼船,唐标铁柱,宋挥玉斧,元跨革囊。伟烈丰功费尽移山心力。尽珠帘画栋,卷不及暮雨朝云;便断碣残碑,都付与苍烟落照。只赢得:几杵疏钟,半江渔火,两行秋雁,一枕清霜。

这副长联对仗工整,上联写滇池及周围风光景物,歌颂昆明大好河山及农民的辛勤耕耘。下联联想云南历史。孙髯翁的长联大约写于公元1765年,当时官场腐败,民不聊生,诗人有感而发;在写景的同时触景生情,抨击了封建王朝的统治。

三、泰山楹联赏析

泰山古称“岱宗”，是中国历史上唯一一座受过皇帝封禅的名山，它兼具古、丽、幽、妙，摩崖碑碣数不胜数，庙宇观堂满山遍布，山势壮丽。全山有古建筑群20多处，历史文化遗迹2000多处，历代文人雅士吟咏、题刻和碑记无数。

泰山楹联佳作甚多，楹联巨子梁章钜留下一副佳联：

揽月居然凌上界；

搴云更要莅齐州。

那是梁章钜在去吴中的路上，途中路过泰安，受到了太守杨蓉峰的盛情接待。杨蓉峰一尽地主之谊，陪着梁章钜畅游泰山，当天夜里梁章钜就留宿在岱庙之中。夜已深了，他还没有入睡，看到庙里月色明亮，像白天一样，泰山绝顶上白云升腾而起，月色和云朵上下竟不相遮挡，感到非常神奇。有人告诉他三天之内一定会有一场霖雨。此时，岱庙里的僧人请他写一副楹联，梁章钜联想到此情此景，挥笔写下了“揽月居然凌上界，搴云更要莅齐州”。

岱庙是泰山的第一名胜，它与北京故宫、山东孔庙并称中国古代三大宫殿式建筑群。庙中古木葱茏、隐天蔽日，汉武帝亲手植的古柏就在其中。岱庙中知名楹联还有很多，例如：

峻极于天，赞化体元生万物；

帝出乎震，赫声濯灵镇东方。

清朝康熙七年（1668），泰安发生了一场强烈的地震，岱庙受到严重的损坏。当时的山东布政使施天裔对此非常关心，他亲自发起重修岱庙，并且委派张所存担任监工，历时十年才最终完工。在重修的过程中，施天裔提出修建一座牌坊，称为岱庙坊，又叫玲珑坊。在岱庙坊建成的时候，施天裔亲临现场，在场有人请他留下墨宝，他没有推辞，经过一番深思熟虑写下一副楹联：“峻极于天，赞化体元生万物；帝出乎震，赫声濯灵镇东方。”左右一起叫好，从此这副楹联就镌刻在岱庙坊上。

攀登泰山，从一天门开始，向上攀登到达回马岭就看到了壶天阁，在明嘉靖年间称壶天阁为升仙阁，乾隆十二年拓建后，才改名为壶天阁。在壶天阁上刻有一副楹联：

登此山一半，已是壶天；

造极顶千重，尚多福地。

清朝嘉庆年间，崔映辰题联：“壶天日月开灵境，盘路风云入翠峰。”当时的泰安知府廷璐登临此地，也有感而发，写下了这副楹联，引导游人继续向上攀登。关于“壶天”有一个传说，道士施存修炼道术，历尽三百年十次修炼终于学会了变化的本领，他经常提着一个五升容器大小的壶，壶中别有洞天，也有太阳和月亮，他每天晚上就睡在壶里，称壶为“壶天”，人们也都称他为“壶公”。后来壶天成为道教名词，意思是壶中之天。

壶天阁得名除了形容这里风景秀丽、胜似仙境以外，这里西有九峰，东有十峰岭，北临山峦，四周拥翠触天，脚下仅一席之地，的确很像在壶中窥天。

沿着十八盘拾级而上，峰回路转，步移景换，尽头处就是著名的南天门。南天门建在飞龙岩与翔凤岭之间的低坳处，双峰夹峙，仿佛天门自开。它共分上下两层，上层是摩空阁，下层为拱形门洞。在门洞两侧，镌刻着一副著名的楹联：

门辟九霄，仰步三天胜迹；

阶崇万级，俯临千嶂奇观。

南天门是到达玉皇顶的门户，这副楹联写出了身处南天门的心理感受，让人有戚戚之感。元代以前，南天门只有名称，并没有建筑，元代道士张志纯，是全真教王重阳的再传弟子，他在泰山出家，对泰山有深厚的感情，在泰山西麓的桃花源曾经写下“流水来天洞，人间一脉通。桃源知不远，浮出落花红”的诗句。元中统三年，张志纯被授为东岳提点监修官兼东平路道教都提点，他应东平路管严忠范之请，筹划监修南天门。南天门地势险峻，几乎高不可攀，单身行走尚且如同扪天，工匠们肩石抬木，难度可想而知。经过近三年的艰苦工作，南天门工程才告完成。

玉皇庙建于泰山最高点的玉皇顶，庙宇中央有一块巨石露头，称为“极顶石”。庙宇前面，东西两侧分别有观日亭和望河亭，可以观日出、望黄河，近水远山尽收眼底。玉皇庙门外，还有一块六米高的无字碑，据记载是汉武帝所立。在玉皇庙内有题为萧髯公所写的楹联：

四顾八荒茫，天何其高也；

一览众山小，人奚足算哉。

站在泰山极顶，举目四望，天高水远，在这里观看“旭日东升”“晚霞夕照”“黄河金带”“云海玉盘”四大美景，一览足下千里群山，追古抚今，别有一番滋味在心头。

四、大明湖楹联赏析

大明湖在济南旧城北部，是济南三大名胜之一。北魏郦道元《水经注》称“历水陂”，唐时又称莲子湖。北宋文学家曾巩称“西湖”“北湖”。金代文学家元好问在《济南行记》中第一次称之为“大明湖”。

大明湖湖底为不透水的火成岩，泉水不能下泄，再加上合理的排水系统，便形成了淫雨不涨、久旱不涸的特点。

大明湖风景秀丽。正如志书所载：“湖光浩渺，山色遥连，夏挹荷浪，春色扬烟，荡舟

其中,如游香国,箫鼓助其远韵,固江北之独胜也。”(清代乾隆《历城县志山水考四》)大明湖历史悠久,纪念古人政绩、行踪的建筑以及自然景观很多,诸如历下亭、铁公祠、小沧浪、北极阁、汇波楼、南丰祠、遐园、稼轩祠等,引得历代文人前来凭吊、吟咏。唐代的李白、杜甫,宋代的曾巩、苏轼,金元的元好问、张养浩,明代的李攀龙、王象春,清代的王士祯、蒲松龄等,都留下了著名的诗篇。

历下亭是闻名遐迩的海右古亭,位于大明湖东南隅岛上。在历下亭的门廊上有一副清代书法家何绍基手书的楹联:

海右此亭古;

济南名士多。

这是一副摘句联,联语出自诗圣杜甫。唐天宝四年(745),著名诗人杜甫漫游齐鲁大地,来到当时称为齐州的济南,住在历下亭。齐州司马李之芳便将杜甫来到的消息告诉时任北海太守的李邕(北海就是现在的青州市)。李邕与杜甫在长安时便有极深的交往,二人是忘年之交的好友。李邕是德高望重的书法家,杜甫为风华正茂的青年才俊,李邕得知杜甫到来,迅即由任所北海郡赶至齐州,并在历下亭设宴款待杜甫,邀请济南名士作陪。酒宴气氛热情欢洽,在座客人多有咏作,杜甫即席吟成《陪李北海宴历下亭》诗一首:

东藩驻皂盖,北渚凌清河。
海右此亭古,济南名士多。
云山已发兴,玉佩仍当歌。
修竹不受暑,交流空涌波。
蕴真惬所遇,落日将如何。
贵贱俱物役,从公难重过。

由此历下亭便得此名,并随着诗人的千古佳句广为流传。其时李邕年已六十岁,杜甫时年三十四岁。后人曾经就这件事写过一副楹联:

李北海亦豪哉,杯酒相邀,顿教历下此亭,千年入诗人歌咏。

杜少陵已往矣,湖山如昨,试问济南过客,谁能继名士风流。

大明湖小沧浪亭的楹联,广为传颂,为名士刘坤一所作。

四面荷花三面柳;

一城山色半城湖。

汇泉堂,坐落在大明湖东南方的小岛上。该岛景色极为幽雅,为夏日避暑胜地,人称“清凉岛”。过去,城内众泉多从这岛附近汇入大明湖。所以这小岛上的一眼清泉,便被命名为“汇波泉”,建于这里的一座寺院也就叫作“汇泉寺”。偏西为精舍四楹,名曰“薛荔馆”,颇为雅致。薛荔馆有两副描写大明湖风光的楹联,一副是:

舟行着色屏风里;

人在回文锦字中。

另一副是:

占地百湾多是水;

楼无一面不当山。

稼轩祠,在大明湖南岸遐园西侧。为纪念南宋爱国英雄、豪放派词人辛弃疾而建。稼轩祠门前的楹柱上的楹联是郭沫若先生在1959年题写的,曰:

铜板铁琶,继东坡高唱大江东去;

美芹悲黍,冀南宋莫随鸿雁南飞。

辛弃疾是豪放派词人的杰出代表,和苏东坡并称“苏辛”,在南宋词人中独树一帜,广受推崇。这副楹联是对辛弃疾的高度评价,也是对他一生的完美总结。

五、孔庙楹联赏析

山东曲阜是大思想家、大教育家孔子的家乡。在曲阜城中央,有一处庞大的建筑群,这就是仿皇宫之制的孔庙。

身临孔庙,面对那肃穆的殿宇,典雅的楼阁,傲岸的牌坊,古朴的宅堂庭房,每一个游人都会对统领中国文化思想近两千年的儒家文化渐渐了悟。

万卷藏书宜子弟;

十年种木长风烟。

这是题于孔府东偏堂的一副楹联,属于摘句联,出自北宋黄庭坚的诗句,用来形容万世师表的孔子再合适不过了。

孔府大门五檩悬山式建筑,匾书“圣府”二字,为明朝严嵩所书。门两边有楹联一副“与国咸休安富尊荣公府第;同天并老文章道德圣人家”。其中“富”字上面少一点,寓“富贵无头”,“章”字一竖通到上面立字,寓“文章通天”,此联概括出千百年来“圣人家”的气派。

到此皆称香案吏;

及时都种杏坛花。

孔庙的杏坛相传是孔子讲学之所,在大成殿前的院落正中。北宋天圣二年在此建坛,在坛周围环植以杏,命名为杏坛,以纪念孔子杏坛讲学的历史故事。

杏坛上的楹联还有很多,例如:

宰制万物之谓圣，化生万物之谓神，江河洋溢东西，泗水源流，允作六洲冠冕。
衣被群伦颂其功，孕育群伦颂其德，日月照临上下，尼山俎豆，长留百世馨香。

生民来未有夫子也；
知我者其唯春秋乎。

酒渴诗狂，啸傲且随今日境；
花晨月夕，风光仍似昔年春。

六、金圣叹的绝命联

文坛怪杰金圣叹，是明末清初著名的文艺批评家，原名金采，江苏吴县人。在顺治十八年(1661)，金圣叹因为哭庙案受到牵连被判斩刑。

在行刑之前，金圣叹泰然自若，向监斩官要酒痛饮，边喝酒边说："割头，痛事也；饮酒，快事也；割头而先饮酒，痛快痛快！"

儿女们见到此情此景，顿时哭作一团。金圣叹看到此情此景心里也感到悲苦，却制止儿女们哭泣，问："你们知道今天是什么日子吗？"儿女们回答："是八月十五。"

金圣叹听了突然仰天大笑，说："有了有了！"原来，他在三年前，刚刚批点完了《水浒传》《西厢记》，走进报国寺信步小憩。一天夜里，已批书成癖的他，躺在床上辗转反侧，到了半夜仍毫无睡意。于是就披衣秉烛去见寺内方丈，想借佛经予以批点。鹤发童颜、长须飘飘的老方丈得知其来意后，慢条斯理地说道："我有一条件在先，我出一上联，你如能对出下联，我即刻取出佛经让你批点，否则恕老僧不给面子了。"当时正值半夜子时，忽听外面"笃笃"几声梆子响，老方丈灵机一动，脱口咏出"半夜二更半"。可金圣叹冥思苦想，绞尽脑汁，怎么也对不出下联来，只得抱憾而归，佛经自然没能到手。

今天，他在断头台上，听到儿女们说八月十五，突发奇想，灵感闪现，大呼一声："有了，中秋八月中。并要儿子马上去寺院告诉老方丈，他对上了下联。

眼看行刑的时间已经到了，儿子如何肯去，还是痛哭失声。金圣叹便说："为父的刚才想出一副对子的上联，你们都想一下，看谁能对出下联？"说罢随口吟出"莲子心中苦"。

金圣叹的儿女们此时此刻哪有心思对对联，知道父亲是在故作轻松，开导他们，都跪下连说才疏学浅，不能对出下联。金圣叹长叹一声说出了下联"梨儿腹内酸"，说完把眼睛一闭，从容赴死。

这副楹联巧在利用了谐音的双关手法，表面上说的是莲子的心是苦的，梨儿的核是酸的。实际上莲谐音怜,梨谐音离,整副对联是说因为可怜孩子们而感到心中悲苦,要离别孩子们而胸中倍感酸楚。

父亲子女,骨肉至亲,眼看就要永久诀别,其痛苦是可想而知的,可是金圣叹并没有从正面表达自己的无限悲哀,而是用这副楹联委婉地表达了自己莫可名状的哀痛,令人不忍卒读。

七、蒲松龄联讽石先生

《聊斋志异》的作者蒲松龄在幼年的时候就有文名,但却不适应封建社会的科举制度,屡次参加省试全部落第,一生都是以塾师为生。他放弃科举,把精力都投入到《聊斋志异》的写作中。

郭沫若在蒲松龄故居所题的楹联堪称对他的最好评价。联曰:

写鬼写妖高人一等;

刺贪刺虐入骨三分。

蒲松龄深居崂山,与道士为伴,在当时他并没有得到应有的尊重,尽管《聊斋志异》得到了很多人的喜爱,但是因为他没有功名,所以也有人并不把他放在眼里。

传说当地有个姓石的乡绅,对他的才华不以为然,总想找个机会羞辱蒲松龄一番。一天,他和蒲松龄在路上相遇,恰好砖墙后面有只小鸡死在那里,他心里一动,对蒲松龄说:“如果你真有学问就和我比试对对联!”并说出上联:“细羽家禽砖后死”。蒲松龄看周围的人越聚越多,有意教训一下石乡绅,于是假装胆怯说:“我初学作对,恐怕不行,只能勉强一个字一个字地对一下。”石乡绅更加得意,背着手看着蒲松龄能对出什么下句。

蒲松龄假装思考了一会儿,慢吞吞地说:“依我看细对粗,羽对毛,家禽对野兽,砖对石,后对先,死对生。把这几个字连起来就差不多可以对上了。”

石乡绅把蒲松龄对的几个字连起来,读道:“粗毛野兽石先生!”

蒲松龄笑着问:“阁下以为如何?”石乡绅知道被蒲松龄戏弄了,可是蒲松龄的对句极为工整,无可挑剔,每一个字都与上联相应的字相对,平仄和谐,令他无可反驳,只好吃了一个哑巴亏,在众人的嘲笑声中灰溜溜地走了。

八、郑板桥的妙对

扬州八怪之一的郑板桥人称诗、书、画三绝,实际上他的对对子的能力也很厉害,有很多关于他的对对子故事。

一次,一个好朋友对郑板桥说:“你以才思敏捷著称,能不能用一副楹联来形容一下自己?”郑板桥于是提笔写下一副楹联:

虚心竹有低头叶;

傲骨梅无仰面花。

这副楹联以翠竹寒梅自比,正是他的真实写照。他对艺术精益求精,一丝不苟,总愿意虚心求教于别人,而对封建官场的歪风邪气却决不随波逐流。

郑板桥非常关心处在社会下层的百姓的疾苦,他当县令的时候曾经受理过一个案件。原告是一位教书先生,在一个有钱的人家当教师,春天双方商定一年的酬金是八吊钱。可是到了年终,主人不仅一文钱不给,还把老先生辞退了。老先生便到县衙门告状,郑板桥听了老先生的申诉之后说:“恐怕你才疏学浅,误人子弟,不然,人家怎么会不给你酬金呢?我今天要当场考考你,看看你的学问如何?”老先生急忙申辩,并表示愿意当场应试。郑板桥随手指着大堂上挂着的灯笼说:“就以灯笼为题,我出一上联,你对下联。”于是郑板桥出了一个上联:

四面灯,单层纸,辉辉煌煌,照遍东南西北;

老先生听了,沉思片刻,联想到自己的委屈,便脱口而出:

一年学,八吊钱,辛辛苦苦,历尽春夏秋冬。

郑板桥听了,很欣赏老先生的才华,当即下令把被告传来,结了此案,并把老先生留在自己身边当差。

本章小结

本章以诗、词、楹联为轴心,分三个小节渐进式展开,不仅深化了我们对于传统文学的认识,更激发了内心深处对中华文化的热爱与传承意识。

诗歌鉴赏这一节引领我们步入了诗歌的广阔天地,从古至今,从唐诗宋词到近现代诗歌,每一时期的作品都承载着独特的时代风貌与文人情怀。我们学习了如何从诗歌的意象、意境、情感表达等多个维度去品味诗中之意,体会诗人之心。通过对经典作品的深入解读,我们学会了欣赏诗歌的音韵美、情感美与哲理美,这种能力让我们在快节奏的现代生活中找到了一片宁静的港湾。

词,作为宋代文学的瑰宝,以其细腻的情感、丰富的想象和灵活的格式独树一帜。在这一节中,我们了解了词的多样风格,从婉约到豪放,每一派别都有其独特的审美情趣。通过分析不同的词牌、研究著名词人的创作风格,我们掌握了鉴赏词作的钥匙,感受到了词中所蕴含的历史沧桑与人文情怀,进一步加深了对中国传统文化的理解与尊重。

楹联鉴赏这一节选取了一些经典的楹联案例引导学生分析这些楹联的意境、表达方式和艺术特点，理解其背后的文化内涵和时代背景，旨在提升学生的审美能力和对楹联文化的理解。

诗词楹联文化是中华优秀传统文化，展现了中华文化的独特魅力，彰显了优秀的民族精神品格，蕴含着丰富的人生哲理，影响深远。

课后练习

1.从下面所列的古代诗词中选择你喜欢的一首诗或词，写一篇不少于800字的鉴赏文章。可从语言、构思、意象、情感等方面选择一两个角度，发现作者独特的艺术创造，分析自己阅读欣赏获得的审美体验。在此基础上，全班合作，编一本《古典诗词鉴赏集》。可以按不同的方式编排，如体式、题材、时代、风格流派等。

①张若虚《春江花月夜》

②杜甫《登高》

③李清照《声声慢·寻寻觅觅》

④苏轼《江城子·密州出猎》

⑤辛弃疾《青玉案·元夕》

附 录[①]

附录一 平水韵(106 韵)

上平

一东

东同童僮铜桐峒筒瞳中[中间]衷忠盅虫冲终忡崇嵩[崧]菘戎绒弓躬宫穹融雄熊穷冯风枫疯丰充隆窿空公功工攻蒙蒙朦瞢笼胧栊咙聋珑砻泷蓬篷洪荭红虹鸿丛翁嗡匆葱聪骢通棕烘崆

---

① 附录内容选用说明：

本书附录部分提供了多个韵部表,这些韵部表反映了当代诗词创作者的习惯用韵。为了便于读者理解和应用,我们对一些传统和现代韵表进行了适当的调整。

1.《中华新韵》:此韵表采用了简化版的形式,与赵京战先生编著的《中华新韵(十四韵)》相比,主要变化包括删除了一些较为生僻的字,并调整了字的排列顺序以符合现代使用习惯。

2.《平水韵》与《词林正韵》:这两个传统韵表同样经过了一定程度的精简,去除了部分不常用的字,并根据现代诗词创作的实际需求重新排列了字序。

3.《中华通韵》:该韵表并未收录于赵京战先生的作品中,但近年来已被广泛采纳使用。它与国家语言文字工作委员会发布的 GF0022—2019《语言文字规范——中华通韵》有细微差别,但仍保持了其基本特征和实用性。

综上所述,各韵部表均经过了适当的调整,旨在为诗词创作者提供更为实用且易于理解的参考工具。希望这些改动能够更好地服务于读者的学习与创作需要。

二冬

冬咚彤农侬宗淙锺钟龙茏舂松淞冲容榕蓉溶庸佣慵封胸凶匈汹雍邕痈浓脓重[重复]从[服从]逢缝峰锋丰蜂烽葑纵[纵横]踪茸蛩邛筇跫供[供给]蚣喁

三江(险)

江缸窗邦降[降伏]双泷庞撞豇扛杠腔梆桩幢蛩[冬韵同]

四支(宽)

支枝肢移[竹移]为[施为]垂吹陂碑奇宜仪皮儿离施知驰池规危夷师姿迟龟眉悲之芝时诗棋旗辞词期祠基疑姬丝司葵医帷思滋持随痴维卮麋螭麾墀弥慈遗肌脂雌披嬉尸狸炊湄篱兹差[参差]疲茨卑亏蕤骑[跨马]歧岐谁斯澌私窥熙欺疵赀羁彝髭颐资縻饥衰锥姨夔祇涯[佳、麻韵同]伊追蓍缁萁箕椎罴篪萎匙脾坻嶷治[治国]骊綦怡尼漪牺饴而鸱推[灰韵同]陲魑锤缡璃羸帔蘼芪畸羲曦攲猗崎崖筛狮蛳绥虽粢瓷鳌痍惟唯机耆逵呰丕呲枇貔楣霉辎蚩嗤媸飔坩莳鲥鹚笞漓贻禧噫其琪祺麒栀鹂累踟琵祁骐訾咨睢馗胝鳍蛇[委蛇]陴淇丽[地名]厮氏[月氏]僖嘻琦怩熹孜罹磁痿隋逶郦嵋椅[音漪,木名]

五微

微薇晖辉徽挥韦围帏违闱霏菲[芳菲]妃飞非扉肥威祈畿机几[微也、如见几]讥玑稀希衣[衣服]依归饥[支韵同]矶欷诽绯晞葳巍沂圻颀

六鱼

鱼渔初书舒居裾琚车[麻韵同]渠蕖余予[我也]誉[动词]舆胥狙锄疏蔬梳虚嘘墟徐猪闾庐驴诸储除滁蜍如畲淤妤苴菹沮狙龉茹榈於祛蘧疽蛆醵纾樗躇[药韵同]欤据[拮据]

七虞(宽)

虞愚娱隅无芜巫于衢癯瞿氍儒襦濡须需朱珠株诛侏铢蛛殊俞瑜榆愉逾渝窬谀腴区躯驱岖趋扶符凫芙雏敷麸夫肤纡输枢厨俱驹模谟摹蒲逋胡湖瑚乎壶狐弧孤辜姑觚菰徒途涂荼图屠奴吾梧吴租卢鲈炉芦颅垆蚨孥帑苏酥乌污[污秽]枯粗都茱侏姝禺拘嵎蹰桴俘臾萸吁滹瓠糊醐呼沽酤泸舻轳鸬驽餔葡铺[铺盖]菟诬呜迂盂竽趺毋孺酴鸪骷刳蛄晡蒱葫呱蝴劬殂猢郛孚

八齐

齐黎犁梨妻[夫妻]萋凄堤低题提蹄啼鸡稽兮倪霓西栖犀嘶撕梯鼙赍迷泥溪蹊圭闺携畦嵇跻奚脐醯黧蠡醍鹈奎批砒睽荑篦齑藜猊蜺鲵羝

九佳(险)

佳街鞋牌柴钗差[差使]崖涯[支麻韵同]偕阶皆谐骸排乖怀淮豺侪埋霾斋槐[灰韵同]睚崽楷秸揩挨俳

十灰

灰恢魁隈回徊槐[佳韵同]梅枚玫媒煤雷颓崔催摧堆陪杯醅嵬推[支韵同]诙裴培盔偎煨瑰茴追胚徘坯桅傀儡[贿韵同]莓开哀埃台苔抬该才材财裁栽哉来莱灾猜孩徕骀胎唉垓挨皑呆腮

十一真

真因茵辛新薪晨辰臣人仁神亲申身宾滨槟缤邻鳞麟珍瞋尘陈春津秦频苹颦濒银垠筠巾困民岷泯[轸韵同]珉贫莼淳醇纯唇伦轮沦抡匀旬巡驯钧均榛莘遵循甄宸纶椿鹑屯呻粼嶙辚磷呻伸绅寅姻荀询峋氤恂嫔彬皴娠闽纫湮肫逡菌臻豳

十二文

文闻纹蚊云分[分离]氛纷芬焚坟群裙君军勤斤筋勋薰曛醺芸耘芹欣氲荤汶汾殷雯贲纭昕熏

十三元(中)

元原源沅鼋园袁猿垣烦蕃樊暄萱喧冤言轩藩媛援辕番繁翻幡璠鸳鹓蜿湲爰掀燔圈谖魂浑温孙门尊[樽]存敦墩炖暾蹲豚村屯囤[囤积]盆奔论[动词]昏痕根恩吞荪扪昆鲲坤仑婚阍髡馄喷狲饨臀跟瘟飧棔

十四寒(中)

寒韩翰[翰韵同]丹单安鞍难[艰难]餐檀坛滩弹残干肝竿阑栏澜兰看[翰韵同]刊丸完桓纨端湍酸团攒官观[观看]鸾銮峦冠[衣冠]欢宽盘蟠漫[大水貌]叹[翰韵同]邯郸摊玕拦珊狻鼾杆蹒姗殚箪瘅谰獾倌棺剜潘拼[问韵同]盘般蹒瘢磐瞒谩馒鳗钻抟邗汗[可汗]

十五删

删潸关弯湾还环鬟寰班斑蛮颜奸攀顽山闲艰间[中间]悭患[谏韵同]孱潺擐圜菅般[寒韵同]颁鬘疝讪斓娴鹇鳏殷[赤黑色]纶[纶巾]

下平

一先(宽)

先前千阡笺天坚肩贤弦烟燕[地名]莲怜连田填巅鬈宣年颠牵妍研[研究]眠渊涓

捐娟边编悬泉迁仙鲜［新鲜］钱煎然延筵毡旃蝉缠廛联篇偏绵全镌穿川缘鸢旋船涎鞭专圆员乾［乾坤］虔愆权拳椽传焉嫣鞯褰搴铅舷跹鹃筌痊诠悛先遭禅婵躔颛燃涟琏便［安也］翩骈癫阗钿［霰韵同］沿蜒胭芊编胼滇佃畋咽湮狷蠲蔫骞膻扇棉拴荃籼砖挛儇璇卷［曲也］扁［扁舟］单［单于］溅［溅溅］犍

二萧

萧箫挑貂刁凋雕迢条髫调［调和］蜩枭浇聊辽寥撩寮僚尧宵消霄绡销超朝潮嚣骄娇蕉焦椒饶硝烧［焚烧］遥徭摇谣瑶韶昭招镳瓢苗猫腰桥乔娆妖飘逍潇鸮骁祧鷦鹩缭獠嘹夭［夭夭］幺邀要［要求］姚樵谯憔标飚嫖漂［漂浮］剽佻龆苕岧噍哓跷侥了〈明了〉魈峣描钊轺桡铫鹞翘枵侨窑礁

三肴(险)

肴巢交郊茅嘲钞包胶苞梢姣庖匏坳敲胞抛蛟崤鸡鞘抄蝥咆哮凹淆教［使也］跑艄捎爻咬铙茭炮［炮制］泡鲛刨抓

四豪

豪劳毫操［操持］髦绦刀萄猱褒桃糟旄袍挠［巧韵同］蒿涛皋号［号呼］陶鳌曹遭羔糕高搔毛艘滔骚韬缫膏牢醪逃濠壕饕洮淘叨啕篙熬遨翱嗷臊嗥尻鏖螯獒敖牦漕嘈槽掏唠涝捞痨毛

五歌

歌多罗河戈阿和［和平］波科柯陀娥蛾鹅萝荷［荷花］何过［经过］磨［琢磨］螺禾珂蓑婆坡呵哥轲沱鼍拖驼跎佗［他］颇［偏颇］峨俄摩么娑莎迦疴苛蹉嵯驮箩逻锣哪挪锅诃窠蝌髁倭涡窝讹陂鄱皤魔梭唆骡挼靴瘸搓哦瘥酡

六麻

麻花霞家茶华沙车［鱼韵同］牙蛇瓜斜邪芽嘉瑕纱鸦遮叉奢涯［支佳韵同］巴耶嗟遐加笳赊槎差［差错］蟆骅虾葭袈裟砂衙呀琶耙芭杷笆疤爬葩些［少也］佘鲨查楂渣爹挝咤拿椰珈蹒枷迦痂茄桠丫哑划哗夸胯抓洼呱

七阳(宽)

阳杨扬香乡光昌堂章张王房芳长塘妆常凉霜藏场央泱鸯秧嫱床方浆觞梁娘庄黄仓皇装殇襄骧相湘箱缃创忘芒望尝偿樯枪坊囊郎唐狂强肠康冈苍匡荒遑行妨棠翔良航倡伥羌庆姜僵缰疆粮穰将墙桑刚祥详洋徉佯粱量羊伤汤鲂樟彰漳璋猖商防筐煌隍凰蝗惶璜廊浪当裆珰沧纲亢吭潢钢丧盲簧忙茫傍汪臧琅当庠裳昂障糖疡锵杭邙赃滂禳攘瓤抢螳踉眶炀阊彭蒋亡殃蔷镶孀搪彷胱磅膀螃

八庚(宽)

庚更[更改]羹盲横[纵横]觥彭亨英烹平枰京惊荆明盟鸣荣莹兵兄卿生甥笙牲擎鲸迎行[行走]衡耕萌甍宏闳茎罂莺樱泓橙争筝清情晴精睛菁晶旌盈楹瀛嬴赢营婴缨贞成盛[盛受]城诚呈程酲声征正[正月]轻名令[使令]并[并州]倾萦琼峥嵘撑粳坑铿撄鹦鯨蘅澎膨棚浜坪苹钲伧檠嘤轰铮狰宁狞瞪绷怦璎砰泯鲭侦柽蛏茔赪茕赓黉瞠

九青

青经泾形陉亭庭廷霆蜓停丁仃馨星腥醒[醉醒]惺俜灵龄玲铃伶零听[径韵同]冥溟铭瓶屏萍荧萤荣扃坰蜻硎苓聆瓴翎娉婷宁暝瞑螟猩钉疔叮厅町泠棂囹羚蛉咛型邢

十蒸

蒸烝承丞惩澄陵凌绫菱冰膺鹰应[应当]蝇绳升缯凭乘[驾乘,动词]胜[胜任]兴[兴起]仍兢矜征[征求]称[称赞]登灯僧憎增曾矰层能朋鹏肱薨腾藤恒罾崩縢誊崚嶒絙塍冯症簦瞢凝[径韵同]棱楞

十一尤(宽)

尤邮优尤流旒留骝榴刘由油游猷悠攸牛修羞秋周州洲舟酬雠柔俦畴筹稠丘邱抽瘳遒收鸠搜驺愁休囚求裘仇浮谋牟眸侔矛侯喉猴讴鸥楼陬偷头投钩沟幽纠啾楸蚯踌绸惆勾娄琉疣犹邹兜呦咻貅球蜉蝣犹帱阄瘤硫浏庥湫泅酋瓯啁飕鍪篌抠篝诌骰偻沤[水泡,名词]蝼髅搂欧彪掊虬揉蹂抔不[与有韵"否"通]瓯缪[绸缪]

十二侵

侵寻浔临林霖针箴斟沈心琴禽擒衾钦吟今襟[衿]金音阴岑簪[覃韵同]壬任[负荷]歆森禁[力所胜任]祲喑琛涔骎参[参差]忱淋妊掺参〈人参〉椹郴芩檎琳蟫愔喑黔嵚

十三覃

覃潭参[参考]骖南楠男谙庵含涵函[包函]岚蚕探贪耽眈龛堪谈甘三酣柑惭蓝担簪[侵韵同]谭昙坛婪戡颔痰篮襤蚶憨泔聃邯蟫[侵韵同]

十四盐

盐檐廉帘嫌严占[占卜]髯谦奁纤签瞻蟾炎添兼缣沾尖潜阎镰黏淹钳甜恬拈砭詹蒹歼黔钤佥觇崦渐鹣腌襜阉

十五咸(险)

咸函[书函]缄岩谗衔帆衫杉监[监察]凡馋芟搀喃嵌掺巉

上声

一董

董懂动孔总笼[东韵同]拢桶捅蓊蠓汞

二肿

肿种[种子]踵宠垅[陇]拥冗重[轻重]冢捧勇甬踊涌俑蛹恐拱竦悚耸巩怂奉

三讲

讲港棒蚌项耩

四纸

纸只咫是靡彼毁委诡髓累技绮觜此泚蕊徙尔弭婢侈弛豕紫旨指视美否[否泰]痞兕几姊比水轨止徵市喜已纪跪妓蚁鄙晷子仔梓矢雉死履垒癸趾址以已似耜祀史驶耳使[使令]里理李起杞圮跂士仕俟始齿矣耻麂枳峙鲤迩氏玺巳[辰巳]滓苡倚匕迤逦旖旎舣妣秕芷拟你企诔捶屣棰揣豸祉恃

五尾

尾苇鬼岂卉几[几多]伟斐菲[菲薄]匪篚娓悱榧韪炜虺玮虮

六语

语[语言]圄圉吕侣旅杼伫与[给予]予[赐予]渚煮暑鼠汝茹[食也]黍杵处[居住、处理]贮女许拒炬距所楚础阻俎沮叙绪序屿墅巨去[除也]苣举讵溆浒钜醑咀诅苎抒楮

七雨

麌雨宇舞府鼓虎古股贾[商贾]估土吐圃庾户树[种植,动词]煦诩努辅组乳弩补鲁橹睹腐数[动词]簿竖普侮斧聚午伍釜缕部柱矩武五苦取抚浦主杜坞祖愈堵扈父甫禹羽怒[遇韵同]腑拊俯罟赌卤姥鹉拄莽[养韵同]栩窭脯妩庑否[是否]麈褛篓偻酤牡谱怙肚踽虏拏诂瞽羖祜沪雇仵缶母某亩蛊琥

八荠

荠礼体米启陛洗邸底抵弟坻柢涕悌济[水名]澧醴诋眯娣棨递昵睨蠡

九蟹

蟹解洒楷[佳韵同]拐矮摆买骇

十贿

贿悔罪馁每块汇猥璀磊蕾傀儡腿海改采彩在宰醢铠恺待殆怠乃载[岁也]凯闿倍蓓

追亥

十一轸

轸敏允引尹尽忍准隼笋盾[阮韵同]闵悯菌[真韵同]蚓牝殒紧蠢陨哂诊疹赈肾蜃膑黾泯窘吮缜

十二吻

吻粉蕴愤隐谨近忿拉刎揾槿瑾恽韫

十三阮

阮远[远近]晚苑返反饭[动词]偃蹇琬沅宛婉畹菀蜿绻巘挽堰混棍阃悃捆衮滚鲧稳本畚笨损忖囤遁很沌恳垦龈

十四旱

旱暖管琯满短馆[翰韵同]缓盥[翰韵同]碗懒伞伴卵散[散布]伴诞罕瀚[浣]断[断绝]侃算[动词]款但坦袒纂缀拌澹谰莞

十五潸

潸眼简版板阪盏产限绾柬拣撰馔赧皖汕铲孱见楝栈

十六铣

铣善[善恶]遣[遣送]浅典转[霰韵同]衍犬选冕辇免展茧辨篆勉剪卷显饯[霰韵同]践喘藓软蹇[阮韵同]演兖件腆跣缅缱鲜[少也]殄扁匾蚬岘畎燹隽键变泫癣阐颤膳鳝舛娩辗邅先韵同]脔辫捻

十七小

筱小表鸟了〈未了,了得〉晓少[多少]扰绕绍杪沼眇矫皎杳窈窕袅挑[挑拨]掉[啸韵同]肇缥缈渺淼茑赵兆缴缭[萧韵同]夭[夭折]悄舀侥蓼娆硗剿晁藐秒殍了[了望]

十八巧

巧饱卯狡爪鲍挠[豪韵同]搅绞拗咬炒吵佼姣[肴韵同]昴茆獠[萧韵同]

十九皓

皓宝藻早枣老好[好丑]道稻造[造作]脑恼岛倒[跌到]祷[号韵同]捣抱讨考燥扫[号韵同]嫂保鸨稿草昊浩镐杲缟槁堡皂瑙媪燠袄懊葆褓芼澡套涝蚤拷栲

二十哿

哿火舸弹舵我拖娜荷[负荷]可左果裹朵锁琐堕惰妥坐[坐立]裸跛颇[稍也]夥颗祸桠婀逻卵那坷爹[麻韵同]簸叵垛哆硪么[歌韵同]峨[歌韵同]

二十一马

马下[上下]者野雅瓦寡社写泻夏[华夏]也把厦惹冶贾[姓贾]假[真假]且玛姐舍喏赭洒赧剐打要那

二十二养

养痒象像橡仰朗桨奖蒋敞鳖厂枉往颡强[勉强]惘两曩丈杖仗[漾韵同]响掌党想鲞榜爽广享向飨幌莽纺长[长幼]网荡上[上升]壤赏仿罔谠倘魍魉谎蟒漭嗓盎恍脏〈肮脏〉吭沆慷襁镪抢肮犷

二十三梗

梗影景井岭领境警请饼永骋逞颖颍顷整静省幸颈郢猛丙炳杏秉耿矿冷靖哽绠荇艋蜢皿儆悻婧阱狰[庚韵同]靓惺打瘿并〈合并〉犷眚憬鲠

二十四迥

迥炯茗挺艇梃醒[青韵同]酩酊并〈并行,并且〉等鼎顶肯拯謦到溟

二十五有

有酒首口母[麌韵同]妇[麌韵同]後柳友斗狗久负[麌韵同]厚手叟守否[麌韵同]右受牖偶走阜[麌韵同]九后咎薮吼帚垢舅纽藕朽臼肘韭亩[麌韵同]剖诱牡[麌韵同]缶酉苟丑糗扣叩某莠寿绶玖授蹂[尤韵同]揉[尤韵同]溲纣钮扭呕殴纠耦掊瓿拇姆擞绺抖陡蚪篓黝赳取麌韵同]

二十六寝

寝饮[饮食]锦品枕[枕衾]审甚[沁韵同]廪衽稔凛懔沈[姓氏]朕荏婶沈〈沈阳〉葚禀噤谂怎恁饪覃

二十七感

感览揽胆澹[淡,勘韵同]啖坎惨敢颔[覃韵同]撼毯糁湛菡萏罱椠喊嵌[咸韵同]橄榄

二十八琰

俭焰敛[艳韵同]险检脸染掩点簟贬冉苒陕谄俨闪剡忝[艳韵同]琰奄歉芡崭堑渐[盐韵同]罨捡弇崦玷

二十九槛

豏槛范减舰犯湛巉[咸韵同]斩黯范

去声

一送

送梦凤洞众瓮贡弄冻痛栋恸仲中[击中]粽讽空[空缺]控哄赣

二宋

宋用颂诵统纵[放纵]讼种[种植]综俸供[供设,名词]从[仆从]缝[隙也]重[再也]共

三绛

绛降[升降]巷撞[江韵同]戆

四置

寘置事地意志思[名词]泪吏赐自字义利器位戏至次累[连累]伪寺瑞智记异致备肆翠骑[车骑,名词]使[使者]试类弃饵媚鼻易[容易]辔坠醉议翅避笥帜炽粹莳谊帅厕寄睡忌贰萃穗二臂嗣吹[鼓吹,名词]遂恣四骥季刺驷寐魅积[积蓄]被懿觊冀愧匮恚馈蒉篑柜暨庇豉莉腻秘比[近也]鸷觜啻示嗜饲伺遗[馈遗]薏祟值惴屣眦詈企渍譬跛挚燧隧悴尿稚雉莅悸肄泌识[记也]侍踬为[因为]

五未

未味气贵费沸尉畏慰蔚魏纬胃汇[字汇]谓渭卉[尾韵同]讳毅既衣[着衣,动词]蜚溉[队韵同]翡诽

六御

御处[处所]去虑誉[名词]署据驭曙助絮著[显著]箸豫恕与[参与]遽疏[书疏]庶预语[告也]踞倨薮淤锯觑狙[鱼韵同]翥薯

七遇

遇路辂赂露鹭树[树木]度[制度]渡赋布步固素具务雾骛数[数量]怒[麌韵同]附兔故顾句墓慕暮募注住注驻炷祚裕误悟寤戍库护屦诉妒惧趣娶铸绔傅付谕喻妪芋捕哺互孺寓赴沍吐[麌韵同]污[动词]恶[憎恶]晤煦酤讣仆[偃仆]赙驸婺锢蛀飓怖铺[店铺]塑愫蠹溯镀璐雇瓠迕妇负阜副富[宥韵同]醋措

八霁

霁制计势世丽岁济[渡也]第艺惠慧币弟滞际涕[荠韵同]厉契[契约]敝弊毙帝蔽髻锐戾裔袂系祭卫隶闭逝缀翳替细桂税婿例誓筮蕙诣砺励瘗噬继脆睿毳曳蒂睇妻[以

女妻人]递逮蓟蚋薜荔嗅捩粝泥[拘泥]媲嬖彗睥睨剂嚏谛缔剃屉悌俪锲贳掣羿棣螭剃娣说[游说]赘憩鳜彘呓谜挤

九泰

泰太带外盖大[个韵同]濑赖籁蔡害蔼艾丐奈柰汰癞霭会旆最贝沛霈绘脍荟狈侩桧蜕酹外兑

十卦

卦挂画[图画]懈廨邂隘卖派债怪坏诫戒界介芥械薤拜快迈败稗晒瀣湃寨疥届蒯篑蒉喟聩块惫

十一队

队内辈佩退碎背秽对废悔诲晦昧配妹喙溃吠肺耒块碓刈悖焙淬敦[盘敦]塞[边塞]爱代载[载运]态菜碍戴贷黛概岱溉慨耐在[所在]鼐玳再袋逮埭赍赛忾暧咳嗳脒

十二震

震信印进润阵镇刃顺慎鬓晋骏闰峻衅振俊舜赆吝烬讯仞迅汛趁衬仅觐蔺浚赈[轸韵同]龀认殡摈缙躏廑谆瞬韧浚殉馑

十三问

问闻[名誉]运晕韵训粪忿[吻韵同]酝郡分[名分]紊愠近[动词]拄拼奋郓捃靳

十四愿

愿怨万饭[名词]献健建宪劝蔓券远[动词]侃键贩畈曼挽〈挽联〉瑗媛圈[猪圈]论[名词]恨寸困顿遁[阮韵同]钝闷逊嫩溷诨巽褪喷[元韵同]艮揾

十五翰

翰[寒韵同]瀚岸汉难[灾难]断[决断]乱叹[寒韵同]观[楼观]干〈树干,干练〉散[解散]旦算[名词]玩烂贯半案按炭汗赞漫[寒韵同。又副词,独用]冠[冠军]灌爨窜幔粲灿璨换焕唤涣悍弹[名词]惮段看[寒韵同]判叛绊鹳伴畔锻腕惋馆旰捍疸但罐盥婉缎缦侃蒜钻谰

十六谏

谏雁患涧间[间隔]宦晏慢盼篆栈[潸韵同]惯串绽幻瓣苋办谩讪[删韵同]铲绾孪篡裥扮

十七霰

霰殿面县变箭战扇煽膳传[传记]见砚院练链燕宴贱馔荐绢彦掾便[便利]眷倦羡

奠遍恋嵰眩钏倩卞汴片禅[封禅]谴溅饯善[动词]转[以力转动]卷[书卷]甸电咽茜单念〈念书〉眄淀靛佃钿[先韵同]镟漩拣缮现狷炫绚绽线煎选旋颤擅缘[衣饰]撰喧谚媛忭弁援研[磨研]

十八啸

啸笑照庙窍妙诏召邵要[重要]曜耀调[音调]钓吊叫眺少[老少]诮料疗潦掉[筱韵同]峤徼跳嘹漂镣廖尿肖鞘悄[筱韵同]峭哨俏醮燎[筱韵同]鹩鹞轿骠票铫[萧韵同]

十九效

效教[教训]貌校孝闹豹罩棹觉[寤也]较窖爆炮[枪炮]泡[肴韵同]刨[肴韵同]稍钞[肴韵同]拗敲[肴韵同]淖

二十号

号[号令]帽报导操[操行]盗噪灶奥告[告诉]诰到蹈傲暴[强暴]好[爱好]劳[慰劳]躁造[造就]冒悼倒[颠倒]燥犒靠懊瑁燠[皓韵同]耄糙套[皓韵同]纛[沃韵同]潦耗

二十一个

个贺佐大[泰韵同]饿过[歌韵同。又过失,独用]座和[唱和]挫课唾播破卧货簸轲[轗轲]驮髁[歌韵同]磋作做剁磨[磨磐]懦糯缚锉挼些[楚些]

二十二驾

祃驾夜下[降也]谢榭罢夏[春夏]霸暇灞嫁赦籍[凭籍]假[休假]蔗化舍[庐舍]价射骂稼架诈亚麝怕借卸帕坝靶鹧贳炙嗄乍咤诧侘(罅吓娅哑讶迓华[姓华]桦话胯[遇韵同]跨衩柘

二十三漾

漾上[上下]望[阳韵同]相[卿相]将[将帅]状帐唱让浪[波浪]酿旷壮放向忘仗[养韵同]畅量[数量]葬匠障瘴谤尚涨饷样藏[库藏]舫访贶嶂当[适当]抗桁妄怆宕怅创酱况亮傍[依傍]丧[丧失]恙谅胀瞾脏[内脏]吭砀伉圹纩桄挡旺炕亢[高亢]阆防

二十四敬

敬命正[正直]令[命令]证性政镜盛[茂盛]行[学行]圣咏姓庆映病柄劲竞靓净竟孟诤更[更加]并〈梗韵同〉聘硬炳泳迸横[蛮横]摒阱檠迎郑獍

二十五径

径定听胜[胜败]罄磬应[答应]赠乘[名词]佞邓证秤称[相称]莹[庚韵同]孕兴

［兴趣］剩凭［蒸韵同］迳甑宁胫暝［夜也］钉［动词］订饤锭罄泞瞪蹭蹬亘［亘古］镫［鞍镫］滢凳磴泾

二十六宥

宥候就售［尤韵同］寿［有韵同］秀绣宿［星宿］奏兽漏富［遇韵同］陋狩昼寇茂旧胄宙袖岫柚覆复［又也］救厩臭佑右囿豆饾窦瘦漱咒究疚谬皱逅嗅遘溜镂逗透骤又侑幼读［句读］堠仆副［遇韵同］锈鹫绉味灸籀酎诟蔻僦构扣购彀戊懋贸袤嗽凑鼬甃沤［动词］

二十七沁

沁饮［使饮］禁［禁令］任［信任］荫浸谮谶枕［动词］噤甚［寝韵同］鸩赁喑渗窨妊

二十八勘

勘暗滥啖担憾暂三［再三］绀憨澹［咸韵同］瞰淡缆

二十九艳

艳剑念验堑赡店占［占据］敛［聚敛］厌焰［俭韵同］垫欠僭酽潋滟俺砭坫

三十陷

陷鉴泛梵忏赚蘸嵌站馅

入声

一屋

屋木竹目服福禄谷熟肉族鹿漉腹菊陆轴逐苜蓿宿［住宿］牧伏夙读［读书］犊渎牍椟黩毂复［恢复］粥肃碌骕鬻育六缩哭幅斛戮仆畜蓄叔淑倏独卜馥沐速祝麓辘镞蹙筑穆睦秃縠覆辐瀑郁〈忧郁，郁郁葱葱〉舳掬踘蹴踢茯袱鹏鸽髑槲扑匐簇蔟煜复〈复杂〉蝠菔孰塾矗竺曝鞠嗾谡簏国［职韵同］副

二沃

沃俗玉足曲粟烛属录辱狱绿毒局欲束鹄蜀促触续浴酷躅褥旭欲笃督赎渌纛碡北［职韵同］瞩嘱勖溽缛梏

三觉

觉［知觉］角桷榷岳乐［音乐］捉朔数［频数］卓啄琢剥驳雹璞朴壳确浊擢濯渥幄握学龌龊槊搦镯喔邈荦

四质

质日笔出室实疾术一乙壹吉秩率律逸佚失漆栗毕恤密蜜桔溢瑟膝匹述黜弼跸七叱

卒［终也］虱悉戌嫉帅［动词］蒺侄踬怵蟋筚篥必泌荜秫栉唧帙溧谧昵轶聿诘耋垤捽茁鷩鷸窒苾

五物

物佛拂屈郁〈馥郁，郁郁乎文哉〉乞掘［月韵同］吃［口吃］讫绂弗勿迄不怫绋沸茀厥倔黻崛尉蔚契屹熨［未韵同］绂

六月

月骨发阙越谒没伐罚卒［士卒］竭窟笏钺歇突忽袜曰阀筏鹘［黠韵同］厥［物韵同］蹶蕨殁橛掘［物韵同］核蝎勃渤悖［队韵同］孛揭［屑韵同］碣粤樾鳜脖饽鹁捽［质韵同］猝惚兀讷［呐］羯凸咄［曷韵同］矻

七曷

曷达末阔钵脱夺褐割沫拔［挺拔］葛闼渴拨豁括抹遏挞跋撮泼秣掇［屑韵同］聒獭［黠韵同］刺喝磕蘖瘌袜活鸹斡怛钹捋

八黠

黠拔［拔擢］八察杀刹轧戛瞎刮刷滑辖锈猾捌叭札扎帕茁鹘揠萨捺

九屑

屑节雪绝列烈结穴说血舌洁别缺裂热决铁灭折拙切悦辙诀泄锲咽［呜咽］轶噎彻澈哲鳖设啮劣玦截窃孽浙孑桔颉拮撷揭褐［曷韵同］缬碣［月韵同］挈抉亵薛拽［曳］爇冽瞥迭跌阅餮耋垤捏页阕觖谲鴂撇蹩篾楔惙辍啜缀撤绁杰桀涅霓蜕［齐，锡韵同］批［齐韵同］

十药

药薄恶［善恶］作乐［哀乐］落阁鹤爵弱约脚雀幕洛壑索郭错跃若酌托削铎凿箔鹊诺萼度［测度］橐钥龠瀹着著虐掠获〈收获〉泊搏藿嚼勺谑廓绰霍镬莫箨缚貉各略骆寞膜鄂博昨柝格拓铄铄烁灼疟蒻箬芍躇却噱矍攫醵踱魄酪络烙珞膊粕簿柞漠摸酢怍涸郝垩谔鳄噩锷颚缴扩椁陌［陌韵同］

十一陌

陌石客白泽伯迹宅席策册碧籍［典籍］格役帛戟璧驿麦额柏魄积［积聚］脉夕液尺隙逆画［动词］百辟赤易［变易］革脊翮屐获〈猎获〉适索厄隔益窄核舄掷责坼惜癖僻掖腋释译峄择摘弈奕迫疫昔赫瘠谪亦硕貊跖鹡碛蹐只炙［动词］踯斥穸鬲骼舶珀吓磔拆喀蚱舴剧檗擘栅啧帻箦扼划蜴辟帼蝈刺嵴汐藉螯蓦摭襞虢哑［笑声］绎射［音亦］

十二锡

锡壁历枥击绩绩笛敌滴镝檄激寂觌溺觅狄荻幂戚鹢涤的吃沥雳霹惕剔砾翟籴倜析晰淅蜥劈甓嫡轹栎阋菂踢迪晳裼逖蜺阒汨[汨罗江]

十三职

职国德食[饮食]蚀色力翼墨极殛息熄直值得北黑侧贼饰刻则塞[闭塞]式轼域蜮殖植敕亟棘惑忒默织匿慝亿忆臆薏特勒肋幅仄昃稷识[知识]逼克即唧[质韵同]弋拭陟恻测翊洫啬穑鲫抑或匐[屋韵同]

十四缉

缉辑戢立集邑急入泣湿习给十拾袭及级涩楫[叶韵同]粒汁蛰执笠隰汲吸絷挹浥悒岌熠葺什芨廿揖煜[屋韵同]歙笈[叶韵同]圾褶翕

十五合

合塔答纳榻阁杂腊匝阖蛤衲沓鸽踏拓拉盍塌咂盒卅搭褡飒磕榼遢蹋蜡溘邋趿

十六叶

叶帖贴牒接猎妾蝶叠箧惬涉鬣捷颊楫[缉韵同]聂摄慑镊蹑协侠荚挟铗浃睫厌靥蹀躞燮摺辄婕谍堞霎嗫喋碟鲽捻晔躐笈[缉韵同]

十七洽

洽狭峡法甲业邺匣压鸭乏怯劫胁插锸押狎夹恰蛱硖掐劄袷眨胛呷歃闸霎[叶韵同]

附录二　中华新韵(十四韵)简表

一、麻 a,ia,ua
二、波 o,e,uo
三、皆 ie,üe
四、开 ai,uai
五、微 ei,ui
六、豪 ao,iao
七、尤 ou,iu
八、寒 an,ian,uan,üan
九、文 en,in,un,ün
十、唐 ang,iang,uang
十一、庚 eng,ing,ong,iong
十二、齐 i,er,ü
十三、支 (-i)(＊)零韵母
十四、姑 u

一、麻 a,ia,ua

阴平

啊腌跨扒叭巴芭岂疤笆粑鲃豝嚓叉杈差咖瓜胍哈花哗加茄迦痂枷珈袈嘉佳家傢葭豭咖夸姱啦妈摩嬷趴葩杉沙莎痧鲨纱砂他她它凹哇洼蛙窊呱娲吓丫呀鸦哑桠查楂喳呱旮笳拉咱仨裟砂渣楂

派入阴平的入声字：

阿(又波韵阴平)八捌擦嚓插锸奄哒搭嗒褡发(又去声入)夹嘎刮括栝鸹垃拉邋抹掐袷撒杀刹每煞(又去声入)刷趿塌溻榻踏挖呷瞎鸭压押扎匝咂臜挲扎哳撒答浃

阳平

啊茶查搽嵖槎苴垞蛤华哗骅铧划(又去声)麻嘛蟆拿南扒杷爬钯耙筢琶娃霞遐暇瑕(又去声)牙伢芽岈琊蚜崖涯睚衙

派入阳平的入声字：

拔茇菝跋魃察擦达鞑沓怛妲炟笪靼答瘩垯跶乏伐垡阀筏罚嘎滑猾夹浃郏荚铗鸫铗蛱恝戛颊旯拉匣狎柙侠峡狭硖辖黠杂砸扎札轧闸铡喋(又读 die)

上声

把靶礤叉衩(又去声)打剐寡哈贾假瘕卡佧咔咯侉垮喇俩马吗犸玛码蚂哪卡洒傻耍瓦佤哑雅咋鲊爪

派入上声的入声字：

法砝甲岬钾岬胛撒塔獭鳎眨

去声

坝把弝爸耙罢霸灞衩(又上声)岔侘鲅诧差姹大尬卦诖挂絓褂化划华画话桦价驾架假嫁稼挎胯跨蚂祃骂那娜怕骼下夏厦(又音 sha。)罅暇亚讶迓娅咤炸榨瓦

派入去声的入声字：

刹发(又阴平入)珐媪刺腊蜡痢辣蝲呐纳肭衲钠捺帕恰洽袷卅飒萨唼歃煞(又阴平入)箑霎拓沓挞闼嗒遢榻漯踏蹋袜腽吓轧压揠栅

二、波 o,e,uo

阴平

波播菠玻嶓搓磋蹉 哆呙锅过埚涡啰坡颇陂莎唆娑梭挲睃嗦嘞蓑拖拕莴倭涡窝蜗蜗阿婀哥歌戈呵科蝌柯疴苛珂窠痾轲颗髁车奢赊畲遮仡猞

派入阴平的入声字：

拨鲅趵钵般嶓饽剥逴踔戳撮咄剟掇裰郭崞聒蝈豁劐擢捋扑泊泼钹说缩托佗脱喔拙捉桌倬涿焯作嘬鸽割搁喝磕瞌榼疙圪颏蠖折蜇

阳平

脖嵯痤瘥矬鹾和罗萝逻脶猡锣椤箩骡螺谟无(又乌韵阳平)馍嫫摹模麽摩磨嬷蘑磨魔挪娜傩婆鄱繁(又寒韵阳平)皤驮佗陀坨驼柁砣鸵酡跎沱 鹅蛾娥莪俄峨哦讹和禾何河荷阖菏哪

派入阳平的入声字：

孛伯驳帛 泊柏勃钹铂亳 舶脖博鹁渤搏鲌餺箔魄（又去声）膊踣 薄（又去声）礴欂襮礴夺度铎踱佛国掴帼漍腘虢馘活橐灼卓斫浊酌浞诼着凿啄琢（又音 zuo）缴 擢濯镯勺昨笮阁葛（又上声入）蛤颌合涸盒貉曷盍阖壳德得额革格鬲隔嗝 膈 塥镉骼纥劾阂核 翮壳咳颏舌叶（又音 xie）趯则责择咋泽啧帻舴箦赜折（又音 she）哲辄 蛰谪摺磔辙翟宅

上声

跛簸（又去声）脞朵垛躲亸埵果菓蜾裹火伙夥祼瘰嬴叵颇笸所唢锁妥椭我倭左佐坷可（又车韵去入）舸尺（又衣韵上声入）扯恶舍者赭

派入上声的入声字：

椁抹索撮葛（又阳平入）渴

去声

薄（又阳平入）簸（又上声）播措剉厝挫锉堕剁舵惰跺过货祸和磨蓦懦糯破偌些唾卧涴硪坐座阼怍柞做酢祚俄个贺荷课 社舍射赦麝这柘蔗鹧驮

派入去声的入声字：

簸（又上声）错绰婥亳辍或获惑霍扩栝蛞蛞阔廓落烙洛末没墨磨沫默哀漠陌殁搦迫魄泊粕弱若烁铄朔硕搠槊数妁沃握渥偓斡作恶遏鄂谔噩腭鳄各喝鹤壑乐蓦懦糯破偌些唾卧涴硪坐座阼怍柞胙做酢饿个贺荷课策册测侧厕恻彻坼掣撤澈拆厄 扼呃轭垩恶蛇赫吓倔客刻克可（又波韵上声）绎勒捋肋泐讷热色瑟塞涩啬穑设涉摄慑特慝忒忑这仄昃浙跖

三、皆 ie，üe

阴平

爹阶皆喈嗟街湝乜咩些靴耶倻椰

派入阴平的入声字：

瘪憋鳖跌疙圪节疖结接秸揭噘撅颏捏撇瞥切缺阙贴贴楔歇蝎削薛噎曰约

阳平

瘸蛇佘斜邪偕谐鞋携爷耶揶铘茄伽椰

派入阳平的入声字：

别蹩德得迭垤昳絰瓞谍堞耋揲喋嵽牒叠碟蝶艓蹀孑决诀抉角駃玦鴃觉鴂绝倔桷掘

崛脚觖厥催劂谲獗蕨橛噱爵蹶矍嚼爝攫 协胁挟契颉撷勰襭穴学噱(又音 jie)

上声

瘪姐解(又去声)蟹咧且写也冶野

派入上声的入声字:

蹶咧撇血雪铁帖

去声

界介届戒诫芥疥借卸藉解械谢解(又上声)榭薤蠏薢獬廨澥邂曳夜蚧趄

派入去声的入声字:

倔倔仂列劣冽埒捩烈鴷趔躐略掠灭蔑蔑蠛陧聂臬涅啮嗫嵲镊颞蹑蘖孽蘗虐疟切妾怯窃契惬慊 锲箧却悫雀确阕榷泄泻绁屑亵渫燮血德咽晔烨掖曳邺液谒腋饁靥业页叶月乐刖抈玥軏岳栎钥说(又音 yue)钺阅悦跃越粤狱龠瀹

四、开 ai,uai

阴平

开哎哀埃娭唉欸掰猜偲钗差揣呆该陔垓荄赅乖揩腮毸鳃筛酾(又衣韵去声)衰(又微韵阴平)摔(又上声)苔(又阳平)台(又阳 平)胎歪灾哉栽甾斋

派入阴平的入声字:拍摘拆塞

阳平

挨骏皑癌才财村裁侪柴豺还(又寒韵阳 平)孩骸徊怀淮槐踝来莱崃徕涞埋霾俳排徘牌簰台(又阴平)邰苔(又阴平)抬骀炱鲐薹

派入阳平的入声字:

百宅翟(又衣韵入)

上声

嗳矮蔼霭摔摆采彩睬踩揣逮歹傣改海醢剀凯垲闿恺铠慨楷锴蒯买乃艿奶氖甩

派入上声的入声字:百白柏伯

去声

艾(又衣韵去)爱僾隘碍嗳嗌瑷暧败拜稗呗采菜蔡縩趸瘥踹膪嘬大代岱迨绐骀玳带殆贷待怠埭袋逮叇戴黛丐芥钙盖溉概 怪亥骇害坏忾会块快侩郐哙狯浍脍筷 徕赉睐赖濑癞劢迈卖奈柰耐鼐褦派湃塞赛晒帅率(又乌韵去入)太汰态泰钛外再在载债砦祭寨

察拽

派入去声的入声字:麦脉塞霢

五、微 ei,ui(uei)

阴平

微欸陂杯卑背悲碑箄衰(又开韵阴平)崔催摧縗吹炊堆飞妃非菲啡馡绯緋蜚扉霏鲱归圭龟(又尤、文韵平声)妫规邽皈硅傀瑰鲑灰诙虺挥咴恢褘珲隳晖辉翚麾徽隳亏岿悝盔窥胚虾醅尿(又豪韵去声)虽荽睢濉忒推危委威逶偎隈葳椳煨溦巍薇隹追骓锥椎

阳平

欸垂陲捶椎槌锤肥淝腓回茴徊洄蛔奎逵馗隗葵揆暌魁戣睽蝰櫆夔累雷螺缧擂檑礌镭羸罍玫枚眉莓脢梅郿嵋猸湄媒楣煤酶鹛镅霉縻陪培赔裴蕤绥隋遂谁颓韦为圩违围帏沩桅唯帷惟维嵬潍闱

上声

欸璀匪悱棐菲诽榧斐长篚翡蜚给轨匭宄庋佹垝诡鬼姽癸晷簋悔虺毁傀跬耒诔垒磊蕾儡藟瘰美镁每浼馁蕊水髓腿伟纬玮炜洧韪尾娓委倭萎痿痏猥嘴

派入上声的入声字:北

去声

欸贝狈钡邶备背褙被辈孛悖倍焙蓓惫鞴糒褙鐾臂萃脺啐淬悴瘁粹翠脆毳綷对怼憝碓兑队芾肺沸狒费剕痱废吠柜刽桧刿贵桂跪鳜会惠哕秽诲晦慧蟪彗篲卉汇讳恚贿喙烩绘荟浍桧匮蒉喟馈溃愦愧聩篑泪类累酹擂妹昧寐魅袂媚内沛霈旆帔佩配辔芮枘锐瑞睿蚋汭睡税说岁祟谇遂碎睟隧燧穗邃退侻蜕未味胃谓猬畏喂尉蔚慰卫位遗(又衣韵阳平)魏坠缀惴缒腿赘醊最罪醉蕞

六、豪 ao,iao

阴平

坳凹熬包苞胞孢炮龅煲褒标彪骠镖瘭飙藨镳瀌膘杓猋骉摽操抄怊钞超剿(又上声)刀叨忉刁汈蛁雕貂叼碉凋鲷高皋羔槔睾膏篙糕蒿薅交艽郊茭浇娇姣骄胶椒蛟焦蕉教跤樵效键礁鹪沉捞撩(又阳平)猫抛泡剽漂飘缥螵悄(又上声)硗跷锹蹻劁敲撬缲搔骚缫臊艘捎烧梢稍筲艄叨涛涤掏滔韬饕慆挑佻祧肖枭枵哓骁逍鸮消宵绡萧硝销蛸箫潇霄魈嚣幺夭吆妖要喓腰邀遭糟钊招昭啁着朝凿

派入阴平的入声字：约剥削

阳平

豪敖遨嗷廒獒熬聱翱鳌謷鏖螯骜雹曹槽螬漕嘈晁巢朝嘲潮号嗥毫壕濠嚎蠔劳崂痨牢捞唠醪聊辽疗撩（又阴平）僚漻寥嘹獠潦寮缭嫽燎鹩毛矛茅牦旄锚髦蝥蟊苗描瞄挠饶蛲猱刨咆狍庖炮袍匏跑嫖瓢薸乔侨荞峤桥硚翘谯鞒憔瞧荛饶娆挠桡苕韶咷梼逃洮桃陶萄梼啕淘绹酶鼗条岧苕调笤龆蜩髫鲦峣爻尧肴轺峣姚陶窑谣摇徭遥猺瑶飖鳐

上声

袄媪拗饱宝保鸨葆堡褓表＊裱草懆吵炒导岛捣倒祷蹈杲搞缟槁鄗镐稿藁好侥佼挢狡饺绞铰矫皎搅茭剿（又阴平）儆徼缴考拷栲烤老佬姥栳潦了蓼憭卯峁泖昴铆杪眇秒淼渺藐舀恼脑瑙鸟茑袅跑殍漂缥瞟巧悄（又阴平）愀扰娆扫嫂少讨挑窕嫂小晓筱杳咬早枣蚤澡璪藻爪找沼

去声

奡坳拗奡傲奥骜澳懊鏊报刨抱趵豹鲍暴曝爆嫖操耖到悼帱倒盗道稻纛吊钓窎调掉铫告诰号好昊耗浩淏滈皓镐皞颢灏叫峤觉校轿较教窖酵噍噭徼藠醮铐犒靠涝耮炮料撂廖瞭镣茂眊冒贸耄袤帽媢瑁貌瞀懋妙庙缪闹淖尿（又微韵阴平）溺泡炮疱票僄漂骠俏诮峭帩窍翘撬鞘撒绕扫埽瘙少邵劭绍哨潲稍套眺跳朓粜孝哮肖笑效校啸要鹞曜耀乐（又波韵去入）皂灶造慥糙噪簉燥躁召兆诏赵棹照罩肇曌

七、尤 ou，iu（iou）

阴平

抽紬瘳丢都兜蔸勾句佝沟枸（又上声）钩缑篝鞲 匄纠鸠究赳阄揪啾艽抠眍溜熘搂哞妞区讴沤瓯欧殴鸥丘邱龟（又微、文韵平声）秋蚯湫楸鹙鳅鞦收搜嗖馊廋溲飕艘偷修脩休咻庥羞鸺貅馐髹优攸忧悠呦呦幽舟州诌侜周洲盩啁邹驺诹陬

派入四平的入声字：粥

阳平

俦帱畴筹踌惆绸稠裯仇愁雠侯喉猴篌瘊糇流留榴骝刘浏瘤琉硫旒鹠遛镏飗瘤鎏娄楼偻蒌喽耧蝼髅牟侔眸谋蛑缪蝥牛掊裒囚仇犰求虬泅俅璆酋逑还应遒赇裘蛸柔揉糅粿蹂鲧鞣头投骰尤犹疣鱿莸铀由邮油柚游猷繇蝣

派入阳平的入声字：妯轴（又乌韵阳平入）

上声

丑扭瞅斗抖蚪陡枓否缶苟岣狗枸（又阴平）吼笱九久玖韭灸酒口柳绺搂嵝篓某纽钮

扭忸杻狃偶哎藕剖掊糗手首守叟瞍薮擞嗾朽宿（又去声）友有酉莠牖黝帚肘走

去声

臭凑辏腠豆逗痘读窦斗脰垢构购勾彀诟够媾遘逅后候厚堠臼柏舅就僦鹫疚旧咎救厩柩叩扣筘寇蔻溜馏遛陋镂瘘漏露谬缪拗槈沤怄受授寿狩售绶瘦嗽擞透秀绣锈岫袖臭嗅溴宿（又上声）又右幼有佑侑柚囿宥诱釉蚴鼬咒纣宙绉胄昼皱骤籀酎奏揍

派入去声的入声字：肉兽六（又乌韵去入）

八、寒 an，ian，uan，van

阴平

安氨唵桉庵谙鹌鞍盦扳班颁斑攽般搬瘢瘢参骖餐觇搀蟾襜川穿氽撺镩蹿丹担单眈酖耽囡郸聃禅儋殚瘅箪端帆番蕃幡藩翻干（又去声）甘杆玕肝柑竿疳尴关观（又去声）纶官冠矜（又文韵阴平）倌棺疲瘝鳏顸酣憨鼾欢獾刊看勘龛堪戡宽髋番潘攀三叁毵山芟杉删衫姗珊栅舢扇跚煽潸澶闩拴栓酸坍贪摊滩瘫湍弯剜塆湾蜿豌粘簪占沾毡旃粘詹谵瞻专砖颛钻（又去声）蹿先边砭萹笾编煸蝙鳊鞭参（又文韵阴平）掂傎蹎癫滇颠巅尖奸歼坚间肩艰监兼菅笺渐湔犍湔缄蒹煎缣鹣鞯捐涓娟鹃镌蠲拈蔫扁偏篇犏翩千仟阡芊插迁佥钎牵铅悭谦签愆骞搴褰圈悛卷惓天添仙纤籼掀跹锨鲜暹骞轩宣谖萱揎喧暄儇咽恹殷胭烟焉崦阉阏奄淹腌湮鄢燕鸢眢鸳冤渊

阳平

寒残蚕惭单馋谗禅孱缠蝉廛僝潺澶蟾躔传船遄椽攒凡矾烦墦蕃攀璠燔繁（又波韵阳平）蘩汗邯含函晗涵韩还（又开韵阳平）环桓圜缳鬟兰岚拦栏婪阑蓝谰澜褴篮斓襕峦娈孪挛鸾脔銮蛮谩蔓馒瞒螨鳗鬘男南难楠爿胖（又阳韵去声）般盘磐蹒皤然燃髯坛昙谈弹（又去声）覃谭痰潭檀团抟咱刃纨完玩顽奁连怜帘莲涟联裢鲢廉濂镰鬑眠绵棉年黏粘便（又去声）骈胼蹁钤前虔钱钳乾掮潜黔权全佺诠荃泉辁拳铨痊惓筌蜷鬈颧田佃畋恬銛钿甜湉填阗闲贤弦咸涎娴衔舷嫌玄悬旋漩璇延蜒严言芫妍岩炎沿铅研盐阎筵颜檐元园员（又文韵阳平）沅垣爰湲袁原圆鼋援媛（又去声）缘猿源螈辕橼俺揞坂板版蝂舨惨产划谄铲阐辗舛喘胆亶黕疸掸短反返杆秆赶敢感橄擀完馆琯筦管罕喊缓坎侃砍槛颇款窾览揽缆榄懒卵满赧腩暖冉苒染阮软朊伞散馓闪陕掺忐坦袒毯疃宛莞挽娩菀晚脘惋婉绾皖碗捞攒趱斩飐盏展崭辗转篡

上声

贬窆扁匾惼萹碥褊典点碘踮拣茧柬俭检捡笕减剪睑锏简趼谫戬碱翦蹇卷锩琏敛脸

免丐污黾勉娩冕渑湎愐缅靦腼捻辇碾撵浅遣谴缱犬畎绻忝殄恬觍腆舔冼显险跣铣鲜藓燹选癣奄兖俨衍弇掩渰剡黡郾眼琰扊偃魇鼹远

去声

犴岸按案暗黯办半扮伴拦绊湴瓣灿掺粲孱璨忏颤羼串钏窜篡爨石(又衣韵阳平入)担但诞萏啖淡惮弹(又阳平)氮蛋瘅澹段断缎椴煅锻篅犯饭范贩梵泛干(又阴平)旰绀淦赣惯观(又阴平)盥灌鹳罐汉汗旱捍菡焊颔翰撼憾悍焊瀚幻换奂宦涣唤浣患焕痪豢擐溠看勘阚瞰烂滥曼谩蔓幔漫慢缦熳镘乱难判拚泮盼叛畔袢散讪汕扇善禅骟缮擅膳嬗赡鳝涮蒜算叹炭探碳象万(又波韵去入)馔腕暂錾赞攒占栈战站绽湛颤(又音 chan)蘸传钻(又阴平)转(又上声)啭赚(又音 zuan)撰篆馔撵卞弁抃汴忭苄变便(又阳平)遍辨辩辫缏电佃甸阽店玷垫钿淀惦奠殿靛簟癜见件饯建荐健剑漳监舰谏践锏毽腱溅鉴键槛僭箭卷隽倦狷绢圈眷练炼恋殓链潋面廿念埝片骗欠芡茜傅堑嵌慊歉劝券掭县现宪苋砚限线陷馅羡缐献腺霰泫炫绚眩旋渲楦厌砚咽彦艳滟晏唁宴验谚堰雁焰焱滟酽餍鷃燕赝嬿苑怨院垸媛(又阴平)愿

九、文 en,in (ien),un (un),ün (üen)

阴平

奔(又去声)贲锛玢宾彬傧斌滨缤槟镔濒豳参(又先韵阴平)抻郴伧琛嗔瞋春椿蝽村皴踆惇吨(又去声)墩礅敦蹲恩分芬吩纷玢氛棻雰根跟昏荤阍惛婚巾斤今紟金津衿矜(又寒韵阴平)筋禁襟军均龟(又微、尤韵平)君钧皲麇坤昆崑裈堃焜琨髡鹍鲲抡拎闷喷拼姘钦侵亲衾骎嵚囷逡森申伸身呻侁诜参绅珅骁莘娠深糁燊孙荪狲飧吞暾温瘟心芯辛忻昕欣炘锌新歆薪馨鑫勋埙熏薰獯纁曛醺窨(又去声)因阴茵荫音姻氤殷溵堙喑闉愔禋晕緼氲煴赟贞针侦浈珍帧胗真桢砧祯蓁斟甄臻溱榛箴臻迍肫窀谆尊遵樽鳟

阳平

岑涔臣尘辰沉忱陈宸晨谌纯莼唇淳鹑漘醇存蹲坟汾棼焚濆豮痕浑珲馄混魂邻林临淋琳粼潾嶙遴霖辚瞵鳞麟仑伦论抡囵沦纶轮门扪们民忞旻岷珉缗您盆湓贫蘋嫔嚬颦芹芩矜秦覃禽勤懃擒噙蠊裙群麇人壬仁任神屯囤饨豚鲀臀文纹炆闻蚊雯旬郇寻巡询洵荀荨峋浔恂鲟循吟垠龈狺訚崟银淫寅螾鄞夤嚚霪云匀芸员(又先韵阴平)沄纭昀畇筠耘篔

上声

本畚碜蠢刌忖盹趸粉衮绲辊滚鲧很狠仅尽卺紧堇锦谨馑瑾肯垦恳啃捆阃悃壸凛廪懔皿闵抿黾泯闽悯敏滑品榀锓寝忍荏稔损笋隼榫沈审婶哂矧吮刎拉吻紊稳尹引饮蚓殷

隐瘾允犹陨殒怎诊枕轸畛疹袗縝鬒准墩撙

去声

奔(又阴平)笨倴摈殡膑鬓衬疢龀称趁榇谶寸囤沌钝炖吨(又阴平)盾顿遁分份奋忿偾粪瀵亘艮棍恨诨圂混溷慁仅溷妗尽进近劲荩晋赆烬浸琎唫祲靳禁搢缙觐殣噤俊菌郡峻馂浚骏焌畯竣裉困吝赁淋蔺躏闷焖懑恁嫩论喷牝(又衣韵上声)聘吣沁亲刃认仞任纫韧饪妊紝衽润闰肾甚渗椹葚蜃慎顺舜瞬褪部汶璺揾囟信衅训迅汛驯徇逊殉浚巽蕈噀印饮荫胤窨慭孕运郓晕酝愠緼韫韵蕴熨谮圳阵鸩振朕赈揕震镇

十、唐 ang，iang，uang

阴平

肮邦帮梆浜仓伧苍沧怆(又去声)鶬舱昌倡菖猖阊伥创摐疮窗当珰铛(又音 cheng)裆蟷筜方坊芳枋邡钫冈岗(又上声)扛刚杠肛纲钢缸釭罡堽光咣胱夯荒肓塃慌江将姜豇浆僵螀缰疆康慷糠匡劻诓恇筐囔乓雱滂膀枪羌枪戗戕将跄腔蜣锵镪嚷丧桑伤汤殇商觞墒熵双泷霜孀骦鹴礵螳汤铴樀蹚嘡镗蹚汪望乡芗相香厢湘汀缃箱襄骧瓖镶央泱殃鸯秧鞅赃脏牂臧张章獐彰漳嫜璋樟蟑妆庄桩装

阳平

印昂藏长场苌肠尝常偿徜裳嫦床幢防坊妨肪鲂房行(又庚韵阳平)吭迒杭绗航颃皇黄凰隍喤遑徨湟惶煌锽潢璜蝗篁磺蟥簧鳇扛狂诳鵟郎狼阆榔桹廊螂椰硠锒稂鄉螂良俍茛凉梁椋量粮粱踉邙芒忙杧龙盲氓茫硭鋩牻駹囊娘彷庞逄旁蒡膀磅螃强(又上声)墙蔷嫱樯襄瀼穰瓤唐堂棠塘搪糖溏瑭樘膛糖螗螳郎亡王(又去声)详降庠祥翔扬阳羊瑒飏炀杨旸佯疡徉洋

上声

绑榜膀厂场昶惝敞氅闯挡党谠仿访彷纺昉舫岗(又阴平)港广犷怳恍晃谎幌讲奖桨蒋耩朗两俩魉莽蟒漭曩攮榜抢强(又阳平)镪襁壤攘嚷嗓搡磉颡垧晌赏爽塽帑傥淌惝傥躺网枉罔往惘魍享响饷飨想鲞仰养氧痒驵长掌奘(又去声)

去声

盎蚌棒傍谤蒡搒镑磅稖怅畅鬯唱创怆(又阴平)当宕荡挡砀档菪放扛筻戆逛沆巷晃滉榥匠降虹将洚绛弶酱犟糨亢伉搞闶炕圹纩旷况邝矿贶框眶浪莨阆亮凉悢谅辆靓量晾啍踉攮酿胖(又寒韵阳平)呛戗炝跄让瀼丧上(又上声)尚绱烫趟忘王妄望向项巷相象像橡怏样恙漾(又音 sh ang)脏奘(又上声)葬藏丈仗帐涨障幛嶂瘴壮状僮撞幢戆

十一、庚 eng，ing（ieng），ong（ueng），iong

阴平

庚井伻崩祊绷嘣冰兵槟屏柽琤称蛏铛赪撑噌瞠灯登噔蹬镫丁仃叮玎盯钉疔酊丰风沨封枫疯峰烽葑锋蜂酆更庚耕赓鹒羹亨哼脝精茎惊京经睛泾荆菁旌晶粳兢鲸坑吭硁铿拎蒙抨怦砰烹嘭乒俜娉青轻氢倾卿圊清蜻鲭扔升生声牲胜笙甥厅汀听翁嗡兴膺鹰曾增憎罾矰丁正（又去声）争征怔挣峥狰钲症烝睁铮筝蒸东冲充忡翀舂憧艟匆苁从囱瑽枞鏦葱骢璁聪熜冬咚鸫蝀工弓公功攻供肱宫恭蚣躬龚觥哼吽轰哄訇烘薨埛駉扃空倥崆椌箜忪松凇菘嵩淞恫通（又去声）嗵痌凶兄芎匈讻汹恟胸佣痈拥邕庸慵喁鄘雍墉镛壅臃鳙中忪忠终钟盅衷螽宗综棕踪鬃

阳平

层曾嶒成丞呈诚承城宬乘盛程惩裎塍酲澄（又去声）橙冯逢缝（又去声）恒姮桁珩横衡蘅崚棱伶灵苓蛉囹泠玲令（又上去声）瓴铃鸰凌陵聆菱棂蛉舲翎羚绫棱零龄鲮酃醽龙氓虻萌蒙盟甍瞢幪濛曚朦艨檬名茗明鸣冥铭洺蓂暝瞑螟能宁拧咛狞柠凝芃朋堋澎彭棚蓬硼鹏篷鬅平冯评坪苹凭枰洴軿屏瓶萍勍情晴檠擎黥仍绳疼腾誊螣藤廷亭庭停蜓婷霆刑行（又阳韵阴平）形邢陉型荥硎迎茔荧盈萤莹营萦楹滢蝇潆赢嬴瀛虫重崇从丛淙悰琮弘红吰闳宏泓荭虹竑洪翃鸿蕻黉龙茏咙泷珑眬胧昽聋笼隆癃窿农侬哝浓脓秾醲邛穷茕穹藭筇琼蛩跫戎茸荣绒容嵘蓉溶瑢榕融同彤侗茼峒桐砼垌烔鲖峂橦僮铜童潼瞳膧曈艟雄熊喁颙

上声

蓁琫绷丙秉柄饼炳屏禀鞞逞骋等戥顶酊鼎讽唪埂耿哽绠梗鲠井阱刭颈景儆憬璟警冷令（又阳、去）岭领猛蜢艋锰懵蠓酩捧顷请綮謦省眚侹挺铤蓊滃醒省擤影郢颖颖拯整宠董懂巩汞拱珙栱哄唝冏炅迥泂炯褧颎窘孔恐倥陇垄拢笼冗怂耸悚竦统捅桶筒永甬咏泳勇涌俑恿蛹踊鲬肿种冢踵总傯（又去声）

去声

泵进绷蚌蹦镚并病摒蹭秤掌邓凳澄磴瞪镫蹬订钉钉定碇锭凤奉俸缝更横悻劲径净胫痉竞竟婧敬靖静净境獍镜另令（又阳、上）愣孟梦命宁佞泞榅碰庆清箐磬罄圣胜晟乘盛剩瓮蕹齆兴杏幸性姓荇悻婞应映硬媵综锃赠甑正（又阴平）证郑怔诤政挣症冲铳动冻侗栋洞恫胴胨垌硐共贡供讧哄澒蕻空控鞚弄讼宋送育诵颂恸痛通（又阴平）用佣中仲众种重纵粽

十二、齐 i，er，ü

阴平

氐低羝堤几讥叽饥玑机乩肌矶鸡奇屐（又入声）剞笄姬基期赍犄嵇畸跻箕稽齑畿羁眯眯丕邳批伾纰坯披狉砒鈚铍沏妻栖凄萋期欹攲梯蹊欺兮西希茜郗稀熙牺唏悕晞欷睎傒豨僖譆嘻奚嬉熹樨羲蹊粞犀曦醯醯鼷伊铱衣（又去声）医依祎咿猗漪噫繄黟车且苴拘狙居驹俱罝疽据琚趄雎裾区岖会驱肢祛蛆躯焌趋黢吁圩盱须虚嘘墟胥湑諝 訏需迂纡淤誉（又去声）

派入阴平的入声字：

逼嘀滴菂圾芨唧积屐（又阴平）击缉激積劈噼霹七桼戚缉嘁漆剔踢夕吸汐昔析矽穸息悉淅惜晰翕皙锡裼晰熄嗡膝螅歙螅腊窸蟋一壹揖

阳平

厘狸离骊纚梨犁鹂喱蓠漓缡璃蔆藜黎鲡罹篱黧蠡劙弥迷眯猕谜縻麋靡（又上声）醿醾尼泥坭怩倪霓猊鲵齯麑皮陂疲枇芘狓毗蚍陴埤啤琵脾裨蜱罴貔鼙齐祈圻芪岐其奇歧祈祇俟耆颀脐旂萁畦跂崎淇骐骑琪琦棋蛴祺锜綦旗蕲鳍麒鬐荑绨提啼鹈騠缇鶗题醍蹄仪圯夷痍匜迤饴怡宜荑贻沂诒眙簃迻姨胰扅蛇移遗（又微韵去声）颐椸疑嶷彝儿驴闾榈劬渠蕖璩瞿蘧氍癯衢蘧鸲徐于予妤玙余欤盂臾鱼禺竽舁俞谀娱萸雩渔隅揄喁畬逾腴渝愉瑜榆虞愚觎舆窬

派入阳平的入声字：

荸鼻狄迪的籴荻敌涤笛觌髢商嘀嫡翟（又开韵阳平入）镝及伋吉岌汲级极即佶诘亟革芨急疾棘殛戢集蒺楫辑嵴嫉蕺踖瘠藉籍给脊习席觋袭媳嶍隰檄局桔菊焗跼鶪橘曲（又上声入）

上声

匕牝（又文韵去声）比沘秕彼俾鄙氏邸诋坻抵底柢砥骶几己虮掎挤麂礼李里俚逦悝澧鲤理娌蠡米芈沵洣弭敉靡（又阳平）拟你旎薿庀圮仳否吡痞嚭屺岂企启杞起绮稽体洗铣玺徙喜葸蓰屣禧蟢鲒已以苡尾矣苢迤蚁舣倚扆椅旖踦尔耳迩饵珥柜咀沮莒枸矩举筥龃踽蒟吕侣铝旅屡偻缕膂褛履女取娶龋许诩姁栩湑糈醑与予屿伛宇羽雨俣禹语圄龉圉庾瘐

派入上声的入声字：

笔给戟脊匹癖擗劈乞曲（又阳平）

去声

币闭庇诐畀閟泌駜毖陛髲狴庳敝婢蓖秘篦蔽脾禆痹弊髀贲避嬖臂比费地弟娣第帝谛蒂棣睇缔递蝃计记伎纪芰技系忌际季剂垍荠洎济既觊继徛祭偈悸寄惎蓟跽霁鲚漈暨冀罽骥厉吏丽励利例疠砺猁櫔隶戾唳荔俪俐疠莉莅粝蛎詈痢泥昵腻睨屁睥媲气弃妻契砌器憩剃屉涕绨替裼嚏戏(又乌韵阴平)饩系细禊亿义刈忆艾(又开韵去声)议衣(又阴平)异呓易诣羿谊翌肄裔翊巨句椇讵苣拒具炬沮矩俱倨据距惧飓锯距屦遽瞿醵虑滤女趣去觑序叙酗绪溆絮煦婿与玉双芋妪雨语预喻御寓裕愈豫谕澦遇誉(又阴平)饫

派入去声的入声字：

必嬖毕苾荜哔筚滗湢愊弼愎跸煏腷辟碧豼壁襞躄檗薜的迹寂绩稷鲫髻力历立呖沥枥栗砾瓅疬笠坜溧跞傈篥汩觅宓密蜜幂谧匿溺壁僻澼甓譬迄讫泣葺碛倜逖惕趯却阒鬩隙瀹潟一壹弋仡屹亦杙抑邑佚役译逆易峄佾泆怿驿绎杝轶疫弈奕挹悒逸益嗌熠溢镒埸蜴乙剧律绿率(又开韵去声)恧旭畜蓄恤续蓿勖洫玉郁育昱狱彧钰浴域堉欲阈尉煜毓鹆鹬燠鬻熨峪

十三、(支)(-i)(零韵母)

阴平

哧蚩鸱絺眵笞瓻摛嗤痴媸螭胵魑呲差疵跐骴尸师诗鸤虱絁鳾狮葹施蓍酾(又开韵阴平)司丝私思噝鸶偲斯蛳缌厮罳澌撕嘶之知支氏卮芝吱枝肢栀胝祗脂蜘仔孖吱孜咨姿兹赀资訾(又上声)淄嗞缁辎嵫粢孳滋趑觜锱龇髭菑鲻

派入阴平的入声字：吃失虱湿只汁织

阳平

池驰迟坻持匙漦墀踟篪词茈茨祠瓷辞慈磁雌鹚糍时埘鲥

派入阳平的入声字：

拾十石(又寒韵去声)实识食蚀鼫湜执直侄值职埴植殖絷跖摭踯

上声

齿侈哆耻豉褫此泚跐黹史矢豕始驶屎死止址芷沚祉只枳咫疻旨指酯抵纸轵趾徵子仔籽姊秭茈紫訾(又阴平)耔梓滓

派入上声的入声字：尺(又车韵上声)

去声

炽翅次伺刺佽赐士氏示世仕市式似事势侍试视柿拭是逝誓嗜噬莳谥弑舐筮贳四寺

饲巳嗣汜泗肆至识帜制治峙致痔滞彘置雉稚郅骘炙掷掷炙骘自字

派入去声的入声字：

彳叱斥赤饬敕拭饰适室释螫郅帙质栉陟桎贽挚轾秩掷鸷室炙蛭日

十四、姑 u

阴平

乌逋晡初摴樗粗都乭阇嘟夫肤玞柎铁麸趺鄜孵敷估姑咕沽孤轱軱鸪罛菇菰蛄辜酤觚箍乎呼戏（又衣韵去声）滹糊刳矻枯骷撸噜铺痡殳书抒纾枢姝殊梳舒摅毹输疏蔬苏稣酥乌圬邬污呜瘆钨巫诬恶朱洙侏诛茱珠株诸铁猪蛛槠潴橥租菹

派入阴平的入声字：

出督毂（又上声入）忽惚唿淴哭窟仆扑朴噗叔倏菽淑窣突秃突屋

阳平

刍除厨锄滁蜍橱篨蹰租殂凫扶孚罘俘浮蚨桴符涪蜉鞭郛狐弧胡和壶葫猢鹕瑚糊蝴糊觳醐卢芦庐垆炉泸纑栌轳胪鸬颅舻鲈模奴孥驽匍莆菩脯葡蒲如茹儒薷嚅濡孺襦蠕图荼徒途涂菟徒途涂菟屠瘏酴无（又波韵阳平）毋芜吾吴捂唔梧蜈鼯

派入阳平的入声字：

醭毒独顿读渎椟牍黩犊髑弗佛艴拂佛氟绋茀怫芾伏洑茯栿绂袚服菔匐福蝠辐宓蔽幞囫斛縠鹘醭璞濮孰赎塾熟秫俗竹术竺逐烛舳瘃躅足卒崒族镞

上声

补捕哺堡（又豪韵上声）处杵础楮储楚褚肚堵赌睹父甫抚拊斧府釜辅脯頫腑腐簠黼古诂股牯贾罟蛄蛊鼓嘏瞽虎浒唬琥苦鲁橹镥瞄掳卤母牡亩拇姆姥努弩胬埔圃浦溥普谱氆汝乳暑黍署鼠数薯曙土吐午五伍仵迕庑怃忤妩武侮捂牾鹉舞主拄渚煮褚诅阻组俎祖

派入上声的入声字：

卜笃谷骨鹄毂（又阴平入）縠鹘汩榾朴蹼辱属（又音 zhu）蜀嘱瞩属

去声

布怖步埔部埠蔀簿簿处醋杜肚妒妬度渡镀蠹父讣付负妇附坿阜驸赴服副蝜赋傅富鲋缚赙固故顾堌崮雇锢痼户护沪戽扈互冱怙祜岵瓠库裤绔袴路赂璐露鹭辂暮幕募墓慕怒铺戍树竖恕塑庶数墅漱澍腧素嗉愫诉溯愬兔吐堍唾菟务杌悟误晤雾恶坞骛骛戊婺焐伫苎助住纻杼贮注驻柱炷疰著蛀铸翥箸

派入去声的入声字：

不亍畜矗触黜俶绌諔怵搐滀黜促簇蔟蹙蹴卒猝复腹蝮覆馥鳆笏梏喾酷六（又尤韵去入）陆录菉鹿渌绿琭禄碌睩蓼僇辘漉麓戮簏箓醁木目沐苜牧睦穆霂瀑曝入蓐缛褥术束述夙肃速宿骕粟谡蔌鹔觫缩簌物勿兀鋈杌筑祝

（转载《中华诗词》2004 年第 5 期，个别极生僻字未录入）

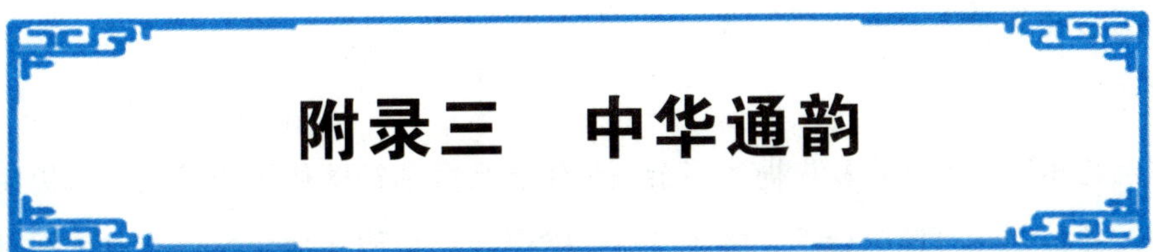

附录三　中华通韵

目 录

一、啊　a,ia,ua

阴平

花家压发沙鸦佳纱麻加嘉瓜哗砂答蛙夸他差八鸭叉虾巴插洼丫查它呀哇夹杀芭押刮塌拉掐搭瞎扎抓喳鲨渣吧擦妈疤嘛叭啦她扒刹咖吗下南哪那咋捌罢哈摩化茄杉刷撒阿挖瘩啪踏抹喇煞胳垃啊趴蚂笳葩葭匝袈挞铻浃楂娲袷迦铩笆栝珈呷跏枷痂杈趿喀哑

莎鸹胍铊垭禢袈粑嘎奓铪挲溻鞑臜疸馇遢锕镓仨咔腌喇褡嗒呱嚓碴邋痧旮伽揸髽桠窊垮唦羓拶奓吒虲鲃酦荚哒舥孖朳迦欻岜砉

阳平

华涯霞茶暇麻芽牙哗峡崖衙伐答杂颊匣侠乏叉察拿虾辖狭娃罚蟆筏查达爬夹闸跋阀滑猾拉扎拔划茬嘛耙扒蛤吗轧瘩砸喇打炸啥啊槎遐琶瑕札狎铗黠荚戛怛魃柙岈杷硖垡骅睚搽郏靸铡跶玡噶铧嘎汆鞨嵖沓荼剌楂嗄猹筢伢碴蛱妲旯笪蚜琊劄恝垞叚胈迓炟哒漄镎菝

上声

马法洒甲雅瓦塔寡把假哑靶要那眨喇卡傻玛码钾哈咋俩撒蚂垮哪打贾啊叉吗爪拉獭胛靸剐衩咔犸岬砝嘎哆镲佤抷鳎尕呱咯钯碴侉拃砟罦槚鲊瘕蹅潵哒

去声

化发驾话下瓦挂洽画亚稼袜架嫁骂大纳讶把华怕假夏罢跨踏诈乍卦霸价霎萨辣坝划帕厦蹋恰蜡腊栅那差榨岔褂捺桦尬耙拓爸煞落哈刹钠吓炸呐娜轧蚂压啊叉挎拉刷沙沓榻闼罅衲飒诧迓咤胯唼娅猷汊挞姹灞揠漯衩嗄髂蚱镲诖卅珐唛剌氩嗒柞拃瘌杈鲅癞砑軿嫲霅祃肭奓阘猰蝲溠脎膃莋侘鲊痄

二、喔　o,uo

阴平

多波剥拙郭托泊坡脱梭窝颇拨涡泼蜗捉拖摸锅卜播搓咄啰哆戳桌唆嗦玻作过菠撮说般豁缩朴娑蓑钵莎聒掇挲磋喔嘬蹉蝈棁踔倭倬涿裰擢饽秳桫嘞啵镨蝈羧钋莴捋埚趵噢嚄唷踒睃掇蕃陂瑳皤剟逴酦砵侂劅崞汋桲呙锪哱

阳平

国罗萝磨酌泊伯活昨魔螺薄夺摩驼博灼婆渤摹琢卓勃搏浊舶娜驳度啄逻驮骡膊膜茁锣啰缴箩挪踱蘑鸵魄馍柏著和脖着无脚模佛那跎皤陀谟帛沱濯橐酡箔鼍铎礴擢斫佗柁帼诼傩僰虢矬亳捽镯坨掴鄱嵯砣钹浞痤嫫椤麽膊笮铂鹁嫙铊猡踣馘瘥镈鹾酫浡椓袯欂鲌啅桲腘莋佸叕鄚

上声

我火所果锁索朵裹琐妥左簸裸跛佐躲垛椭伙撮抹椁叵唾嘎瘰笸庹唢锞哚稞弹夥蠃菰脞蜾倮夜钬

去声

落没络过坐阔卧寞破墨陌漠末座廓堕作弱洛迫默祸诺获惑握错魄唾沫霍沃烁惰货磨做挫若簸措硕括懦脉莫舵拓骆扩糯垛或万烙薄朴踩和豁绰抹冒柏茉数驮适朔幄渥铄藿柝辍瘼怍擘祚酢啜珀粕殁槊荦檗蠖秣镬貊斡珞箬雒龊胙泺妁锉搦蓦厝嚄靺柞剁貘唑砟漯摞嚯蛞硌塘咯肟栝蒴柁偌龌喏跞搠箨涴爇搾惙莝阼蒻镆硪偓郜爝枤蘼婼岝濩溹檴饳

三、鹅　e，ie，e

阴平

歌车戈遮科阿奢颗折么割呵苛哥鸽得蝌搁磕呢底疙呐著棵地喝了着的肋胳坷赊柯珂窠诃轲疴泂颏婀纥畲屙髁蜇砗饹猞嘚嘞螫嗬呃稞瞌圪咯仡畲叵

接结阶节些歇街鳖揭跌贴皆蝎秸爹捏椰楷咧憋瘪价帖切撇家嗟耶瞥喈噎楔疖揳咩萜乜掖湝偞

约缺削靴曰薛阙撅噘炔

阳平

得和哦何择合河壳阁隔峨辙舌荷哲娥责德泽讹额鹅禾蛇蛾则折葛革格蛤俄盒核搁哪咳咋胳翮蛰阖帻谪磔莪膈涸盍啧赜劾箦骼迮辄阂颏鞨纥阇鬲佘曷嗝盉菏镉饸锇锝颌舴貉笮龁誊鹖哲滆郃龢喆涐

别斜结蝶洁携劫杰叠节竭谐捷邪鞋睫截协爷挟迭谍茄桔胁碟叶诘耶偕堞缬牒撷垤耋孑桀蹀碣羯讦鳖颉鲽揶拮喋婕劼偈勰鲑伽铘飏絜绖岊咥蛱昳乩楪婴鲒

绝学穴诀决爵觉崛掘瘸嚼角倔蕨玦攫噱谲蹶桷橛抉燏獗珏矍厥孓茓镢趹阙玃觖峃敩傕砄

上声

恶者可渴个舍惹各坷扯尺葛舸赭褶喏锗轲岢哿炣

野血铁裂写也冶解且姐咧瘪帖撇苤懈

雪哕鳕蹶

去声

侧和客恶色鹤策社热可测乐彻设刻涩涉个舍册贺课褐特赫瑟饿澈射愕遏赦克蔗摄鳄各撤鄂扼厕噩浙喝呐拾塞吓荷这勒壑莩恻厄坼仄穑掣鹗麝锷柘昃慑餍忒轭谔啬泐恪垩讷阏鹧腭嗑溘呃歙仂骒铯鳓氪叻厍忑缂颚铬锞蛇硌崿熇膯嵩瑟簕溹涑姶堨滠雀

夜芥叶业灭界谢裂列烈戒液屑借怯劣介咽泻孽腋窃蟹卸械解泄诫藉懈届猎蔑页聂切价别契帖箧惬榭谒妾冽鬣溢靥蘖曳捋绁挈蹑薤獬燮啮涅镊烨餮躞亵疥冽廨嗫臬躐玢邺篾邂獬捩渫锲蚧颞

郄趔掖乜镍慊馇蘖晔焆骱薛偰陧榍械脟

月血岳略雀悦却跃鹊阅粤虐确越掠疟倔钥阙樾钺谑阕刖榷龠悫玥栎瀹燏埇锊楷醋恝圙

四、衣　i,(-i)

阴平

几衣期息稀西奇机夕低溪依惜栖一鸡堤滴欺披饥梯凄基逼希膝激戚昔熙击锡积肌漆伊医七妻犀其讥稽提吸箕析唧悉熄嘻晰剔缉牺眯批壹坯腊畸踢蟋霹妮叽呢哩咪圾柒的劈嘀体兮矶屐嬉漪羁蹊畿萋跻晞曦玑姬揖镝畜羲淅汐噫赍笄奚猗咿嵇翕醯豨丕皙唏邳熹氏粞犄铍僖祎榉纰剞黟歙乩恓桤沏蜥芨锑噘砒浠墼噼螅窸郗烯铱茜硒欹螯巇觋羝夕睎觿踦枅鼷肸伾傒繄裼俙狉鄘泎觭熻樀郪嶲嘻谿菥爔

思知诗枝之丝师姿湿失痴滋私兹支斯施芝资嘶脂司咨织尸差汁肢殖匙吃狮只撕刺仔吱子蜘卮嗤螭缁髭疵虱鸱澌笞媸胝訾淄孜嵫蓍蚩鸶魑眵孳祗栀辎厮锱鲻趑缌哧嗞蛳跐呲龇呲嘘锶飔赀凘摛酾菑玼粢禔虒偲泜鼒镃鲭楮孖浉鸤峒稙楒

阳平

泥齐奇急极啼移迷离宜席疑集笛旗题夷疾敌仪及骑篱遗棋蹄棘疲怡靡皮习璃漓吉黎即籍其鼻提歧脾犁袭梨级涤尼贻狸弥脐祈崎嫉藉辑蛇姨丽眯迪谜鳍厘媳呢啤的胰嘀糜亟楫颐藜畦岐檄鼙霓汲倪迤彝饴鹂縻隰痍罴瘠镝戢笈蒺荑麋狄鲵圻骊綦沂荻岌鼙貔罹毗萁籴嶷怩耆裨祺祇黧殛绨祁圯鹈缡匜祢蛳嫡颀琦蜞觋埤眙骐坭淇琪蛴诒铍缇咦麒锜蕺蒺蕲琵猕佶醍郫鳀蚍翟醚蜱荸芪鲕蠡俟荠陂铌喱亓嵴枇郦觌醨猊陴踖醾藦房埼麑伋跂簃聖秸椸鹡姞媞蹢宧鳛遆觭猑椑嶍愭潎郊髢芘

时拾石迟池辞持驰词直实祠兹十职食识慈值雌蚀什执植殖弛匙瓷侄磁墀茨篪鹚坻踯湜摭埘鲥埴踟炻莳糍茌跖縶祐檠茈鴲

上声

起喜理笔底矣里已李礼纪几米匹体蚁已拟启鲤比鄙徙以脊洗乙乞倚彼企你挤匕济抵岂椅给劈靡稽绮癖戟屣醴砥邸蠡杞圮旎弭玺逦秕苡禧柢诋俚屺芑妣麂澧痞鳢娌俾葸虮旖綮骶迤锂吡坻铣钇氏脒舣嶷葸臬棨芘扆掎酏敉熹佁芈仳泚列涅圯琦洣豉伲沓嘻

子此死尺史止紫指齿纸旨耻驶始矢趾址侈使姊只屎籽仔哆滓徵梓芷豕咫沚祉积褫

豉秭酯訾跐沘耔笫茈嵴轵抵胞玼好芪

去声

地意的气迹碧力立计壁寂异际翼寄役吏细忆密义泣记益璧逸利器历弃弟邑戏丽纪第避闭帝毕觅隙辟系秘议继易僻绩厉砌忌涕溢栗臂谊必艺逆蔽腻蒂蜜粒季例沥替雳荔匿泥砾递弊亿妓契抑绎隶惕庇译冀励币毙鲫既毅溺剂济祭疫莉譬痹技屹齐剃缔泌亦屉俐痢屁汽迄佛食艾拂霁驿臆翳裔舄髻憩骥笠稷跸陛唳碛敝诣枥奕睨挹砺怿睇婢荜疠葺谛戾弋弼荠悸谧禊弈蓟浥轶俪昵幂伎篦栎懿粝悒悌畀逖詈刈乂箅熠蜴镒槭棣埸觊肄讫劂贲筚翊殪襞濞薏峄佚薜呓饩偈呖莅劓嚏羿髀汩洎媲蛎愎嬖崼仡嗌阋鲚缢塈哔佾郦潟溧鬲疬翌汔傈箅铋娣倜瘗苈睥螠滗亟淠跞蓖碲宓禘猁郤郄嗞埤俶鹢祕芰甓绤屃瘗襞勚踶苭苾杙赑狴趯铄踶惎诐庳肸潫溧褅穄珌鬄澼坜谧垍婞佖廙嫕螮呹涑杕潩徛杤冀哑裼濿呲浰碶玓佰坒礤邲镱伲箄鹝

事日士至世字志寺市室是致势赤逝氏制视试赐掷置祀次滞治恃智释饰翅四秩侍拭肆似稚自质誓嗜巳适斥帜式示刺伺挚识室柿饲帙峙仕雉笥陟嗣炽栉驷泗敕兕俟耜噬渍豸汜炙呲恣踬轼饬鸷谥贽贳姒轾彘筮骘莳啻觯舐奭蛭桎痔弑眦痣郅瘛螫铈涘畤锧褫驲偨跱忮铚庤杙疐眰佽莿梽媞擿澌

五、乌　u

阴平

书疏屋初夫孤珠殊枯舒哭窟呼苏都乌株蔬出忽肤乎姑粗敷诸沽污朱叔枢梳诬铺租秃酥突辜淑糊输扑呜巫恶仆猪督蛛抒戏凸菇咕姆孵估骨诛逋姝晡鸪铢趺菽毹惚摅觚酤樗纾菰苴窣潴蛄刳跗倏呱洙稣麸阇圬槠邾稃茱簏邬嘟撸轱呋侏彀丮骷滹烀钨唿噗噜兀殳玞矻洿橥吻鄜撸悆琡咮貂淴於砆琇鄃菁圐甦蒢

阳平

无竹图如浮庐湖熟夫俗徒除途壶烛足服儒独芜符福逐扶锄吴奴雏蒲炉族梧胡吾拂涂毒厨卢芦读模狐伏弧糊颅幅赎屠仆俘蝠辐弗橱术芙核袱葫蝴蠕脯卒菩和顿佛葡蜈躅鹄徂凫斛蹰犊躇垆牍襦濡璞鲈瑚绂渎縠孥蜍刍秫舻孚镞孺竺轳茹醐椟菟桴黻郛黩殂鼯嚅塾胪袯蜉驽蚨匐荼濮苻孰泸栌苐罘瘃鹈滁莩唔槲涪怫毋莆髑铻幞猢茯菔鸬浯匍彀氟芾霈毪囫铷煳呒酺蒱绋箙崒舳醭钹蠋腯稌枹峿艴琈酴颥珸芣洑郚榑垺梌镤鸰璞嫮

上声

骨古土舞主谷府虎浦鼓暑武补汝吐父午阻五辱亩曙母谱卜睹乳鼠蜀斧鲁伍署祖堵

虏甫苦处数储辅组瞩煮鹉侮腐属抚股哺脯俯拄圃卤础嘱楚捕普牡肚贾赌努姆拇薯捂芦唬堡朴浒渚毂黍俎橹麈妩腑杵弩釜笃鹘庑罟忤楮溥蛊瞽拊迕诂牯褚黼牾诅怃掳仵琥滏氇蛄汩钍瞉钴呒臌卟埔胬蹼镥鼯羖篚砮珷昨溇鄘琟灏澛　岨

去声

路暮住物赋目木入户雾步渡顾虎素故恶腹误粟怒吐露父束速鹿负禄促术护肃悟注牧不富慕布妒墓陆固录驻树诉筑度宿缚兔沐触祝助杜处数务傅墅复簇述著覆缩附付幕穆酷铸互矗簿妇竖赴庶怖库裤贮恕漱褥溯瀑碌睦柱部肚勿估醋募副赂塑铺戊蛀埠曝暴咐沪镀畜雇绿堡糊卒服麓鹭坞馥戍兀伫阜蹙蠹箸笏晤箓渌杼戮骛翥炷漉瘩瓠黜溽簌骛洳扈辂痼愫梏缛瓿锢蹴祜觫谡怙鲋澍讣夙辘苎怵婺猝绌杌蓐璐嗉蝮沭绔潞戽菟赙俶喾苜搐逯蔟钚鋈驸腧牟鲴酢傈俞軏崮仫焐堍瘏埔涑钼纻蔌冱簏濩虮蔀嫭岵菉僇亍稑牿琭勠蹜傃柷鹔眵疰堌鄠斶蕗骕砫埗芴鳠傉隃甪韄泌洑

六、迂　ü

阴平

居虚须墟趋驱躯驹屈吁迂区拘岖曲需鞠戌淤且据车俱锯裾纡胥掬琚嘘稰狙苴祛盱蛆趄睢疽顼娶鞫锔魃黢梮蛐觑祛诎谞砠盱欻瘀岨胠娵砉腒於麹焌泃崌

阳平

鱼隅菊渠娱愚局余予渔舆徐驴橘榆渝于愉逾与衢闾虞腴臾欤蕖癯竽盂劬玙谀蘧揄萸俞雩瑜嵎觎榈禺妤瞿磲璩蝓鸲氍锔朐狳焗嵛喁畬窬褕舁鄐鼩邗艅於髃蠼隃灈

上声

许侣宇举取羽雨履缕旅语屿吕禹矩屡女予与娶沮铝柜曲龉庾诩栩膂圄踽窳圉咀莒伛褛龋偻俣蒟榉瘐龃枸敔拇铻醑筥糈湑梠弆瑀敔秬珝郿竘貐

去声

绿玉遇续俱絮具绪域律剧欲序誉御据浴句去惧趣旭狱育寓恤虑豫炬蓄婿拒愈聚喻叙裕预郁芋距与锯巨沮吁滤酗氯畜率谷屦驭遽踞觑燠勖淑谕妪蜮饫煜鹆溷阒阈洫衄毓鬻煦峪倨鷸飓苣昱彧聿讵椇熨钰堉菀恧潏隩窭钜 8 醵湑蒣秬棫遹薁悆岠矞燏堬淢淯濾昫

七、哀　ai，uai

阴平

开台哀苔哉埃衰猜栽斋胎乖灾腮拍拆该呆揩筛摘挨差歪唉咳哎拽摔掰塞揣侧待派

钗垓陔鳃赅呔噻欸嗨搋甾荄咍偲晐

阳平

来台白才苔宅怀徊莱材裁排淮埋槐孩财柴牌豺挨抬徘哎还癌拜骸侪霾皑骀徕俳踝鲐臭崃郃薹翟跆涞铼俫梾硙簰

上声

柏海改窄彩慨百宰买载蔼乃采凯楷矮摆逮奶拐睬歹踩甩揣伯排迫仔哎哪色霭醢铠蒯恺艿欸闿锴剀捭崽佰呔荚丰氖崴嗳傣茝垲毐胲迺

去声

在外爱态带代怪拜赖待碍迈快债麦脉泰菜隘艾派再害败卖块坏戴概载耐骇蟀贷溉蔡盖湃采寨亥赛奈袋睐丐帅塞太汰拽逮怠晒会唉揣大筷钙率芥哎籁黛濑岱脍狯鼐瘵殆赉呗埭稗虿暧柰侩叆哙夬癞迨忾玳徕劢嫒诒肽氦酞啜萘砹钛嘬哌啛嗳嗌踹骀鲙衋绐郐轪瘥垡炌彡佴瑷

八、欸 ei,ui

阴平

归飞微杯悲非催辉灰吹黑碑堆危威摧窥薇追规挥卑亏炊闺妃徽推巍瑰菲锥龟恢椎偎崔胚啡虽盔勒硅尿臂背嘿衰扉隈霏陂麾圭醅隳绯榱煨骓晕诙睢蜚葳妫克皈逶岿濉萎崴悝鲑呗珲虺嗨眭嘞鲱呸咴忒萑晖鞾祎椑吥呛微邦挂鹎隹埒

阳平

回违垂肥梅眉谁雷随为围帷陪贼媒颓维魁枚葵培煤累椎惟唯锤隋捶霉玫赔擂没遂嵬湄闱帏陲蕤洄夔羸逵绥楣韦腓暌揆桅睽奎嵋裴槌莓淝棰膗隗缧酃酶潍沩鹛嫘涠贲喹蝰縻茴镭圩蛔唾榴猋暌锫珺镅圐槅

上声

尾水美蕊垒北髓轨毁委伟苇纬伪诡萎馁鬼嘴蕾磊悔癸累诽每匪腿菲哪给得晷耒诔簋儡隗斐洧鲔娓炜韪诿悱痿匭璀跬猥玮皮榧傀翡镁蜚鯑篚浼蔿宄咄裴渼瘤鬼沈蘧磥美蝰婉

去声

内醉泪贵翠味岁辈睡佩对碎会媚坠废桂瑞悴愧退位类背遂慰未晦畏备惠罪沸卫最队吠费秽税卉脆谓魏穗蜕祟慧妹锐魅肺汇绘配馈溃沛粹讳味赘缀惫贝跪隧诲猬为胃被狈尉悖贿兑蔚累倍说敦擂喂谜那肋柜褪寐袂謦旆邃瘁桧蕙渭匮萃喙燧喟碓帔彗酹霈毳

聩虺荟愦惴蚋焙恚淬鞴怼睿蕞篑缒芾蓓唠刿痱芮狒孛鳜蟪邶啐谇刽炅褙碚钡鐾煺浍烩镦琲纳蜕枘皑翱糒笔祋蒉碨携桅穗鞁熠棓

九、熬　ao，iao

阴平

高朝消霄涛招交刀骚腰萧飘宵箫销骄郊操梢遭娇烧焦椒标蕉邀嘲敲膏滔超潇嚣雕褒抛搔浇胶妖包昭要苞糟熬抄夭撩漂糕羔挑叨臊猫刁钞彪胞凹教捎泡稍硝炮跷捞糙锹礁掏剿叼约剥肖削吆跤吵绰雀着悄哟皋蒿凋绡飙貂韬杓镳篙蛟饕绦枭棹鸮缫枵薅骁筲硗尻蛸姣幺侥剽哓茭缲鞘魈鲛橇啁鸼镖膘孬逍脬碉摽艄钊睾孢喵焯飑氖鲷螵缥嘌嚆龅劁骠煲蹽艽舠忉翛祧漉慆幖弨燋虓熛纫怊涵蠊僬僬瘭弢咬滕猇藨蟊蔡枹

阳平

调嚼朝遥桥劳潮豪寥毛条袍曹毫巢摇桃饶苗逃茅号瓢谣迢聊牢薄嘲陶乔矛尧嚣姚翘僚描槽萄凿辽雹勺熬疗肴挠撩叨猫淆淘窑缭侨跑侥嚎炮憔嘹瞧锚唠刨矫瞄朴着樵醪桡鳌峣韶瑶旄髦寮遨杓螯猱苕庖匏嗷爻嘈翱壕娆璬鏖敖濠蜩髫鹩谯嗥洮呶徭獠茆铙葵蝨漕姣崤螬聱晁荞繇鳐峤啕蚝蝥珧芍嫽咆牦痨嫖鞒蛲铫崂潦貉狍鹋笤捯硇轺荛绹漻艚蝥橑猺嗸鲦藨廒龆梼楸嫋珧砾柖洨嫽垚簝猺磖

上声

了老草早鸟晓小表扫岛宝饱脚渺好藻恼保扰讨沼考稿倒少枣祷矫蚤爪导脑捣蹈卯搅镐嫂堡袄狡瑙澡藐咬秒漂绞剿炒巧挑找跑烤缴拷搞拗舀吵饺姥雀角侥杳槁杪袅窕皎缈邈潦徼筱缟眇杲葆窈藁媪褓蓼茑殍昴泖缥愀栳鸨佼湫栲郝铰燎璪佬娆钌裱敫婊铑峁铆瞟窅淼噭朓皛璬憭垴茎嵺嬥

去声

调笑到照报扫抱啸妙庙好道钓帽料召茂耀貌兆峭灶傲豹孝浩闹教叫稻效噪倒盗奥窍少要药皓赵校号绕肖掉跳燥酪耗造皂告绍悼鲍吊镐罩稍觉躁澳窖俏肇较暴瞭炮哮涝贸冒哨靠轿膏漂泡瀑票懊溺尿酵曝爆拗套刨撬唠壳烙疟铐嚼臊络钥落翘捎诏眺峤昊坳诰诮徼曜棹耄淖瑁颢瞀劭櫜懋埽铫邵鞘骜醮粜灏鹞骠芼焘犒袤眊噍疱廖镣部鳔瘙鞠笊摽鳌钌　趵锆耢尥脲杪澥咆葛眗缪谯撂俵蜩隩旐皞筱冪嫪帱曒佼敩奠慥鄗鄚涍窎膔斠罦柖箬淏岙锦滘

十、欧 ou，iu

阴平

秋头粥舟州休忧洲幽收丘悠钩鸥羞周修优沟搜剖抽偷究艘纠欧勾兜搂区殴揪句抠丢龟哟都蚯溜讴瓯邱飕沤鸠楸陬啾瘳湫貅篝邹咻呦缑诹庥鞲鳅攸赳齁阄馐鞣溲鞧畴馊诌佝妞髹蔸嗖眍哞篼蝼䌷熘枸喽脩犹驺锼耰蒐鹙廋赒鲰麀潋萩鸺鄹犨鸼婤芤

阳平

流游头愁楼留求侯谋牛酬由投筹柔稠轴畴尤囚仇刘邮油犹球喉猴榴浏揉娄瘤蹂绸琉硫馏熟裘俦眸猷旒虬雠遒骝侔缪篌蝣酋髅疣鍪牟抔莸偻糅繇逑裒镠泅蒌赇掊骰蝼惆俅踌妯镏瘊鞣蚰鎏骺铀莜犰柚巯呣鱿耧喽飗璆鹠帱糇蜉蝤遛鼽溇鲉九尷梋瞘

上声

否酒手久有柳口友朽九偶斗丑首走狗守肘帚吼藕韭玖酉苟纽某蚪陡宿呕钮抖灸篓扭瞅搂叟牖薮缶莠耦黝擞嵝杻嗾忸糗卣掊绺滫羑岣枸怄耇笱槱罶狃瞍钭㽞氿艏

去声

后旧秀瘦寿厚肉候袖就昼漏斗奏右绣透豆陋宙垢授溜构寇皱兽骤售谬臼臭又受逗幼扣救嗅舅诱咒凑疚购宿叩够锈馏佑嗽读露痘揍陆拗碌六勾轴侯岫绶窦咎胄逅狩彀觏厩耨鹫宥囿镂簉诟辏绉擞侑蔻媾遛柩纣媵鼬缪琇柏繇柚沤釉鲎蚴镏熘溴莠怄瘘扣堠祐酎遘雊僦姤昼鲉邱珛巍鹨

十一、安 an，ian，uan，an

阴平

山天烟间边关仙安川欢篇看宽干端官攀冠斑喧先丹颠鲜偏鞭轩迁餐翻湾编班千竿坚肩巅艰娟渊观鞍滩酣酸宣牵翩捐堪添三甘毡庵肝穿鹃衫煎尖删珊参冤焉帆专燕弯纤兼贪沾瞻刊般淹铅占签棺颁耽柑杉砖溅扳奸掀憨谦杆番担鸳歼粘钻潘勘监咽圈渐滇搀煽摊掺扁扇瘫拴蝙掂栅搬浅氨栓片单尴豌广厂叁簪笺悭湍玕骖阡骞暄谙旃镌藩愆龛膻鸢涓幡鞯蕃芊潸拈跹缄殚菅蠲萱谖郸湮缣崦芟蹒瘢湔箪砭聃笾鳊觇褰鳏嫣搴悛戕犍忺蔫眈癫姗刓纶詹暹佥颛苫儋蒹犍颃蚶鼾蜿泔阉矸籼髋腌獾桉倌鹐谵莞坩瑄撺鹣闩坍颟祆仟扦胭锨煊苷疳犏酐鲣瘢阏舢躜蹿篯囡钎嫚镩氚垮糌氽褙氤酰煸搛鄢綖埏鹯鳣翾忺襜戋鹣棬儇钱蔪智嵁嬛盦锬蜎狻啴汧晅梴磏犴岍敂枏娫煓鳒墕焆愃钐瘫孅耑 4 晅荟馆圩涴猯菀垵

阳平

还难南年寒然前言船眠泉贤颜传田怜闲残钱园缘弦圆连盘悬源原全禅环莲兰澜绵乾旋玄栏帘谈蝉团岩檐弹潭元坛权峦玩蛮繁顽延猿缠便丸烦联拳惭蓝完嫌严蚕盐衔凡韩廉甜含炎燃潜援涵男般铅函恬蜒研痊咸檀瞒沿员填阎篮棉钳谭馋黔镰粘汗拦袁胖娄矾佃痰咱馒单埋蔓妍阑筵鸾寰垣谖鬟椽桓岚蟠潺廛辕涟涎銮虔髯攒樊诠筌蟾蕃栾佺纨抟舷昙阗喃荃黏楠孪鹇璠燔骈谗铨斓覃孱脔谩鼋镵鞶娴漩沅磐钤谌畋巉阛蜷颧媛鲇鬈胼璇爰犍洹娈谰捋郯褴邯濂孪萑鳗橼湉婵澶芄鲢蹒滦邗瘢蹒芫澹蠊焓垸钒塬醛裢烷郇爿螈缳鹦晗荨镧揎裢躔堧缳瀍佺鬓恢蹯锾璠澜礌楩嬛锬蚺嫄瓀澴鞔磏峘沺辁貆倓婘浛虤玹萱闫虷墘痃腁軒崡崴昀鳒圝佉氾瑔缏

上声

浅晚眼满散短险暖感管返馆懒点减简染缓展软典敛剪槛览犬免盏胆挽碗显产惨茧衍款冉敢勉板俭缆检卷脸远版反婉坦坎闪伞喘揽罕缅贬谴惋宛遣转陕鲜拣斩阐演选扁毯掩榄碾卵柬掺匾捡秆铲癣冼崭赶杆砍舔辗碱俺皖撵橄喊碘捻蹇辇藓坂冕忝绻偃阮阪苒琰眄刬琯糁纂赧娩莞燹疃沔殄侃腼袒琏腆湎谄俨褊眏舛跣謇罨畹笕烜琬蚬兖黪魇绾戬亶缵缱趱奄猃铣谝菀郾鼹裥埯赕掸脘丏冼罱钣忐腩锩铵螨骣枧钽攒昝黾踮蝻睑锏渑溦傲疸撵唵翦椀刀飐崄荚筦猕浐幔弇划甗葳黡滰趼菱谫蝘筅瑌裣昄咺戭愐寋　鳡孱洪劻睒戾眶啴涴璮垵暕谝沇掺嬽棪碥肷昆偭

去声

看片见难断面散雁叹变乱汉岸剑遍半殿健暗念燕翰畔愿倦漫战换苑怨艳贱院恋限扇幻县练羡旦传箭线观涧电荐案辨惯烂鉴甸便砚槛干现探唤眷劝旱泛患献宦万贯践憾段范黯炭焰店蔓汗办验盼厌奠绽建监卷窜绢绊灿慢辩诞冠间宪赞腕宴焕擅颤灌券欠瓣绚判炼歉弹玷占犯按陷串堰舰溅暂禅炫饭善撰叛撼涣伴渐咽转锻嵌旋算垫赡担曼淀唁捍蒜贩悍键赚篡淡栈掺辫站罐佃件谚蛋扮钻但缎骗馅滥链赣渲碳拌圈涮单氮痪腺焊惦纤石彦晏霰篆粲簟馔啭茜幔掾眩谏膳滟爨堑饯泮梵萏泫璨颔盥弁刬酽钏旰瞰餍鹳讪汴岘苋豢瓒狷钿铉芡奂赝忏缦湛缮潋坫忭瀚僭楦慊漶倩抃浣蘸绀惮鳝袢谳殓嬗汕卞墁瑗煅瓘楝靛椠襻亶啖熳焱媛畈澹菡隽錾苫廿掸鄄腱镘阚淦鄯疝胺涫踺旃埝沌鲩犇羼孱垸骟锏椴谩掼毽瘢攥柈蟮芊膻衒暵逭崐彖擐祼掞犴划阽瑑鞯瑱衎埠僎楗嬿儳昪爟昡磹磡钐墙勘伣桊蒪靬滟蒨扦缐搽撖瑕墕毌偡瘅憺墈亶琄腨鄭宧岸凝

十二、恩 en,in,un,n

阴平

心春深新身阴君真音亲昏分村金尊津根孙恩今襟巾军侵纷温宾珍滨因辛坤勋馨氛斟伸森芬薪吞禁绅茵奔均钧欣申昆钦熏贞蹲斤针椿敦墩参遵呻谆婚姻菌殷筋荤喷濒彬跟抡侦缤斌瘟们吨拎拼芯锌龟吩闷晕樽曛嗔薰氲砧醺衾阍噋榛箴骎筠飧荪甄臻衿皴愔髡鲲瞋歆琨琛忻堙埙祯喑桢莘昕蓁惇诜豳麇贲皲逡氤帧郴溱肫娠焜狲玢鳟菉炘镔彤姘傧赟抻槟砷鑫铟矜锟窨蒽醌锛伧蹾酚礅镦椮蝽洇栟囷嵚裈裡鹍惛煴歅驯甡焞侁辒邠獯椹窀嶟玢韫棽禛浈葴缊鳁鲹珅肂溵榅堃3衠燊娓屾犇绯瑃蕰堎郇莙

阳平

人云尘门林神吟闻寻文存魂群臣邻贫琴痕频民辰轮沉临勤陈秦鳞伦仁禽晨沦巡裙旬坟匀银焚盆纹屯醇浑淳唇淫循耘豚蹲寅芹纯询磷琳蚊擒仑忱壬淋抡臀们您混沈论员甚什任岑麟宸霖鞶峋浔旻纶纭垠扪筠粼莼缗珉涔汾芸岷恂鹑棼狺雯谌嫔镡辚霪荀珣麇璘龈鄞嶙芩闾檎鼢鲟夤溱洵饨遴鲀郇郧噙馄啉囵覃鋆昀嗪荨珲哏玭沄崟蟫嚚龂潾慬溋赟亹豮廑忞瞵煁琨翷栒妘玟梣阌炆坉忳硍芠涢穼緸硶莀

上声

尽沈锦稳本粉品笋寝忍紧损闽凛陨敏肯吻谨饮审枕悯蚓准滚蠢恳允引垦仅紊皿疹隐狠吮诊很怎瘾捆婶盹啃泯衮尹稔轸哂隼廪阃畛槿殒闵馑谂忖畚荏艮狁稣辊楯碜檩缜刎冺撙搌堇瑾黾哏苯吲磙绲榫龈悃鬒懔壸稹锓沯廑噂矧袗硍瞫昣僔鳖潛愍伈

去声

论尽问恨润信鬓韵运印进分阵任驯训讯寸困峻俊禁镇晋振嫩愤骏顺晕刃震奋认吝瞬荫迅顿浸聘酝闰钝慎逊混饮蕴衅褪纫殉忿衬甚肾孕喷躏沁粪近趁仅竣汛赁盾韧渗份笨囤奔棍闷劲菌称淋夯员芯郡仞遁烬舜谶愠沌觐蜃靳衽牝噤浚轫坌亘濜胤荩殡徇蔺摈赈溷纴饪鸩韫赁巽艮蕈膑朕葚谮偾恽釁楯妊窨捃隽郓圳诨汶炖瘆缙髌摁焖膦茚鲼熨胂龀妗裖砘浕吣揿囟祲疢榇赆畯慭煴椹坋噀讱纼缊墐瀵揕殣晙瑨琎坉慬硍珺吝焌琨葰湣倴

十三、昂 ang,iang,uang

阴平

香光乡霜方章芳伤荒裳苍妆江桑窗央囊双冈张湘庄浆康装昌商将当疆鸯邦汤纲坊

缸箱刚僵仓慷彰殃腔筐缰秧糠姜枪厢疮猖扛相倡丧汪桩创钢赃沧樟铛帮慌舱肮镶肛抢梆趟膀呛夯岗嚷乓脏舫珰骧臧襄锵殇羌滂闾肓戕璋缃漳匡泷裆獐泱伧娼伥枋芗孀镗蛲罡雱牂菖鞅礓胱鲳豇浜咣戗诓墒啷囔蹚哐镪钫熵哪牤蟑喹羰矼骦笪鹳嫜尪鸧茳洸鄣玱阆蚄洭桄邡江暲漴堭牥瓖珖锖鲟搒

阳平

长行阳凉堂黄肠郎茫忙狂床裳王梁常藏翔房墙塘亡皇扬囊良尝量羊唐廊旁航杨祥凰芒妨昂强粮降棠洋详娘狼琅粱偿坊煌防簧幢庞榔惶扛杭盲肪蝗吭糖场瓤膛螃徜膀逢氓徨徉篁樯遑穰潢旸颃庠隍邙璜鲂迋禳螂嫱湟踉佯稂疡逄镗炀螳搪苌鳇瑭嫦莨烊蔷彷樘蟥锒徜蛘椋溏砊饧绗馕“皇瀼螗莨隍卬锃根噇鲿辕钖玚蝗龙螃鄞垅详忙蓑嚷蝗

上声

长赏往响想爽网掌上场莽壤访涨朗桨党幌敞讲港仰享广岗养枉奖两恍痒榜仿晃蒋俩晌强纺闯挡膀淌厂嗓抢绑谎氧躺倘嚷舫饷攘鲞惘漭罔鞅魉曩颡帑傥蟒谠昉镪襁昶犷辋鲞魍惝耩搡馕羟仉糨夼榜椴垧攮驵磉娘莨望萌印

去声

望忘浪壮相象傍荡丈唱上帐障状旷像巷涨将样仗尚酿亮让妄丧漾况降畅匠向量藏葬放谤撞杖项抗谅当创酱矿蚌旺晃倡亢眶强橡辆脏挡胀炕账棒烫档框幢胖逛浆虹郎行凉趟磅呛晾杠镑钢怅恙嶂盎觃瘴鞅怆宕快戆幛阆绛圹砀沆伉奘糨菪蒡蒗炀烊绱垱馕邝犟炝莨靓跄踉戗囟纩啬瀼洚悢滉闶埌玚崀棓羕玤搒倞珦弶琅桄

十四、英　eng,ing

阴平

风生声清青翁峰轻惊星兵倾经京英耕灯听冰僧更卿封精争登莺征升腥丰兴羹荆蒙曾笙蒸增茎烹棱鲸锋并憎枫筝鹰丁婴称庚应晶撑坑崩蜂厅兢睛正甥樱蹬牲铛钉猩鹦绷砰疯怔睁蜻叮哼症扔狰盯氢吭嗡挣乒缨旌汀膺亨罂罾惺撄泾赓粳嘤烽缯钲怦铿琤菁铮町仃瑛瞠葑峥沨璎柽抨蛏娉鄸玎浲栟噌熥烃酊囿疔噔嘣槟嘭腈滃砜镫赪昇甹鲭矰烝硁骍鹏祊麖鄫泙翻桯锳猄葑珵陞璒掌浭　荓媖鯖煋俜玎

阳平

行横情明城名成鸣平晴亭程灵营冥庭迎形蓬陵屏盟逢盈停层能萍凭零腾龄诚藤铭朋蒙衡曾瓶评刑宁凝篷棱乘廷萤绳澄萌蝇铃仍荧呈承氓莹鹏擎赢型狞缝菱惩伶恒凌蜓盛坪玲橙彭聆棚冯令苹朦眷疼澎羚膨拧怜檬柠楹瀛暝溟泠茗萦霆翎棂苓檠婷丞枰茔硎

塍甍瓴绫蘅饧陉嬴渑瞑咛珩瞢黥螟邢蛉虻莛峻囹滕枨滢荥堋鄳鲮艨桁裎吟烜葶蟛蓥嗯晟棱硼鸰塄埕氰甭鲆酲嶒龄莫鸽芃滕蠓亭劾硎楞溁棚棚搒评研宬埕洛聍玲嵘吟妗徵鹲鹲泽零蠓悛腾芹礞栟洴龙铖坪城苧噔

上声

影冷景醒岭井顶省鼎顷领艇令警柄梗整等耿颖饼屏猛颈讽秉逞捧挺请禀丙拯埂拧蒙绷锰骋绠艵颎炳瘿郢酊艋鲠哽蠓儆梃蜢懵蓊璟琫铤憬刭酩邴裎擤朦苘町嗯艵勐戥眚唪珽梃颢顾昊蛃痹蜓瓂圩

去声

梦静定兴径命横病境镜性胜凤净盛圣政映赠幸令竞正姓应庆敬劲竟杏孟乘靖称剩缝郑硬去声证更并订邓泞瞪秤另凳奉症亲钉挣宁碰蹭泵拧蹦绷愣蚌经怔蹬澄瓮磬磴迸甑镫俸罄佞胫荇诤靓塍梃碇箐铤嶝悻綮锭晟摒痉婧嵊嗯腚甏椪缯啶葑镚锃獍赗蕹竫畛倞瞠甯婞迳

十五、雍　ong，iong

阴平

中红东宫公通空功钟松工踪终宗兄弓胸匆冬忠隆躬衷攻葱庸拥聪充凶供恭烘冲汹轰佣棕阴平匈蚣哄囱综涌扃慵骢舂觥肱嵩雍忡墉菘镛邕忪龚艟淞壅憧盅鬃璁訇饔螽痈薨鳙枞咚芎凇崆吽苁箜熜鸼臃嗵氡倥垌崧翀讻揰鄘娀硿琉翪埪灉锺　崈悰茺

阳平

重红同穷龙雄容荣浓鸿丛从蓉融虹童桐虫农戎隆崇茸聋瞳铜胧熊琼溶洪窿宏弘绒彤笼榕咙熔脓洞种嵘珑栊穹筇侬淙峒泓蛩砻称茏茕僮癃邛琮闳喁颥狨潼酮泷茼蝾咙哝佟砼垌蕻棕镕咙曈仝珙黉荭玒栩穜橦璙祟銎烔隆碘

上声

永咏宠勇筒涌耸垄统拱孔窘泳冗董种肿踊总哄巩恐懂拢桶汞捅笼迥冢陇炯踵竦悚蛹俑珙偬恿甬颎椆炅怂倥冏泂埇啧棫

去声

用重送洞共颂弄冻众痛贡栋诵供仲宋讼中动控种纵哄同空冲通佣恸恫讧粽峒蕻硐疭铳胴侗胨垌哢敻硿啧诇

附：儿　er

阳平

儿而鸸鲕耏陑

上声

耳尔饵迩珥铒洱

去声

二贰咡

附录四　词林正韵

《词林正韵》为清嘉庆年间江苏吴县人戈载所撰。戈世其家学，尤擅倚声之业。他弃官不做，以词学终老，所撰《词林正韵》为世所重，为清中叶以后词家奉为圭臬。

第一部

平声：一东二冬通用

【一东】东同童僮铜桐峒筒瞳中(中间)衷忠盅虫冲终忡崇嵩(崧)菘戎绒弓躬宫穹融雄熊穷冯风枫疯丰充隆窿空公功工攻蒙濛朦瞢笼胧栊咙聋珑砻泷蓬篷洪荭红虹鸿丛翁嗡匆葱聪骢通棕烘崆

【二冬】冬咚彤农侬宗淙锺钟龙茏舂松凇冲容榕蓉溶庸佣慵封胸凶汹痈浓脓重(重复)从(服从)逢缝峰锋丰蜂烽纵(纵横)踪茸蛩邛筇跫供(供给)蚣喁

仄声：上声一董二肿、声一送二宋通用

【一董】董懂动孔总笼(东韵同)拢桶捅蓊蠓汞

【二肿】肿种(种子)踵宠垅(陇)拥冗重(轻重)冢捧勇甬踊涌俑蛹恐拱竦悚耸巩怂奉

【一送】送梦凤洞众瓮贡弄冻痛栋恸仲中(击中)粽讽空(空缺)控哄赣

【二宋】宋用颂诵统纵(放纵)讼种(种植)综俸供(供设，名词)从(仆从)缝(隙也)重(再也)共

第二部

平声：三江七阳通用

【三江】江缸窗邦降(降伏)双泷庞撞豇扛杠腔梆桩幢蛩(冬韵同)

【七阳】阳扬杨洋羊徉佯芳妨方坊防肪房亡忘望(漾韵同)忙茫芒妆庄装奘香乡湘厢箱镶芗相(相互)襄骧光昌堂唐糖棠塘章张王常长(长短)裳凉粮量(衡量)梁粱良霜藏(收藏)肠场尝偿床央鸯秧殃郎廊狼榔踉浪(沧浪)浆将(持也送也)疆僵姜缰舫娘黄皇遑惶徨煌仓苍舱沧伤殇商帮汤创(创伤)疮强(刚强)墙樯嫱蔷康慷(养韵同)囊狂糠

冈刚钢纲匡筐荒慌行(行列)杭航桁翔详祥庠桑彰璋漳獐猖倡凰邙臧赃昂丧(丧葬)阊羌枪锵抢(突也)蜣跄篁簧璜潢攘瓤亢吭(漾养韵并同)旁傍(侧也)孀骦当(应当)裆珰铛泱炀蝗隍怏肓汪鞅滂螂怆(漾韵同)缃琅颃怅螳

仄声:上声三讲二十二养、声三绛二十三漾通用

【三讲】讲港项棒蚌耩

【二十二养】养痒象像橡仰朗桨奖蒋敞氅厂枉往颡强(勉强)惘两曩丈杖仗(漾韵同)响掌党想鲞榜爽广享向飨幌莽纺长(长幼)网荡上(上升)壤赏仿罔谠倘魍魉谎蟒漭嗓盎恍脏〈肮脏〉吭沆慷襁镪抢肮犷

【三绛】绛降(升降)巷撞(江韵同)戆

【二十三漾】漾上(上下)望(阳韵同)相(卿相)将(将帅)状帐唱让浪(波浪)酿旷壮放向忘仗(养韵同)畅量(数量)葬匠障瘴谤尚涨饷样藏(库藏)舫访觊嶂当(适当)抗桁妄怆宕怅创酱况亮傍(依傍)丧(丧失)恙谅胀匼脏〈内脏〉吭砀伉圹纩桄挡旺炕亢(高亢)阆防

第三部

平声:四支五微八齐十灰(半)通用

【四支】支枝肢移簃为(施为)垂吹陂碑奇宜仪皮儿离施知驰池规危夷师姿迟龟眉悲之芝时诗棋旗辞词期祠基疑姬丝司葵医帷思滋持随痴维卮麾墀弥慈遗肌脂雌披嬉尸狸炊湄篱兹差(参差)疲茨卑亏蕤骑(跨马)歧岐谁斯澌私窥熙欺疵赀羁彝髭颐资糜饥衰锥姨夔祗涯(佳、麻韵同)伊追缁其箕治(治国)尼而推(灰韵同)匙陲魑锤缡璃骊羸帔罴縻蘼脾芪畸牺羲曦欹漪猗崎崖萎筛狮蛳鸱绥虽粢瓷椎饴鳌痍惟唯机耆逵眉丕毗枇貔楣霉辎蚩嗤媸飔坩莳鲥鹚笞漓怡贻禧噫其琪祺麒嶷螭栀鹂累踟琵嵋

【五微】微薇晖辉徽挥韦围帏违闱霏菲(芳菲)妃飞非扉肥威祈畿机几(微也、如见几)讥玑稀希衣(衣服)依归饥(支韵同)矶欷诽绯晞葳巍沂圻颀

【八齐】齐黎犁梨妻(夫妻)萋凄堤低题提蹄啼鸡稽兮倪霓西栖犀嘶撕梯鼙赍迷泥溪蹊圭闺携畦嵇跻奚脐醯黧蠡醍鹈奎批砒睽荑篦畜藜猊鲵羝

【十灰(半)】灰恢魁隈回徊槐(佳韵同)梅枚玫媒煤雷颓崔催摧堆陪杯醅嵬推(支韵同)诙裴培盔偎煨瑰茴追胚徘坯桅傀儡(贿韵同)莓

仄声:上声　四纸 五尾 八荠 十贿(半)

去声四寘 五未 八霁 九泰(半)十一队(半)通用

【四纸】纸只咫是靡彼毁委诡髓累技绮觜此泚蕊徙尔弭婢侈弛豕紫旨指视美否(否泰)痞兕几姊比水轨止徵市喜已纪跪妓蚁鄙晷子仔梓矢雉死履垒癸趾址以已似耜祀史

驶耳使(使令)里理李起杞圯跂士仕俟始齿矣耻麂枳峙鲤迩氏玺巳(辰巳)滓苡倚匕迤逦旖旎舣蚍秕芷拟你企诔捶屣棰揣豸祉恃

【五尾】尾苇鬼岂卉几(几多)伟斐菲(菲薄)匪篚娓悱榧韪炜虺玮虮

【八荠】荠礼体米启陛洗邸底抵弟坻柢涕悌济(水名)澧醴诋眯娣棨递昵睨蠡

【十贿(半)】贿悔罪馁每块汇(汇合)猥璀磊蕾傀儡腿

【四寘】寘置事地意志思(名词)泪吏赐自字义利器位戏至次累(连累)伪寺瑞智记异致备肆翠骑(车骑,名词)使(使者)试类弃饵媚鼻易(容易)辔坠醉议翅避笥帜炽粹莳谊帅厕寄睡忌贰萃穗二臂嗣吹(鼓吹,名词)遂恣四骥季刺驷寐魅积(积蓄)被懿觊冀愧匮恚馈蒉篑柜暨庇豉莉腻秘比(近也)鸷毖啻示嗜饲伺遗(馈遗)薏祟值惴屣眦詈企渍譬踦挚燧隧悴尿稚雉莅悸肄泌识(记也)侍踬为(因为)

【五未】未味气贵费沸尉畏慰蔚魏纬胃汇(字汇)谓渭卉(尾韵同)讳毅既衣(着衣,动词)蜚溉(队韵同)翡诽

【八霁】霁制计势世丽岁济(渡也)第艺惠慧币弟滞际涕(荠韵同)厉契(契约)敝弊毙帝蔽髻锐戾裔袂系祭卫隶闭逝缀翳替细桂税婿 例誓筮蕙诣砺励瘗噬继脆睿毳曳蒂睇妻(以女妻人)递逮蓟蚋薜荔 唳捩粝泥(拘泥)媲嬖彗睥睨剂嚏谛缔剃屉悌俪锲贯掣羿棣螮薙娣说(游说)赘憩鳜彘呓谜挤

【九泰(半)】会旆最贝沛霈绘脍荟狈侩桧蜕酹外兑

【十一队(半)】队内辈佩退碎背秽对废悔诲晦昧配妹喙溃吠肺耒块碓刈悖焙淬敦(盘敦)

第四部

平声:六鱼七虞通用

【六鱼】鱼渔初书舒居裾琚车(麻韵同)渠蕖余予(我也)誉(动词)舆胥狙锄疏蔬梳虚嘘墟徐猪闾庐驴诸储除滁蜍如畲妤苴菹沮徂蜡茹榈於祛蘧疽蛆醵纾樗躇(药韵同)欤据(拮据)

【七虞】虞愚娱隅无芜巫于衢癯瞿氍儒襦濡须需朱珠株诛朱铢蛛殊俞瑜榆愉逾渝窬谀腴区躯驱岖趋扶符凫芙雏敷麸夫肤纡输枢厨俱驹模谟摹蒲逋胡湖瑚乎壶狐弧孤辜姑觚菰徒途涂荼图屠奴吾梧吴租卢鲈炉芦颅垆蚨孥帑苏酥乌污(污秽)枯粗都茱侏姝禺拘嵎蹰桴俘臾萸吁滹瓠糊醐呼沽酤泸舻轳鸬驽匍葡铺(铺盖)菟诬呜迂盂竽趺毋孺酴鸪骷刳蛄晡蒱葫呱蝴劬殂猢郛孚

仄声:上声六语七麌、声六御七遇通用

【六语】语(语言)圄圉吕侣旅杼伫与(给予)予(赐予)渚煮暑鼠汝茹(食也)黍杵处

(居住、处理)贮女许拒炬距所楚础阻俎沮叙绪序屿墅巨去(除也)苣举讵溆浒钜醑咀诅苎抒楮

【七麌】麌雨宇舞府鼓虎古股贾(商贾)估土吐圃庾户树(种植,动词)煦诩努辅组乳弩补鲁橹睹腐数(动词)簿竖普侮斧聚午伍釜缕部柱矩武五苦取抚浦主杜坞祖愈堵扈父甫禹羽怒(遇韵同)腑拊俯罟赌卤姥鹉拄莽(养韵同)栩窭脯妩庑否(是否)麈褛篓偻酤牡谱怙肚踽虏拏诂瞽牯羖祜沪雇仵缶母某亩蛊琥

【六御】御处(处所)去虑誉(名词)署据驭曙助絮著(显著)箸豫恕与(参与)遽疏(书疏)庶预语(告也)踞倨蓣淤锯觑狙(鱼韵同)翥薯

【七遇】遇路辂赂露鹭树(树木)度(制度)渡赋布步固素具务雾鹜数(数量)怒(麌韵同)附兔故顾句墓慕暮募注住注驻炷祚裕误悟寤戍库护屦诉妒惧趣娶铸绔傅付谕喻妪芋捕哺互孺寓赴沍吐(麌韵同)污(动词)恶(憎恶)晤煦酤讣仆(偃仆)赙驸婺锢蛀飓怖铺(店铺)塑愫蠹溯镀璐雇瓠迕妇负阜副富(宥韵同)醋措

第五部

平声:九佳(半)十灰(半)通用

【九佳(半)】佳街鞋牌柴钗差(差使)崖涯(支麻韵同)偕阶皆谐骸排乖怀淮豺侪埋霾斋槐(灰韵同)睚崽楷秸揩挨俳

【十灰(半)】开哀埃台苔抬该才材财裁栽哉来莱灾猜孩徕骀胎唉垓挨皑呆腮

仄声:上声九蟹十贿(半)

去声九泰(半)十卦(半)十一队(半)通用

【九蟹】蟹解洒楷(佳韵同)拐矮摆买骇

【十贿(半)】海改采彩在宰醢铠恺待殆怠乃载(岁也)凯闿倍蓓迨亥

【九泰(半)】泰太带外盖大(个韵同)濑赖籁蔡害蔼艾丐奈柰汰癞霭

【十卦(半)】懈廨邂隘卖派债怪坏诫戒界介芥械薤拜快迈败稗晒瀣湃寨疥届蒯篑蒉喟聩块惫

【十一队(半)】塞(边塞)爱代载(载运)态菜碍戴贷黛概岱溉慨耐在(所在)鼐玳再袋逮埭赉赛忾暧咳嗳昧

第六部

平声:十一真十二文十三元(半)通用

【十一真】真因茵辛新薪晨辰臣人仁神亲申身宾滨槟缤邻鳞麟珍瞋尘陈春津秦频苹颦濒银垠筠巾困民岷泯(轸韵同)珉贫莼淳醇纯唇伦轮沦抡匀旬巡驯钧均榛遵循甄宸纶

椿鹑嶙辚磷呻伸绅寅姻荀询峋氤恂嫔彬皴娠闽纫湮肫逡菌臻豳

【十二文】文闻纹蚊云分(分离)氛纷芬焚坟群裙君军勤斤筋勋薰曛醺芸耘芹欣氲荤汶汾殷雯贲纭昕熏

【十三元(半)】魂浑温孙门尊(樽)存敦墩炖暾蹲豚村屯囤(囤积)盆奔论(动词)昏痕根恩吞荪扪裈昆鲲坤仑婚阍髡馄喷狲饨臀跟瘟飧

仄声:上声十一轸十二吻十三阮(半)

去声:十二震十三问十四愿(半)通用

【十一轸】轸敏允引尹尽忍准隼笋盾(阮韵同)闵悯菌(真韵同)蚓牝殒紧蠢陨哂诊疹赈肾蜃膑黾泯窘吮缜

【十二吻】吻粉蕴愤隐谨近忿抆刎揾槿瑾恽韫

【十三阮(半)】混棍阃悃捆衮滚鲧稳本畚笨损忖囤遁很沌恳垦龈

【十二震】震信印进润阵镇刃顺慎鬓晋骏闰峻衅振俊舜赆吝烬讯仞迅汛趁衬仅觐蔺浚赈(轸韵同)龀认殡摈缙躏廑谆瞬轫浚殉馑

【十三问】问闻(名誉)运晕韵训粪忿(吻韵同)酝郡分(名分)紊愠 近(动词)抆拚奋郓捃靳

【十四愿(半)】论(名词)恨寸困顿遁(阮韵同)钝闷逊嫩溷诨巽褪喷(元韵同)艮揾

第七部

平声:十三元(半)十四寒十五删一先通用

【十三元(半)】元原源沅鼋园袁猿垣烦蕃樊喧萱暄冤言轩藩媛援辕番繁翻幡璠鸳鹓蜿湲爰掀燔圈谖

【十四寒】寒韩翰(翰韵同)丹单安鞍难(艰难)餐檀坛滩弹残干肝竿阑栏澜兰看(翰韵同)刊丸完桓纨端湍酸团攒官观(观看)鸾銮峦冠(衣冠)欢宽盘蟠漫(大水貌)叹(翰韵同)邯郸摊玕拦珊狻鼾杆跚姗殚箪瘅谰獾倌棺剜潘拚(问韵同)槃般蹒瘢磐瞒谩馒鳗钻抟邗汗(可汗)

【十五删】删潸关弯湾还环鬟寰班斑蛮颜奸攀顽山闲艰间(中间)悭患(谏韵同)孱潺擐阛菅般(寒韵同)颁鬘疝讪斓娴鹇鳏殷(赤黑色)纶(纶巾)

【一先】先前千阡笺天坚肩贤弦烟燕(地名)莲怜连田填巅鬈宣年颠牵妍研(研究)眠渊涓捐娟边编悬泉迁仙鲜(新鲜)钱煎然延筵毡旃蝉缠廛联篇偏绵全镌穿川缘鸢旋船涎鞭专圆员乾(乾坤)虔愆权拳椽传焉嫣鞯褰搴铅舷跹鹃筌痊诠悛邅禅婵躔颛燃涟琏便(安也)翩骈癫阗钿(霰韵同)沿蜒胭芊蝙胼滇佃畋咽湮狷蠲荐骞膻扇棉拴荃籼砖挛儇欢璇卷(曲也)扁(扁舟)单(单于)溅(溅溅)犍

仄声:上声十三阮(半)十四旱十五潸十六铣

去声:十四愿(半)十五翰十六谏十七霰通用

【十三阮(半)】阮远(远近)晚苑返反饭(动词)偃蹇琬沅宛婉畹菀 蜿绻(山献)挽堰

【十四旱】旱暖管琯满短馆(翰韵同)缓盥(翰韵同)碗懒伞伴卵散(散布)伴诞罕瀚(浣)断(断绝)侃算(动词)款但坦袒纂缎拌澣谰莞

【十五潸】潸眼简版板阪盏产限绾柬拣撰馔赧皖汕铲羼楝栈

【十六铣】铣善(善恶)遣(遣送)浅典转(霰韵同)衍犬选冕辇免展茧辨篆勉剪卷显饯(霰韵同)践喘藓软蹇(阮韵同)演兖件腆跣缅缱鲜(少也)殄扁匾蚬岘畎燹隽键变泫癣阐颤膳鳝舛娩辗邅(先韵同)脔辫捻

【十四愿(半)】愿怨万饭(名词)献健建宪劝蔓券远(动词)侃键贩畈曼挽(挽联)瑗媛圈(猪圈)

【十五翰】翰(寒韵同)瀚岸汉难(灾难)断(决断)乱叹(寒韵同)观 (楼观)干(树干,干练)散(解散)旦算(名词)玩烂贯半案按炭汗赞漫(寒韵同。又副词,独用)冠(冠军)灌爨窜幔粲灿璨换焕唤涣悍弹(名词)惮段看(寒韵同)判叛绊鹳伴畔锻腕惋馆旰捍疸但罐盥婉缎缦侃蒜钻谰

【十六谏】谏雁患涧间(间隔)宦晏慢盼篆栈(潸韵同)惯串绽幻瓣苋办谩讪(删韵同)铲绾孪篡裥扮

【十七霰】霰殿面县变箭战扇煽膳传(传记)见砚院练链燕宴贱馔荐绢彦掾便(便利)眷倦羡奠遍恋啭眩钏倩卞汴片禅(封禅)谴溅饯善(动词)转(以力转动)卷(书卷)甸电咽茜单念(念书)眄淀靛佃钿(先韵同)镟漩拣缮现狷炫绚绽线煎选旋颤擅缘(衣饰)撰唁谚媛忭弁援研(磨研)

第八部

平声:二萧三肴四豪通用

【二萧】萧箫挑貂刁凋雕迢条髫调(调和)蜩枭浇聊辽寥撩寮僚尧宵消霄绡销超朝潮嚣骄娇蕉焦椒饶硝烧(焚烧)遥徭摇谣瑶韶昭招镳瓢苗猫腰桥乔娆妖飘逍潇鸮骁祧鴂鹩缭獠嘹夭(夭夭)幺邀要(要求)姚樵谯憔标飚嫖漂(漂浮)剽佻龆苕岧噍哓跷侥了(明了)魈峣描钊轺桡铫鹞翘枵侨窑礁

【三肴】肴巢交郊茅嘲钞包胶苞梢姣庖匏坳敲胞抛蛟崤? 鞘抄鳌咆哮凹淆教(使也)跑艄捎爻咬铙茭炮(炮制)泡鲛刨抓

【四豪】豪劳毫操(操持)髦绦刀萄猱褒桃糟旄袍挠(巧韵同)蒿涛皋号(号呼)陶鳌曹遭羔糕高搔毛艘滔骚韬缫膏牢醪逃濠壕饕洮淘叨啕篙熬遨翱嗷臊嚎尻鏖螯獒敖牦漕

嘈槽掏唠涝捞痨芼

仄声：上声十七筱十八巧十九皓

去声十八啸十九效二十号通用

【十七筱】筱小表鸟了（未了，了得）晓少（多少）扰绕绍杪沼眇矫皎杳窈窕袅挑（挑拨）掉（啸韵同）肇缥缈渺淼茑赵兆缴缭（萧韵同）夭（夭折）悄舀侥蓼娆硗剿晁藐秒殍了（了望）

【十八巧】巧饱卯狡爪鲍挠（豪韵同）搅绞拗咬炒吵佼姣（肴韵同） 昴茆獠（萧韵同）

【十九皓】皓宝藻早枣老好（好丑）道稻造（造作）脑恼岛倒（跌到）祷（号韵同）捣抱讨考燥扫（号韵同）嫂保鸨稿草昊浩镐杲缟槁堡皂瑙媪燠袄懊葆褓芼澡套涝蚤拷栲

【十八啸】啸笑照庙窍妙诏召邵要（重要）曜耀调（音调）钓吊叫眺少（老少）诮料疗潦掉（筱韵同）峤徼跳嘹漂镣廖尿肖鞘悄（筱韵同）峭哨俏醮燎（筱韵同）鹩鹞轿骠票铫（萧韵同）

【十九效】效教（教训）貌校孝闹豹罩棹觉（寤也）较窖爆炮（枪炮）泡（肴韵同）刨（肴韵同）稍钞（肴韵同）拗敲（肴韵同）淖

【二十号】号（号令）帽报导操（操行）盗噪灶奥告（告诉）诰到蹈傲暴（强暴）好（爱好）劳（慰劳）躁造（造就）冒悼倒（颠倒）燥犒靠懊瑁燠（皓韵同）耄糙套（皓韵同）纛（沃韵同）潦耗

第九部

平声：五歌（独用）

【五歌】歌多罗河戈阿和（和平）波科柯陀娥蛾鹅萝荷（荷花）何过（经过）磨（琢磨）螺禾珂蓑婆坡呵哥轲沱鼍拖驼跎佗（他）颇（偏颇）峨俄摩么娑莎迦疴苛蹉嵯驮箩逻锣哪挪锅诃窠蝌髁倭涡窝讹陂鄱 皤魔梭唆骡挼靴瘸搓哦瘥酡

仄声：上声二十哿 去声二十一个通用

【二十哿】哿火舸鹑舵我拖娜荷（负荷）可左果裹朵锁琐堕惰妥坐（坐立）裸跛颇（稍也）夥颗祸柂婀逻卵那坷爹（麻韵同）簸叵垛哆硪么（歌韵同）峨（歌韵同）

【二十一个】个贺佐大（泰韵同）饿过（歌韵同。又过失，独用）座 和（唱和）挫课唾播破卧货簸轲（轗轲）驮髁（歌韵同）磋作做剁磨（磨磐）懦糯缚锉挼）些（楚些）

第十部

平声：九佳（半）六麻通用

【九佳（半）】佳涯（支麻韵同）娲蜗蛙娃哇

【六麻】麻花霞家茶华沙车(鱼韵同)牙蛇瓜斜邪芽嘉瑕纱鸦遮叉奢涯(支佳韵同)巴耶嗟遐加笳赊槎差(差错)蟆骅虾葭袈裟砂衙呀琶耙芭杷笆疤爬葩些(少也)佘鲨查楂渣爹挝咤拿椰珈迦枷迦痂茄桠丫哑划哗夸胯抓洼呱

仄声:上声二十一马、去声十卦(半)二十二祃通用

【二十一马】马下(上下)者野雅瓦寡社写泻夏(华夏)也把厦惹冶贾(姓贾)假(真假)且玛姐舍喏赭洒嘏剐打耍那

【十卦(半)】卦挂画(图画)

【二十二祃】祃驾夜下(降也)谢榭罢夏(春夏)霸暇灞嫁赦籍(凭籍)假(休假)蔗化舍(庐舍)价射骂稼架诈亚麝怕借卸帕坝靶鹧贳炙嗄乍咤诧侘罅吓娅哑讶迓华(姓华)桦话胯(遇韵同)跨衩柘

第十一部

平声:八庚九青十蒸通用

【八庚】庚更(更改)羹盲横(纵横)觥彭亨英烹平枰京惊荆明盟鸣荣莹兵兄卿生甥笙牲擎鲸迎行(行走)衡耕萌甍宏闳茎罂莺樱泓橙争筝清情晴精睛菁晶旌盈楹瀛嬴赢营婴缨贞成盛(盛受)城诚呈程酲声征正(正月)轻名令(使令)并(并州)倾萦琼峥嵘撑粳坑铿撄鹦鯨蘅澎膨棚浜坪苹钲伧檠嘤轰铮狰宁狞瞪绷怦璎砰氓鲭侦柽蛏茔赪茕赓黉瞠

【九青】青经泾形陉亭庭廷霆蜓停丁仃馨星腥醒(醉醒)惺俜灵龄玲铃伶零听(径韵同)冥溟铭瓶屏萍荧萤荣扃坰蜻硎苓聆瓴翎娉婷宁暝瞑螟猩钉疔叮厅町泠棂囹羚蛉咛型邢

【十蒸】蒸烝承丞惩澄陵凌绫菱冰膺鹰应(应当)蝇绳升缯凭乘(驾乘,动词)胜(胜任)兴(兴起)仍兢矜征(征求)称(称赞)登灯僧憎增曾矰层能朋鹏肱薨腾藤恒罾崩滕誊崚嶒姮塍冯症簦瞢凝(径韵同)棱楞

仄声:上声二十三梗二十四迥去声二十四敬二十五径通用

【二十三梗】梗影景井岭领境警请饼永骋逞颖颖顷整静省幸颈郢猛丙炳杏秉耿矿冷靖哽绠荇艋蜢皿儆悻婧阱狰(庚韵同)靓惺打瘿并(合并)犷眚憬鲠

【二十四迥】迥炯茗挺艇梃醒(青韵同)酩酊并〈并行,并且〉等鼎顶肯拯謦刭溟

【二十四敬】敬命正(正直)令(命令)证性政镜盛(茂盛)行(学行)圣咏姓庆映病柄劲竞靓净竟孟诤更(更加)并(梗韵同)聘硬炳泳迸横(蛮横)摒阱檠迎郑獍

【二十五径】径定听胜(胜败)罄磬应(答应)赠乘(名词)佞邓证秤称(相称)莹(庚韵同)孕兴(兴趣)剩凭(蒸韵同)迳甑宁胫暝(夜也)钉(动词)订饤锭謦泞瞪蹭蹬亘(亘古)镫(鞍镫)滢凳磴泾

第十二部

平声:十一尤(独用)

【十一尤】尤邮优尤流旒留骝榴刘由油游猷悠攸牛修羞秋周州洲舟酬雠柔俦畴筹稠丘邱抽瘳遒收鸠搜驺愁休囚求裘仇浮谋牟眸侔矛侯喉猴讴鸥楼陬偷头投钩沟幽纠啾楸蚯踌绸惆勾娄琉疣犹邹兜呦咻貅球蝣蝤鞧帱阄瘤硫浏庥湫泅酋瓯啁飕鍪篌抠篝诌骰偻沤(水泡,名词)蝼髅搂欧彪掊虬揉蹂抔不(与有韵"否"通)瓿缪(绸缪)

仄声:上声 二十五有 去声二十六宥通用

【二十五有】有酒首口母(麌韵同)妇(麌韵同)後柳友斗狗久负(麌韵同)厚手叟守否(麌韵同)右受牖偶走阜(麌韵同)九后咎薮吼帚垢舅纽藕朽臼肘韭亩(麌韵同)剖诱牡(麌韵同)缶酉苟丑糗扣叩某莠寿绶玖授蹂(尤韵同)揉(尤韵同)溲纣钮扭呕殴纠耦掊瓿拇姆擞绺抖陡蚪篓黝赳取(麌韵同)

【二十六宥】宥候就售(尤韵同)寿(有韵同)秀绣宿(星宿)奏兽漏 富(遇韵同)陋狩昼寇茂旧胄宙袖岫柚覆复(又也)救厩臭佑右囿豆饾窦瘦漱咒究疚谬皱逅嗅遘溜镂逗透骤又侑幼读(句读)堠仆副(遇韵同)锈鹫绉味灸籀酎诟蔻僦构扣购彀戊懋贸袤嗽凑鼬甃沤(动词)

第十三部

平声:十二侵(独用)

【十二侵】侵寻浔临林霖针箴斟沈心琴禽擒衾钦吟今襟(衿)金音阴岑簪(覃韵同)壬任(负荷)歆森禁(力所胜任)祲喑琛涔骎参(参差)忱淋妊掺参(人参)椹郴芩檎琳蟫愔喑黔嵚

仄声:上声二十六寝、去声二十七沁通用

【二十六寝】寝饮(饮食)锦品枕(枕衾)审甚(沁韵同)廪衽稔凛懔沈(姓氏)朕荏婶沈〈沈阳〉葚禀噤谂怎恁饪覃

【二十七沁】沁饮(使饮)禁(禁令)任(信任)荫浸谮谶枕(动词)噤甚(寝韵同)鸩赁喑渗窨妊

第十四部

平声:十三覃十四盐十五咸通用

【十三覃】覃潭参(参考)骖南楠男谙庵含涵函(包函)岚蚕探贪耽眈龛堪谈甘三酣柑惭蓝担簪(侵韵同)谭昙坛婪戡颔痰篮褴蚶憨泔聃邯蟫(侵韵同)

【十四盐】盐檐廉帘嫌严占（占卜）髯谦奁纤签瞻蟾炎添兼缣沾尖潜阎镰黏淹钳甜恬拈砭詹蒹歼黔钤佥觇崦渐鹣腌襜阉

【十五咸】咸函（书函）缄岩谗衔帆衫杉监（监察）凡馋芟搀喃嵌掺巉

仄声：上声二十七感二十八俭二十九豏

去声二十八勘二十九艳三十陷通用

【二十七感】感览揽胆澹（淡，勘韵同）啖坎惨敢颔（覃韵同）撼毯糁湛菡萏罱椠喊嵌（咸韵同）橄榄

【二十八俭】俭焰敛（艳韵同）险检脸染掩点簟贬冉苒陕谄俨闪剡忝（艳韵同）琰奄歉芡崭堑渐（盐韵同）罨捡弇崦玷

【二十九豏】豏槛范减舰犯湛巉（咸韵同）斩黯范

【二十八勘】勘暗滥啖担憾暂三（再三）绀憨澹（咸韵同）瞰淡缆

【二十九艳】艳剑念验堑赡店占（占据）敛（聚敛）厌焰（俭韵同）垫欠僭酽潋滟俺砭坫

【三十陷】陷鉴泛梵忏赚蘸嵌站馅

第十五部

入声：一屋二沃通用

【一屋】屋木竹目服福禄谷熟肉族鹿漉腹菊陆轴逐苜蓿宿（住宿）牧伏夙读（读书）犊渎牍椟黩毂复（恢复）粥肃碌骕鬻育六缩哭幅斛戮仆畜蓄叔淑倏独卜馥沐速祝麓辘镞蹙筑穆睦秃彀覆辐瀑郁（忧郁，郁郁葱葱）舳掬踘蹴踢茯袱鹏鸹髑槲扑匐簌蔟煜复〈复杂〉蝠菔孰塾矗竺曝鞠嗾谡篚国（职韵同）副

【二沃】沃俗玉足曲粟烛属录辱狱绿毒局欲束鹄蜀促触续浴酷躅褥旭欲笃督赎渌纛碡北（职韵同）瞩嘱勖溽缛梏

第十六部

入声：三觉十药通用

【三觉】觉（知觉）角桷榷岳乐（音乐）捉朔数（频数）卓啄琢剥驳雹璞朴壳确浊擢濯渥幄握学龌龊槊搦镯喔邈荦

【十药】药薄恶（善恶）作乐（哀乐）落阁鹤爵弱约脚雀幕洛壑索郭错跃若酌托削铎凿箔鹊诺萼度（测度）橐钥龠瀹着著虐掠获（收获）泊搏藿嚼勺谑廓绰霍镬莫箨缚貉各略骆寞膜鄂博昨柝格拓铄铄烁灼疟蒻箬芍踖却噱矍攫醵踱魄酪络烙珞膊粕簿柞漠摸酢怍涸郝垩谔鳄噩锷颚缴扩椁陌（陌韵同）

第十七部

入声:四质十一陌十二锡十三职十四缉通用

【四质】质日笔出室实疾术一乙壹吉秩率律逸佚失漆栗毕恤密蜜桔溢瑟膝匹述黜弼跸七叱卒(终也)虱悉戌嫉帅(动词)蒺侄踬怵蟋筚篥必泌荜秫栉唧帙溧谧昵轶聿诘耋垤捽茁鷩鹬窒苾

【十一陌】陌石客白泽伯迹宅席策册碧籍(典籍)格役帛戟璧驿麦额柏魄积(积聚)脉夕液尺隙逆画(动词)百辟赤易(变易)革脊翮屐获〈猎获〉适索厄隔益窄核舄掷责坼惜癖僻掖腋释译峄择摘弈奕迫疫昔赫瘠谪亦硕貊跖鹡碛蹐只炙(动词)踯斥穸鬲骼舶珀吓磔拆喀蚱舴剧檗擘栅啧帻箦扼划蜴辟帼蝈刺嵴汐藉螫蓦摭襞虢哑(笑声)绎射(音亦)

【十二锡】锡壁历枥击绩勣笛敌滴镝檄激寂觌溺觅狄荻幂戚鹢涤的吃沥雳霹惕剔砾翟籴倜析晰淅蜥劈甓嫡铄栎阋菂踢迪晢裼逖蜺阒汨(汨罗江)

【十三职】职国德食(饮食)蚀色力翼墨极殛息熄直值得北黑侧贼饰刻则塞(闭塞)式轼域蜮殖植敕亟棘惑忒默织匿慝亿忆臆薏特勒肋幅仄昃稷识(知识)逼克即唧(质韵同)弋拭陟恻测翊洫啬穑鲫抑或匐(屋韵同)

【十四缉】缉辑戢立集邑急入泣湿习给十拾袭及级涩楫(叶韵同)粒汁蛰执笠隰汲吸絷挹浥悒岌熠葺什芨廿揖熤(屋韵同)歙笈(叶韵同)圾褶翕

第十八部

入声:五物六月七曷八黠九屑十六叶通用

【五物】物佛拂屈郁(馥郁,郁郁乎文哉)乞掘(月韵同)吃(口吃)讫绂弗勿迄不怫绋沸茀厥倔黻崛尉蔚契屹熨(未韵同)绂

【六月】月骨发阙越谒没伐罚卒(士卒)竭窟笏钺歇突忽袜曰阀筏鹘(黠韵同)厥(物韵同)蹶蕨殁橛掘(物韵同)核蝎勃渤悖(队韵同)孛揭(屑韵同)碣粤樾鳜脖饽鹁捽(质韵同)猝惚兀讷(呐)羯凸咄(曷韵同)矻

【七曷】曷达末阔钵脱夺褐割沫拔(挺拔)葛闼渴拨豁括抹遏挞跋撮泼秣掇(屑韵同)聒獭(黠韵同)刺喝磕蘖瘌袜活鸹斡怛钹捋

【八黠】黠拔(拔擢)八察杀刹轧戛瞎刮刷滑辖锲猾捌叭札扎帕茁鹘揠萨捺

【九屑】屑节雪绝列烈结穴说血舌洁别缺裂热决铁灭折拙切悦辙诀泄锲咽(呜咽)轶噎彻澈哲鳖设啮劣玦截窃孽浙孑桔颉拮撷揭褐(曷韵同)缬碣(月韵同)挈抉亵薛拽(曳)爇冽瞥迭跌阅餮耋垤捏页阕觖谲夬撇蹩篾楔惙辍啜缀撤绁杰桀涅霓(蜺,齐、锡韵

同)批(齐韵同)

【十六叶】叶帖贴牒接猎妾蝶叠箧惬涉鬣捷颊楫(缉韵同)聂摄慑镊蹑协侠荚挟铗浃睫厌靥蹀躞燮摺辄婕谍堞霎啜喋碟鲽捻晔躐笈(缉韵同)

第十九部

入声:十五合十七洽通用

【十五合】合塔答纳榻阁杂腊匝阖蛤衲沓鸽踏拓拉盍塌咂盒卅搭褡飒磕榼遢蹋蜡溘邋趿

【十七洽】洽狭峡法甲业邺匣压鸭乏怯劫胁插锸押狎夹恰蛱硖掐札袷眨胛呷歃闸霎(叶韵同)

附录五　联律通则

中国楹联学会

引言

对联是中华优秀传统文化的重要组成部分，具有谐巧性、实用性、文学性等特点。对联是两行对仗且意联的文字所组成的独立文体，其基本特征是“对仗”，即“词语对偶”与“声调对立”。

中国楹联学会曾组织联界专家将千余年来散见于各种典籍中有关联律的论述，进行梳理、规范，分别于 2007 年 6 月 1 日形成《联律通则（试行稿）》、于 2008 年 10 月 1 日颁布《联律通则（修订稿）》，得到联界的广泛认可。在多年实践基础上，中国楹联学会再次征求各方面的意见，作进一步的修改，制订了《联律通则》。现经中国楹联学会八届五次会长会议审议通过，予以颁布。

第一章　基本规则

第一条　字句对等。一副对联，由上下联两部分构成。上下联的句数相等，对应语句的字数相等。

第二条　词性对品。上下联处于相同位置的词，词类属性相同，或符合传统的对偶种类。

第三条　结构对应。上下联词语的结构，彼此互相对应，或符合传统习惯。

第四条　节律对拍。上下联句的句读节奏一致。节奏的确定，可按音节节奏，即二字为节，节奏点在语句用字的偶数位次，出现单字独占一节；也可按语意节奏，即出现不宜拆分的三字或更长的词语，其节奏点均在最后一字。

第五条　声调对立。本句中相邻节奏点上的字，平仄交替；上下联句所对应节奏点上的字，平仄相反。多分句联中，各分句句脚的平仄有规律地交替。上联收于仄声，下联收于平声。

第六条　语意关联。上下联句表达同一主题。

第二章　传统对格

第七条　对于历史上形成的且沿用至今的传统修辞对格，例如，当句自对、叠字对、交股对、借对等，均可视为工对。

第八条　用字的平仄，或依古汉语旧声韵（即平水声韵），或依现代汉语新声韵，但在同一副对联中不得混用。

第九条　使用领字、衬字、虚词、两个音节以上的数词等，允许不拘平仄，且不与相连词语一起纳入节奏。

第十条　避忌问题：(1)忌合掌；(2)忌不规则重字；(3)避免三仄尾，忌讳三平尾。

第三章　从宽范围

第十一条　允许不同词性相对的范围大致包括：

(1)形容词和动词；

(2)偏正词组中，充当修饰成分的词；

(3)同义或反义联绵词；

(4)成序列（或系列）的事物名目。

第十二条　巧对、趣对、摘句对、集句对等，允许适当放宽。

第四章　附则

第十三条　本通则作为对联教育、创作、评审、鉴赏中，在格律方面的基本依据。

第十四条　本通则由中国楹联学会解释。

第十五条　本通则自2024年1月1日起施行。2008年10月1日颁布的《联律通则（修订稿）》同时废止。

附录六　诗词楹联书法欣赏

搶先機興專業融合
產教激發優勢

辛丑歲冬

育巧匠創品牌拓展
技能大有作為

李培雋書
李永明撰

中国楹联学会会长李培隽书、诸城市诗词楹联学会会长李永明撰：

抢先机兴专业融合产教激发优势

育巧匠创品牌拓展技能大有作为

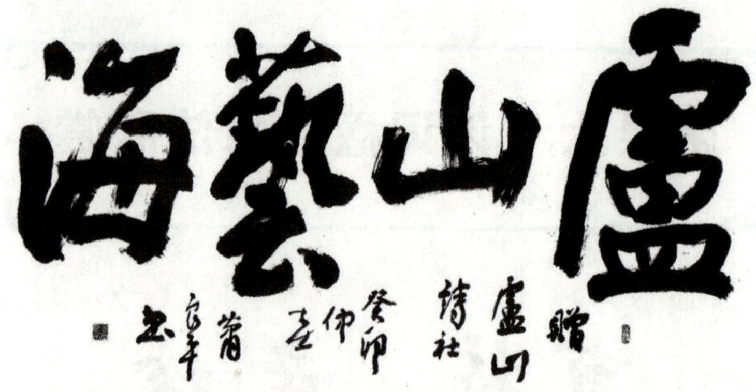

中国楹联学会党支部书记、常务副会长、法人肖连平书：卢山艺海

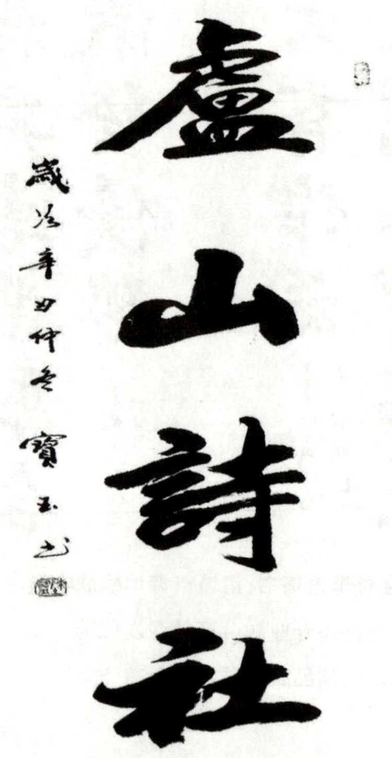

山东省楹联艺术家协会常务副会长陈宝玉书：卢山诗社

潍坊市硬笔书法家协会会长梁玉国书：为国育才

诸城市诗词楹联学会会长李永明书：

校风

崇德尚文精技强能

超然大气创新求异

诸城市诗词楹联学会会长李永明书：

学风

刻苦勤奋严谨治学

博学笃行追求卓越

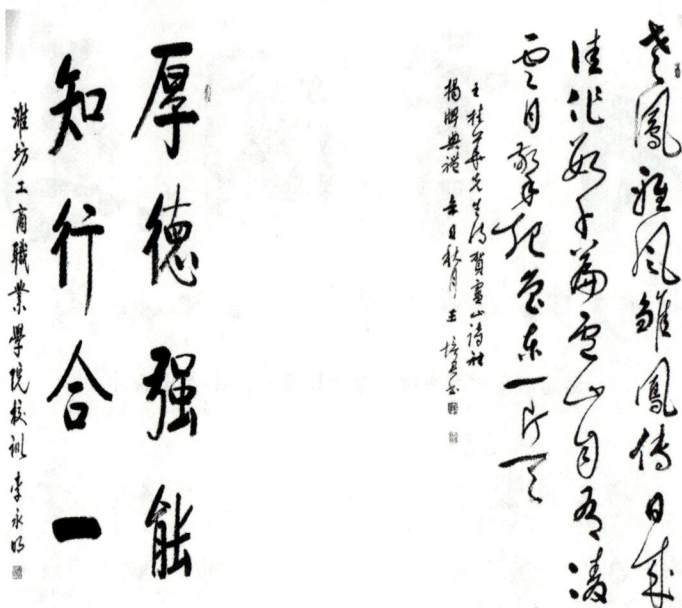

诸城市诗词楹联学会会长李永明书：

校训

厚德强能　知行合一

诸城市诗词楹联学会王桂华诗，王培君书：

老凤雅风雏凤传，日成佳作数千篇。

卢山自有凌云目，擎起鲁东一片天。

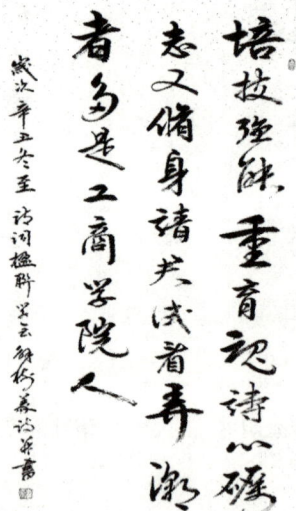

诸城市诗词楹联学会解树义诗并书：

培技强能重育魂，诗心励志又修身。

请君试看弄潮者，多是工商学院人。

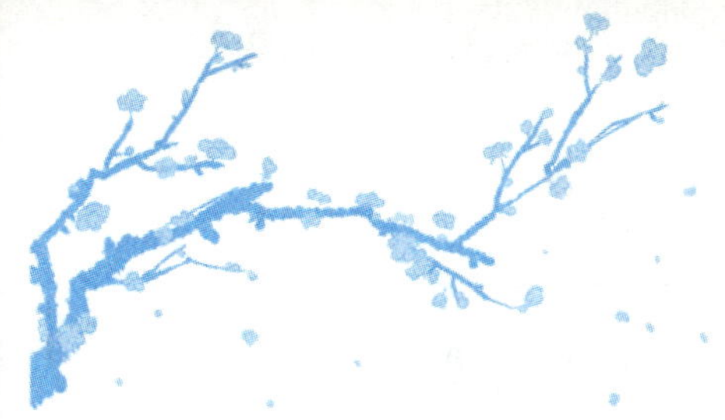

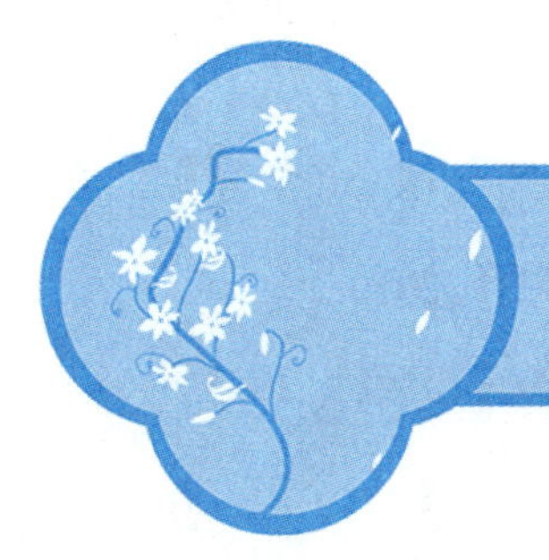

参考文献

[1]萧涤非.唐诗鉴赏辞典[M].上海:上海辞书出版社,2005.

[2]孙朦.唐代名家诗词赏析[M].长春:吉林出版社,2017.

[3]李静.唐诗宋词鉴赏大全集[M].北京:华文出版社,2009.

[4]徐少舟.宋诗鉴赏辞典[M].上海:上海辞书出版社,1987.

[5]程帆.唐诗宋词鉴赏辞典[M].长沙:湖南教育出版社,2011.

[6]彭玉平.唐宋名家词导读新编[M].广州:中山大学出版社,2006.

[7]潘君昭.唐宋词鉴赏辞典(唐・五代・北宋卷)[M].上海:上海辞书出版社,1988.

[8]钟振振.唐宋词鉴赏辞典(唐・五代・北宋)[M].上海:上海辞书出版社,1988.

[9]周汝昌,唐圭璋,俞平伯,等.唐宋词鉴赏辞典(唐・五代・北宋)[M].上海:上海辞书出版社,2011.

[10]叶嘉莹.唐宋词鉴赏辞典(唐・五代・北宋)[M].上海:上海辞书出版社,1988.

[11]徐中玉,金启华.中国古代文学作品选[M].上海:华东师范大学出版社,1999.

[12]夏承焘.宋词鉴赏辞典[M].1版.上海:上海辞书出版社,2003.

[13]张海鸥.唐诗宋词经典导读[M].广州:中山大学出版社,2010.

[14]高磊,张艳玲.宋词鉴赏大典[M].北京:中国画报出版社,2002.

[15]刘默,陈思思,黄桂月.宋词鉴赏大全集[M].北京:中国华侨出版社,2012.

[16]田军,王洪等.金元明清诗词曲鉴赏词典[M].北京:光明日报出版社,1990.

[17]蔡清富,黄辉映.毛泽东诗词大观[M].成都:四川出版集团,2007.

[18]徐四海,夏勤芬.细读毛泽东诗词[M].上海:上海三联书店,2014.

[19]吴正裕,李捷,陈晋,等.毛泽东诗词全编鉴赏[M].北京:中央文献出版社,2003.

[20]王力.诗词格律概要[M].北京:北京出版集团,2016.

[21]吴熊和.唐宋词通论[M].杭州:浙江古籍出版社,2010.

[22]董海明.中华经典楹联赏析[M].北京:中国长安出版社,2005.